우리문학깊이읽기

오생근 깊이 읽기

김태환 엮음

문학과지성사
2006

우리 문학 깊이 읽기 기획위원

권오룡 / 박혜경 / 성민엽 / 정과리 / 홍정선

오생근 깊이 읽기

엮은이__김태환
펴낸이__채호기
펴낸곳__㈜문학과지성사

등록__1993년 12월 16일 등록 제10-918호
주소__서울 마포구 서교동 395-2 (121-840)
전화__편집부 338)7224~5 영업부 338)7222~3
팩스__편집부 323)4180 영업부 338)7221
홈페이지__www.moonji.com

제1판 제1쇄__2006년 7월 7일

ISBN 89-320-1707-7

오 생 근
깊이 읽기

김태환 엮음

▲ 경복고등학교 졸업앨범(1963년)

고등학교 졸업식(1964년) ▶

▲ 동아일보 신춘문예 당선 직후(군 입대 직전) 김현 선생과 함께(1970년)

◀ 제대 직후 불문과 조교 시절
홍승오 선생님과 함께(1973년)

관악으로 이전 직전의 동숭동 캠퍼스에서(1974년 겨울) ▶

왼쪽부터 김화영·김붕구 교수, 아내 심정섭(1974년 가을) ▲

▲ 왼쪽부터 김종철 · 황인철 · 김병익 · 김현 · 오생근 · 김치수 · 김주연(1978년 11월)

▲ 왼쪽부터 김현 · 김종철 · 오생근 · 김병익 · 김주연 · 김치수(1978년 12월)

◀ 파리 10대학 유학 시절. 박사논문 지도교수 아바스타도의 초청으로 딸 정하, 아내와 함께(1980년)

독일, 프랑크푸르트에서 ▶
소설가 이청준, 아내 그리고 딸과 함께(1982년)

아프리카 케냐의 어느 들판에서(1995년 2월) ▲

◀ 독일 베를린 콜로키움(1996년 7월)

▲ 김현 문학비 제막식 때 목포 시내에서. 왼쪽부터 오생근 · 김인환 · 송하춘 · 서우석 · 김주연(1995년)

서울대학교 대학신문사 주간 시절(1997년) ▲

'대신전자(대학신문 전임 자문위원)' 모임에서.
왼쪽부터 오성환 · 이창복 · 오생근 · 장경렬 · 허남진 · 양승목 · 강명구 교수(2000년 여름) ▲

大學新聞

The Twaeim-Shinmoon   발행: 학생기자 일동   창간 99년 3월 15일(월) 서울특별시 관악구 신림동 산56-1 서울대학교 대학신문사

오생근 주간선생님, 99년 3월 7로 아쉬운 이별

자문위원으로 시작, 90년대 대학신문의 산 역사 … 기자들, "그 넉넉한 웃음 잊지 못할 것"

신문사에 오기 전까지 나는 선생님이 어떤 분인지 몰랐다. 그래서 우리과 선배에게 물어보니 핀잔을 주면서 그이름을 아는가는 지식인의 반열에 서는가를 가늠하는 것이라고 했다. 그러고 보니 내가 그 전에 읽었던 『감시와 처벌』이 선생님의 번역서였다. 다른 붙어 원전 번역서를 읽으면서 그 거친 문장들에 당황해하던 나로서는 그 매끄러운 번역이 무척 인상적이었다. 97년 여름, 간사임용 면접 때 처음 뵈었는데 논문이나 관심분야와는 다르게 참 수수하다는 느낌을 받았다. 어쩌면 첫 사회생활이랄 수도 있는 면접이라 몹시 긴장하고 있던 터였는데, 왠걸 푸근하고 따뜻하게 대해주시는 것이었다. 선생님께서 이것저것 물어보시고 나는 주저리주저리 내 개인사를 얘기했던 기억이 난다.

처음에는 잘 몰랐는데 시간이 지나면서 선생님은 신문사에 꼭 어울리는 분이라는 생각을 하게 되었다. 첫번째 이유는 학생들에 대한 배려였다. 학생들 표현을 빌자면 자신들과는 지식의 수준이나 사회적 지위 등에서 너무도 차이가 큰 분이 학생들과 동등한 위치에서 그들의 의견을 존중하면서 대화를 하려고 하신다는 것이다. 두번째가 선생님의 비상한 기억력이었다. 선생님은 90년대 대학신문의 산 역사이기도 하지만, 『대학신문』에 관한 누가 언제 무엇을 썼는가를 심지어 몇번 썼는가도 정확하게 기억하시는 것이었다. 세번째는 최종결정권자로서의 확고한 주관을 가지고 계신다는 것이었다. 논의가 분할 때 마지막으로 열변을 토하면서 정리를 하시는데 속으로 '멋있다!'는 생각까지 했었다.

이 대목에서 선생님의 가족에 대해 한마디 하지 않을 수 없다. 마치 선생님을 축소복제한 듯한 아드님은 지금 초등학교 2학년인데, 벌써 『삼국지』를 독파하고 『개미』에 『나폴레옹』까지 읽었다고 한다. 정말로 '근묵자흑'이라는 생각이 들면서 혹시 '청출어람'이 되지 않을까 생각해 본다. 그리고 사모님께서 손수 하신 음식은 안 먹어본 사람들은 후회할 정도다. 게다가 따님은 서울대에 아무 걱정없이 들어왔겠다. 복 받으신 분 같다.

노래를 부를 때면 꼭 열중쉬어 자세로 온 몸을 부르르 떨던 모습. 자하연에서 점심을 하고서 돌아가던 우리들에게 갑자기 생각 났다는 듯 "박찬호 이겼어?" 물으실때의 그 표정. "어떨 수 없단 말이지", "그러면 안된단 말이지"로 끝맺곤 하시던 말투. '교육부장관 편지 재활용론'을 비롯한 몇가지 기막힌 농담과 약간의 썰렁한 농담까지, 선생님의 여러 모습과 말씀이 따뜻한 기억 속에 선명하게 남아 있다.

더 오랫동안 모시면서 일하고 싶었는데 아쉽다. 신문사에 대한 관심과 애정을 변함없으시리라 믿고, 이제 독자로 돌아간 선생님의 좋은 글을 만나 보고 싶다. 단지 그런 것 뿐 아니라 권력과 세상에 대해 선생님의 좋은 말씀을 듣고 싶기도 하다. 선생님께서 건강하시고 더 큰 학문적 성취를 이루시기를 기원해 본다.

대표로 간사실에서 권병태 올림

▲ 4년간의 대학신문 주간을 마칠 무렵 학생기자들로부터 받은 환송회 선물.
윗줄 왼쪽부터 오생근 · 허남진 · 오성환 · 강명구 교수(1999년 3월)

제8회 대산문학상 평론상(『그리움으로 짓는 문학의 집』) 수상 직후(2000년) ▲

제8회 대산문학상 시상식장에서 아내와 함께(2000년) ▲

▲ 독일 여행 중. (앞줄 왼쪽)현길언 · 김병익 · 김치수 · 김원일, (뒷줄 왼쪽)오생근 · 김형영 · 김주연 · 이인성(2002년)

▲ 강원도 평창에서 가족과 함께(2004년)

무위사 극락보전(전남 강진 소재) 앞. 불문과 최권행·이인성 교수와 함께(2005년 12월) ▲

목포 향토문화회관 옆에 자리한 김현 문학비 앞에서(2006년 5월) ▲

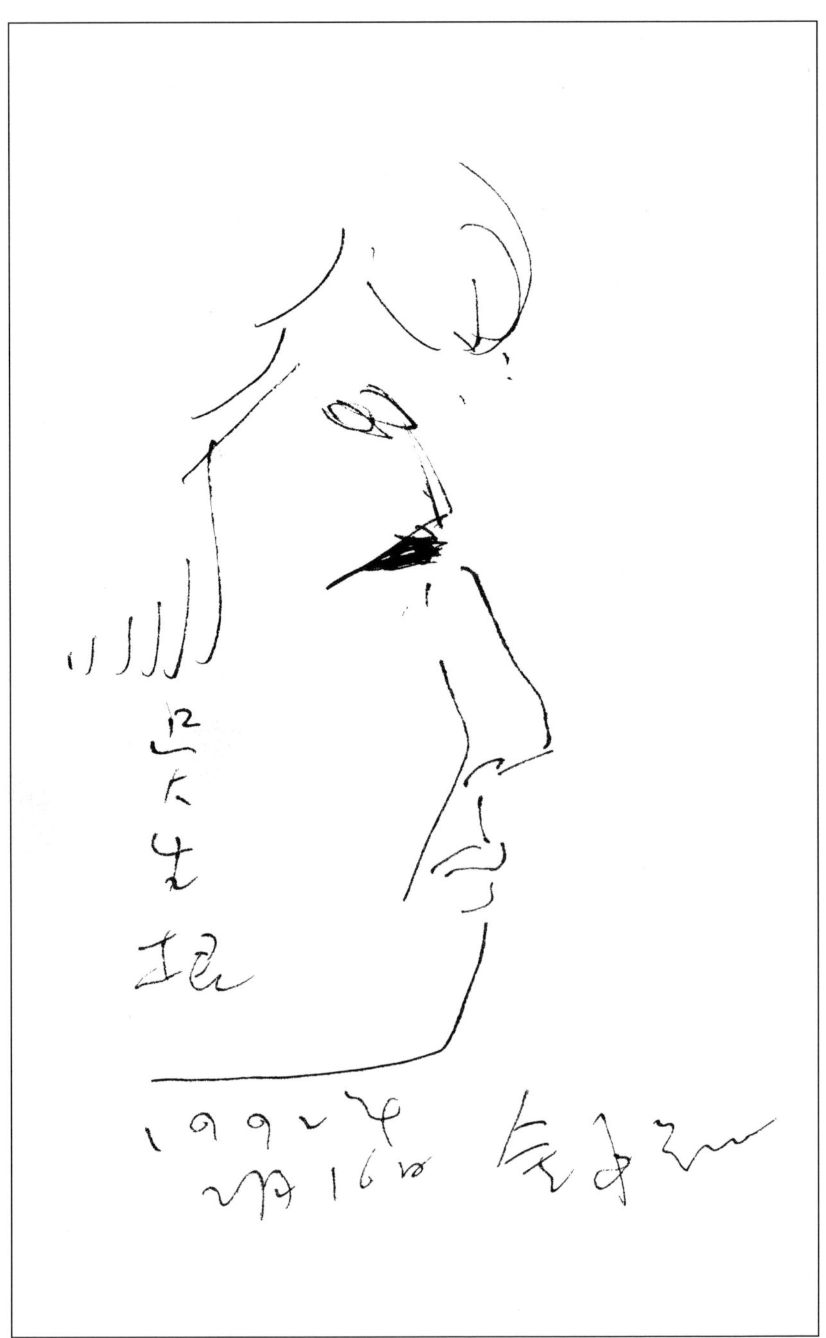

▲ 컷: 김승옥(1992년 2월 16일)

오 생 근

깊이 읽기

책을 엮으며

오생근의 비평 활동은 동아일보 신춘문예를 통한 등단(1970)을 기점으로 하면 올해로 35년이 넘었다. 그 오랜 세월 동안, 그는 한국 문학의 따뜻한 격려자이자 조언자로서, 그리고 무엇보다도 세밀하고 꼼꼼한 독자로서 한결같은 태도를 지켜왔다. 그의 목소리는 강하고 격렬하기보다 나직하고 부드러웠으나, 문학과 삶을 향한 근원적 문제의식이 늘 그 중심에 놓여 있었기에, 세월의 흐름 속에서도 흔들릴 줄 모르는 묵직한 힘을 지닐 수 있었다. 그리하여 오생근의 비평은 오늘의 한국 문학을 떠받치는 든든한 기둥의 하나가 되었다.

이 책은 이제 이순에 이른 비평가의 어제와 오늘을 증언한다. 어제의 젊은 비평가 오생근이 신중한 논리와 균형 감각, 안정감 있는 정확한 문체로 이미 상당한 원숙미를 드러냈다면, 문단 이력 35년의 오생근은 여전히 젊은 시절의 열정과 진지함과 명민함을 간직하고 있다. 불문학자이자 푸코의 번역자로도 유명한 그는 서양의 문학 및 문화 이론의 소개에 힘써왔을 뿐만 아니라, 이를 찬찬히 소화하여 자신의 문학 비평을 위한 자양분으로 전환시킬 줄 알았다. 이 책 속에 실린 글들은 이러한 오생근의 모습을 다각도로 조명하고 드러낸다.

책의 1부에는 불문학자 및 비평가로서의 성장 과정에 대한 두 편의 자전적 에세이와 그의 비평의 궤적을 돌아보는 대담이 수록되어 있고, 2부는 그의 비평 세계를 면밀하게 조명한 값진 논문과 서평들, 3부는 그와 교우해온 문단과 출판계, 학계의 지인들이 쓴 인간 오생근에 대한 애정 어린 소묘와, 지금까지 지면에 발표되지 않았던 오생근의 에세이들로 구성되어 있다. 특히 3부는 그의 따뜻하고 세심한 인간미를 잘 드러내주고 있어서 그의 비평적 태도의 기원을 엿볼 수 있는 기회를 제공한다.

이 책을 위해 새로 원고를 써주거나 기꺼이 재수록을 허락해주신 필자 여러분께, 그리고 책을 만드는 과정에서 소중한 자료와 조언을 제공해주신 오생근 선생님께 감사의 말씀을 전한다. 마지막으로, 어려운 여건 속에서도 책이 잘 만들어지도록 정성을 아끼지 않은 문학과지성사 이근혜씨의 노고도 잊지 않고 기억하고 싶다.

2006년 7월

김태환

차례

제3부 아름다운 정신

내가 만난 오생근

제1부

비평과 진실

비평, 창작의 내재적 논리를 위하여

오생근/김태환

『오생근 깊이 읽기』 출간에 즈음하여 기획된 이 대담은 2006년 5월 25일 오후에 서울대학교 인문대 불문과 오생근 교수의 연구실에서 진행되었다. (엮은이)

김태환(이하 김) 안녕하십니까. 저는 선생님 비평의 독자로서 평소 궁금했던 문제들을 가지고 오늘 이 자리에 왔습니다. 선생님의 학문적 출발점에는 초현실주의, 다다이즘 등에 대한 연구가 놓여 있고, 평론 등단작도 이상(李箱)론이었던 것으로 알고 있습니다. 한국 문학의 계보로 따진다면 역시 모더니즘 쪽에 더 관심이 있으셨다고 생각되지만 실제 평론 활동에서는 리얼리즘을 아우르는 면모를 보여주셨던 것으로 기억됩니다. 과거 리얼리즘-모더니즘의 대립과 관련하여 선생님의 미학적 입장은 어떤 것인지 듣고 싶습니다.

오생근(이하 오) 평론 활동을 통해서 모더니즘과 리얼리즘을 아우르는 면모를 보여주었다고 김선생이 듣기 좋게 해석을 해주었는데,

사실은 두 가지를 아우르기보다 두 가지 사이에서 갈등을 많이 느꼈다고 말할 수 있겠습니다. 사실 내가 초현실주의와 다다이즘에 대한 관심을 갖게 된 것은 그것들의 형태 파괴적인 측면이나 초현실주의적 미학 때문이 아니고 삶을 변화시키며 문학과 삶을 연결 지으려는 태도나 현실에 대한 문학적 변혁의 의지 때문이었습니다. 다시 말해서 초현실주의 속에 내장된 리얼리즘적 정신에 이끌린 것이었습니다. 초현실주의 시인들 중에서 제일 먼저 좋아한 시인이 엘뤼아르였는데, 자동기술적인 시를 초현실주의의 정통성을 갖는 시로 본다면 엘뤼아르는 그 정통성에서 거리가 좀 있는 시인이었습니다. 다다와 초현실주의를 만나기 전에 그는 전통적인 서정시에 가까운 성향을 보였다가 브르통의 영향을 받아 의식적으로 초현실주의적 형태의 시를 시도한 시인이 된 것입니다. 나중에 그가 초현실주의를 떠나 공산당의 이념에 충실한 리얼리즘 시를 쓴 것은 그가 돌변한 것이라기보다 그의 본래적 성향이 반영되어 당의 이념과 결합된 시를 쓴 결과로 볼 수 있습니다. 그런데 문제는 그런 시가 긴장도가 떨어지고 문학성도 부족하게 되었다는 것입니다. 엘뤼아르의 좋은 시는 초현실주의 그룹 안에서 있으면서 초현실주의적 정통성과 그의 서정성이 갈등을 겪는 상태에서 표현된 시라고 생각합니다.

여하간 나는 초현실주의 이론을 먼저 알고 나중에 엘뤼아르를 알게 된 것이 아니라 엘뤼아르를 통해서 브르통의 초현실주의를 알게 된 셈인데, 이 과정에서 처음에는 난삽하고 재미없게 느껴졌던 브르통의 자동기술적 시도 서서히 재미있게 읽히고 그것의 서정성도 공감적으로 이해되었습니다. 이런 독서 경험을 통해 한국 문학을 보았을 때 리얼리즘의 문학과 모더니즘의 문학 중에서 어느 한쪽을 선택하고 다른 쪽을 거부하는 입장을 갖기보다 그 어느 편에서건 치열한 정신이 반영된 작품이 좋은 작품이라는 생각을 갖게 된 것입니다.

리얼리즘-모더니즘 대립과 관련된 미학적 입장을 물었는데, 나는 어느 입장에서건 반대되는 편의 좋은 점을 수용하거나 혹은 그것과의 갈등 관계에서 성취된 문학적 형태라면 어느 것이든지 좋은 작품이라고 봅니다. 예를 들면 황석영의 좋은 소설은 무엇을 쓸 것인가와 어떻게 쓸 것인가가 동시에 치열한 고민의 과정을 거쳐서 만들어진 결과이지 형식에 대한 깊은 고민 없이 민중적 세계관과 역사적 변혁의 의지가 결합되어 나올 수 있게 된 것은 아니라고 봅니다. 그는 리얼리즘의 작가 중에서 누구보다 모더니즘의 세례를 많이 받은 작가라고 말할 수 있습니다. 시의 경우도 이런 식으로 보자면 김수영의 시를 예로 들 수 있겠지요. 그의 시가 어떤 식으로 변화 과정을 거쳐 만들어졌건 간에 모더니즘의 성향과 리얼리즘의 정신이 가장 잘 맞물려 있을 때 좋은 시가 만들어질 수 있었다고 생각합니다.

김 말씀을 듣고 보니, 선생님의 첫번째 비평집 제목 "삶을 위한 비평" 속에 저의 질문에 대한 답이 이미 담겨 있었던 것 같습니다. 두번째로 제가 드리고 싶은 질문은 순수문학과 대중문학의 관계에 관한 것입니다. 이 문제는 선생님께서 비평 활동을 시작하신 70년대에 처음으로 심각하게 대두되었고, 선생님께서도 대중문화의 의의에 관한 논의에 활발히 참여하면서 거부와 포용 사이에서 균형 있는 관점을 제시하려고 노력하셨다고 생각됩니다. 대중문화가 그야말로 문화의 전 국면을 압도하고 있는 듯한 오늘의 시점에서 당시의 논의를 돌이켜본다면 어떤 평가가 가능할까요? 또 오늘날 순수문학과 대중문학의 관계를 어떻게 보시는지요?

오 지금의 관점에서 지난날의 대중문화와 대중문학의 논의를 돌아보면 치밀하고 정교한 논리가 부족하여 부끄럽게 생각되는 부분이 많아 보입니다. 나로서는 대중문화의 시대적 징후가 두드러지게 나타나 기존의 문화를 압도할 것 같은 상황에서 대중문학의 논리를 외면하거나 대중문학적 현상을 무조건 거부해서는 안 된다는 일종의 책임의식 때문에 그런 글을 쓰게 되었습니다. 그때 논의의 대상으로 삼았던 대중문학은 처음부터 대중의 흥미와 취향에 이끌려 상업적인 동기로 글을 쓰는 상업적 대중작가의 소설이 아니라 순수문학을 하는 작가들의 대중소설이었습니다. 그러니까 내가 대중문학을 옹호하는 듯한 논리를 전개한 것은 주간지에 실리는 저급한 상업적 대중문학이 아니라, 순수문학 혹은 문학적 가치가 있는 문학을 추구하는 엘리트 작가들이 대중을 염두에 두고 쓴 문학을 대상으로 한 것입니다. 그때나 지금이나 우리는 작가 중심으로 문학을 구분하지 작품의 문학적 가치에 따라 구분하지는 않는 경향이 있습니다. 그러니까 전통적인 문학 기준에서 순수문학으로 출발한 작가가 쓰는 소설은 어느 소설이건 모두 문학적 가치가 있는 소설로 취급됩니다. 가령 우리나라의 대표적인 문학을 번역 지원하는 단체에서 우리나라 문학을 대표하는 소설로 선정한 소설을 보면 순수문학인가 대중문학인가가 구별되지 않고 장편인가 단편인가로 구분되어 있습니다. 나는 이런 점에서 작품에 따라 대중소설인가 아닌가를 분명히 구별해야 되고 대중소설일 경우 좋은 점은 무엇이고 나쁜 점은 무엇인지 가려서 봐야 한다고 생각합니다. 순수문학 작가의 대중소설에서 문학의 고전적 가치가 없다는 이유로 그것을 외면하거나 무시할 수 없다고 생각한 것이 내가 쓴 대중문학 논의의 출발점을 이뤘다고 말할 수 있겠습니다.

그런데 주목해야 할 것은 순수문학의 작가들이 대중적 소설을 쓰는 경향은 앞으로 더욱 많아질 것이며, 순수문학 작품 역시 대중적 가치의 요소를 많이 갖게 될 것이라는 점입니다. 왜냐하면 엘리트 중심의 사회가 붕괴한 오늘의 현실은 좋든 싫든 대중사회가 지배하는 세상이 되었기 때문입니다. 대중사회의 가치관은 사회의 모든 부분에 스며들어 사람들의 생각과 행동을 바꿔놓고 지배하는 시대가 되었습니다. 이런 현실에서 과거의 고전적 문학관을 정전으로 삼아, 그런 기준으로만 오늘의 문학을 평가할 수는 없을 것입니다. 과거의 괴테와 토마스 만, 플로베르와 프루스트 같은 위대한 작가들의 문학이 그런 형식과 그런 글쓰기를 통해 다시 나오기는 앞으로 어려울 것으로 보입니다. 왜냐하면 현대는 그들의 내면 중심적인 문학, 혹은 사회와 세계에 대한 개인 중심적인 모험과 탐구가 가능한 시대가 아니기 때문입니다. 그때와 그 시대의 문학을 정전으로 삼고 평가의 기준으로 본다면 현대의 모든 작품들은 거의 물질적이고 천박하고 대중적이라는 비판을 받게 되어 있습니다. 그렇다고 이 시대의 문학을 경박하고 무가치한 것으로 싸잡아 비난할 수는 없다고 생각합니다. 그런 점에서 이 시대의 문학을 보는 눈은 바뀌어야 할 것입니다. 가령 대중문학적 성향을 보이는 작품이더라도 그것을 과거의 기준으로 평가절하하지 않고, 그 작품 속에서 진실을 추구하고 진정한 삶을 향한 의지가 얼마나 강한가, 사회에 대한 저항, 인간과 정신성의 옹호 등 순수문학적 가치는 어떻게 내장되어 있는지를 엄정하고 넉넉한 이해의 눈길로 그러면서도 깊이 있게 봐야 한다고 생각합니다.

김 작품을 바라보는 선생님의 시각은 외적으로 관찰되는 작품의 형식이나 스타일보다 훨씬 더 근본적인 어떤 층위를 향하고 있다고 생각되는군요. 그것이 리얼리즘/모더니즘, 순수문학/대중문학에 대한 유연하고 균형 잡힌 태도를 가능케 하는 것이 아닌가 합니다. 그러면 이제 선생님의 작품 읽기에 관해 질문 드리겠습니다. 저뿐만 아니라 다른 사람들도 공감하겠지만, 선생님의 비평은 작품에 대한 섬세하고 꼼꼼한 읽기를 바탕으로 작품을 안에서부터 이해하려는 자세가 돋보인다고 생각됩니다. 비평가의 이론적 관점으로 작품을 재단하기보다는, 작가의 내재적 창작 논리를 추적하여 그것으로부터 어떤 발전적 조언을 끌어내려 한다고 할까요. 비평가와 작가, 비평과 작품의 관계에 대한 선생님의 생각을 듣고 싶습니다.

오 대학생 때, 불문학 공부를 하면서 바슐라르의 「불의 정신분석」 「공기와 꿈」 「공간의 시학」 등을 흥미 있게 읽었습니다. 물론 불어 실력이 부족해서 그 책들을 제대로 이해하지는 못했지만, 작가의 이미지들에 관심을 갖고, 이미지와 이미지의 울림에 주의를 기울이는 바슐라르의 주제 비평이 아주 재미있게 생각되었습니다. 바슐라르는 4원소와 공간의 이미지를 중심으로 시인과 작가의 상상력을 밝히려 했지만, 어떤 주제라도 그 주제가 작가의 작품 세계에 어떤 식으로 나타나 있는지를 작품의 논리와 작가의 성향을 관련지어 읽어보는 비평을 좋아했습니다. 선배 비평가인 김현 선생이 「샤토브리앙의 소설에 나타난 바다의 이미지 분석」이나 「셀린과 사르트르에 나타난 구토 연구」를 쓴 것에서도 영향을 받았습니다. 특히 김현 선생은 석사논문인 후자의 글에서 그 작가들의 중요한 주제로 보이는 구토의 의미가 작품 속에 어떻게 육화되어 있는지를 탐구하면서 또한 구원과 희망의 가능성이 어떻게 다른지를 살펴보려 했는데, 시사해주는 바가 아주 많은 논문이었습니다. 나도 그런 식으로 작품을 읽겠다고 하여, 「최인훈의 소설에 나타난 창의 이미지」를 대학신문에 발표하였고, 「동물의 이미지를 통한 이상의 상상적 세계」란 글로 동아일보 신춘문예에 응모하기도 했습니다.

그런데 이러한 이미지 분석에 대한 회의가 들기 시작했습니다. 이미지 분석은 작가의 상상 세계나 작품의 논리를 어느 정도 해명하는 데 도움은 되지만, 사회적 상황이나 작품 밖의 세계와 관련된 작품의 의미를 제대로 설명하지는 못한다는 것입니다. 또한 작품을 해석하기만 하고 비평하지는 못한다는 것도 답답하게 생각되었습니다. 그래서 다른 시각으로 비평을 해보려고 했는데, 그런 비평적 시도는 아주 거칠어지거나 인상주의적 비평이 된 느낌이 들었습니다. 그래서 작품의 표면적 주제나 스토리를 요약하는 듯한 인상주의적 비평의 단계에서 벗어나기 위해서는 결국 작품을 꼼꼼히 읽고 표면에 감춰진 내재적 논리를 찾는 일이 비평가의 올바른 역할이라고 생각했습니다.

김 지금 해주신 말씀은 비평에 있어서 이론의 역할이라는 문제를 생각하게 합니다. 선생님께서는 실제 비평 작업과 나란히 다양한 문학 이론에 천착해오셨습니다. 방금 말씀하신 바슐라르의 시적 상상력의 이론뿐만 아니라, 구조주의 비평이나 골드만의 문학사회학 등도 선생님께 중요한 의미를 지니는 것으로 생각됩니다. 선생님의 비평에서 가장 중요한 이론적 준거점이랄까 하는 것이 있다면 어떤 것일까요. 또한 푸코, 부르디외 등 프랑스 철학, 사회사상에 대해서도 활발한 연구를 수행하셨습니다만, 이러한 작업과 비평 사이에 어떤 연관이 있는지요? 작품을 보는 비평가의 시선을 상당 부분 결정하는 요소로는 근대(탈근대)에 대한 관점을 들 수 있을 것이고, 여기에 푸코와 같은 사상가에 대한 연구가 중요한 의미를 지니리라고 생각됩니다. 이런 맥락에서 선생님의 근대관도 함께 이야기해주시면 좋겠습니다. 질문이 좀 많아졌는데요……

오 나는 외국 문학 전공의 비평가가 주의해야 할 것은 자기의 글 속에 자기 과시적이고 현학적인 지식의 나열이라고 생각합니다. 비평의 글 속에 녹아들어가 있지 않고, 적절한 인용이라고 생각되지 않는 외국 문학 이론을 들먹이면 독자의 입장에서 저항감이 느껴지곤 합니다. 이런 점에서 돌아보면 나의 글에서도 반성할 대목이 많다고 생각합니다. 그러나 어떤 의미에서 외국 문학 전공의 비평가가 한국 문학에 기여하는 것은 자신이 공부하고 지적으로 인식한 경험을 통해서 새로운 시각의 해석을 보여주는 일입니다. 그렇기 때문에 외국의 문학 이론을 이끌어들여 비평을 하게 되는 것은 어느 정도 필연적일 수 있습니다. 문제는 그런 이론이 그의 글 속에서 얼마나 소화되어 설득력을 행사하는가일 것입니다.

문학비평을 처음 시작하였을 때는, 앞서 말했던 것처럼, 바슐라르의 상상력 이론이나 주제 비평이 중요한 이론적 준거가 되었습니다. 그러다가 80년대 초 프랑스에 유학을 가서 박사논문을 준비할 때, 지도교수 되는 분이 기호학이나 구조주의 비평의 방법론을 강조하면서 어떤 주제를 택하건 그런 과학적인 방법론에 의거하여 논문을 써야만 한다고 했습니다. 어쩔 수 없이 언어학이나 기호학을 공부하면서 그런 익숙하지 않은 방법론에 적응하느라고 고생을 했지만, 바슐라르의 주제 비평이 비과학적이고 문제점이 있다는 것을 알게 되었고, 동시에 텍스트의 형태나 구조적 특성이 중요하다는 것을 인식하게 되었습니다. 논문을 쓸 때 기호학의 전문용어나 기호학적 도식을 많이 응용하지는 않았지만, 초현실주의적 텍스트의 형태와 의미가 어떤 상관관계를 갖고 어떻게 변형되었는지를 살펴보는 작업을 통해서 기호학의 방법론적 시각들의 영향을 받아 텍스트를 읽는 훈련을 한 셈이라고 말할 수 있겠습니다.

그러나 전문적인 기호학 방법론은 나에게 기질적으로 맞지가 않았습니다. 그런 것은 직관적으로 곧 알 수 있는 결론을 공연히 어렵고 우회적인 방법론으로 과학적 외피를 입혀 인위성이나 기계성이 많다는 생각이 들었습니다. 다시 말해서 텍스트를 꼼꼼히 읽는 것은 좋은데, 과학적이어야 한다는 논리에 갇혀 인위적인 방법론을 만드는 것에는 계속 거부 반응을 느꼈습니다. 그런 과정에서 푸코의 책을 읽었고, 현재 혹은 현대를 규명하려는 거시적이고 역사적인 시각, 또는 문학의 전위성을 긍정하면서 주체의 의미를 부정하고 인간의 죽음을 선언하는, 문학과 인간에 대한 새로운 인식에서 많은 것을 깨닫고 생각할 수 있었습니다. 그러니까 바슐라르의 이미지론, 기호학의 꼼꼼히 읽기, 현대성과 권력에 대한 푸코의 계보학적 시각, 그런 이론과 방법론이 알게 모르게 비평적 시각을 형성한 요소들이었다고 말할 수 있겠습니다.

'나의 근대관'을 물으셨는데, 간단히 말하기는 어렵지만, 전통적인 과거와 단절된 도시화와 대중사회, 혹은 정보사회로의 변화, 주체의 왜소화와 뿌리 뽑힌 불안정한 삶의 모습 등으로 특징지을 수 있는 현대성의 모든 양상들을 그런 관점에서 말할 수 있겠습니다.

김 제 기억으로는 선생님의 비평에서 '과시적이고 현학적인 지식의 나열'은 전혀 없었던 것 같은데요. 특히 작가론이나 작품론에서 이론에 대한 언급은 극히 절제되어 있습니다. 요즘 비평들에서 차분한 논리 전개보다는 현란한 개념의 나열이 두드러져 보이는 경우가 많은데, 선생님의 비평은 이와는 대조적입니다. 외국 문학자로서의 비평가가 주의해야 할 점을 말씀하셨습니다만, 80년대 이후로 비평은 거의 대부분 국문학자의 주업, 내지 부업으로 정착된 느낌마저 없지 않습니다. 그만큼 외국 문학을 연구하면서 동시에 오늘의 한국 문학을 따라간다는 것이 쉽지 않다는 의미로 해석될 수도 있겠습니다. 선생님께서는 40년에 가까운 시간 동안 불문학자이자 비평가라는 두 가지 과업을 어떻게 조화시켜 오셨는지, 그리고 오늘의 국문학 위주 비평계에 대해 어떻게 생각하고 계신지, 오늘의 젊은 외국 문학도들에게 하시고 싶은 말씀은 없으신지, 등등이 궁금합니다.

오 불문학자와 비평가의 두 가지 역할을 조화시켰다기보다 두 가지 중 어느 하나의 역할도 만족스럽게 하지는 못했다고 생각합니다. 내 경험에 비춰서 말하면, 83년에 프랑스에서 귀국하고 『외국문학』 창간에 관여하고 불문학자의 입장에서 한동안 글을 쓰다 보니까 비평가 역할을 제대로 하지 못한 적이 있었습니다. 물론 비평을 쓰지 않았다고 해서 한국 문학에 관심을 갖지 않고 지낸 것은 아니었습니다. 그러나 그때 두 가지 역할을 동시에 하는 일이 그만큼 어렵다는 것을 절감했고, 그런 한편 내가 비평을 하지 않아도 비평가는 많이 있으니까 내가 쓰고 싶은 불문학 쪽의 글이라도 열심히 쓰자고 생각한 것입니다. 그러한 욕망이 어느 정도 가라앉게 되자 다시 우리 문학에 대한 글을 쓰고 싶다는 생각이 들어 어느 시점부터 비평을 재개한 것인데, 결국 두번째 비평집이 늦게 나온 이유는 그런 과정이 있었기 때문입니다.

오늘의 국문학 위주 비평계의 현상을 어떻게 보고, 젊은 외국 문학도들에게 하고 싶은 말은 무엇인지를 물으셨는데, 사실 과거에 비해서 외국 문학을 전공한 비평가가 줄어든 현상은 한국 문학을 위해서 바람직한 일이 아니라고 봅니다. 외국 문학 전공자들이 어떤 언어권에서 연구하건 그들의 관심이 일차적으로 문학에 대한 관심이라면 그 누구도 한국 문학에 무관심할 수가 없을 것입니다. 내가 만나본 많은 외국 문학 전공자들은 대부분 우리나라 작가나 시인들에 대해서 많이 알고, 어떤 분은 일선 비평가보다 더 전문가의 안목을 보이기도 했습니다. 다만 그들이 비평가로 데뷔하는 절차를 밟지 않았고 그런 이유로 원고 청탁을 받을 기회가 없게 되어 비평 활동을 하지 않았을 뿐입니다. 물론 비평가로 데뷔해야만 비평할 수 있는 것은 아니지만, 원고 청탁을 받지 않은 상황에서 한국 문학에 대한 글을 적극적으로 개진하는 외국 문학자가 그렇게 많을 것으로 보이지는 않는다는 것입니다. 나는 한국 문학의 미래를 위해서도 외국 문학자가 비평가로서건 아니건 간에 한국 문학에 대한 글을 많이 써야 한다고 생각합니다. 외국 문학자의 시각에서 한국 문학에 대한 관심을 갖고 한국의 문학적 상황을 고민하는 글들이 많이 발표되어야만 한국 문학의 지평이 넓어지고 한국 문학의 내용도 훨씬 더 풍부하고 다양해질 것은 분명합니다.

김 지금 하신 말씀은 누구보다도 잡지 편집자들이 새겨들어야 할 중요한 지적인 것 같습니다. 지금까지 저도 이 문제를 '원고 청탁'이라는 측면에서는 생각해보지 못했습니다만, 외국 문학 연구자들을 지금, 이곳의 현실로 이끌어내는 데 잡지 편집자들의 역할이 중요하리라는 생각이 듭니다.

오 그렇습니다.

김 비평가로서의 선생님의 작업은 초기에 소설 비평에 집중되어 있다가 90년대 이후로 시 비평으로 중심이 옮겨진 듯한 느낌입니다. 이런 관심의 변화에 어떤 배경이 있는지, 무척 궁금합니다.

오 대학생 때 영문과의 김종철과 친하게 되면서, 그와 함께 문학 이야기를 많이 나누었습니다. 졸업하면서 그와 나는 비평가로 데뷔한 시기도 비슷했고, 비평을 하게 된 잡지의 지면도 같을 때가 많았는데 그러다가 그와 같이 『문학과지성』의 동인으로 참여하게 된 것입니다. 그런데 그는 주로 시 비평을 했고, 나는 소설 비평을 했습니다. 주변의 사람들이 그렇게 인식하니까 내가 시 비평을 하고 싶어도 할 기회가 없었습니다. 나는 시 비평을 하지 않으면서도 시를 늘 좋아했고, 시를 쓰지 않았으면서도 시 비평을 하고 싶어 했습니다. 그런데 우연히 몇 권의 시집 해설을 쓸 기회가 생겨서 나로서는 열심히 썼는데, 그 반응이 나쁘지는 않았던 모양입니다. 내가 엘뤼아르의 시로 석사논문을 쓰고, 브르통의 시적 산문들을 대상으로 박사논문을 쓴 까닭에 불시 전공 교수로서 오랫동안 대학에서 현대 불시를 강의하고, 프랑스 시인들에 대한 논문을 쓰기도 했습니다. 그런 것이 바탕이 되어 시 비평을 못 할 이유가 없다고 생각했을 뿐 아니라 언젠가부터 소설 비평보다 시 비평이 더 재미있는 일로 여겨지게 되었습니다. 농담을 하자면 어쩌다가 문학상 심사를 맡게 될 때, 소설이나 비평보다 시 부문에서 심사해달라는 부탁을 받게 되면 마치 시를 잘 보는 비평가로 인정받는 것 같아 기분이 좋아지기도 합니다. (웃음)

김 처음에 소설 비평에 주력하신 데는 그런 말 못할 사정이 있으셨군요. (웃음) 이미 시간이 많이 되었지만, 마지막으로 한 가지 질문만 더 드리겠습니다. 한국 문학의 변화를 60년대부터 지금까지 줄곧 지켜보셨습니다. 비교적 시대적 성격과 흐름이 분명히 부각되었던 이전 문학과는 달리, 2000년대 이후의 문학은 그야말로 어떤 뚜렷한 방향을 알 수 없는 혼란기라고까지 할 수 있겠는데, 여기서 어떤 전망 같은 것을 가지고 계시는지요.

오 지금의 시대는 인류의 오랜 문명의 역사에서 중요한 역할을 했던 문자 문화가 정보사회에서 영상 문화의 압도적인 등장으로 변화 혹은 위기를 겪는 시대라고 말할 수 있겠습니다. 김선생이 이 시대를 "방향을 알 수 없는 혼란기"라고 하셨는데, 이런 혼란기에 문학이 과연 살아남을 수 있는지, 살아남는다면 어떻게 살아남을 수 있는지도 의문입니다. 외국의 어느 평론가는 문학의 죽음을 단호히 선언하기도 했습니다. 물론 그가 말한 문학의 죽음이란 것이 시나 소설의 창작이 불가능하다는 의미의 말은 아닐 것입니다. 그것은 작가가 정신 문화를 주도하면서 존경을 받고, 문학이 의미 있는 역할을 하는 시대는 끝났다는 의미에서 하는 말일 것입니다. 그러나 문학이 영광을 누렸던 시대는 다시 오지 않을 것이라는 점에서 그런 말을 했다면 그것은 어느 정도 맞는 말이겠지만, 그런 만큼 이 시대에는 역설적으로 문학의 역할이 그 어느 때보다 중요하다고 말할 수 있습니다. 나는 이 시대에 문학의 역할은 어떤 형태로건 진실을 증언하는 일이라고 생각합니다. 정보화 사회 혹은 영상 문화가 지배하는 사회에서는 무엇이 진실이고 무엇이 허상인지, 무엇이 실재이고 무엇이 사이버인지 구별하기가 어렵습니다. 그렇기 때문에 진실의 실체를 찾으려는 작가의 노력, 진실의 이데아를 포착하려는 시인의 목소리는 그 어느때보다 깊은 고민을 거쳐서 진정성으로 표현되어야 할 것입니다. 이때 비평가의 역할은 진짜와 가짜의 문학을 구별하는 일입니다. 혼란의 시대일수록 반드시 진실을 추구하는 작가와 시인이 있기 마련이고, 그런 재능들을 발굴하는, 눈 밝은 비평가가 절실히 요구되는 시점이라고 생각합니다.

김 변화 속에서도 변치 않고 남아 있어야 하는 것, 진정성의 가치가 그런 것일 테지요? 진정성이 의심받는 상황이기 때문에 더욱 진정성이 중요하다는 선생님의 말씀에 깊이 공감합니다. 오늘 대담은 선생님의 비평 세계를 좀더 가깝게 느끼고 이해할 수 있는 좋은 기회가 되었습니다. 또한 한국 문학과 문학 비평의 현재와 미래에 대해서도 깊이 성찰할 거리들을 안고 돌아갑니다. 오랜 시간 좋은 말씀 해주신 데 깊이 감사드립니다.

나무와 나, 혹은 나무 사이로 부는 바람

오생근

나는 나무에 대한 전문적 지식도 없고 나무의 이름도 잘 모르지만 나무를 좋아한다. 그것은, 나무 한 그루만 보이면 어떤 장소에서도 행복하게 살 수 있다고 말하는 아내와 더불어서이다. 언제부턴가 아침잠이 없어진 다음부터 새벽에 깨어나면 먼동이 트기를 기다려 집 근처에 있는 낮은 산에 오른다. 산길에서 마주치는 소나무, 참나무, 아카시아나무, 단풍나무 등등 내가 이름을 아는 나무들은 몇 그루 안 되지만, 나는 그 나무들과 인사를 나눈다. 나무들과 눈짓의 인사를 나누기 전만 해도 나는 겉으로 보이는 모습 그대로 봄나무의 연초록 빛에 놀라워하거나 여름나무의 푸름에 경탄하면서 겨울나무를 황량하고 애처롭게만 보았다. 그러나 겨울나무가 쓸쓸하고 앙상한 것이기는커녕 얼마나 강한 인내심으로 믿음직스럽게 버티는지는 최근에 알게 되었다. 모든 일을 '비움'의 시간을 가진 다음에 봄의 새잎을 만들어내려는 겨울나무에서 둥글고 따뜻한 모성의 모습을 본 것이다. 이렇게 나무를 새롭게 알게 된 것은 나무에 대한 책을 읽었기 때문이기도 하지만 그만큼 나무에 대한 사랑과 관심이 깊어졌기 때문이기도 하다. 사람은 어떤 책을 읽고, 어떤 풍경을 보더라도 자기가 관심을 갖는 것만 기억하는 법이다. 얼마 전 나무에 관한 책 중에서 우종영의 『나는 나무처럼 살고 싶다』를 감명 깊게 읽은 적이 있다. 그는 서른 살 나이에 사업에 실패하여 자살하려 했을 때, 문득 자신의 삶의 언저리에서 늘 위안이 되어주던 나무가 "나도 사는데, 너는 왜 아까운 생명을 포기하려고 하는 거니?"라고 자기를 불러서 결국 새롭게 삶을 시작하는 희망을 품고 나무 의사가 되었다고 한다. 그의 말대로 나무만큼 사람들에게 큰 위안과 많은 깨달음을 주는 존재도 없을 것이다.

얼마 전에 우연히 어느 고등학교 교장 선생님에게서 교가를 지어달라는 부탁을 받고, 사람은 늘 나무로부터 많은 것을 배워야 한다는 생각이 떠올라 "내 마음속에 나무 한 그루 거센 바람 불어도 꺾이지 않네"로 시작하는 가사를 만들어준 적이 있었다. 시인 정현종은 「나무 예찬」이란 글에서 "나무는 종교나 철학, 또는 학교나 교회나 책들보다도 큰일을 하는" 존재로서, "이 세상에서 살아가는 우리의 마땅한 모습"을 보여주고 "상승하려는 의지의 주체적인 현현"이라고 강조하였는데, 나는 그의 말에 전적으로 공감한다. 사람에게는 늘 현재의 자리에 주저앉아 게을러지고 낮은 곳으로 떨어지고 싶은 본능이 있는 법이다. 그런 인간에게 나무는 밝고 높은 곳을 향하여 끊임없이 상승하려는 꿈과 희망의 동력을 불어 넣어준다. 나는 참으로 인간답게 산다는 것의 기준을 '상승하려는 의지'에 두고 싶고, 그것을 나무가 인간에게 가르쳐주는 덕목 중에서 가장 중요한 것이라고 생각한다. 이런 점에서 모든 학교가, 초등학교이건 고등학교이건, 교훈을 '나무를 거울삼아 지내자'라거나 '나무처럼 살자'로 만든다면 우리나라 사람들의 생각과 심성이 지금보다 훨씬 훌륭해지지 않았을까 하는 생각을 해보기도 한다.

　자전적 에세이를 써야 하는 이 글에서 엉뚱하게 나무 이야기부터 하기 시작한 것은 내 이름과 관련된 사연과 성장 과정에서 나무의 의미를 말하기 위해서이다. 나는 학교 다닐 때 내 이름의 '생(生)'자 때문에 놀림을 받은 적이 많았다. 가끔 아버지에게 왜 다른 아이들처럼 평범한 이름을 지어주시지 않았느냐고 불평을 하면, 아버지는 독립 운동가이며 한학에도 밝고 많은 외국어에도 능통했던 조소앙 선생이 특별히 지어주신 이름을 고마워하지 않고 투정을 한다고 나무라셨다. 그때만이 아니라 아버지는 조소앙 선생과 집안 이야기를 많이 하셨다. 50년 제2대 국회의원 선거에서 전국 최고 득표로 당선되었고, 정치·경제·교육의 균등 사회를 실현해야 한다고 주장하였던 조소앙 선생은 아버지의 고모부였다. 나는 신당동에서 태어나 6·25 전쟁 때 부산으로 피난을 갈 때까지 만 4살까지 그곳에서 자랐는데, 집이 넓었고 어머니가 손님 접대를 잘하셨기 때문에 조소앙 선생이 우리 집에서 자주 머물거나 손님을 만나는 때가 많았다는 것이다. 그 당시 아버지는 사업이 번창하여 재력도 뒷받침이 되었겠지만, 형제들이나 가까운 친척이 모두 일찍 돌아가셔서 조소앙 선생을 더욱 가깝게 모시고 싶어 했던 것으로 짐작된다. 여하간 아무리 유명한 친척 할아버지가 깊은 뜻을 담아 내 이름을 지어주셨다 하더라도 내 이름을 가지고 놀리는 애들한테 그것을 일일이 설명할 수도 없었고, 설명한다 해도 그것이 놀림을 중단시킬 이유가 되는 것도 아니었다. 내가 생각해도 이름의 '생'자가 늘 낯설게 느껴져, 고등학교 때 언젠가는 한글로 된 명찰에서 '생'자를 '성'자로 만들고 다니기도 했다. 그런 '이름의 콤플렉스'에서 벗어난 것은 사춘기가 지날 무렵 내 이름의 운명을 받아들이기로 작정하면서부터이다. 어느 날 문득 나무처럼 살아야 한다는 자각을 하게 된 것이 바로 그러한 계기였다. 더욱이 내 이름은 '살아 있는 뿌리'이기 때문에 어떤 바람이 불어도 꺾이지 않고, 혹은 꺾이는 불행을 겪어도 뿌리가 살아 있어 죽지 않고 하늘을 향해 상승하는 나무처럼 사는 삶을 긍정적으로 받아들인 것이다. 피난 가기 전 신당동 집은 정원도 넓고 나무도 많았다고 한다. 내가 말을 배우기 시작한 지 얼마 되지 않아서 엄마를 찾을 때 "엄마가 없으면 바람이 불어요"라고 말했다는 것을 어머니는 두고두고 기특한 듯이 이야기해주셨다. 나뭇잎을 흔들며 열린 창을 통해 들어오는 바람이 어린 시절에도 그만큼 감각적으로 느껴졌던 모양이다.

전쟁 때 우리 식구는 뒤늦게 부산으로 피난을 가서, 나는 피난 국민학교에 입학하여 2학년까지 다녔다. 바다가 보이는 산기슭에 천막 교실로 만들어진 그 학교에서 매일같이 우유 배급을 받았던 기억이 난다. 부산에서 아버지는 무슨 일을 하셨는지 모르지만 어머니가 장사를 하셔서 식구들의 생계를 꾸려갔던 것 같다. 3학년 때 서울로 이사 왔는데, 우리 식구는 신당동 집으로 들어가지 못하고 동대문이 가까운 종로 6가의 연탄공장 집에 정착하게 되었다. 나무가 많아서 늘 바람이 부는 것처럼 느껴지던 집이 아니라 나무 하나 없고 연탄 가루가 날리는 삭막한 집이 국민학교 3학년부터 중학교 2학년 때까지 내가 성장하던 공간이었다. 사변 통에 아버지는 신당동 집뿐 아니라 소공동의 회사 건물도 헐값으로 매각하면서도, 살 집을 마련하지도 못한 채 그 돈을 다른 사업에 잘못 투자하여 결국 손해만 보게 되었다는 것이다. 그러다가 외삼촌이 서울에서 연탄공장을 개업하는 데 자본이 모자란다고 어머니에게 동업을 요청해온 것이 우리 식구가 연탄공장 집에 살게 된 동기였다고 한다. 아버지는 소심한 선비 같은 분이었지 사업가의 수완을 갖춘 분은 아니었다. 아버지는 나의 할아버지가 천재 같은 사람이고 일찍이 미국 유학을 다녀오셨다는 것과 우리 집안이 옛날에 어떠했다는 것을 자주 말씀하셨는데, 나는 그것을 귀담아 듣기보다 늘 귓등으로 흘려들었다. 사람 좋고 인자하신 아버지가 현실에서는 무능하고 무력한 것에 반감을 느끼면서 중요한 것은 과거의 영광이 아니라 현재의 시간이고 현실의 삶이라고 반발하는 생각이 깊어졌다.

연탄공장 집은 언제라도 기회가 있으면 밖으로 나갈 생각만 하게 만들었다. 나는 동네 아이들과 골목 안에서 놀거나 동대문 앞을 지나 길을 건너면 언제나 담을 넘어 들어갈 수 있었던 서울운동장에 가서 각종 운동 경기를 구경하곤 했다. 동대문시장의 전신이랄 수 있는 방산시장 골목도 자주 지나다니던 길이었다. 동네의 개천가도 아이들의 좋은 놀이터였다. 그런 놀이터뿐 아니라 집 근처의 책 대여점도 내가 자주 들르며 오랜 시간을 보내던 곳이었다. 만일 그 책방이 없었다면, 지금 문학을 하는 나의 모습은 상상할 수 없는 일인지 모른다. 그곳에서 읽은 책들은 김래성과 같은 대중소설 작가로부터 셰익스피어의 작품 같은 세계 명작까지 뒤죽박죽이었는데, 그런 독서가 좋게 말하면 관심의 폭을 넓힌 광범위한 독서의 바탕이 되었다고 말할 수 있다. 그러한 독서 경험과 함께 잊혀지지 않는 것이 이발소의 시였다. 우리 집 앞에는 시립 경전병원이 있었고, 그 건물 끄트머리에 이발소가 있었다. 그 당시 대부분의 이발소처럼, 그곳에는 밀레의 「만종」이라는 복사판 그림이 거울 위에 걸려 있었고, 푸시킨의 「삶」이라는 시도 거울 옆에 붙어 있었다. "생활이 그대를 속이더라도 슬퍼하거나 노여워하지 말라/고통의 날을 참고 견디면 머지않아 기쁨의 날이 오리니/현재는 언제나 슬픈 것/마음은 미래에 살고 모든 것은 순간 속에 지나가리니." 이러한 푸시킨의 시는 아마 내가 읽고 감동한 첫 시였을 것이다. 이발소에 갈 때마다 그 시를 읽었는데, "현재는 언제나 슬픈 것"과 "머지않아 기쁨의 날이 오리니"와 같은 구절이 막연히 어떤 희망을 품게 하여 좋았던 것 같다.

연탄공장 집에서 삭막한 어린 시절을 보내기만 했던 것은 아니다. 외갓집이 경기도 광주에 있었기 때문에, 우리 형제들은 방학 때마다 그곳에 내려갈 수 있었다. 그 집은 안채와 사랑채 사이가 넓었고, 대부분의 시골집처럼 집 뒤쪽에는 야트막한 산이 있었으며, 집 앞에는 높은 가로수들과 함께 한적한 신작로가 놓여 있었다. 길 건너편에는 논과 밭이 펼쳐져 있었고 고기잡이를 하던 냇물도 흐르고 있었다. 또한 멀리 보이는 이름 모를 높은 산은 밤이 되면 검은 형체로 가깝게 다가와 신비로운 위엄을 뿜어대었다. 산과 나무들 가까운 곳에서 살지 못하고 태어난 집의 기억도 없기 때문에 나는 어린 시절 방학 때마다 가 있었던 그 시골집이 고향처럼 느껴진다.

연탄공장 집에서 돈암동, 미아리 등으로 이사 가서는 집안 형편이 더욱 어려워졌다. 아버지가 일정한 수입이 없게 되자 어머니가 밖으로 일하러 나가셨다. 무엇보다 자식들의 생활과 교육을 위해서 어머니가 헌신적으로 고생하셨던 일화는 말할 수 없을 정도이다. 우리 형제들이 모두 인정하는 사실이지만, 어머니는 우리 주변에서 볼 수 있는 사람들 중에 가장 훌륭하신 분이다. 어머니는 당신 혼자를 위한 일은 단 한 가지도 하신 적이 없다. 나는 자라면서 어려운 일을 겪을 때마다 어머니의 모습을 떠올리며 어머니가 나를 어떻게 생각하실까를 제일 염려하였고 어머니의 기대에 어긋나는 행동을 하지 말아야 한다는 것을 마음속으로 다짐하곤 했다. 그러면서도 나는 얼마나 후회스러운 일을 여러 번 했는가. 그런 일 중에 고등학교 1학년 때 있었던 일을 결코 잊을 수 없다.

　7월 초의 어느 날 수업이 끝나고 우리 분단이 교실 청소를 하게 되었다. 나와 다른 한두 친구는 교실 앞쪽에서 뒤쪽으로 의자를 책상 위에 올려놓고 빗자루로 청소를 하여 거의 끝나갈 무렵이 되었는데 C라는 한 친구는 청소를 하지 않고 장난만 하다가 우리를 향해 놀리는 말을 했던 것 같다. 그때 내가 화가 나서였는지 장난삼아 그랬는지 알 수 없지만, 나는 눈앞에 보이는 각목을 집어들어 그를 향해 던졌다. 그는 교탁 밑으로 몸을 피했고 날아간 각목은 칠판 한복판에 구멍을 내고 떨어졌다. 나중에 청소 감독을 하러 들어오신 담임 선생님은 그것을 알고 화를 내시며 나에게 다음 날 당장 부모님을 모시고 오도록 했다. 그날 밤 집에서 아무에게도 말하지 않고 혼자서만 고민하다가 다음 날 보통 때와 마찬가지로 학교에 갔다. 조회 시간에 담임 선생님은 내 이름을 거명하며 전날 싸움을 하다가 학교 기물을 파괴했으니, 나는 무기정학 아니면 퇴학을 당할지도 모른다고 했다. 그때 선생님이 왜 그렇게 과장되게 말씀하셨는지 모르지만, 그 말을 듣는 순간 걷잡을 수 없는 충격에 휩싸이게 되었다. 담임 선생님은 나를 향해 부모님이 오실 것인지를 물었고, 내가 아무 말도 하지 않자 수업 받을 자격이 없으니까 당장 집에 가서 부모님을 모시고 오라고 했다.

　나는 가방을 들고 학교에서 나와 교문 가까운 곳의 나무 밑에 몇 시간쯤 앉았다가 밖으로 나와 길거리를 한없이 걸어 다녔다. 그러다가 늦게 들어간 집에는 아무도 없었다. 아버지는 무슨 일 때문인지 지방에 내려가서 지내셨고, 어머니는 새벽부터 일하러 나가셨다. 그러니까 당연히 학교에 부모님을 모시고 갈 형편이 못 되었지만, 만일 어머니가 이 사실을 알면 얼마나 걱정하실까 하는 생각이 앞서서 아무 말도 할 수 없었다. 어머니는 내가 착한 모범생이라고 생각하시며 자식들의 장래를 위해 온갖 고생을 하시는데 그런 어머니를 실망시키는다는 것은 절대로 있을 수 없는 일이었다. 나는 다음 날 학교를 간다고 하고, 학교에는 들어가지 않은 채 학교 주변을 배회하다가 집으로 돌아왔다. 그다음 날은 우이동이나 정릉 쪽으로 가서 시간을 보내기도 했다. 밤에 잠을 제대로 잘 수도 없었지만, 어쩌다 잠이 들면 악몽을 꾸었다.

그렇게 4일쯤 보내다가 어느 날 밤 간신히 쥐어짜낸 묘책은 그 당시 이해성도 많고 나를 칭찬해준 적도 있는 국어 선생님께 도움을 청하자는 것이었다. 다음 날 아침 학교 앞에서 출근하시는 선생님을 기다려 나의 과오와 부모님을 모셔올 수 없는 사정을 이야기하고 내 문제가 교무회의에 상정되어 징계가 결정되었는지를 물었다. 국어 선생님은 처음 듣는 이야기라고 하면서 담임 선생님께 잘 말해줄 터이니 너무 걱정하지 말라고 하셨다. 다음 날 같은 반의 친구를 통해 담임 선생님이 나를 불렀다. 그때 담임 선생님이 학년 초에 작성한 가정 환경 조사서를 꺼내 보여주면서 나에게 사실 여부를 물었다. 나의 잘못이 또 드러난 일에 대해 나는 아무 말도 하지 못했다. 학년 초에 학부형이 쓰도록 되어 있는 가정 환경 조사서를 내가 쓰면서 집과 재산, 문화 시설의 유무 등을 묻는 난에 나는 반항심 때문에 제멋대로 적어놓은 것이다. 나는 반에서 어른처럼 글씨를 잘 쓴다고 하여 친구들로부터 결석계를 써달라는 부탁을 종종 받을 정도였으니까, 가정 환경 조사서를 쓰는 일은 너무나 쉬웠다. 나는 어른 필체로 재산 액수를 터무니없이 부풀려 썼고, 각종 문화 시설은 하나도 없으면서 대단한 부잣집인 것처럼 모든 항목에 ○표를 했던 것이다.

그 사건 이후에, 물론 그 전부터였겠지만 나는 어머니가 믿는 모범생의 모습과는 다르게 지냈다. 주말이면 동네 아이들과 북한산 자락에서 야영을 하거나 학교에서 나보다 공부 못하는 친구가 같이 공부하자면 그 친구 집에서 여러 날을 보내기도 했다. 내성적인 탓도 있었지만, 나는 늘 혼자라는 생각 때문에 내 문제나 우리 집 이야기를 어떤 친구에게도 한 적이 없다. 재미없는 수업 시간에는 소설책을 보았고 점심시간이나 방과 후에는 사소한 일로 잘 모르는 친구들과 싸움을 했다. 가을에 2학년 광릉에 소풍을 갔을 때는 공연히 어떤 그룹에 시비를 걸어 나 혼자서 여러 명과 싸움을 하다가 골짜기에 굴러떨어져 병원에 간 적도 있다. 훗날, 졸업한 지 30여 년쯤 되어 미국에서 한 동창생을 만나게 되었을 때, 그 친구가 나의 옛날 모습을 환기시켜 나는 아무 말 못 하고 웃기만 했다. 다른 친구들에게 학창 시절의 내가 그런 모습으로 기억되는 것은 참으로 부끄러웠지만, 그렇다고 해서 이유 없이 남을 괴롭히거나 선량한 친구와 싸움을 했던 적은 없었다.

고등학교 2학년 1학기 때, 2년 유급하여 같은 반이 된 황석영과 짝이 된 것은 나에게는 하나의 사건이었다. 그는 학교를 중퇴하려는 생각으로 가출하였다가 어머니에게 붙잡혀 할 수 없이 2년 아래인 우리들과 3개월쯤 같이 지내게 되었지만, 그의 눈에 우리가 얼마나 어리게 보였을지는 충분히 짐작되었다. 그 당시 문예반이 아니었어도 글을 잘 쓰는 선배들에 대한 관심이 많았는데, 황수영(황석영의 본명)은 일찍이 소설 잘 쓰는 선배로 유명했다. 그의 온갖 기행, 그 기행 속에 엿보이는 지독한 외로움, 천재적인 재능, 광기의 악마성 등. 그 시절에 나에게 보여준 그런 모습을 그 자신은 아마 기억하지 못할 것이다. 그는 학교라는 감옥에서 언제든지 기회만 있으면 탈출하기를 원하는 수인처럼 시간을 보냈다. 한때 그는 우리가 배우지도 않은 초급 불어 책을 꺼내들고 불어 공부를 하는 척하면서 나중에 자기는 대학에서 불문학을 공부할 것이라고 말하기도 했다. 나는 그때 소설 읽기를 좋아하고 문학에 대한 관심은 많았지만, 문학을 전공한다는 생각을 하지는 못했는데, 그를 보고 그럴 수도 있겠다는 발상을 할 수 있었다. 또한 그가 나에게 가르쳐준 것은 좋은 문학은 문예반 친구들이 생각하듯이 멋진 수사의 표현이 아니라 생활 혹은 삶의 깊은 체험에서 만들어진다는 것이었다. 그는 수업 시간에 대학 노트에 소설을 썼고, 그때 쓴 소설이 『사상계』 데뷔작인 「입석부근」이었다. 그는 6월 초부터 더는 학교를 나오지 않았다. 그를 만나는 재미로 학교를 다녔다고 할 수는 없었지만, 그가 떠난 교실이 갑자기 허전해진 듯한 느낌은 분명했다.

3학년 때 의과대학 진학반에 들어갔다. 특별한 동기도 없이, 이과를 선택한 후에 이과 안에서는 공과대학보다 의과대학이 나을 것 같다는 생각으로 그런 것이었다. 3학년이 되어서 모처럼 열심히 공부를 했더니 2학기가 되어 처음 치른 모의고사에서 우연히 1등을 하게 되었다. 학년 초에 내 복장이 불량하다고 야단친 '지렁이'라는 별명이 붙은 담임 선생님이 나를 불러서 격려해주었던 기억이 난다. 1등은 그때 한 번뿐이었다. 그다음에 긴장이 풀어진 탓인지 1학기 때처럼 열심히 공부를 하지 않게 되어 의과대학 시험에 낙방하였다. 그런 후에 더 이상 의과대학을 가고 싶은 생각은 사라졌다. 재수생 시절 우연히 친구 집에서 김붕구 선생님의 『현실과 문학의 비원』이라는 책을 읽은 것이 불문학과를 지망한 결정적 원인이 되었다. 그 책의 첫째 글인 「젊은 독자에게」는 불문학과를 지망하는 학생들에게 불란서 문학의 특징을 설명하는 글이었다. 불문학은 흔히 생각하듯 여성적인 것도 아니고 남성적인 것도 아니며 '천태만상이며 무궁무진하다'는 점에서 공부할 가치가 있다는 것, 그리고 "문학을 공부하는 바에는 불문학을 한 것이 행운"이라는 것, 또 젊은 날 "문학의 세례"를 받아보지 않은 인생은 "한평생을 잡초와 녹음 없는 거리에 정원마저 없는 빌딩 사무실 속에서만 보낸 인생"이라는 것들이 강한 울림을 주었다. 불문학과를 가기 위해서는 제2외국어로 불어를 해야 한다는 것은 나중에 알게 되었다. 그래서 명동에 있던 알리앙스 프랑세즈에 다니며 불어를 배웠다.

대학에 들어와서 본격적으로 '문학의 세례'를 거치는 동안, 정음사 판 세계문학전집과 신구문화사판 한국 소설 선집, 그리고 출판사 이름을 잊었지만 세계 전후 문제작 작품집 등을 읽었고 김현의 『존재와 언어』를 읽었다. 특히 『존재와 언어』에 실린 말라르메와 초현실주의에 대한 글을 읽고, 불문학과를 졸업할 때이거나 대학원에 다닐 때쯤에는 나도 과연 이런 정도의 글을 쓸 수 있을까 하는 기대감으로 공연히 홍분하기도 했다. 1학년 때 김붕구 선생님의 '불시 서설'을 듣고, 번역으로만 보던 시를 불어로 읽는 감동을 맛보기도 했다. 3학년 초에 김현 선배가 조교로 왔고, 나는 조교를 도와주는 학생으로 조교의 책상 옆에 내 책상을 두고 공부할 수 있었다. 불문과 연구실에서 홍재성과 친하게 지냈고 영문과 연구실에서 늘 늦게까지 공부하던 김종철과도 가까워졌다. 나중에 대학원생 때 알게 된 고려대의 김인환은 김종철을 포함하여 문학청년 시절에 함께 문학을 이야기하던 친구들이었다. 나는 홍재성, 김종철, 김인환에게서 많은 것을 배웠다고 말할 수 있다.

김현 선배는 일이나 공부를 대단히 능률적으로 빨리 하는 사람이었다. 그는 조교로서 할 일이나 비평가로서 읽어야 할 책과 써야 할 글이 있으면 나중으로 미루지 않고 가능한 한 그 자리에서 처리했으며, 아무리 바쁜 일이 있어도 일단 친구나 후배들을 만나서는 바쁜 일을 절대 내색하지 않는 여유를 보였다. 그는 어디서나 자기를 필요로 하는 사람을 만나면 그에게 술 사주는 일을 능사로 삼았다. 그를 볼 때마다 그렇게 많은 사람을 만나서도 언제 그렇게 많은 책을 읽고, 많은 글을 쓸 수 있는지를 늘 신비롭게 생각했다. 그가 나에게 문학 비평을 하도록 권유한 적은 없다. 그러나 그를 통해서 한국 문학에 대한 관심이 깊어지고 비평이나 문학 이론에 흥미를 많이 갖게 된 것은 사실이다. 바슐라르의 상상력 이론에 관한 책 몇 권을 어설프게나마 읽었던 것도 그런 과정에서이다. 그러다가 3학년 겨울방학 때 「최인훈의 소설에 나타난 창의 이미지」란 글을 써서 4학년 때 대학신문에 투고하여 당선된 것이 내가 써본 첫 문학 평론이었다. 그 글을 쓰기 전에 다른 대학 불문과 학생들 앞에서 보들레르와 말라르메 등 상징주의 시인들에게서 창의 이미지를 비교한 글을 발표한 적이 있었는데, 그 일이 계기가 되어 최인훈의 소설과 창의 이미지를 연결하여 분석했던 셈이다.

대학신문에 당선작이 발표된 후 최인훈씨가 나의 글을 재미있게 읽었다고 한 말을 김현 선배가 전해주었다. 그다음 날인가 최인훈씨가 고은씨와 함께 불문과 연구실로 찾아왔다. 김현 선배와 넷이 '진아춘'이란 중국집에서 식사를 하고 술을 마셨는데 나에게는 그때가 아주 영광스럽고 행복했던 자리로 오래 기억에 남았다. 그날 이후 김현 선배를 찾아오는 젊은 문인들과 자리를 함께한 일이 많았는데, 김치수 선배와 이청준 선배, 김주연 선배도 그 무렵에 알게 되었다. 또한 석사논문 발표 때문에 연구실에 자주 들른 김화영 선배도 그때 알았다. 그의 시를 좋아해서 시 몇 구절은 그대로 외울 정도였으니까 그도 나에게 친근감을 보였던 것 같다. 그렇게 문학하는 선배들과 가깝게 지내면서 문학평론가가 된 것 같은 착각을 하기도 했다. 대학을

졸업하기 전 가을 신춘문예에 응모할 글을 준비했고, 동아일보로 등
단하였는데, 당시 김병익 선배는 동아일보 문화부에 문학 담당 기자
로 있어서 여러 가지로 나를 배려해주었다.

　대학원에 들어가 첫 학기 때 정명환 선생님의 강의를 처음 들었다.
이미 사르트르와 실존주의, 이상과 이효석에 대한 선생님의 글을 많
이 읽은 터여서 막연히 냉철한 이성주의자의 모습을 예상했지만, 선
생님은 의외로 정이 많고 솔직하신 분이었다. 1학기를 마치기 전에
입대하여 우여곡절 끝에 최전방에 소총수로 근무하게 되었다. 힘든
훈련과 사역으로 폐결핵에 걸려서 춘천의 군단병원까지 후송되었는
데 납득할 만한 이유도 없이 원대 복귀 명령을 받았다. 원대 복귀 날
짜를 늦춰달라고 사정을 해서 그동안에 서울대학병원에서 검진을 받
았더니 역시 폐결핵이었다. 결국 대학병원에서 알약과 주사약을 반
년 치 구입해 원대 복귀를 했지만, 부정한 돈을 주지 않아서 나를 더
이상 후송시키지 않은 이 세상의 모든 '나쁜 사람들'에 대한 증오감
으로 그들과 싸우며 살 것을 다짐했다. 나중에 전방에서 만난 조상호
가 나의 폭력적인 면을 본 적이 있었는데, 그것은 나의 그런 다짐 때
문이다. 폐결핵 약과 함께 우연히 집에서 엘뤼아르의 생애와 시들이
담긴 시선집을 가져왔다. 억울함과 분노심을 진정하기 위해 틈틈이
엘뤼아르의 시를 읽고 그의 생애도 알게 되었다. 그가 가난한 어린
시절을 보냈다거나 젊은 날 폐결핵으로 요양소에 들어갔던 일, 그러
면서도 사랑의 정신을 잃지 않고 열정적인 삶을 살았다는 것이 그를
좋아하는 요인이 되었다. 그때까지 프랑스의 시인들 중에서 엘뤼아
르만큼 이끌린 시인은 없었다. 대학 시절에 배운 프랑스 시들은 19세
기 낭만주의와 상징주의 시가 대부분이었는데, 그 시들은 어디까지
나 학교에서 공부하는 시들이었지 내가 살아나가면서 힘이 되어줄

수 있는 시들은 아니었다. 외롭고 울적할 때 나무에 기대듯이 의존하는 마음으로 읽게 된 시들은 오히려 T. S. 엘리엇의 「황무지」와 「프루프록의 연가」 같은 시들이었다.

2년 10개월의 긴 군복무를 마치고 제대하자마자 불문과 조교로 오게 되었다. 조교 시절에 최권행과 이인성 등 후배들과 가깝게 지냈고 『문학과지성』의 선배들과도 자주 만날 수 있었다. '문지'의 선배들이 나에게 원고 청탁을 하면 3년간의 공백기 때문에 생각이 깊지 않은 거친 글을 썼던 것 같다. 그 과정에서 엘뤼아르의 시를 번역했고 그의 시를 석사논문의 대상으로 삼아 자료를 모으기 시작했다. 프랑스 책을 구하기 쉽지 않던 시절, 미술대학을 졸업하고 프랑스에 유학하여 건축을 공부하던 친구 정기용이 많은 책을 구입해 보내주어, 그것들이 논문을 쓰는 데 큰 도움이 되었다.

'삶을 변화시켜야 한다'는 랭보의 명제, '세계를 바꾸어야 한다'는 마르크스와 '인간을 깊이 있게 해석해야 한다'는 프로이트의 정신을 모두 결합하려는 초현실주의를 공부하게 된 계기는 결국 엘뤼아르의 시였다.　　　　　　　　　　　　　　　　　　　　〔2006〕

불빛을 그리워하며 방황하던 젊음

오생근

　대학교 4학년 졸업여행 때 같이 갔던 친구를 통해 우연히 한대수의 「행복의 나라로」를 배우게 되었다. 그 당시 특별히 잘 부르던 노래도 없었기에 「행복의 나라로」를 배운 이후로는 어디서나 노래를 시키면 그것을 불렀다. 사람들은 그 노래를 나의 십팔번이라고 생각할 정도가 되었다. 젊은 날을 떠올리면 그 노래를 불렀던 4학년 가을과 그 후의 몇 년이 연상되고, 그 노래 가운데 "청춘과 유혹의 뒷장 넘기면 광야는 넓어요 하늘은 푸르러요 다들 행복의 나라로 갑시다"라는 가사의 한 토막이 저절로 읊조려진다. 아마 그 노래를 좋아했던 것도, "창문을 열어라 춤추는 산들바람을 한 번 더 느껴보자"는 앞부분의 가사와 함께 광야와 하늘이 의미하는 새로운 출구와 다른 세계의 암시를 나도 모르게 절실히 받아들였기 때문일 것이다.

　그때만 하더라도 "청춘과 유혹의 뒷장"을 하루라도 빨리 넘기고 어딘가에 있을 행복한 세계로 가고 싶다는 욕망이 강렬했다. 나는 내 청춘의 빛깔은 푸른색이 아니라 어두운 색으로서, 최인훈의 『회색인』의 색깔에 가깝다고 생각했다. 실제로 젊은 날의 빛바랜 흑백 사진 속에 투영된 내 얼굴은 밝고 건강한 표정보다 어둡고 우울한 표정이 대부분이다. 언젠가 나는 내 청춘을 돌아가고 싶지 않은 고향에 비유한 적이 있다. 어떤 시골 청년이 고향의 가족이나 부담스러운 모든 굴레에서 벗어나기 위해 어느 날 새벽 가출하여 도시의 변두리에서 하층민 생활을 하면서도 지난날 고향을 무작정 떠난 것에 대해서는 전혀 후회하지 않는 것과 같은 심리 때문이었다. 대부분의 나이든 사람들이 젊음을 예찬하고 그리워하는 것과는 달리 나는 젊음에 대해 어떤 아쉬움이나 그리움을 느끼지 않는다. 이렇게 말하면 아직 충분히 늙지 않아서 그렇게 생각하는 모양이라고 핀잔을 주는 사람이 있을지 모르지만, 아마 늙어서도 나의 이런 생각에는 변함이 없을 것이다.

젊은 날 내가 제일 힘들어했던 것은 나는 왜 똑똑한 현실주의자가 되지 못할까 하는 문제였다. 생각과 행동의 불일치라든가 욕망과 좌절의 갈등도 감당하기 어려웠지만, 어떻게 살아가야 하는가의 문제는 늘 자신이 없었다. 사르트르가 보들레르에 대해 실존과 존재의 불일치 때문에 힘들게 산 사람이라고 말했던 것을 내 식으로 이해하면서 나의 실존적 삶에 대해 불만을 느꼈다. 그 당시 누군가 젊음이란 끊임없는 갈증과 기다림의 연속이며 그것을 감당하는 젊음의 영혼은 아름답다는 식으로 말하면, 나는 그것을 공허한 수사라고 비판했다. 샘물이 있기 때문에 사막이 아름답다고 말할 수 있는 것은 사막에서 참으로 목마른 고통을 겪어보지 않았기 때문이라고 생각한 것이다. 간단히 말하면, 나는 꿈과 현실의 갈등을 현명하게 극복하지 못했고, 그것을 극복하는 데 많은 시간을 보내야 했다.

그 당시 나는 빛과 불을 좋아했고, 창과 문이라는 열린 이미지를 좋아했다. 발레리의 '다시 시작하는 바다'와 카뮈의 '영원한 여름을 꿈꾸었다'는 표현은 고통스러웠던 젊은 날을 구원해주듯이 머릿속에 새겨졌다. 때때로 산에 올라가거나 산에서 잠자는 캠핑 생활도 좋아했지만, 도시의 거리를 목적 없이 걷기도 좋아했다. 집과 학교의 답답한 분위기를 벗어나면 그 길이 한적한 거리이건 번잡한 시장 길이건 어디든지 가고 싶었다. 그만큼 걸으면서 몽상에 빠지거나 아니면 사람들을 구경하는 일을 즐겨 했던 것이다. 그렇지만 사람이 없고 어두운 길은 좋아하지 않았다. 지금처럼 가로등이나 네온사인의 불빛이 화려하지 않았던 때였으니까, 어느 날 밤 밝고 보기 좋은 가로등이 있는 거리의 풍경은 정겨운 영상으로 기억 속에 오랫동안 남아 있다. 가로등뿐만이 아니라, 어딘가로 멀리 떠나는 밤 열차의 불빛이 아름다웠고, 야간 작업을 하는 노동자들이 공사장에서 각목을 태우는 불길이 있으면 그냥 지나가지 않았다. 그 무렵 엘뤼아르의 「여기에 살기 위하여」와 「자유」를 읽고 좋아했던 것도 그 시들에 나타난 불의 이미지가 강렬히 기억에 남았기 때문이다.

생텍쥐페리의 『전투 조종사』나 『인간의 대지』에 나오는 구절 중에서 집의 불빛이나 불빛으로 표현되는 인간의 신호를 아름답고 절실하게 묘사한 구절들이 감명 깊었던 것은 빛에 대한 나의 열망이 그만큼 강했기 때문이다. 특히 『전투 조종사』의 화자는 리비아 사막에 불시착했을 때 비행기의 잔해를 불사르고 밤하늘에 충천하는 불길로 신호를 보내고 구원의 손길을 기다리며 이렇게 말한다. "불을 다룰 수 있는 동물은 오직 인간뿐이다. 이 컴컴한 어둠 속에 또 다른 불이여! 피어올라라, 우리의 불에 대답해주려무나!" 그리고 나는 이 글을 인간은 혼자서 살 수 없는 존재라는 것을 강력히 주장하는 작가의 메시지로 받아들였다.

나는 한동안 사람들을 마음이 열린 사람과 닫힌 사람, 불빛을 좋아하는 사람과 좋아하지 않는 사람으로 분류하고, 후자의 사람들을 자기만족적인 속물이라고 생각했다. 생텍쥐페리의 『인간의 대지』에서 다음과 같이 프티 부르주아를 경멸하는 투의 구절을 발견했을 때 그 구절을 외울 정도로 공감했다. "나의 동료인 늙은 관료여, 아무도 너를 탈출시키지 않았고 너는 그것에 전혀 책임이 없다. 너는 흰개미들이 그렇듯이 빛을 향한 모든 출구를 시멘트로 발라 틀어막으면서 너의 평화를 이룩했다. 너는 부르주아의 편안함 속에 빠져 공처럼 뒹굴었고, 저 바람과 바다와 별의 세계를 가로막는 비천한 성벽을 쌓았다. 너는 중요한 문제에 대해서 불안해지길 원하지 않으며, 애써 인간 조건을 잊으려 했다. 너는 떠도는 별에 사는 사람이 아니며, 해답이 없는 질문을 스스로 제기하는 법이 없다. 너는 툴루즈의 프티 부르주아이다." 나는 주변에서 삶의 의미를 조금도 회의하지 않고 단순화하여 생각하는 사람, 고민해야 할 문제를 고민할 필요가 없다고 단정적으로 말하는 사람, 나이는 젊어도 늙은이처럼 생각하는 사람, 돈과 재산은 많지만 머리와 가슴은 비어 있는 사람, 이런 사람들을 모두 '툴루즈의 프티 부르주아'라고 불렀다. 그리고 이런 태도를 가난한 젊은이의 특권이자 자존심이라고 자신할 만큼 자기중심적인 성향에 빠져 있기도 했다.

젊음은 자기중심적인 나이이다. 그렇기 때문에 젊은이는 사랑을 추구하면서도 사랑하는 방법을 모른다. 특히 자기 문제에 몰입해 있거나 자기의 미숙한 껍질을 깨고 나오지 못한 젊은이라면 타인을 생각하고 배려하는 성숙한 사랑을 하지 못한다. 외로움을 잊기 위해서거나 욕망의 갈증을 끄기 위한 사랑도 있고, 세상에 대한 미움과 반항의 의지로 공범이 될 수 있는 젊은이의 사랑도 있겠지만 진정한 사랑은 자기의 문제를 극복하고 자아의 좁은 울타리를 넘어선 성숙한 사람만이 할 수 있는 것이다. 성숙하지 못한 젊은이가 아무리 아름다운 꿈을 그리고 순수한 고민을 하더라도 그것이 자기중심적인 것처럼 보일 때 그것은 매력이 없는 법이다. 나의 젊음을 객관화해볼 때 미숙하고, 후회스럽고, 이기적이었던 모습이 떠오르면 한없이 부끄러워진다. 그런 젊음의 모습을 정직하게 인식하지 않고 젊음을 상투적으로 미화하거나 '지난날이 좋았다'는 식으로 얼버무리는 태도는 자기기만이나 다름없다.

젊음과 늙음은 나이로 구분되는 것이 아니다. 젊어서도 늙은이 같은 사람이 있고, 늙어서도 젊은이 같은 사람이 있을 것이다. 이런 관점에서는 육체적인 젊음이 중요하지 않고 정신적인 젊음이 중요한 법이다. 기성의 가치 체계에 일찍부터 순응하여 삶의 요령을 터득하고 매끄럽게 살아가는 젊은이가 있다면 그는 더 이상 젊은이라고 말할 수 없다. 참으로 바람직한 젊은이의 모습은 자유롭고 창조적인 생각으로 행동하며, 자기가 진실하다고 생각하는 것을 용기 있게 표현하면서, 자기 자신을 성숙하게 만들고 삶을 변화시키려는 열정이 강하면서 이 세상을 더 나은 세계로 만들려는 신념을 함께 갖는 사람이다. 유치한 영웅주의에 빠지지 않으면서 자기가 감당해야 할 고통을 회피하지 않고, 기성세대의 편견과 가치관에 안주하지 않으면서 순수할 수 있는 사람이기도 하다.

그런 기준에서 나의 젊음은 후회스럽다. 그러나 그런 젊음을 갖지 못했다고 후회와 아쉬움을 느끼기보다, 지금의 내가 있는 현재에 최선을 다하면서 젊은이를 사랑하고 관대하게 이해하는 태도가 젊음의 정신을 회복하는 가장 좋은 방법이라고 생각한다. 따뜻한 불빛을 그리워하던 지난날의 가난했던 시절을 잊지 않고 겸손하게 사는 것도 젊게 사는 방법일 것이다. 〔1986〕

제 2 부

삶의 문학, 긍정의 문학

삶을 위한 비평, 그 불가능성의 의미의 추구

권오룡

　근대 문학의 개시 이래 한국 문학은 외국 문학 수용의 불가피성과 한국 문학의 독자성, 주체성의 확보라는 상충되는 요구 사이의 갈등을 숙명적인 조건으로 지니지 않을 수 없었다. 일제 식민지 치하에서는 물론 해방된 이후에도 한국 문화 전체가 일본, 미국 등과 같은 나라들을 창구로 하여 외국 문화에 대해 거의 무방비로 노출되어 있을 수밖에 없었다는 것은 긴 설명을 요하지 않는다. 특히 문학에 있어 외국 문학이 학문적 보편성의 형태로 수입됨으로 말미암아 외국 문학에의 의존은 거의 절대적인 필요로까지 인식되었다고 말할 수 있다. 그러나 한국 사회와 문학이 근대적 경험들을 축적해나가고 서구의 보편성의 신화가 붕괴되어감에 따라 한국 문학의 주체성과 독자성에 대한 자각 또한 확고해져갔고, 이와 더불어 외국 문학에 대한 수용의 자세 역시 변화되어갔다. 이제 외국 문학의 수용은 그것이 아무리 학문적 토대에 기초한 것이라 하더라도 보편성의 명분을 주장하기 어렵게 되었고, 발전된 것의 수입을 통해 우리의 것을 살찌운다는 단선 논리를 정당성의 근거로 삼기도 어렵게 되었다. 이러한 변화는 외국 문학 연구자에게 자신의 작업에 대한 명확한 자의식을 지녀야 할 필요를 강하게 제기하게 된다. 더구나 외국 문학을 전공하면서 동시에 한국 문학에 대해서도 발언하는 이중의 역할을 수행하는 경우 이 자의식의 자각의 필요가 한층 더 커지게 되리라는 것은 자명한 일이다. 이 글은 오생근의 문학 비평을 그의 전공인 불문학과의 관련에서 살펴보려 하는 것이거니와, 외국 문학 연구자 겸 한국 문학 비평가로서의 이 같은 자의식을 엿볼 수 있게 해주는 글을 조금 길게 인용하는 것으로부터 시작해보자.

외국 문학을 왜 공부하는가? 외국 문학 연구는 우리 사회와 문학에 어떤 의미와 가치를 갖는가? 외국 문학 연구자의 올바른 태도는 무엇일까? 이와 같은 질문을 제기할 수 있는 상황이나 사회적 분위기가 어떻게 변화하더라도, 외국 문학 연구자는 늘 자신의 일에 대한 회의와 반성에 빠지기 쉽다. 이러한 인식이나 태도가 객관적 현실에 근거한 것이 아니라 외국 문학 연구자의 지나친 자의식의 소산이라 할지라도, 그것이 가능했던 것은 그만큼 우리의 정치적·문화적 현실이 절박했고 이러한 현실에 따른 외국 문학 연구자의 책임 의식이 크게 요구되었기 때문이다. 또한 외국 문학 연구자가 자신의 문화적 소속과 정체성을 뚜렷이 의식하지 못하거나 서양 문화의 보편적 가치와 진리를 절대화한다거나 암암리에 그러한 관점과 가치 기준으로 한국 문화를 바라보는 관행이 적지 않았기 때문일 수 있다. (00: 323)[1]

1) 이 글에서 참조된 오생근의 텍스트는 다음과 같다: 『삶을 위한 비평』(문학과지성사, 1978); 『현실의 논리와 비평』(문학과지성사, 1994); 『그리움으로 짓는 문학의 집』(문학과지성사, 2000); 『문학의 숲에서 느리게 걷기』(문학과지성사, 2003). 출전 표기 시 앞의 두 자리 수는 출판 연도의 마지막 두 자리 수이며 뒤의 숫자는 책의 면수를 가리킨다.

　"외국 문학을 왜 공부하는가?" 정명환의 비평집 『문학을 찾아서』
에 대한 서평에서 오생근이 화두로 삼았던 이 질문은 오생근에 대한
이 글의 화두로도 충분히 유효하다. 외국 문학을 왜 공부하는가? 그
러나 오생근은 이 물음에 대해 바로 답하지 않고 이것과 연관될 수
있는 다른 물음들을 나열하다가 외국 문학 연구자의 자의식을 노출
하기에 이른다. 자의식이라는 점에서 이는 오생근이 서평의 대상이
되어 있는 정명환을 향해 던지는 물음이나 이에 대한 해명이 아니라,
그 자신 외국 문학 연구자이자 한국 문학 비평가인 오생근이 이제껏
이 이중의 작업을 수행해오는 과정에서 항시 염두에 두어야 했던 사
유의 계기일 것이다. 그 자의식은 두 가지 배경에서 생겨난다. 하나
는 절박한 우리의 정치적·문화적 현실이고, 다른 하나는 외국 문학
에 대한 연구가 문학을 포함한 한국 문화 전체에 대한 주체적 이해를
가능하게 해주는 관점과 기준을 제공해주는 것인가에 대한 반성적
점검의 필요성이다. 문학을 기준으로 했을 때 이 두 배경은 문학의
바깥과 안을 동시에 포괄한다. 문학을 둘러싼 아비투스와 문학 내부
의 에토스에 대한 인식이 외국 문학 연구자이자 한국 문학 비평가로
서의 오생근의 자의식의 형성에 함께 참여하고 있는 것이다.
　아비투스라 할 때, 이 용어의 사용을 통해 의미하고자 하는 바는,
절박함이라는 느낌으로 표현되어 있는 정치적 현실에 대한 인식의
시간대가, 이 자의식이 토로되어 있는 「문학의 자유와 문학 이론의
원칙」이라는 글이 씌어진 1994년에서 멀리 떨어져 있는 1960, 70년
대에까지 소급해 올라가는 것이라는 사실이다. 1994년이라는 시점
이 정치적 현실에 대한 인식의 시간적 좌표였다면 그것은, 한심한 것
이었을지는 몰라도, 그리 절박할 것까지는 없었을 것이다. 오생근이
이 글에서 서평 대상으로 삼은 정명환의 『문학을 찾아서』는 무엇보

다도 참여와 리얼리즘에 대한 저자의 오랜 관심과 사유의 결과물이거
니와, 한국 문학사 속에서 이 두 개념에 대한 논의의 뿌리가 6, 70년
대라는 시간적 배경에 내려져 있는 것이라는 사실은 굳이 강조하여
밝힐 필요가 없는 사항이다. 뿌리와 결실 사이의 이러한 시간적 격
차, 그리고 『문학을 찾아서』가 사르트르, 졸라 등과 같은 프랑스 작
가들에 대한 연구에 할애되어 있다는 사실에서 우리는 정명환의 아
비투스적 실천 방식을 파악해낼 수 있다. 즉 6, 70년대의 한국 사회
의 절박한 정치적 · 문화적 현실에 대한 인식에서 발단된 것이면서도
그것에 즉각적이고 직접적으로 대응하지 않고 프랑스 문학에 대한
꾸준한 천착을 통해 우회적으로 발언한다는 것이 바로 그것이다. 이
러한 실천 방식에는 논의의 시간적 유효성과 발언 효과의 직접성이
감소된다는 약점이 내포되어 있다. 이러한 약점은 그러나 그 유효성
의 범위를 초시간적인 것으로 전환시키는 데 성공할 때 시 · 공간 범
주의 제한성을 뛰어넘는 보편적 의의로 승화될 수 있다. 과연 『문학
을 찾아서』에서 펼쳐진 정명환의 아비투스적 실천이 획득한 보편적
의의가 어떤 것인지를 간략히 요약하기란 쉽지 않을 일이고, 또 지금
은 그것을 논할 자리도 아니다. 이 자리에서는 다만 정명환의 이러한
실천 방식이 시 · 공간 범주의 제한성을 뛰어넘는, 아비투스의 형이상
적 지대에 대한 탐색의 작업과 병행되었던 것이라는 사실을 지적해
두는 것으로 충분하다.

　정명환의 이러한 아비투스적 인식과 실천에 오생근의 그것이 겹친
다. 굳이 차별화하자면 정명환에게 그것이 줄기를 이루는 것이었다
면 오생근에게는 뿌리에 해당하는 것이라 말할 수 있을 것이다. 바로
정명환의 제자인 불문학도임과 동시에 김현의 후배로서 한국 문학에
도 깊은 관심을 지니고 있었던 예비 문사로 통과한 60년대, 1970년

동아일보 신춘문예를 통한 등단 이후 프랑스 문학 연구자와 한국 문학의 신예 비평가로서의 자신의 입지를 개척해나가게 되는 70년대는 오생근에게 있어서도 아비투스적 인식을 다지고 그 실천을 예비하는 시기였던 것이다. 이제 이 출발점에서의 인식의 풍경과 그 이후의 실천의 파노라마를 살펴보도록 하자.

불문학자로서의 오생근의 출발점은 초현실주의다. 1976년 그는 「초현실주의의 반항과 혁명」을, 다음 해인 1977년에는 「초현실주의──꿈과 현실의 종합」을 발표하여 초현실주의를 한국 문학에 소개하는 데 앞장섰고 또 이를 통해 한국 문학에 대한 나름대로의 이해의 틀을 가다듬어나갔다. 이와 더불어, 집필 연도는 분명하지 않지만 초현실주의의 일원이었던 시인 엘뤼아르에 관한 「사랑의 시인, 민중의 시인, 엘뤼아르」라는 글도 초현실주의에 대한 그의 관심의 자장 안에 놓인다. 오생근이 「이상(李箱)의 상상적 세계」라는 글로 동아일보 신춘문예를 통해 등단한 것이 1970년이므로, 초현실주의에 대한 이 글들을 발표할 때는 이미 6, 7년여에 이르는 한국 문학의 현장 비평가로서의 경력을 쌓아 지니고 있었던 때였다. 그러나 외부적으로 이때는 이미 유신 독재의 강압과 횡포가 극에 달해, 그저 파국에 대한 막연한 예감 외에는 더 나쁜 전망조차 할 수 없을 정도의 극악한 지경에 다다른 상황이었고, 문학 쪽에서는 이러한 상황에 대한 문학적 대응 방식으로 참여에 대한 다양한 실천 방식이 논의되고 모색되던 시기이기도 했다. 그렇다면 70년대 중반 한국 사회의 이러한 아비투스와 한국 문학의 에토스 속에서 초현실주의의 함의는 과연 어떤 것이었을까?

「초현실주의의 반항과 혁명」이라는 제목에서 이미 짐작할 수 있듯, 초현실주의에 대한 오생근의 논의에서 초점이 맞춰져 있는 것은 문학과 정치의 관계다. 초현실주의에서 이 문제는 특히 공산당과의 관계를 통해 부각되고 있거니와, 이 문제를 둘러싼 초현실주의자들의 입장과 실천 사이의 모순은 이렇게 요약될 수 있다.

브르통은 이처럼 처음부터 정치적인 현실과는 상관없는 근본적인 인간의 불행을 생각했으며 또한 공산당의 목적에 대해서 회의적인 태도를 지니고 있었다. 물론, '인간의 해방'이라는 관점에서 초현실주의와 마르크시즘의 목적이 일치할 수 있겠지만, 나빌과 아라공 등을 제외한 초현실주의자들은 공산당이 요구하는 프로파간다 문학에 동의할 수도 없고, 프롤레타리아 편에 설 수도 없는 입장 때문에 공산당과의 마찰을 빚게 된다. 그럼에도 불구하고, 그들은 왜 공산당에 가입할 수밖에 없었을까? (78: 129)

원칙이나 입장과 모순되는 정치적 선택으로 말미암아 초현실주의가 지불해야 했던 대가는 매우 컸다. "역사적 운동으로서의 초현실주의는 꿈과 행동의 융합을 꾀했는데 그것은 본질적인 상호 모순 때문에 행복한 결합을 이룩했다기보다 오히려 파탄을 초래했던 것이다"(78: 135). 그러나 이러한 파탄은 이미 예견된 것이었다. 공산당에 가입하기 직전 브르통은 이미 "공산주의의 승리에 대해 우리가 어떤 희망을 갖더라도 그것으로 충족되지 않는 결함이 우리에게 있다"(78: 129)는 것을 정확히 지적했던 것이다. 정치적 환상에 대한 이러한 경계에도 불구하고 예견된 파탄을 무릅썼던 무모한 선택에 대해 어떤 평가를 내릴 수 있을까? 그러나 이에 앞서, 이것이 불가피한 선택이었다면 그 불가피함의 이유나 배경이 어떤 것이었는가를 먼저 살펴볼 필요가 있을 것이다. 그들은 왜 공산당에 가입할 수밖에 없었을까? 이 의문에 대한 해명으로 오생근은 브레숑R. Bréchon의 견해를 소개한다.

초현실주의가 발생했던 시기는 ① 자본주의의 위기가 노정되고, ② 파시즘의 위협이 증가하여, ③ 러시아 혁명에 대한 환상이 유포될 때였으므로, 초현실주의자들의 정치적 태도는 역사적 도전에 강력히 응전하려는 태도였다는 것이다. (78: 129~30)

브레숑이 제시한 이 같은 상황적 이유를 1920년대의 프랑스와 1970년대의 한국 사회 사이의 유비 관계 위에 겹쳐놓고 생각해보면 초현실주의에 대한 오생근의 관심이 기실 70년대 한국 문학의 에토스에 대한 우회적 접근 방식이었음이 어느 정도 명확히 드러난다. 즉 초현실주의의 발생 배경으로 열거된 세 가지 요인을 70년대의 한국 사회와 문학의 상황에 대입해보면 한국 문학 쪽에서는 참여의 불가피성이 도출되는 것이다. 브레숑이 지적한 ①항과 ②항에 대비될 수 있는 70년대 한국 사회의 현실에 대해서는 새삼 언급할 필요도 없다. 다만 ③항의 경우 한국의 문인이나 지식인들에게 공산당이 선택될 수는 없었지만, 유신 체제 너머의 보다 민주화된 사회에 대한 비전의 제시와 더불어 그것을 향해 나아갈 수 있도록 이끌어주는 견인력을 제공하는 역할까지가 70년대의 한국 문학에 부과되어 있었던 것은 분명한 사실이다. 이러한 배경에서 많은 문인과 지식인들이 현실 참여의 기치를 드높였던 것은 주지하는 바와 같다.

그러나 이러한 불가피성, 이러한 당위성만으로 충분한가? 초현실주의의 실패의 예에서 보듯 한국 문학에 있어서도 이러한 선택이 실패로 귀결되리라는 것은 충분히 예견되는 것이 아닌가? 그러나 그렇다고 해서 오생근이 문학의 현실 참여를 부정하고 거부하기 위해 초현실주의를 끌어들인 것이라고 섣불리 단정해서는 안 된다. 이른바 순수와 참여라는 두 개의 심지에서 어느 것을 선택하든, 선택 자체만으로는 논공의 대상도, 단죄의 대상도 되지 않는다. 굳이 단죄하는 쪽에 선다면 그 이유는 선택의 대상이 어떤 것이냐 하는 점에 있는 것이 아니라 선택이라는 행위 자체, 그것이 수반하는 단순화에서 찾아지게 될 것이다. 문제는 그리 간단한 것이 아니다. 다시 브르통의 경우를 상기해보자. 실패를 예견하면서도 공산당에 가입하여 문학을 그르칠 수밖에 없었던 브르통의 경우가 시사하는 바는 무엇인가? 다음의 인용이 이 물음에 대한 답을 제공한다.

> 사랑의 뿌리에는 욕망이 있고 욕망은 행복한 삶을 지향하는 원동력이 된다. 브르통의 말처럼 인간의 모든 목적은 행복해지는 것이기 때문에, 사랑을 통해서 행복을 발견하려는 노력은 언제나 정당화될 수 있는 것이며 그것은 삶을 통해서 이룩되어야 한다. 따라서 개인의 행복을 추구하면서 동시에 모든 사람들의 행복을 추구하려는 노력, 그것이 반항과 혁명을 양립시키려는 그들의 근본 태도였다. (78: 131)

브르통의 경우에서 오생근은 문학과 정치 가운데 어느 하나에 대한 안이한 선택의 자세를 보는 것이 아니라 종합의 시도를 본다. 이에 따라 브르통을 위시한 초현실주의자들의 문학도 실패로만 규정되지 않고 "그들이 창조하고 제시한 새로운 삶의 신화, 즉 사랑과 자유와 시를 동시에 추구하려는 행동 방침은 그들의 실패로 끝난 위대한 경험과 함께 많은 사람들의 정신 속에 의미 깊은 영향을 주었다"(78: 131)고 새롭게 평가된다. 오생근에게 초현실주의는 문학과 정치, 혹은 다른 각도에서 말하면 순수와 참여를 대립적으로가 아니라 종합의 가능성에 입각하여 볼 수 있게 해주는 부감 시선의 입지점이었다. 이렇다는 것은 초현실주의 자체가 한국 문학을 굽어볼 수 있게 해주는 고공 시점이었다는 것이 아니라, 초현실주의를 통해 문학과 정치를 종합할 수 있게 해주는 초월적 지대로 삶의 지평을 찾을 수 있게 되었다는 뜻에서이다. 다시 오생근이 소개하는 브르통의 견해에 기대어 말하면 "문학과 삶을 구분하는 모든 과거의 전통적 미학이 결국 사람들로 하여금 시의 진정한 가치를 외면하게 만드는 요인"(78: 125)이었기 때문이다. 오생근에게 있어 초현실주의는 무엇보다도 "삶의 태도로서의 초현실주의"(78: 123)다. 또한 "삶으로서의 시는 이 세계를 인간다운 세계로 실현하려는 자유의 원칙이며 인간의 억압된 욕망을 해방시킬 수 있는 수단"(78: 125)이다. 이런 관점에서 볼 때 문학과 정치의 관계는 어느 한쪽의 일방적 희생을 강요하는 비양립적인 것으로가 아니라 두 가지 모두 인간다운 삶의 실현을 위한 실천을 통해 삶의 지평으로 수렴되어야 하는 것으로 간주된다. 삶은 문학과 정치의 대립성을 지양함으로써 도달할 수 있는 초월적 지대에서 실현된다. 오생근에게 있어 삶은 문학과 정치만이 아니라 모든 인간 활동의 궁극적 목표가 되는 것이다. 그러므로 오생근에게 있어서도 그의 글쓰기의 실천적 목표로 떠오르게 되는 것은 당연히 '삶을 위한 비평'이다.

그러나 삶이라고 할 때, 이것이 지리멸렬한 일상적 현실의 구속성에서 벗어날 수 있는가? 만일 그렇지 못하다면 "사랑과 자유와 시를 동시에 추구"(78: 131)한다는 초현실주의자들의 '삶의 신화'라는 것도 한낱 낭만주의적 제스처에 불과하다는 혐의를 벗기 어려울 것이다. 무엇이 현대인들의 삶을 구속하는가? 이 구속에서 해방되어 진정 자유로운 삶을 누릴 수 있게 해주는 돌파구는 있는가? 있다면 어떤 것인가? 자연스럽게 제기되는 이러한 물음들에 대한 답을 찾는 과정에서 정치와 삶의 연관에 대한 천착은 비켜갈 수 없는 필연적 경로로 다가오게 된다. 그리고 이 단계에서 오생근이 택하는 글쓰기의 방법은 정치와의 대결에서 획득한 인식과 사유를 정치의 지평으로 환원하고자 하는 행동적 실천의 방식이 아니라 분석과 규명을 통해 마련되는 사유의 모티프들을 개개인의 자아 성찰의 계기로 제공한다는 내면화의 촉구 방식이다.

정치가 무엇인가? 지금 이 자리에서 그것이 구체적인 현실 정치만을 의미하는 것이 아님은 말할 나위도 없다. 물론 오생근의 아비투스적 인식의 출발점에 놓여 있었던 정치는 유신 독재라는 현실 정치의 그늘에 어둡게 물들어 있었던 것이었으리라. 그러나 그 이후의 한국 사회의 변화 속에서 정치는 보다 포괄적인 개념으로 확대되고, 또 어느 정도는 추상화되어야 했다. 이런 의미에서 정치란 우리의 일상생활에 알게 모르게 작용하는 힘들의 그물망과 이것의 작동 방식을 지시하는 것이라고 말할 수 있다. 조금 한정적으로 말하면 그것은 권력이고 자본이며 이것들의 복합체다. 그리고 현대 사회에서 권력과 자본의 이데올로기적 선전 도구로 전락한 상업주의 문화는 일상의 차원에서 감각적인 방식으로 작동하는 또 하나의 정치적 힘이다. 상업주의 문화의 교활하면서도 우아한 문화적 침투는 권력과 자본을 심리적으로 굴절시켜 무의식의 차원에 구조화시킴으로써 일상적 삶의 세계를 정치의 식민지로 만들어버린다. 이리하여 권력과 자본은 바깥에, 그것 자체의 고유한 형태로 있는 것이 아니라 욕망 등과 같은 심리적 형태로 변형되어 사람들의 내면에 자리 잡게 된다. 이러한 것이 오늘날 개인들이 정치와 맺는 연관성의 개략적 내용이라 할 때, 정치적 투쟁이란 권력이나 자본에 직접 맞서 이것들을 규탄하는 바깥과의 투쟁임과 동시에 바깥의 정치적 힘들에 알게 모르게 동화되어 있는 자신의 내면과의 투쟁이지 않으면 안 된다. 이 내면적 투쟁이 생략될 때 정치적 투쟁의 이면에는 허위의식 외에는 달리 자리 잡을 것이 없다. 이러한 인식을 바탕으로 오생근의 비평은 여러 갈래로 참조의 촉수를 뻗으면서 다양하게 펼쳐진다.

우선 대중문화와 대중문학에 대한 관심은 오생근의 초기 비평에서부터 매우 두드러져 보인다. 첫 평론집인 『삶을 위한 비평』에는 「전환기 시대의 문화 의식」 「대중문화와 의식의 변혁」 「대중문학이란 무엇인가」 「한국 대중문학의 전개」 등, 대중문화와 대중문학에 관한 네 편의 글이 수록되어 있거니와, 대중 사회가 현실화되고 있던 70년대의 추세 속에서 대중문화와 대중문학에 대한 논의는 주로 현상과 의식의 건전한 접합, 다시 말해 대중화 현상의 수용과 인정을 전제로 하여 이 현상을 비판적 의식으로 연마해내기 위한 이론 정립의 노력에 많은 비중이 놓일 수밖에 없는 것이었다. 이러한 시대적 인식 패턴을 공유하며 오생근은 마르쿠제와 같은 프랑크푸르트 학파의 이론가들이나 미켈 뒤프렌 등을 참조하여 대중문화가 문화의 본래적 역할인 '부정'과 '도전'의 기능을 견지하여 "근본적인 개혁을 허용하지 않는 현대 산업 사회"(78: 37)에서도 '문화적 변혁'의 무기가 될 수 있도록 하는 길을 모색한다. 그러나 대중문화에 관한 이 시대의 논의는 주로 대중문화와 엘리트 문화의 대립적 이해의 틀에 의지하는 것이었다는 시대적 한계를 내포하는 것이었는바, 80년대 중반 이후로 오생근은 부르디외, 보드리야르 등을 참조하여 문화론적 지평으로 시각을 확대하는 것을 통해 이러한 한계를 스스로 극복해나간다.

　　대중문화로부터 발단된 현대 사회의 제반 문제적 현상들에 대한 이론적 이해의 노력은 「권력·욕망·사회」라는 글을 통해 종합적이고 체계적인 서술 형태를 얻게 된다. 대중 사회란 어떤 사회인가? 일단 그 명칭의 의미대로 대중이 주체인 사회라고 생각해보자. 이럴 때 전통적으로 사회의 주체로 대접받았던 지배 세력은 어떻게 되는가? 대중의 대두와 더불어 이들은 교활한 변신을 통해 권력 주체로서의 지위를 유지해나가고자 한다. 전통적인 지배 세력은 주체의 지위를 요구하는 대중들을 직접적이고 물리적인 방식으로 억압하는 대신 권력을 보다 효율적인 규범으로 전환시켜 대중들의 예속을 음험하게 강요한다. 규범화된 권력이란 일상적이고 정상적인 삶의 방식으로 조직되고 내면화된 규율을 뜻한다. 이런 의미에서 권력은 그것을 암암리에 부과하는 지배 세력의 전유물이기만 한 것이 아니라 알게 모르게 이에 동화된 대중들의 것이기도 하다. 이렇게 하여 권력은 복수화·대중화되고, 또 사회 주체의 지위에 대한 대중들의 요구에 의해 민주화된다. 이런 관점에서 이해할 때 대중 사회란 권력의 대중화·민주화와 더불어 권력 투쟁, 즉 권력의 작용과 이에 대한 저항이 일상화·내면화된 사회를 일컫는 것이라 말할 수 있다. 그러므로 대중 사회에 대한 관심은 필경 그 사회에서 이루어지는 권력 개념의 변화, 그리고 이 변화된 권력이 사람들의 일상적 삶에 작용하는 방식과 그 결과에 대한 미시적 성찰로 연결된다. 이러한 맥락 속에서 오생근은 미셸 푸코를 참조하여 "권력의 생산적이고 기술적인 복잡한 기능과 역할"(94: 374)을 세밀하게 검토하는 한편 '합리화·조직화·동질화' 등의 규범을 주된 특징으로 하는 사회의 모든 주체들의 특성으로 '인간의 예속화 현상'을 지적해낸다. 이 예속화 현상에 의해 대중 사회에서도 대중은 진정한 주체가 아닌 '유용하게 길들여진 주체'(94:

375)라는 가짜 주체의 지위에 머물러 있을 수밖에 없게 된다. 이럴 때 과연 진정한 주체적 삶은 어떻게 찾을 수 있을 것인가 하는 문제가 푸코에 의지하여 펼치는 오생근의 권력에 대한 사유가 던지고자 하는 궁극적 질문일 것이다.

그러나 사람들의 주체적 삶을 가로막는 장애물이 권력의 미세한 침투라는, 외부로부터 가해지는 작용만의 결과물인 것은 아니다. 그것은 권력에의 동화, 그것의 내면화라는 심리적 메커니즘의 산물이기도 하다. 이러한 심리적 측면을 성찰해보고자 함으로써 오생근의 관심은 자연스럽게 르네 지라르에게로 확대된다. 르네 지라르가 인간의 특수한 욕망으로 추출해낸 모방 욕망은 지배 계급의 권력이 피지배 계급에 속한 사람들 개개인에게 동화되고 내면화되는 심리적 메커니즘을 설명해줄 수 있는 이론적 개념으로서의 유효성을 지니는 것임은 물론 권력에 대한 모방의 부산물로 생겨나는 폭력의 문제에 대해서도 성찰할 수 있게 해주는 계기를 제공한다. "모방적 욕망이 모방적 경쟁을 만들어내고, 그것이 폭력의 문제와 연결되는 것은 지극히 당연한 논리적 전개"(94: 379)인 것이다. 이 당연한 논리적 전개의 축을 따라 오생근은 「폭력에 대한 논의와 문학 속의 폭력」(03: 33 이하)이라는 글에서 폭력에 대한 집중적이고 깊이 있는 논의를 펼친다.

"현대 사회의 인간으로 하여금 더욱 눈멀고 궁핍한 삶의 굴레로 빠져들게 만드는"(94: 382) 모방 욕망은 현대 사회가 '상품 물신주의'를 조장하는 자본의 지배 아래 놓여 있는 것이라는 이유에서 한층 더 고질적인 것이 된다. 또한 현대 사회에서 자본의 첨병인 광고는 사람들을 "자본가들의 허구적 이미지 조작"(94: 384)에 빠뜨려 진정한 삶, 참다운 인간으로서의 주체적인 삶의 가능성을 일상성의 차원에서 박탈해버린다. 오생근은 이렇게 자본주의 사회가 그 "체제의 논리를 벗어나는 욕망이 자유롭게 해방될 수 있는 가능성을 철저히 파괴"
(94: 388)하는 메커니즘을 보드리야르의 광고의 사회심리학에 의지
하여 소상히 규명한다.

광고는 무엇보다도 "쾌락 원칙 안에서 억압적 현실 원칙을 작동"
(94: 387)시키는 분열증적 계책에 의존하는 것이라 말할 수 있다. 그
러므로 광고를 앞세운 자본의 지배 아래 놓여 있는 현대 사회에서 사
람들은 너나없이 모두 분열증 환자가 아닐 수 없다. 그러나 오생근은
들뢰즈와 가타리의 『앙티-오이디푸스』를 참조하여 오히려 이 분열증
으로부터 "모든 가짜 욕구나 억압으로부터 해방되는, 진정한 욕망의
해방을 지향하는 삶의 방법"(94: 388)을 찾을 수 있기를 희망한다.
『앙티-오이디푸스』에서 "정신분열증 환자는 더 이상 환자가 아니라
새로운 '자연인'이며, 그는 기존의 관습적 코드와 구조, 혹은 통제된
언어를 계승하지 않고, 끊임없이 코드와 구조를 벗어나 유동적인 흐
름의 질서 속에 사는 사람"(94: 389)으로 묘사된다. 그는 종래 프로
이트의 정신분석학이 코드화한 자본주의 사회의 억압적 금기 체계를
파괴하고, 억눌려 있던 '무의식적 욕망의 힘'의 회복에서 "산업 세계
의 탐욕스러움에서 벗어나 진정한 욕망을 추구하는 삶"(94: 391)의
가능성을 모색하는 사람이다. 과연 들뢰즈와 가타리의 이러한 제언
이 어느 정도의 현실적 유효성을 지니는 것인가에 대해서는 섣불리
단정적으로 말하기 어렵지만, 일단 이를 지향해보는 일을 "인간의 해
방을 질문하고 추구하는 노력의 일환"(94: 391)으로 평가하는 오생
근의 견해에는 별다른 이론의 여지가 없다.

오생근의 이 모든 이론적 확장의 궤적은 궁극적으로 인간다운 삶
의 가능성에 대한 추구의 의미로 수렴된다. 아니, 가능성이 아니라
오생근의 표현대로 말하면 '불가능성의 의미의 추구'이다.

욕망이란 근본적인 생명력과 같은 것으로서 꿈과 현실 사이의 거리 아니 진정한 욕망을 억압하는 자본주의의 비인간적 지배 체제 아래서도 언제나 존재하게 마련이다. 그러나 현실은 꿈이 아니고, 인간의 삶이 동물적인 차원에서거나 즉자적인 차원에서 매몰되어 있는 것이 아니라면, 삶은 꿈을 실현시키려는 과정이 되어야 한다. 꿈을 지향하는 생명력으로서 욕망은 어떤 현실 원칙의 억압과 검열 아래서도 살아 있고, 그것이 살아 있는 한 당연히 현실의 질곡으로부터 벗어날 수 있는 어떤 불가능성을 꿈꾸게 된다. 인간의 삶을 삶답게 만드는 것은 어떤 의미에서 그러나 불가능성의 의미를 추구하는 일이라고 볼 수 있다. 그런 점에서 문학적 행위는 허위의 욕구가 아닌 욕망의 진실에 가장 가깝게 다가가면서 그 욕망의 목소리로 표현되고, 결코 정형화될 수 없는, 언제나 새로운 시도로 그 불가능성의 의미를 추구하는 일이다. (94: 393)

불가능성의 추구라는 역설! 이 아이러니야말로 문학을 진정한 삶의 추구와 회복의 계기로 삼는 오생근 비평의 윤리적 자세를 일컬음일 것이다.

이제까지 우리가 오생근의 관심의 궤적을 따라 살펴본 프랑스의 문화·사회 이론들은 그 내용의 중요성은 말할 것도 없고 이것들을 수용하고 소개하는 작업의 의의가 갖는 윤리적 가치에 있어서도 매우 소중한 것이다. 또한 지금까지 거명되었던 철학자·이론가들이 전공 분야의 차이와 상관없이 80년대 이후 한국 사회와 문화에 대한 이론적 이해를 모색했던 사람들 모두에게 빠뜨릴 수 없는 준거였다는 점에서 이들을 일관된 맥락 속에 연결된 종합적 이해의 구도 속에 배치해놓은 오생근의 작업은 외국의 이론과 우리나라의 문학과 사회의 실제를 생산적인 습합의 관계로 결속시키려는 의도에 의해 든든히 지탱될 때 더욱 큰 의의를 인정받을 수 있을 것이다. 그러나 이와 관련하여 떠오르는 한 가지 의아한 점은 오생근의 실제 비평에 있어서는 이러한 이론적 관심들이 표 나게 전경화되어 있지도 않고 두드러지게 주제화되지도 않는다는 사실이다. 물론 이것은 소설 비평이나 시 비평에서 약간의 차이가 있지만, 근래에 들어 오생근이 시 비평에 더욱 역점을 두고 있는 것처럼 보인다는 인상에 기대어 이렇게 말해도 크게 틀리지는 않을 것이라 여겨진다. 이러한 비평 자세에서 우리는 현학을 꺼리는 오생근 비평의 겸손함을 읽을 수도 있을 것이고, 한국 문학 작품을 외국 문학 이론에의 의존적 관점에서 읽기를 거부하는 주체적 자체를 읽을 수도 있을 것이다.

실제로 오생근이 프랑스의 문학 이론이나 사회 이론과의 연관에서 문학 작품을 검토하는 경우 그 대상 작품들이 한국 문학 작품이 아니라는 사실은 이러한 주체적 태도를 입증하는 사례로 삼아도 무방할 것이다. 그러나 이러한 이유들 외에 보다 심층적이고 이론적인 연관성이 내재되어 있는 것이 아닐까? 필시 여기에는 오생근의 문학적 아비투스의 형성에 큰 영향을 미친 것으로 보이는 뤼시앵 골드만의 문학 이론이 배경으로 자리 잡고 있는 것으로 보인다. 오생근은 골드만의 『소설사회학을 위하여』의 서론을 직접 번역함과 동시에 그의 문학론을 소개하는 데에도 노력을 아끼지 않았다. 골드만의 소설사회학에서 소설 장르의 가장 큰 구조적 특징은 그 구성적 대립에 있다. 소설은 이 구성적 대립에 의해 자아와 세계가 분열되고 대립하는 상태와 이 분열이 지양된 상태의 양면에 걸쳐 있게 된다. 골드만의 소설 이론의 키워드인 타락한 삶과 진정한 삶, 교환 가치와 사용 가치 등과 같은 개념 쌍들은 모두 이 소설 구조의 이중성을 지시하는 용어들이다. 그런데 이 이중성에 입각하여 말할 때 오생근의 소설 비평에서 무게 중심이 놓이는 것은 진정한 삶의 측면이다. 다시 말해 수다한 비인간적·허위적·억압적 요소들로 미만된 현실로부터의 초월성과 이 초월성의 다른 이름인 진정한 삶으로의 지향성이 더욱 강조된다는 것이다. 이렇게 되는 것은 골드만이 루카치를 원용하여 소설의 중요한 구성 요소로 지적한 소설가의 윤리를 오생근이 자신의 비평의 원리로 전유했기 때문인 것으로 이해된다. "소설이란 소설가의 윤리가 작품의 미학적인 문제가 되는 유일한 문학 장르"인 것이다. 소설이 이러할진대 구성적 대립 자체가 존재하지 않는 시는 그 자체로 이미 초월적이다.

오생근의 글쓰기는 이 초월적 지대 위에서 이루어진다. 이런 점에서 오생근의 비평은 기본적으로 서정적이고 윤리적이다. 그것이 서정적인 것은 골드만 식으로 말해 자아와 세계의 대립이 본질적인 것이 아니라 우연적이거나 잠정적이기 때문이고, 윤리적이라는 것은 현실의 타락한 삶이 궁극적으로 진정한 삶으로 수렴되어가는 예정적 도식을 따라 이루어지는 초월의 모습들을 조명하고 있다는 의미에서이다. 비유적으로 달리 말하면 오생근에게 문학은 사람과 자연과 만물이 서로 조응하고, 온갖 향기들이 서로 교감하는 아름다운 '숲'이며, 글쓰기는 이 '숲'에서 느리게 걷는 유유자적한 실천이다. 오생근이 「'느림'의 삶과 '느림'의 시학」(03: 55 이하)에서 조명하고 있는 이 '느림'이란 자본주의적 산업사회가 강요하는 '빠름'이라는 인위적이고 강압적인 삶의 리듬에 대한 거부를 통해 회복할 수 있는 진정한 삶의 리듬일 것이다.

이렇게 하여 오생근의 문학 행위는 그야말로 행복한 책읽기, 행복한 글쓰기가 된다. 현대 사회의 억압적이고 비인간적 요소들에 대한 정치한 분석에서 번뜩이는 것이 해부학적인 예리함이라면 문학 비평에서 오생근의 글쓰기는 절개 면들을 봉합하는 외과 의사의 손길처럼 자상하고 정성스럽다. 그러나 이 행복한 글쓰기라는 것이 초월성의 이름으로 현실성을 배제하고, 서정성의 이름으로 사회성을 외면하는 것을 뜻한다면 과연 이것이 가능하고 또 바람직한 것일까? 묵시록적 종말을 예감케 하기에 모자람이 없는 현대 사회에서 문학이 혼자만의 힘으로 비관주의적 현실 인식과 전망의 어두운 그늘을 말끔히 걷어낼 수 있는 것일까? 아도르노의 고통스러운 절규를 빌려 말하면 아우슈비츠 이후의 서정시가 과연 진정할 수 있는 것일까? 이것들이 불가능하다고 한다면, 그렇다면 오생근의 행복한 글쓰기는 무엇인가? 서정시에 대해 아도르노는 "그것이 순수하면 할수록 불화의 순간을 그 자신에 내포한다"[2]고 말한다. 서정시의 순수함이란 사회와의 불화에서 주체에게로 되돌아오는 '정신의 패배'를 뜻한다. 달리 말하면 서정시는 이 정신의 패배를 감추지 않고 언어로 표현함으로써 비로소 서정시가 되는 것이다. 이런 관점에서 말한다면 오생근 비평의 서정성과 초월성은 앞서 말한 불가능성에 대한 부정이 아니라 그에 대한 탐색으로서의 의미를 지니는 것이라고 말할 수 있다. 오생근의 행복한 글쓰기란 서정과 초월이 문학에 의해 가능하다고 말하는 것이 아니다. 그것은 그 자체로 불가능성을 뜻한다. 그러나 그러면서도 이 불가능함을 직설적으로 단언하는 것이 아니라 서정성과 초월성에 대한 묘사를 통해 그 불가능성의 의미를 스스로 묻고 또

---

2) 아도르노, 김주연 옮김, 『아도르노의 문학 이론』, 민음사, 1989, p. 16.

그것을 독자들에게 사유의 계기로 던지고 있는 것이다. 그러므로 오생근 비평의 서정성과 초월성은 이 불가능성의 배경에 새겨지는 흠집이며 인간다운 진정한 삶의 실현과 향유를 가로막는 현대 사회에 대한 강력한 항의다.

자체의 모순에 대한 인식의 필요성을 더 이상 느끼지 않게 된 현대 자본주의 사회에서 문학을 위시한 인문학에게 남겨진 임무가 있다면 그것은 필경 자본주의 사회의 이러한 맹목과 오만을 일깨울 수 있는 모순에 대한 사유의 계기를 부단히 제시하는 일일 것이다. 오생근의 비평은 자본주의적 산업사회가 환각적으로 보여주는 유토피아가 가짜라는 것을 폭로하는 것과 동시에 역설적으로 이 가짜 유토피아의 대안으로 문학이 동경하는 서정과 초월의 세계에도 접근 불가의 표지가 붙어 있음을 같이 확인시킨다. 결국 삶이 도달할 수 있는 곳은 어디에도 없고 삶에 있어 가능한 것은 아무것도 없다. 여기서 우리는 카뮈와 같은 실존주의자들을 사로잡았던 역설적 명제를 다시 한 번 떠올리게 된다. 삶이 무의미하다면, 그렇다면 죽어야 하는가? 카뮈는 여기서 '그러나 살아야 한다'는 역설적 결단을 선택했다. 이리하여 카뮈에게 있어 글쓰기가 삶의 무의미함에 대한 저항으로서의 의미를 지니는 것이었다면, 오생근의 글쓰기는 가능한 것이라고는 아무것도 없는 삶을 살아간다는 것은 다름 아닌 불가능함의 의미를 사유하는 것임을 깨닫게 해준다. 어쩌면 이 불가능한 삶 자체, 그리고 이것에 대한 사유로서의 삶이야말로 유일하게 가능한 진정한 삶이 아닐까? 이 물음과 더불어 오생근의 비평은 현대 사회와 문학의 관계 속에서 진정한 삶의 방법을 모색하는 윤리적 비평으로서의 위상을 한층 더 공고히 한다.　　　　〔『오늘의 문예비평』, 2006년 여름호〕

삶의 진실과 '본래적' 시간을 찾는 비평

김인호

1. 들어가며

설혹 어느 비평가에게 지대한 관심이 있을지라도 별다른 비평적 족적을 아는 바 없이 그에 대한 글을 쓰고자 할 때의 막막함을 어떻게 표현해야 할까. 자기 자신의 비평적 입장을 강하게 밝히고 다른 비평가와의 논쟁에 끼어들지도 않은 비평가의 경우라면, 그 막막함은 더욱 심해진다. 철저한 텍스트주의자의 육성은 비평집의 서두「책머리에」를 빼고는 어디서건 들을 기회가 없다. 게다가 그가 꾸준히 텍스트 분석만 했을 경우, 그 분석을 따라가더라도, 그 텍스트들을 읽어낸 방식이 무엇인지, 혹은 그것이 옳은지 판단하기도 어렵다. 그 정도로 자신을 드러내지 않고 그저 묵묵히 자신이 공부하고 연구한 것을 텍스트 분석을 통해 보여주기 때문이다. 그것이 절묘할 때 해석에 대한 경탄이 나오지만, 객관적 거리를 두고 차갑게 서술해갈 때, 텍스트를 읽지 않은 경우 그 미덕조차 잘 보이지 않는다. 그럴 때 나 자신의 게으름을 탓하기에 앞서 그 비평가가 원망스러워진다. 하지만 그런들 무슨 소용인가. 그러기보다는, 먼저 그의 비평집 속에 들어가, 그의 흔적을 더듬다가 불쑥, 그가 떠오를 순간을 기다리든지, 그것도 아니라면 그의 목소리를 '만들어내는' 수밖에, 별도리가 없다.

오생근 교수(이하 오생근으로 지칭)는 1970년 동아일보 신춘문예에 「이상(李箱)의 상상적 세계」로 등단해 문학평론가로 활동하면서 지금까지 네 권의 비평집을 문학과지성사에서 냈다. 1978년 『삶을 위한 비평』, 1994년 『현실의 논리와 비평』, 2000년 『그리움으로 짓는 문학의 집』, 그리고 2003년 『문학의 숲에서 느리게 걷기』가 그것이다.[1] 여기서 주목할 점은 그가 35년 동안 아주 드물게 비평집을 냈고 90년대 이후로는 좀더 왕성하게 비평 활동을 하고 있다는 것이다. 그런데 등단에서 첫 비평집까지 8년이 걸린 것은 그렇다 치더라도, 첫 비평집에서 두번째 비평집까지 무려 16년이 걸린 것은 어떤 연유일까? 연보상으로 볼 때 그 사이 1983년에 프랑스에서 박사학위를 받는 일이 있었다지만 그 이후로도 두번째 비평집이 나오기까지 10년이 넘게 걸린 것이 쉽게 이해되지 않는다. 하지만 세번째 네번째 비평집의 터울은 6년, 3년으로 그 간격이 점점 짧아지고 있다. 그렇다면 먼저 그 사이의 시대적 변화를 살펴볼 필요가 있다.

그가 두번째 비평집을 낼 때까지 활동한 유신 독재의 70년대와 제5공화국의 80년대 문단에는 정치적 억압과는 반비례로 마르크스와 엥겔스 등의 사회주의 담론의 위력이 더욱 커졌다. 그것만이 사회를 바로잡을 수 있다는 신념이 자리를 잡아갔고 문학계에서도 『창작과 비평』의 등장과 함께 현실 참여의 문제가 핵심적 논의 대상이 되었기

---

1) 이 글에서 오생근의 비평집을 인용할 경우, 발행 순서대로 각각 『삶의 위한 비평』을 1, 『현실의 논리와 비평』을 2, 『그리움으로 짓는 문학의 집』을 3, 『문학의 숲에서 느리게 걷기』를 4로 표기하고, 그 뒤에 면수를 적는다.

때문이다. 그리고 리얼리즘 문학이 꽃을 피웠다. 우리의 학문적·문학적 풍토에서 그런 흐름은 한동안 계속되었고, 오생근처럼 초현실주의를 연구한 사람의 담론이 뿌리를 내릴 곳은 별로 없었다. 그런 가운데 그는 프랑스 파리 10대학에서 「앙드레 브르통의 초현실주의 소설 3부작 연구」를 써 박사학위를 받았다. 물론 첫 비평집에서부터 초현실주의는 그의 비평의 핵심 원리로 작용했고, 그는 주로 소설에 대한 분석을 하면서 사회와 자기 자신을 변화시키려는 데 많은 힘을 기울였다. 90년대 초반에 출간한 두번째 비평집에서는 "삶에 의존하여 문학을 이해하고, 문학에 의존하면서 현실을 인식하려 했던 지난 세월의 모습"을 담아낸다고 말하면서 표제에 '현실의 논리'라는 표현을 쓰면서까지 사회 현실의 문제에 관심을 가졌던 자기 자신의 모습을 드러낸다. 하지만 그 당시까지 그의 시도는 거의 눈에 띄지 않았고, 초현실주의 운동이 내세우는 '삶의 변화'도 거의 인정받지 못했다. 그것은 현실에 직접적으로 작용하기보다는 본질에 간접적으로 영향을 미치는 것이라서 현실이 변화되기를 기다리는 사람들에게 얼핏 보기에 실효성 없는 문제의식처럼 여겨져 당대의 담론과 소통되지 못했던 것이다. 그런데 90년대 들어 구소련의 몰락과 베를린 장벽의 붕괴로 새로운 시대가 열리고 그때부터 새로운 담론이 요청되자 그의 활동 공간이 넓어졌다. 초현실주의는 구조주의 이후의 새로운 담론들과 깊은 관련을 맺고 있었고, '위반'과 '전복'을 꿈꾸는 문학 고유의 특성을 보완해주는 데 부족함이 없었다. 그러자 푸코를 비롯한 프랑스 비평 이론들을 소개하는 데에도 소홀하지 않았던 오생근의 역할은 더욱 커졌다. 그런 분위기 속에서 그는 세번째 비평집에서부터 '현실'의 문제보다는 '문학 자체'의 문제에 관심을 기울인다. 세번째, 네번째 비평집에 '문학의 집' 혹은 '문학의 숲'이라는 어휘가 사용되는 것도 그 때문이다.

　그런데 네 권의 비평집의 평론 제목에 공통적으로 가장 많이 사용된 것은 '삶'이라는 단어이다. 개인적 삶이든 사회적 삶이든 문학이 삶의 문제와 관련된다는 것은 말할 나위도 없지만,『삶을 위한 비평』이라는 첫 비평집 이후로 네번째 비평집까지 평론 제목에 '삶'이란 단어를 무려 20여 차례나 사용하는 것으로 보아서, 그가 얼마나 이 단어에 매료되었는지 짐작할 수 있다. 첫 비평집에서 표제어로 사용했다면, 두번째 비평집에서 주로 '삶과 인식, 삶과 글쓰기, 삶과 자연' 등 '-과'라는 연결어를 통해 평론 제목으로 사용했고, 세번째 비평집에서부터는 '삶의 어둠, 삶의 세부, 삶의 광장, 삶의 꿈' 등에서 볼 수 있듯이 '-의'라는 수식어를 통해 삶의 의미를 확장하여 보여주는 평론들을 썼다. 이로써 알 수 있듯이 그는 문학과 삶을 대립시키다가 점차 모든 것을 삶 속에 포용하면서 평생을 살아온 비평가라고 말할 수도 있다. 그렇다면 그가 보여준 폭넓은 삶의 세계의 의미를 좀더 면밀히 살펴볼 필요가 있다.

　그의 방법론의 토대를 이루는 원리들을 살펴보면, '삶'이라는 어휘가 어디에서 나오고 어떻게 사용되는지 알 수 있게 된다. 그의 비평은 그 자신의 삶에 기반을 둔 성실함에서 나오는 것이지만, 초현실주의와 구조주의 등 많은 프랑스 비평 이론들과 다양한 인문학적 지식을 적절히 사용하는 데서 나오는 것이기도 하다. 어느 작가나 시인의 작품들은 그 이론들이 적용됨으로써 더욱 빛을 발한다. 다양한 이론의 시대에 그것을 알아야 해석되는 텍스트가 있고 그래야 인상 비평을 벗어나는 텍스트도 있다. 그는 보들레르와 브르통, 그리고 엘뤼아르를 녹여낸 뛰어난 비평적 안목으로 우리 문학의 풍부함을 드러낸다. 또는 바슐라르와 푸코, 바르트 등을 소화시킨 개성 있는 이론으로 우리 문학의 방향성을 제시한다. 그러면서도 그는 텍스트 자체를 넘어서는 무리수를 두지 않는다. 오히려 그는 텍스트에 녹아 들어가 그 텍스트가 빛나도록 돕는다. 거기서 기호들이 생산한 것 이상의 의미들을 찾아내기도 한다. 어느 경우에는 작가마저 놓친 의미를 찾아내고, 다시 그것이 그의 숨결에 의해 하나의 유기체로 되살아나는 경우도 있다. 무엇보다도 부분에서 전체로 이어진 유기적인 연결망의 발견은 의미들을 증폭시키고 그 연결망에 '뜨거운 피'를 흐르게 한다.

하지만 나는 한 비평가가 30여 년에 걸쳐 쓴 비평문들의 유기적 관계를 한 가닥으로 꿰어낼 자신이 없다. 그가 연구한 많은 이론, 그리고 그가 관심을 가진 많은 시인과 작가들을 다 소화해낼 수 없을 뿐만 아니라, 거기에 숨긴 그의 목소리를 선명하게 찾아낼 수 없기 때문이다. 다만 그가 그랬던 것처럼 네 권의 비평집 속에 들어가 그의 혜안에 감탄하고 그의 능력에 기대 나 자신을 점검하다 보면, 다양함 속의 작은 특성을 하나쯤 건져 올릴지 모른다. 설혹 삼천포로 빠질지라도, 위험을 무릅쓰고서 말하다 보면, 어찌 아는가? 나는 그의 비평 세계의 언저리에 이를지 모른다.

2. 오생근 비평의 이론적 토대

오생근은 '문학이 무엇인가'보다 '문학이란 무엇을 할 수 있는가'라는 질문에 더 관심을 갖는다. '후광이 상실된 시대'(보들레르) 혹은 '아우라가 붕괴된 시대'(벤야민)에 문학은 예전의 역할을 수행할 수 없다. 여기서 작가와 시인은 대중문학의 영역이든 모더니즘의 영역이든 뭔가 새롭게 문학을 변화시켜야 살아남을 수 있게 된다. '기술복제 시대'에 등장한 새로운 매체는 문학을 이전의 문학과 달라지게 만든다. 하지만 몇몇 작가들은 그 변화에 대해 저항하다가 뒤처지고, 때때로 너무 앞서간 몇몇 작가들은 그 변화의 더딘 속도 때문에 좌절하기도 한다. 오생근이 첫 비평집에서 대중문학에 대한 논의를 하다가 뒤로 갈수록 그것을 그만두고 좀더 미적 구조를 밝히는 일에 집중하는 것도 그런 경우에 해당된다. 그는 보들레르처럼 "안일한 타협을 거부하고, 끊임없이 새로운 탐구와 경험을 모색"해야 현대성을 획득하고, 그 이상을 실현할 수 있다고 믿는다. 대중문학 쪽보다는 '문학성'을 추구하는 쪽이 현대라는 복잡한 미로 속에서 문학이 살아남을 방법을 제공하고, 자기 자신과 세계를 변화시키게 된다고 믿은 것이다.

삶을 변화시켜야 한다는 랭보의 명제를 중시하면서 시적 언어의 힘으로 초라하고 비참한 삶을 풍요롭고 빛나는 삶으로 만들 수 있다고 믿었던 브르통은 초현실주의적 혁명을 계획했다. 〔……〕 당시의 브르통은 시적 언어가 삶을 바꿀 수 있을 것으로 확신했던 것이다. 그에게 삶을 바꾼다는 것은 지금까지의 삶과는 다른 삶을 살겠다는 의지의 표현이며, 또한 세계를 보는 자신의 눈을 바꾼다는 뜻일 것이다. (4: 373)

이 초현실주의적 태도는 네 권의 비평집 전체를 관류한다. 브르통은 문학이 세계를 인식하는 방법을 바꾸고 삶을 바꿀 수 있다고 믿었다. 엘뤼아르는 초현실주의가 사회를 순화시키는 힘이 될 수 있다고 말했다. 오생근의 첫 비평집에서 마지막 비평집에 이르도록 초현실주의에 관한 글들은 처음에 독립된 글에서 차츰 작가론이나 작품론의 토대가 되거나 세부 항목으로 자리 잡아간다. 그는 초현실주의자들의 이상을 문학에, 그리고 그것을 삶에 실현시키고자 했다. 그것이 그의 바람대로 실현되었는지 알 수 없지만, 적어도 초현실주의의 정신은 그의 비평 세계를 지탱했다. 그는 자기 시대의 모든 허위의 개념을 거부하고 무의식 속에 숨은 진실한 언어를 찾는 일에 온 힘을 쏟았다. 그래야 인간의 정신적 능력을 회복할 수 있다고 믿은 것이다. 그는 '혁명'에 이를 정도로 사회가 변화되기를 바랐고, 또 자기 자신이 변화되기를 바랐다. 그래서 예술에 대한 낡은 고정관념을 버리고 예술가로서의 자기기만을 질타했다. 그래야만 삶과 인식의 뿌리를 흔들고, 패러다임을 바꿀 수 있었던 것이다.

하지만 사람들은 권위주의 시대에 납작 엎드려 살았다. 긴급 조치와 위수령, 그리고 휴업령 등의 억압에 짓눌려 그들은 숨을 쉬지도 않는 것 같았다. 그리고 그러한 억압은 80년대까지 계속되었다. 혁명을 꿈꾸는 사람들은 그들을 일으켜 세우기 위해 온갖 방법을 동원했다. 문학 쪽에서도 여러 방법들이 모색되었다. 하지만 그런 사람들에게도 초현실주의의 전략은 별로 인정받지 못했다. 그런 미온적 태도로는 공격 대상을 타격하지 못하고 어떤 사회적 변화도 가져올 수 없다는 것이다. 마르크스주의 비평가들에게 계몽 이외의 문학적 '모더니티'란 부르주아의 타락한 모습이고, 모더니스트는 "리얼리즘의 방향에서 이탈하여, 본질적으로 어떤 고립된 상태에서 도피처를 찾으려는 예술가"(2: 353)에 불과했다. 그리고 리얼리즘을 옹호하는 사람들에게 초현실주의자들의 창조적 작업이나 예술가적 고뇌도 겉멋 든 아방가르드에 불과했다. 그것은 현실에서 도피한 자의 꿈일 뿐이었다. 그러나 문학 속의 현실과 문학 밖의 현실을 구분하지 못한 마르크스주의자들이 먼저 문학의 본질을 망각했고, 그들의 문학이 먼저 '쓰레기통'에 버려졌다. 오히려 그것보다는 인간의 내면의 욕망을 밝히고 사회 속에 길들여진 억압을 폭로하고 주체를 둘러싼 굳어버린 틀에 대해 트집 잡는 모더니즘 성향의 문학이 더 생명력이 길었다. 이상·최인훈·이청준·오정희와 같은 작가들은 사회적 억압을 보여줌으로써 그 억압을 폭로하는 성과를 거두었다. 그들은 공통적으로 내부의 욕망을 드러내고 자유를 추구했는데, 그것이 또 다양한 방식의 플롯으로 나타나거나 고정된 기법을 배격하는 것으로 나타났다. 그런데 그것은 단순한 실험이 아니라 이데올로기를 타격하는 것이었고, 때때로 그것이 무정부주의자의 행위로 보이더라도, 사실상 진정한 삶에 도달하기 위한 것이었다.

다음으로 오생근은 프랑스 구조주의자, 특히 롤랑 바르트를 비평의 전범으로 삼았다. "가령, 롤랑 바르트와 같은 비평가는 누보로망을 옹호하는 현역 비평, 혹은 일선 비평의 활동들을 전개하면서, 연구실에서 그 나름대로 문화 현상을 총체적인 체계로 파악하려는 지적 탐구의 태도를 보이기도 한다. 그의 비평 활동은 어느 한 국면에 한정되어 있지 않다. 바로 그런 점에서, 그는 일선 비평의 모험적 정신과 분석 비평의 탐구 정신을 동시에 자연스럽게 결합하여 전개할 수가 있었던 것이다"(1: 93). 이렇게 말할 때 거기에는 바르트에 대한 부러움이 담겨 있다. 그래서 주관을 배제한 구조 시학의 방법론을 습득하고자 했고, 어느 경우에는 비평가의 개입을 제로 상태로 만들고자 했다. 그는 이 방법론을 익힌 뒤 바르트의 다른 측면을 받아들여 "활자화되지 않은 것, 즉 활자 속에 감춰져 있는 무의식적 표현"을 찾아내거나 "지금까지 알려져오지 않았거나 알아차리기 어려운 기호의 의미와 구조를 파악"하고자 했다.

한편 그는 뤼시앵 골드만에 대한 관심도 지대했다. 골드만은 사실주의 예술만 옹호했던 루카치와는 달리 장 주네, 샤갈 같은 모던한 작가 혹은 화가에게도 관심을 지닌 문학 이론가였다. 그는 그들의 작품이 어떤 사회적 근거에서 나왔으며 어떤 사회적 의미를 지녔는지 살핌으로써 그들을 받아들일 수 있게 된 것이다. "작품을 산출한 사회 그룹의 의식 구조와 작품 세계의 구조 사이의 관계는 대체로 빈틈 없는 상동 관계homologie로 이루어지거나 혹은 의미 깊은 관계를 이룬다"(1: 172). 그가 황석영·윤흥길·조세희·현기영·임철우와 같은 작가에 대해 관심을 가진 것도 이런 부득이한 이론적 배경 때문이었다. 물론 그들이 꿈꾸는 세계도 궁극적으로 삶을 변화시키고자 한 브르통의 꿈과 다를 것이 없었다. 하지만 그는 "문학은 사회 비판적인 논문이 아니다"(1: 295)라고 말함으로써 점점 시국 선언문이 되어 가는 문학에는 반대했다. 그의 현실에 대한 관심은 점점 문학 밖의 현실에서 문학 안의 현실로 옮겨온다. 오생근은 세번째 비평집에서, 문학이 직접적으로 사회에 영향을 미칠 수 있다는 골드만의 견해에서 '사회 비평(혹은 문학 텍스트의 사회학)' 쪽의 견해로 방향을 수정한다. 이를 통해 같은 내용이라도 사회와 텍스트는 별개의 것이 되고 텍스트의 내적 구조에 담긴 사회적 억압일지라도, 그것이 억압의 장치라는 것이 드러날 때 오히려 억압을 해방시키는 데 기여할 수 있게 된다. 그뿐만 아니라 '텍스트에 담긴 사회적 무의식을 탐구하면서 텍스트 속에 담긴 사회적인 것의 지위'를 파악하면 궁극적으로 사회 해방마저 가능할 수 있게 된다. 이런 이론적 바탕에서 오생근은 90년대 들어 외부적 현실보다 개인의 내적 문제, 혹은 문학 자체의 문제를 탐구하는 쪽으로 빠져들었고, 그로 인해 소설보다 시에 더 집중하게 된다. 그가 '문학의 집'에 안착하게 된 것도 문학 자체에 충실한 것이 세계를 변화시킬 가능성에 더 기여하는 것이라고 믿었기 때문이다. 이런 정신은 브르통의 정신에서 좀더 부드러운 '사랑의 힘'을 지키려 했던 엘뤼아르와 같은 정신, 즉 시를 이념에 희생시키지 않는 태도로 부터 나온 것이라고 말할 수 있다.

3. 사회적 현실에서 개인적 삶으로

오생근이 보여준 사회적 현실에 대한 관심은 상대적으로 미미하다. 그것은 브르통의 견해를 빌려온 추상적인 관념이거나 70년대에 가졌던 대중문학에 대한 관심으로 나타났을 따름이다. 그것은 초현실주의의 한계이기도 했고 개인적 구원의 문제에 초점을 맞춘 나머지 시대와 사회 현실에 대한 문제에 깊이 있게 빠져들지 못한 탓이기도 하다. 오생근은 70년대에 황석영과 박완서, 그리고 최인호 등의 소설에서 대중문학의 활력을 발견했다. "70년대에 활발한 작품 활동을 전개하고 있는 이른바 70년대 작가들은 전문적인 안목을 소유하고 있는 독자들에게 한정되어 읽히는 엘리트 소설의 스타일을 거부하거나, 혹은 순수의 상아탑을 넘어서서 대중들을 위한 문학을 지향하겠다고 주장하고 나서며, 덧붙여서 자기들은 대중들의 한 사람임을 자신 있게 밝히기도 한다"(1: 72). 오생근은 그들의 뛰어난 문학적 감수성과 새로운 역사의식·사회의식·현실의식 등이 새로운 문학을 만들 수 있다고 생각했고, 훗날 새로운 시대가 오리라고 확신했다. 그러나 그의 꿈은 현실보다 너무 앞서 나갔다.

70년대라는 정치적 암흑의 시대에 작가들은 철저히 억압되었지만 이미 그들은 사회 변화의 바람과 기운을 자신의 텍스트 속에 담아내는 방법을 알아냈다. 그것은 대중들이 환호하는 몇몇 작가들의 소설에서 명백한 징후로 나타났다. 박완서는 『휘청거리는 오후』에서 초희나 우희를 '피상적인 감각적인 자존심'을 가졌지만 모두 돈에 얽매인 자본주의 생리에 익숙한 인물들로 그림으로써 그 시대를 비판했다. 황석영은 올바른 역사 인식과 현실 인식의 중요성을 강조하며 자유 의지를 지닌 노동자 계층의 인물을 통해 이 시대를 헤쳐나가는 모습을 보여주었다. 그것이 훗날 『장길산』에서는 민중의 영웅의 모습으로 그려지기도 한다. 최인호는 뛰어난 현실 감각과 감각적인 문체로 대중의 시선을 사로잡는 도시인들의 모습을 그려냈다. 대중을 대하는 이들의 태도는 다 달랐지만, 그들은 각기 자신이 문학적 성취를 거두면서 대중들과 직접적으로 만날 수 있다고 믿었다. 이런 의미에서 '새로운' 대중의 시대가 열릴 가능성은 얼마든지 있었다. 오생근은 "참다운 의미에서의 대중문화는 대중이 문화 창조의 주체가 되고 모든 억압적 구속으로부터 완전히 자유로운 문화"(1: 31)일 거라고 꿈꾸었는데, 결국 그런 문화는 존재하지 않았다. 오히려 권위주의 시대에 '합리성'이 '합리화'로 변하고 '정의'와 '양심'의 기준마저 사라져갔고, 점차 대중은 민중의 모습으로 변해갔다. 그리고 80년대까지 긴 민중의 시대가 계속되었다.

　여기서 우리는 그의 '삶'에 대한 의식이 어떻게 바뀌는지 살펴볼 필요가 있다. 90년대 들어 후기 산업 사회가 시작되고 본격적으로 저자의 죽음과 독자의 탄생이 운위되면서 겉으로 보기에 민중들은 사라지고 욕망만 가득 찬 대중들이 넘쳐났다. 오생근은 그런 시대를 맞으면서 『현실의 논리와 비평』의 책머리에서 "삶과 문학을 바라보고, 그것과 더불어 살아오면서, 더 정확히 말해 삶에 의존하여 문학을 이해하고, 문학에 의존하면서 현실을 인식하려 했던 지난 세월의 모습이 이런 그릇으로 표현된다는 것에 대한 아쉬움은 적지 않다"고 말한다. 여기서 '아쉬움'의 정체가 글에 대한 겸양적인 아쉬움인지, 아직 삶과 문학의 관계를 제대로 파악하지 못한 아쉬움인지 잘 구별이 되지는 않지만, 여기서 삶이란 단어는 사회적 현실과 개인적 삶의 내용이 거의 혼용되어 쓰인다. 이때 소설 속의 한 인물의 삶은 동시대 전체 사람들의 삶의 모습으로 환원되고, 한 개인의 삶도 다른 사람의 "삶과의 유기적 관계를 통해 자신의 삶을 형성"(2: 86)하게 된다. 그리고 오정희의 소설에서 볼 수 있듯이 삶의 굴레에 갇힌 존재는 일상을 탈출하고 자유를 꿈꾸더라도 그 현실을 벗어나지 못하고 '일상적 삶의 한계'로 되돌아오게 된다. 여기서 작중 인물들은 자신의 정체성을 찾고 꿈을 실현하기에는 현실에 대한 인식과 능력이 부족하다. 이때 정직하고 철저하게 그 현실의 모순을 제시하는 것이 삶을 긍정하는 일이 될 수 있다. 그리고 언어의 진실을 끊임없이 모색할 때 건강한 삶을 되찾게 되고, 또 혼란한 세계에서 진실을 찾게 된다.

그런데 세번째 비평집 중 '황지우론'에서 말하는 것을 보면 삶에 대한 의미가 많이 달라진다. "『어느 날…』에서 '삶'이란 어휘가 많이 발견되고, '삶'이 중심적 화두가 되고 있는 까닭을 두번째로 생각해 볼 수 있는 것은 삶과 사회와의 관계이다. 초현실주의자들이 '삶을 변화시켜야 한다'는 랭보의 명제와 '사회를 변혁해야 한다'는 마르크스의 명제를 동시에 추구하려 했고, 그런 점에서 불가능한 시도를 한 것이라는 평가를 받기도 하지만, 분명한 것은 삶/사회는 대립항의 관계에서 생각될 수 있는 문제라는 점이다. 가령 사회를 변혁시키려는 혁명의 전사가 그것이 불가능하다고 생각했을 때, 돌아올 수밖에 없는 곳이 바로 삶의 세계일 것이다"(3: 171). 여기서 사회적 현실과 개인적 삶은 서로 다른 것이 된다. 아직 삶에 '모순의 현실'이 포함되어 있고, 그것이 개인적 삶의 범주에 국한되는 것은 아니지만, 사회적 현실에서 돌아와 정착할 '삶의 세계'는 그것만으로도 얼마든지 문학적 이상을 실현할 수 있는 초기 비평집의 그것과는 완전히 달라진 것이 된다. 언뜻 보기에 거기에 초기의 '현실을 포함한' 삶에서 '현실이 빠진' 현실로 회귀한 것을 알 수 있지만, 그럼에도 불구하고 "삶을 끌어안으면서 몸부림을 치더라도, 때로는 삶에 순응하면서 삶과 싸우고, 때로는 절망하면서도 삶을 극복하고 또한 초월할 수도 있는 것이라면, 삶의 세계는 그야말로 '할 일'이 많은 세계"(3: 171)가 될 때, 그는 이것으로 '현실'에 대한 콤플렉스를 벗어던지고 자유롭게 자신의 문학 속에서 살 수 있게 된다. 그리하여 시를 찾아 시와 함께하는 '진정한 삶'을 회복하게 된다.

오생근이 『그리움으로 짓는 문학의 집』에서 소설에서 시의 세계로, 현실에서 문학의 문제로 관심을 옮긴 것도 그것과 관련된다. 이제 제5공화국의 권위적 정권을 거쳐 90년대에 안착한 그는 부성적 법의 현실에서 모성적 삶의 세계로 관심의 방향을 바꾼 것이다. "어린 시절의 자유롭고 행복했던 모성적 세계에 대한 그리움은 우리의 내면 속에 그대로 남아 있다. 그것은 억압이 없고, 갈등이 없는 어떤 통일성의 세계를 지향하는 꿈으로 표현되기도 한다. 모성적 세계를 그리워하는 사람의 마음은 그런 점에서 시인의 마음이고, 어머니의 언어는 바로 시의 언어라고 말할 수 있다"(3: 5~6). 두번째 비평집까지 소설의 비중이 많았는데 세번째 비평집부터는 시에 대한 평론이 훨씬 많아진다. 모성적 삶의 세계는 이데올로기와 같은 허깨비보다 자유롭고 진정으로 가치 있는 것을 꿈꾸게 한다. 제5공화국 시절 소설의 내용 때문에 끌려가 고문당하고 나온 한수산이 "삶이 아무리 추악하더라도, 이 세상에는 사랑해야 할 일도 많고, 새롭게 발견하고 소중히 간직해야 할 인간적 가치와 아름다움이 많다"(3: 272)고 말한 세계도 바로 그런 세계이다. 그것은 바로 '진정한 삶'을 찾는 일이 된다. 김광규의 시에서 말하듯 정직하고 철저하게 그 현실의 모순을 제시하는 것도 삶을 긍정하는 태도에서 나온다. 하지만 "인간과 세계와의 바른 관계를 복원"(2: 307)하는 것은 시를 통해 가능해진다. 삶의 의지가 없으면 '언어의 진실'을 추구하지도 않는다. 또 삶에 대한 적극적인 애정은 '상상력의 의지'로 나타나 뛰어난 시적 세계를 만들게 된다. 그렇듯 그는 "시는 삶과 분리되어서 이해할 수 없다"(1: 40)고 말한 적이 있는데, 그 당시에는 시도 삶 속에서 나온다는 의미였겠지만, 세번째 비평집에서부터 생각해보자면 시를 누리는 일은 삶을 찾는 일이 된다. 그는 삶이 빠진 문학을 '가짜 전위'라고 말한 적이 있는데, 이제 진짜 삶을 찾기 위해 시 속으로 깊이 들어가고, 또 시와 함께 살아가기로 작정을 한 것이다.

4. 삶의 진실을 찾아주는 초월적 시간

오생근은, 도시의 허위 속에서 살아가는 사람들은 "느리게 걸으면서 생각하고, 거리의 풍경과 사람의 표정을 섬세하게 관찰하고, 도시와 자연의 변화를 온몸으로 느"껴야 진실을 만날 수 있다고 『문학의 숲에서 느리게 걷기』의 「책머리에」에서 말한다. 이것은 '빠른 속도의 비인간화'만을 비판하는 것이 아니라 진실이 사라진 시대에 어떻게 진실을 찾을 수 있는가의 문제와 연결된다. 느리게 걸으면서 생각하고, 기억으로 돌아가고, 그리하여 만나게 되는 '삶의 순간들.' 그는 시인이나 작가들의 그런 시간을 어떻게 만나는지 살핀다. 그러면 저

절로 그들의 삶과 문학의 관련을 알게 된다. 그리고 그들의 문학적 세계가 어떻게 변했는지도 알게 된다. 황석영이 개인적 구원의 문제에서 '이웃의 진실'을 찾아주는 역할로 그 문학적 세계를 바꾸었다면, 황지우는 현실의 혁명적 상황에서 고민을 하다가 '삶의 세계'로 돌아온다. 그리고 정현종은 '바람'의 세계에서 '숨결'의 세계로 이행한다. 결국 이들이 찾는 세계는 어떤 세계일까? 그는 김춘수·오규원·정현종·김광규·황동규·최하림·최승호·이하석·이성복·마종기·김명인·이태수·황지우·채호기·김혜순·김기택·기형도·나희덕·황인숙·유하 등의 많은 시인들의 텍스트 속에 들어가 그것을 찾는다.

시인들은 공통적으로 기계적 시간을 벗어나고자 한다. 과거-현재-미래의 직선적 시간에서 벗어나 곡선의 시간, 나선형의 시간, 혹은 영겁 회귀의 시간 속으로 들어가고자 한다. 그것은 적어도 다음과 같은 상태에서 벗어날 때 가능해진다. "나르시시즘적 인간형은 과거에 대한 관심이 별로 없기 때문에 미래에 대해서도 흥미를 갖지 않고, 계속되는 내면적 공허와 불안 속에서 항상 즉각적인 만족을 요구하고, 이러한 성향 때문에 끊임없이 긴장하고 방황한다"(4: 56). 이런 인간형과 유사한 대다수의 현대인들은 결코 충족되지 않는 욕망을 위해서 '벼랑' 위의 질주를 계속하지만 결국 진실을 놓치고 삶을 잃어버린다. "그들에게는 역사적 의식이 부족할 뿐 아니라, 시간의 축적에 따른 심층적인 감정의 반응도"(4: 57) 부족하기 때문에 본질을 보지 못하는 것이다.

천천히 걸으면서 대기의 기운과 사물의 울림을 받아들일 때, 잊고 있었던 생명의 기운이 회복된다. 그것은 어떤 경제적 이익을 주는 것이 아니지만 그런 시간을 통해 잃어버렸던 자기 자신을 되찾게 한다.

『걷기 예찬』에서 브르통은 마치 오생근의 생각을 요약해주는 것 같다. "걷는 것은 자신을 세계로 열어놓는 것이다. 〔……〕 발로 걸어가는 인간은 모든 감각 기관의 모공을 활짝 열어주는 능동적 형식의 명상으로 빠져든다. 그 명상에서 돌아올 때면 가끔 사람이 달라져서 당장의 삶을 지배하는 다급한 일에 매달리기보다는 시간을 그윽하게 즐기는 경향을 보인다"(4: 62). 그것은 '비어 있는 시간,' 즉 완벽하게 '자유로운 시간'을 찾는 일이다. 그런데 노자의 『도덕경』에 의하면, 그 시간을 통해 삼라만상과 세상의 모든 것들이 생산된다. 그리고 그 가운데 한 개인의 삶도 다시 태어나고, 나아가 세계도 변하게 된다.

시에는 이런 시간들이 넘친다. 오생근이 찾아놓은 그 시간들을 살펴보자. 세속적인 시간을 넘어 '자유로운 시간'으로 나아가는 시의 세계. "황동규의 잘 알려진 여행에 대한 욕망이나 여행지에서 경험하는 한순간의 황홀한 느낌, 죽음을 끌어들여서 삶의 의미를 풍요하게 만들려는 『풍장』의 주제, 그리고 그것을 구체화시키려는 현재의 생생한 시간 속에서 회상과 추억을 떠올리는 상상력의 형상화 방식 등은 모두 그가 시간의 강제와 구속을 벗어나 나선적 시간성의 세계를 지향하고 있다는 것을 보여준다"(4: 74). 황동규의 「해마」라는 시에는, "길에서 벗어나지 않고 벗어나/가볍게 떠돌리./느린, 늘인 걸음으로"라는 구절이 나온다. 여기서 가볍게 걸으면서 기계적 시간을 벗어나 '늘인' 시간을 만나는 시적 화자의 모습을 볼 수 있다. '느린 걸음'으로 걷다 보면 문득 시간을 '늘이게' 되어 잃어버린 본질을 만나게 될지도 모른다. 그것은 "그 자체로 비물질적인 무한성의 세계"(4: 77), 혹은 황동규가 말한 '탈골여행'을 통해 얻는 것, 그리고 앞서 말한 '빈 시간'과 같은 것이지만, 우리에게 '어질머리'로 다가오거나

'꿈의 풍경'처럼 보이는 것이다.

최하림의 시에서도 그런 시간은 발견된다. "하늘 가득 내리는 햇빛을 어루만지며/우리가 사랑하였던 시간들이 이상한 낙차를/보이면서 갈색으로 물들어간다" 또는 "시간은 소리 지르지도 않고/정지하지도 않은 채 종잡을 수 없이/자취를 감춘다." 이렇듯 갑자기 사라지는 시간들. 아니 "꿈과 현실이 접합되는 가시성의 한 지점"(4: 88)에서 만나게 되는 시간들. 거기서 삶을 긍정하고 존재의 숨결을 느끼고 "순간과 영원 사이의 긴장"을 만나게 된다. 그것은 최하림의 '갈색으로 물들어가는 시간'이나 나희덕의 '사물이 불투명해 보이고 어둠이 깃드는 순간'에 문득 찾아온다. 혹은 긴장을 풀고 편안한 표정으로 사물을 대할 때 만나게 된다. 오생근은 그 시간에 대해 말한다. "유한한 삶 속에서 인간이 영원과 초월의 존재를 체험할 수 있다면 그것은 순간 속에서만 가능할 것이다. 이 순간에 세계는 정지해 있는 듯하고, 기억은 멈추어 있는 것 같다. 어떤 사물의 움직임도 보이지 않는 부동과 정적의 시간은 시인에게 하루의 일과가 끝나고 누워서 휴식을 취하는 시간에 접속되어 있다"(4: 211~12).

이런 시간을 체험한 사람만이 갖게 되는 폭넓은 안목일까? 오생근은 어떤 틀에 구속되지 않은 통찰력을 보여준다. 발표 당시 논란이 많던 최인훈의 『화두』를 분석한 글에서 그는 판독의 코드를 잡지 못해 논란만 무성하던 비평가들과 달리, '보이지 않는 구조적 틀'을 쉽게 발견한다. "우리는 새로운 소설을 이해할 때 기존의 어떤 선입견이나 정형화된 틀에 맞추어서 그것을 재단하지는 말아야 할 것이다. 또한 '유기적 미학 체계'란 것도, 작가의 의도에 따라서 얼마든지 무시될 수도 있는 것이지 그것이 필수적인 조건은 아니다"(3: 230). 이 말은 체계가 '무시된' 소설이라고 반드시 저급한 소설이 되는 것은 아니라는 말이다. 그리고 그는 『화두』에 "독특한 형태로 연결되고 분리되고 종합되는 방식"(3: 230)을 찾아낸 것이다. 그는 그것을 '비유기적인 유기적 형태'라고 말한다. 그리고 이어서 다음과 같이 말한다.

이 소설에서 사유의 전개를 연날리기에 비유한다면, 사유의 흐름은 바람의 방향과 세기에 따라 유연하게 나는 연과 같다. 그러나 외형적으로는 자유롭게 흔들리고 날아오르는 것 같으면서도 '나'의 의식이 그 연을 풀고 당기는 끈처럼 느슨한 듯하면서 늘 팽팽하게 작용함으로써 그것이 사유의 긴장을 만들어내는 것처럼 보인다. 좀더 논리를 확대한다면, '나'의 의식은 자유롭게 움직이는 듯하면서도, 대체로 '나'의 주체 혹은 주체 의식 속에서 뚜렷한 출발점과 지향해야 할 어느 도착 지점을 염두에 두고 이동하고 있기 때문에, 그러한 도정이 소설적 줄거리를 형성하고, 또한 '유기적 미학 체계'라는 것을 무시하는 듯하면서 은연중에 체계 없는 체계랄까 혹은 열린 체계를 만들어놓고 있다는 것이다. (3: 231~32)

이 인용은 『화두』에 대한 논의를 하자는 것이 아니라 거기에 나타난 기억의 문제를 말하려는 것이다. 화자인 '나'는 조명희의 「낙동강」을 통해서 잊었던 기억을 되찾는다. 그것은 나에게 평생 악몽처럼 따라다녔던 '지도원 교사'의 악몽에서 자유로워질 수 있을 정도로 중요한 기억이었다. 지도원 교사가 나를 검열한다면 「낙동강」에 대한 감상문의 사건은 나를 축복해준다. 그런데 그것들이 별개의 기억들인 것 같지만 사실상 뿌리가 같다. 그것을 깨달은 '나'는 억압에서 해방되고 오랫동안 쓰지 못하던 소설을 다시 쓰게 된다. 이렇듯 기억을 되찾는 일은 삶의 본질을 깨우쳐주고 '나 자신의 주인'이 될 수 있게 하는 일이다. 그리고 이쯤 되면 기억은 "우리와 삶과 세계를 바르게 이해하고, 자아와 세계와의 참된 긴장 관계를 맺으면서 끊임없이 의식을 새롭게 태어나"(3: 241)게 하는 것이 된다.

다른 글에서는 "과거의 기억 속에 침잠할 줄 모르는 사람은 그의 내면이 빈약할 뿐 아니라, 현재의 삶을 주체적으로 충실하게 살지도 못한다. 과거의 기억은 현재의 삶을 풍부하게 만들 뿐 아니라 우리의 꿈을 역동적이며 자유롭게 만드는 요소"(3: 319)라고 말한다. 그것은 '현실의 논리와 어긋나게 어느 날 우연히, 불현듯 떠오르는' 기억이 타락하고 잘못된 세계를 고쳐 진정한 본질의 세계로 돌아가도록 돕는다는 것이다. 「'집'과 시적 상상력」에서는 기억이 "우리의 과거를 특이한 것으로 살아 있게 만든다"고 말한다. "베르그송의 개념으로 말하면 기억은 지속이고, 순수한 내면적 정신 세계의 본질이다"(3: 23). 또 「바람과 그리움의 집짓기」에서는 "우연한 계기에 찾게 되는 우리의 과거는 단순히 지난 시간의 기억을 재생하는 데 의미가 있지 않고 〔……〕 지속되는 자아의 참모습을 발견하는 데 의미가 있다"(3: 358)고 말한다. 그리고 이러한 시간은 현실의 자아를 어떤 틀에서 벗어나게 할 뿐 아니라, 김화영의 말처럼 "덧없는 삶의 저 너머 영원불변하는 그 어떤 실체"에 도달하게 한다. 그래서 그는 그런 삶을 찾아 나섰을까? 그것을 어떤 시인의 말로 바꾸어서 말하면, "세찬 흐름을 보이다가도 모래 위에 지친 듯 스러지는 파도의 움직임을 삶과 죽음에 비유한다면, 바다는 끊임없이 삶과 죽음을 되풀이하면서도 그러한 반복적 생성을 멈추지 않는 영원의 존재라는 것이다. 그런 점에서 바다는 시간 속에 있으면서 동시에 시간 밖에 있다"(4: 95). 이런 시간의 발견. 그 시간 속에 들어가면 "속도 속에는 없는 무진장한 시간"을 누리고, 또한 문득 영겁 회귀로 나아가게 될지 모른다. 오생근은 바로 그런 시간을 바라고 또 바라본 것이다.

5. '씌어지지 않은' 세계를 찾아

다시 오생근의 물음에 귀 기울여본다. 문학은 무엇을 할 수 있는가? 작가와 시인이란 자기 자신이 처한 사회에 만족하지 못한 채 항상 그 너머의 세계를 꿈꾸고 세상이 바뀌기를 바란다. 그리고 그들은 구체적으로 한 일은 없어도 근대적 이념들을 뒤집고 해체하면서 거기서 소외되던 것들에게 힘을 주고자 한다. 정현종의 시를 분석한 글에서 보여주듯, '생명의 숨결'이라 할 수 있는 시는 인간을 억압으로부터 해방시키고, 죽음의 세력에 저항할 수 있게 하고, 마침내 원초적 자아를 회생시켜 '우주적 숨결의 흐름'에 연결되게 한다. 그와 마찬가지로 주체/타자, 이성/감성, 빠름/느림, 정신/육체, 필연성/우연성 중에서 후자를 부각하는 것은 양자의 균형을 맞추는 일이면서 삶을 회복하는 일이 된다. 한 일은 없으되 아무것도 하지 않음은 아닌 그런 부재의 공간 속에 삶이 들어 있는 것이다. 그렇다면 타자, 감성, 육체 속에서 문학이 찾는 것은 무엇인지 자명해진다.

육체가 세계와 교섭한다는 점에서 "존재의 기초이고, 세계의 출발점이자 가능성의 근거"(3: 35)라고 말할 때 잃어버렸던 삶의 한 부분은 다시 회복된다. 이런 논리에 관심을 기울일 때 "정진규의 「몸시(詩)」 연작들은 인간이 몸을 통해 세계에 거주하고, 인간의 몸이 세계에 거주한다는 인식을 보여주는 한편, 몸과 세계의 관계가 상호 존재적interbeing이라는 것을 일깨우면서, 몸의 철학적 의미를 생각하게 한다"(3: 39). 이런 발상의 전환을 딛고 한 걸음 더 나아갈 때 김혜순의 시의 특성들이 보이기 시작한다. 때로는 난폭하고, 처참하고, 불경스러운 그녀의 언어에 많은 비평가들이 당혹스러워하는 것은 그녀가 추구하는 삶을 이해하지 못했기 때문이다. 그런데 오생근은 다른 비평가들이 비슷하게 접근하면서도 말하지 못하던 것들을 초현실주의적 접근으로 쉽게 해석해낸다. "김혜순의 시적 언어는 일상의 현실을 모방하지 않고 그것을 부정하거나 초월하는 언어이지만, 그 부정과 초월의 언어는 현실을 닮은, 그러나 새로운 세계를 도출해낸다. 육체에 대한 그의 시적 인식은 이러한 새로운 현실 창조와 밀접히 관련된다. 김혜순에게 육체는 세계에 대한 새로운 인식의 근거이자 세계에 대한 긍정적 이해의 중요한 출발점을 이룬다"(3: 49~50). 그는 김혜순의 시세계는 "음산한 초현실적 세계"의 모습을 하고 있다고 말하면서도 거기서 '세계에 대한 긍정적 이해'를 찾아낸다. "그 세계에서 현실의 논리는 철저히 부정되고, 삶의 화사한 외양은 거침없이 찢겨나가며, 사회적 규범과 질서는 무시되거나 전복된다"(4: 104). 하지만 오생근은 그 불편하고 당혹스러운 세계 속에서 새로운 세계의 가능성을 찾아낸 것이다.

이처럼 현실의 논리가 무시되고, 사물의 물질성이 비물질화되고, 모든 경계가 허물어지면서 해체되고 재구성되는 세계를 그리는 김혜순의 시는 일반적인 시적 문법의 기준을 일탈한 점에서 비정상적인 시이거나 그녀의 말처럼 '병든 목소리'의 시일 수 있다. 그러나 '병든 목소리'가 사실은 모든 억압의 질곡을 헤쳐나가면서 근원적인 모성의 세계를 강렬히 욕망하는 목소리라는 것을 우리는 알고 있다. 다시 말해서 '병든 목소리'의 시는 설명할 필요도 없이 건강한 목소리이다. '병(病)'이라는 제목의 시가 말해주듯이 병은 억압적이고 불건강한 사회에서 한 존재가 착실하게 몸으로 반응하고 몸으로 써온 '답장'과 같은 것이기 때문이다. 김혜순은 병든 몸의 상태를 병든 목소리로 말해야 한다고 주장한다. (4: 105)

오생근은 이처럼 "분절되고, 망설이며, 찢긴 말들이 터져 나오는 방식 그대로"에서 '건강한 목소리' 혹은 '새로운 삶의 징후'를 찾아냈다. '병(病)에서 희망을 찾아내는' 그의 비평 세계는 단순히 건강성을 말하는 차원을 넘어서, 그야말로 그가 오랜 세월 동안 그런 삶을 추구했기 때문에 발견된 것이다. 아니 그가 '느림'을 통해 '지속의 시간'에 들어섰기에 김혜순의 시가 추구하는 '여성적 글쓰기'의 세계가 저절로 보인 것이다. 그래서 그녀의 비규범적이고 혼란스러운 언어가 "보다 근원적인 모성의 넓은 바다를 찾는다"(4: 106)고 말할 수 있게 되는 것이다. 말하자면 그 '모성의 넓은 바다'가 바로 새로운 삶의 바다이다. 그것을 읽어낸 오생근의 비평은 씌어지지 않은 시인의 내부를 읽어내는 비평이다. 오생근이 김화영의 비평집에 대한 글에서 말했듯이, 사람은 누구나 자신의 정신적 높이만큼 타인과 세상을 바라보면서, 대상의 작은 결함을 큰 소리로 지적하기보다 대상을 더 깊이 사유하고 이해하며, 대상과 더불어 자신을 높일 때, 더 큰 비평의 세계에 이르게 된다. 그의 균형적 감각과 겸손한 태도는 하이데거가 말한 '본래적 시간Eigentlichkeit'을 일깨워주면서 그의 비평을 더욱 신뢰하게 만든다. 〔『현대 비평과 이론』, 2005년 가을·겨울〕

삶이라는 숭고한 대상

김상환

"글은 사람이 산 만큼 나오게 되어 있다"(Ⅱ, 5; Ⅳ, 5).[1] 글을 쓰는 사람이라면 누구나 한번쯤은 입에 올릴 만한 이 평범한 명제가 어떤 독특한 비평 이론이나 문학적 입장의 표현이 될 수 있을까? 가능하다면 어떻게 가능한 것일까? 오생근은 '삶을 위한 비평'이라는 제목의 첫 평론집을 낼 때부터 지금까지 문학을 삶과 관련지어 설명하고 있다. 그 자신의 회상에 의하면 30년이 족히 넘는 오생근의 문학 인생은 "정확히 말해 삶에 의존하여 문학을 이해하고, 문학에 의존하면서 현실을 인식하려 했던 세월"(Ⅱ, 4)이었다. 이런 공식에서 읽을 수 있는 것처럼 오생근의 비평은 처음부터 한결같이 삶을 위한, 삶에 의한, 삶에 대한 비평인 것처럼 보인다. 변함없는 이런 비평적 행보 앞에서 당연히 던지게 되는 물음은 삶의 의미이다. 삶이란 무엇인가? '삶을 위한 비평' 속에서 삶은 어떻게 경험되고 있는가?

---

1) 문학과지성사에서 출간된 오생근의 네 비평집 『삶을 위한 비평』(1978), 『현실의 논리와 비평』(1994), 『그리움으로 짓는 문학의 집』(2000), 『문학의 숲에서 느리게 걷기』(2003)는 발행 순서에 따라 각각 Ⅰ, Ⅱ, Ⅲ, Ⅳ로 표기하고 해당 면수를 함께 적기로 한다.

1. 초월론: 어떤 초현실주의

아쉽게도 오생근의 글에서 이런 물음에 상세히 답하는 대목을 찾기란 쉽지 않다. 삶은 규정되지 않은 채 어떤 이념으로 앞서가고 있다. 삶의 의미를 정확히 개념화하지 않는다는 것은 '삶을 위한 비평'의 치명적인 약점인 것처럼 보인다. 하지만 삶을 섣부른 개념으로 한정하지 말아야 한다는 것이 삶을 '위한' 비평의 마지막 원칙인지 모른다.

사실 칸트적 의미의 '이념'이라는 것이 원래 그런 것이다. 이념은 개념적으로 규정되지 않는 어떤 무제약자이면서, 개념적 규정과 판단들에 일정한 방향과 목적을 주어 하나의 체계적 통일성 안에서 조화를 이루도록 하는 원리이다. 오생근의 문학적 판단과 추론은 삶에 대한 물음 안에서 일관성을 이루어나가고 있는 듯하지만, 그 삶 자체는 마치 무제약적 이념인 양 분석의 초점 안에 잡히지 않고 있다. 그는 자신의 비평적 입장이나 태도를 밝혀야 하는 장소에서는 언제나, 글의 함량은 삶의 함량에서 온다는 명제를 앞에 놓고 그 이상의 언급은 피하는 듯한 인상을 준다. 그렇기 때문에 '삶을 위한 비평'은 자신의 입장을 의도적으로 숨기는 '철저한 텍스트주의'로 평가되기도 한다. 가령 김인호는 이렇게 적었다.

철저한 텍스트주의자의 육성은 비평집 서두 「책머리에」를 빼고는 어디서건 들을 기회가 없다. 게다가 그가 꾸준히 텍스트 분석만 했을 경우, 그 분석을 따라가더라도, 그 텍스트들을 읽어낸 방식이 무엇인지, 혹은 그것이 옳은지 판단하기도 어렵다. 그 정도로 자신을 드러내

지 않고 그저 묵묵히 자신이 공부하고 연구한 것을 텍스트 분석을 통해 보여주기 때문이다.[2]

이런 평가는 그 전후 문맥 속에서는 더 분명히 드러나지만 거의 푸념에 가깝다. 그것은 자신의 입장을 명확히 제시하지 않는 비평적 태도에 대한 불만이다. '삶을 위한 비평'은 삶이라는 막막한 개념을 보호막으로 의당 자신에게 있어야 할 논리나 일관성의 부재를 감추는 것이 아닐까?

그런데 이러한 불만은 30년 전쯤의 청년 오생근이 자신이 다루던 몇몇 작가들의 작품 세계에 대해 표명했던 불만과 크게 다르지 않다는 점에 주목할 필요가 있다. 가령 그는 서정인의 소설에 대해 이렇게 평했다. "이처럼 작품을 쓰는 이유를 도덕적인 관점에서 명백히 기술하지 않고 막연하게 말함으로써 일반적 비평이 그의 의지를 드러내는 어려움에 부딪칠 수 있는 것이다"(I, 230). 작가가 자신의 문학적 입장을 분명히 제시하지 않는 태도는 오생근의 초기 비평에서 여러 번에 걸쳐 분석의 대상이 되는 중요한 징후이다. 이상론에서는 그 징후가 이렇게 언급되고 있다. "본래의 의도에서 작가는 자기 자신을 비개성화의 성격으로 전이시키기를 바란다. 다시 말하자면 그는 자기 자신의 경험을 말할 때에도 삼인칭의 관점에서 서술하기를 원하는 것이다. 그러나 李箱의 주관적인 성향 때문에 그는 자기 자신을 객관화시키지 못하고, 다만 작품 속에서 자기 자신을 변장하고 있을 뿐이다"(I, 195).

이상의 작품에는 인간관계에 대한 부정과 고립의 의지를 담은 대

---

2) 김인호, 「삶의 진실과 '본래적' 시간을 찾는 비평 ── 오생근 비평론」, 『현대 비평과 이론』 통권 24호(2005년 가을 · 겨울), p. 152.

목이 종종 나타난다. 오생근은 그런 부정과 고립의 의지에서 오히려 타인을 향한 관계의 의지, 그러나 왜곡된 의지를 본다. 타인과 관계하려는 의지가 너무 큰 나머지 그 비정상적인 의지가 고립의 의지로 전도되어 나타난다는 것이다. 마찬가지로 이상의 작품에서 읽을 수 있는 자아의 자기 은폐나 변장의 경향에 대해서도 유사한 진단이 내려진다. 그것은 어떤 강력한 자기 현시 욕망의 전도된 표현이라는 것이다.

이상론에서 등장한 이런 분석은 서정인론과 윤흥길론에서, 그리고 무엇보다 이청준론에서 반복되면서 보다 정교한 추론으로 이어진다. "이청준적 인물들은 자유를 속박하는 타인의 시선을 회피하지만 그들은 타인의 시선을 갈망하는 자들이다"(I, 272). 그들은 이상의 인물들과 마찬가지로 "타인에 대한 열망이 너무나 강렬하기 때문에 타인과 단절되는 것이기도 하다"(I, 278). "'쑥스러워'하는 인간"(I, 266)이라 할 수 있는 이들은 "관찰당하는 위치"를 지옥이나 위기로 간주하므로 타인의 시선 앞에 자신의 정체를 당당히 드러내지 못한다. 자신의 정체를 노출해야 할 때는 모호한 제스처를 취한다. 겸연쩍고 쑥스러우므로 그들은 가면을 쓰고 변장을 할 때만 정상적으로 타인과 관계할 수 있다. 타인의 시선 앞에 자신을 명확히 현시하거나 객관화하지 못한다는 것은 정신적으로 강건하지 못하다는 것을 말해주는 징후이다. 타인과 "괴로운 시선의 싸움"(I, 278)에 빠져들 때는 커다란 상처를 입는 이런 인물들은 연약한 정신의 소유자이다. 이런 연약한 정신, 미숙한 정신에 대하여 힘겨운 과제는 무엇보다 사랑이다. 그들의 사랑은 언제나 파행을 겪거나 실패로 끝난다.

오생근의 초기 작가론은 사랑의 주제를 건드리고 지나갈 때가 많다. 사랑의 주제를 통해서 자아와 타인의 관계를 분석하고 평가하는 것이 이 시기 오생근적 삶의 접근법이다. 이런 접근법에서 사랑의 실패는 "정신적 미성년"(I, 275)의 논리적 귀결이고, 그 미성숙의 원인은 성장기의 갈등이 원만하게 해소되지 않았다는 사실로 소급된다. 사랑의 조건, 그것은 정신적 성숙과 성장에 있다. 그것은 곧 과도한 자기 현시 욕망에 의해 압도되어 타인과 괴로운 시선의 싸움에 놓이는 성장기의 갈등 상황을 통과해야 한다는 것과 같다.

그렇다면 왜 오생근은 자신의 문학적 태도를 "글은 사람이 산 만큼 나오게 되어 있다"는 어떻게 보면 진부하다 할 수 있는 명제 속에 얼버무리는 것인가? 그것은 자신의 문학적 입장을 표명하기가 쑥스럽고 겸연쩍어서 누구도 부정할 수는 없는 상식적인 명제 뒤로 숨는 것이 아닐까? 그 명제는 '삶을 위한 비평'이 자신의 얼굴과 시선을 감추는 어떤 가면이 아닐까?

"가면 쓴 인간"에 대한 분석은 이청준론을 비롯한 청년 오생근의 비평에서 자주 등장한다. 게다가 그 분석은 정신적 미성숙에 대한 분석, 다시 말해서 어린아이나 성장기 청년의 정신에 대한 분석의 일부를 이룬다. 앞에서 거론된 이상론, 이청준론, 서정인론, 윤흥길론 등에서는 물론이고 황석영론, 최인훈론, 도스토예프스키론 등 오생근의 첫번째 비평집에 들어 있는 거의 대부분의 작가론은 작가가 어린아이나 청년을 형상화하는 방식에 초점을 맞추어 비평적 추론의 근거를 얻는다. 마치 성장기 정신에 대한 묘사가 얼마나 적합한가에 따라 작가의 문학적 역량을 평가하겠다는 인상을 주기까지 한다. 이러한 일관된 관찰의 기법은 황석영론에 이르러서는 성장기 정신의 세 가지 유형을 구별하고 그 각각의 특징을 상세히 서술하는 독특한 분류학을 낳는다.(I, 303~10 참조.)

그렇지만 청년 오생근은 성장기 정신이나 청년기 정신에 대해 그렇게 우호적이지 않다. 그는 가령 이상 문학의 한계를 그것이 청년문학에 그친다는 점에서 찾는다. "그러기 위해서는 이상의 문학이 청년문학이었음이 주의되어야 한다. 그는 '허허벌판에 쓰러져 까마귀밥이 될지언정 이상에 살고 싶었'던 젊은이였으며 현실을 떠나려는 욕망이 누구보다 강렬했던 것이다. 〔……〕 젊은이는 사회를 거부한다. 그러나 그 거부가 힘찬 것이 되기 위해서 현실의 구조적 모순이 자아와의 맥락 속에서 거부되어야 할 터인데 이상의 문학은 그 맥락이 모호하게 처리된다"(I, 193~94).

청년문학의 한계는 현실에 대한 객관적 인식을 결여하고 있다는 데 있다. 그런 결여는 "자기 자신에 대한 과도한 관심"(I, 194)에서 온다. 그러한 과도한 자기 관심과 집중 때문에 자기 자신은 물론 타인을 객관적으로 바로 볼 수 있는 적절한 거리가 성립할 수 없는 것이다. 냉정하고 공정한 시선의 조건인 "적절한 거리 유지"(I, 257)가 이루어지지 못할 때 타자에 대한 주체의 관계(사랑)는 파탄에 빠진다(I, 183). 자기 자신에 대해서는 허황된 초인 사상에 빠지거나 이와는 정반대로 가학적 태도로 돌변한다. 사회적 현실은 고도의 이상주의나 극단적 허무주의 속에 추상화된다. 오생근은 4·19세대 문학(1960년대의 문학)의 한계 역시 청년문학의 이런 내재적 위험성 속에서 찾는다.

60년대 작가들은 50년대 작가들보다 안정된 성장 과정을 거쳤고 그들은 비교적 단절 없는 교육 과정을 밟아왔다. 정상적인 교육 과정을 밟아온 대학생들이 혹은 대학을 갓 졸업한 젊은이들이 어떻게 자기들이 경험하지 못한 현실 세계를 삼인칭으로 기술할 수가 있을까? 그것은 무리한 요구인지 모른다. (I, 50)

4·19세대의 일반적인 특징은 투쟁을 통한 승리의 환희 속에서 이상이 현실화될 수 있다는 환상으로 나타난다.

그러나 그 환상은 오래 계속되지 않고 곧 좌절에 부딪힌다. 〔……〕 4·19세대는 자기들의 힘을 강력히 주장할 수 있었던 현실로부터 점차 소외되기 시작한다. 그들은 현실에 대해서 거리를 두고 비판적인 견해를 소유한다. (I, 254)

청년문학에 해당하는 4·19세대의 문학은 이상주의와 허무주의라는 두 극단이 맞붙어 있는, 따라서 어떤 중간이 없는 회로 속에서 움직인다. 이것은 성숙하지 못한 정신이 자기에 대한 과도한 관심 때문에 초인적 영웅주의나 가학적 자기관계 사이를 왕복하는 것과 같다. 청년문학 일반의 한계는 결코 3인칭의 관점에 서지 못한다는 데 있다. 주관적 이상과 객관적 현실의 차이를 망각하는 환상과 착오가 청년문학의 모태이다. 청년문학은 관념의 문학, 관념의 벽 속에 갇혀 있는 문학이다. 주관적 가상의 벽을 넘지 못하는 이런 청년문학은 자기 객관화의 요구에 부딪힐 때나 타인의 시선 앞에 관찰되는 위치에 놓일 때 모호한 연막 속에 자신을 숨기는 경향이 있다. 오생근은 1960년대 문학을 평가할 때뿐 아니라 그의 문학 연구를 인도한 초현실주의를 평가할 때도 여전히 동일한 관점에서 청년문학의 한계를 극복하는 문제에 초점을 맞춘다.

그들은 사실상, 시의 전통적인 조건뿐만 아니라 삶의 조건을 개혁한다고 주장했지만, 그들의 세계관은 젊은이들의 순진한 현실주의를 벗어나지 못했던 것이다. 그들은 인간이 그들의 생각처럼 낡은 사회적 조건이나 제약으로부터 쉽게 탈피할 수 있고 그들의 적인 기성인들이 그들의 반항적 행위나 문학을 통해서 심각한 타격을 입으리라고 생각할 만큼 순진한 환상을 지니고 있었던 셈이다. 그러나 그들은 점차적으로 이상주의의 단계에서 벗어나 끊임없이 내부에서 제기되는 심각한 문제들과 정면에서 부딪침으로써 새로운 방향 전환을 모색하려 한다. (I, 110)

초현실주의는 성급한 이상주의에 빠져 현실에 대한 전면적 부정으로 나아갈 때가 있지만 다행히 그런 위험성을 스스로 자각하고 "삶의 한복판"(I, 111, 243)으로 뛰어들었다는 것이 오생근의 지적이다. 이런 지적에서 초현실주의를 구성하는 어떤 낭만주의적 성향은 긍정적인 요소가 아니라 오히려 부정적인 요소로 평가된다. 그리고 이러한 평가는 청년문학 일반에 대한 오생근의 시각과 일치한다.

2. 정신론: 어떤 정신현상학

초현실주의는 외국 문학 전공자로서의 오생근이 문학을 이론적으로 천착하는 주된 통로이다. '삶을 위한 비평'은 어떤 이론적 입장 표명을 무한히 연기하거나 가급적 최소화하는 듯한 태도를 보여줄 때는 텍스트주의로 드러난다. 그러나 그것이 초현실주의와 관계하는 태도에서는 어떤 신비주의로 나타난다. 가령 김인환은 이렇게 적었다.

나는 어떠한 문학 이론도 브르통의 초현실주의보다 더 멀리 갈 수는 없다고 생각한다. 사고의 고공비행이 조금도 없다는 것이 오생근의 특징이다. 자칫하면 들뜨기 쉬운 초현실주의의 실험과 모험을 오

생근은 땅바닥으로 끌어내려 나날의 삶의 일부로 변형해놓는다. 오생
근에게는 현실주의와 초현실주의가 하나이며 동일하다. 그에게는 극
한을 짐작하고 있는 자의 여유가 있다. 〔……〕 그가 그리울 때면 그와
같이 또 무슨 남모를 비밀을 만들고 싶다.[3]

오생근의 비밀스런 신비는 현실과 초현실이 하나의 평면 위에 놓
인다는 데 있다. 경험적인 것과 초월적인 것이 서로 다른 두 평면을
이루는 것이 아니라 하나의 평면을 형성해야 한다는 것이 들뢰즈의
초월론적 경험론의 주장이지만, 그러한 주장은 '삶을 위한 비평'의
핵심적 공리일 수 있다. 오생근의 초현실주의는 무엇보다 삶과 유리
된 형식주의 문학이나 심미주의 문학에 대한 반대이다. 그것의 특징
은 "문학과 삶을 구분하는 모든 과거의 전통적 미학"(I, 125)을 비판
하고 "시와 삶 그리고 문학과 사랑, 혹은 희망의 삶이 별개의 것으로
구분되지 않는 어떤 정신 상태를 현실화시키려는 욕망"(I, 125)을 실
천한다는 데 있다. "초현실주의자들은 순수하게 문학 작품을 만드는
행위란 중요한 것이 아니며 인간의 정신적인 힘을 외부로 표현하고,
사랑하며 희망을 갖는 행위, 즉 삶의 중요성을 강조한다. 그런 점에
서 초현실주의란 환상과 꿈의 세계로의 도피가 아니라 구체적인 현
실과 깊은 관련을 맺으려는 시도이다"(I, 124).

초현실주의는 환상과 꿈으로 달아나고 도피하는 것이 아니라 "삶
의 한복판으로," "生의 한 가운데로"(I, 124, 243, 277) 뛰어들고 있다.
초현실주의는 인상과는 달리 낭만적 초월과 고공비행을 꿈꾸는 것이
아니라 삶 속에서 시적인 것이 실현되기를 요구하는 어떤 혁명적인

---

3) 김인환, 「어떤 인연」, 권오룡·성민엽·정과리·홍정선 엮음, 『문학과지성사 30년
1975~2005』(문학과지성사, 2005), pp. 323~24.

"삶의 태도"(I, 104)이다. 이런 관점에서 볼 때 초현실주의적 초월은 섣부른 초월을 대상으로 하는 초월이다. 초현실주의적 초월은 삶의 세계와 구별되는 어떤 다른 차원으로 향하는 상승적 이행의 충동을 전도시켜 생의 한복판에서 폭발력을 일으키는 하강적 초월이다. 이런 형태의 초현실주의는 당연히 순진한 이상주의에 빠져 현실로 회귀하지 못하는 청년문학 일반과 대척점에 서 있다. 오생근이 이해하는 초현실주의는 위선적이고 더러운 현실 자체 속에서 어떤 변증법적 초월의 가능성을 꿈꾼다. 마찬가지로 '삶을 위한 비평'은 유아 정신을 사로잡는 강력한 자기 현시 충동과 청년정신을 사로잡는 강력한 이상주의나 허무주의를 딛고 일어서는 정신적 성장에 대한 요구이다. 아마 오생근의 첫 평론집을 장식하는 첫 문장이 '성장'이란 말로 시작한다는 것은 결코 우연이 아닐 것이다.

성장 과정에서는 누구나 그렇겠지만, 삶의 모든 문제에 전혀 확신을 가질 수 없었던 시절 나는 정신적인 혼돈에 빠진 상태에서 무엇보다 자기 자신을 변화시키려는 욕망에만 사로잡혀 있었다. 〔……〕 다시 말해서 지극히 개인적인 문제에만 매달려 있었지만, 그때부터 지금까지 변함이 없는 생각이 있다면, 그것은 문학이 삶의 문제와 관련 없는 순수한 학문의 대상도 아니며 문학적 재능이 있는 사람만이 즐길 수 있는 세련된 표현도 아니라는 점이었다. 프랑스 초현실주의 운동을 통해서, 문학적 정신과 삶의 태도가 별개의 것이 아니라 보다 더 적극적으로 관련지어져야 되는 것이며, 개인의 삶과 사회 현실은 동시에 함께 바꾸고 변혁시켜야 되는 것임을 배우게 되면서부터 개인의 삶이라는 문제보다 사회 전체의 삶이라는 문제가 참으로 중요한 것임을 서서히 깨닫게 되었다. (I, 2)

그러므로 '삶을 위한 비평'은 두 단계의 리듬 속에서 도약했다. 먼저 개인의 정신적 성숙에 대한 열망이 있었다. 다른 한편 이런 열망은 초현실주의에 대한 학습을 거쳐서 '사회 전체의 삶'에 대한 관심으로 확대된다. '삶을 위한 비평' 속에 이해된 초현실주의는 고립된 개인적 삶의 폐쇄성에 대한 고발이자 사회 전체의 삶에 개입하는 행동이다. 그러나 그러한 행동과 실천은 허무주의적 부정으로 끝나는 청년기의 순수 의지와는 무관하다. '성장'으로 시작하는 위의 문장은 결국 다시 '성숙'이라는 말로 마무리되지만("여하간 문학을 통해서 삶에 대한 태도가 변화하고 성숙하게 되었다면 다행스러운 일일 것이다." 〔I, 3〕), 이때의 성장과 성숙은 먼저 관념의 벽 속에 갇히기 쉬운 유아 정신과 청년 정신을 넘어서서 사회 전체의 삶을 객관적이고 균형 있게 바라볼 수 있는 높이에 서는 과정이다. 이 과정의 끝에서 개인은 사회와 어떤 "박진한 일치"(I, 258)에 도달한다. 다른 한편 성장은 타인의 시선 앞에 자신을 객관화할 수 있는 용기와 여유를 획득한다는 것을 의미한다. 오생근이 첫 평론집에서 말하는 "진정한 사랑"이나 "성숙한 사랑"은 이런 용기와 여유를 조건으로 하는 타자 관계를 뜻한다.

정신의 성장을 요구하는 이런 비평적 태도는 공허한 수사로 그치는 것이 아니라 실제의 텍스트 분석에서 날카로운 분석과 엄밀한 평가를 동반하는 비평적 글쓰기로 이어진다. 오생근의 첫번째 비평집에서 성장의 주제는 여러 평론 속에서 반복되지만, 그중에서도 이상론과 서정인론은 이 주제가 '삶을 위한 비평'을 향도하고 조형하는 방식을 극명하게 보여준다는 점에서 특히 주목할 만하다.

먼저 이상론에서 오생근이 결론적으로 지적하고 있는 것은 순수주의의 극단적 귀결이다. 청년기의 순수주의는 현실에 대한 전면적 부정이나 가학적 자기혐오로 끝난다. 자아와 현실은 여기서 이상적인 일치 관계에 놓이거나 정반대로 비극적인 불일치 관계에 놓인다. 극단적 가능성과 불가능성. 청년기의 정신 속에서 조그만 위기나 불일치는 곧바로 극단화, 비극화, 운명화된다. 이상 문학의 한계는 청년의 정신을 구조화하는 두 극단을 왕복한다는 데 있다. 여기서 주체는 비극적 불일치와 자기 분열에 머물거나 "모든 분열에서 해방된 원초적인 휴식 상태"(I, 213)를 꿈꾼다. "황소의 뱃속"과 같은 "새로운 삶을 향한 진정한 죽음의 세계"(I, 214)를 바라보는 것이다. 전부가 아니면 아무것도 아니라는 극단적인 양자택일 앞에 서 있는 이런 순수한 주체에게 결여된 것은 열정도 욕망도 꿈도 아니다. 그것은 어떤 정신적인 "발전 단계"이다. 자기로부터 벗어나고 자기와 거리를 두면서 새로운 형태로 탈바꿈하는 단계적 이행이 없는 것이다. 그러므로 오생근은 이렇게 쓴다.

이상의 문학이 끊임없이 열려 있는 정신적인 생성 과정 속에서 단계적인 발전을 보인 것이었더라면 아마도 보다 나은 결실을 맺을 수 있었을 것이다. 어떤 문학 작품이라도 그것이 포괄하려는 인간의 문제는 한번에 결정되는 것이 아니다. 문학이 지향해 가는 어떤 목적지가 뚜렷이 있는 작가라면 그는 성실한 걸음걸이로 뒤를 보지 않고 좌절을 무릅쓰고 끊임없이 그곳을 향하여 갔을 것이다. 그러나 우리의 이상에게는 애석하게도 문학을 통해 추구하려는 어떤 목적이 너무도 절망적인 것이었던 것처럼 보인다. 그랬기 때문에 한 편의 작품 속에 모순된 자아의 전체를 한꺼번에 담으려 했고, 그 결과로 쓰라린 좌절을 겪었던 것이다. (I, 199)

조급성, 그것이 청년문학의 범주를 벗어나지 못하는 이상의 한계이자 아쉬움이다. 오생근은 이런 아쉬움을 완전히 보상하는 사례를 서정인에서 찾는다. 이 작가에게서 "끊임없이 열려 있는 정신적인 생성 과정 속에서 단계적인 발전을 보인" 탁월한 문학적 사례를 발견하는 것이다. 오생근의 가장 뛰어난 평론이라 부를 수 있을 만큼 주도면밀한 분석력이 젊은이다운 패기와 어우러져 감동적인 추론을 이어가는 이 서정인론은 일정한 시간적 간격 안에서 단계적 발전 과정을 거쳐가는 "작가적 정신의 궤적"을 재구성하고 있다. 우리는 여기서 어떤 소규모의 정신현상학을 읽을 수 있다. 서정인이 작품을 발표하던 연대기적 순서를 따라가면서 작가 정신의 형태 변화를 도식화하고 그에 따른 세계관의 변화가 일어나는 논리적 형식을 추출하는 이 인상적인 작업은 다분히 헤겔적이다. 규모는 크지 않지만 허술함이 없는 이 정교한 정신현상학에서 정신은 5단계의 형태 변화 과정을 거쳐 완성된다.

1) 젊은 날의 소멸: 청년기 정신은 어떤 진리를 확신하고 실천한다. 진리를 추구할 뿐 아니라 타인에게 전달하고 현실을 개혁하려는 순수한 의지로 가득 차 있다. 그러나 이런 순수한 의지는 실패와 좌절을 맛보고 상처를 입게 된다. 이 정신적 상처가 열어놓은 눈 속으로 들어오는 것은 마침내 추락과 소멸의 이미지이다. 그것은 "건강한 젊은 날의 소멸이며 순진했던 모든 의지의 소멸이기도 하다"(I, 235). 여기서 주체는 "사회와의 냉정한 단절과 거부의 몸짓으로 돌아선다"(I, 236).

2) 위기의 시기: 이런 돌아섬은 자아와 현실 사이의 첨예한 대립으로 이어져 위기를 낳는다. 속물적 현실은 점점 "폭력적인 비순수의

물결"(I, 236)로 들이닥치고 타협을 모르는 정신은 그 물결로 인해 "더럽혀지는 순수를 두려워한다"(I, 236). 이 두려움을 극복하기 위해 정신은 현실에 대해 초연하고 무관심한 태도를 취하지만, 그것은 타인에 대한 관심과 현실 접근의 의지가 되살아나자마자 파탄에 빠지는 어떤 "위태로운 긴장"(I, 237)에 불과하다. 여기서 주체의 위치나 신분은 모호해지고 주체 행위는 논리적 연결과 의미론적 구조를 상실한다. 정신은 어떤 "불확실한 혼돈의 세계"(238)에 빠진다. 그에 따라 "모든 사물의 골격은 와해되며 현실적인 규범의 질서는 사라진다"(I, 237). "의미가 허공에 증발"(I, 237)하는 이런 세계는 "소설의 위기이면서 동시에 작가의 정신적 위기를 노정한다"(I, 238).

3) 회복기: 청년기 정신이 순수한 의지를 상실한 이후 위기에 빠지는 것은 현실을 어떤 여백 안에 위치시킬 수 있는 일정한 거리를 확보할 수 없었기 때문이다. 그런 이유에서 주체는 여전히 현실에 휘둘리고 상처를 받았지만, 곧 다시 그런 위기와 상처에서 회복되는 단계로 들어선다. 이 단계의 특징은 "비실용적이며 무의미한 것," 혹은 "비현실적인 것"(I, 239)을 포용하는 여유에 있다. 이런 여유 속에서 "삶의 흐름은 저 강물의 흐름처럼 유유히 지나가는 것"(I, 239)으로 현상한다. 현실이 어떤 여백 안에서 나타는 위치에 서게 된 주체는 고요한 평정심 안에 머물러 있다. 그는 과거를 회상하고 현실을 관찰하지만, 미화하거나 회한에 빠지지 않는다. 그는 다만 대립하는 것들이 만들어내는 어떤 "핵심적인 리듬을"(I, 239) 포착할 뿐이다.

4) 냉소적 초월의 시기: 평정심 안에서 건강을 회복한 정신은 다시 비판적인 정신으로 태어난다. 정신은 이제 속물적 의식과 허위의식으로 가득한 현실을 냉정한 시각에서 희화화하고 조롱할 수 있는 위치로 자리를 바꾼다. 여기서 정신은 "개인과 개인, 개인과 사회와의

유기적인 관계 속에서 현실을 파악하려는 의욕"을 지니지만, "현실에 밀착할 수 없는 비극적 현실"(I, 241)로 다시 추락하고 만다. 현실에 대해 냉소적 거리를 취하는 주체는 현실에 대한 객관적 비판을 심도 있게 끌고 나가지만, 이런 냉소적 초월은 "단절의 양상"(I, 241)에 가깝다.

5) 초월의 극복 : 예술적 상승의 마지막 단계는 냉소적 초월이 만드는 단절을 극복하면서 이루어진다. 여기서 의식은 "소설 속의 현실과 빈틈없이 밀착되어 팽팽한 긴장을 유지한다. 그는 현실과 동화되지 않으면서 동화된다. 그는 체념의 태도로써 현실을 수락하는 것이 아니라 현실의 한복판에 뛰어듦으로써 수동적인 삶을 거부하고 있기 때문이다. 소설 속에서 표현되는 그런 현상이 그의 예술을 더욱 높은 차원으로 상승시킨다. 그리고 삶과의 거리를 두고 있었던 그의 태도는 사라진다"(I, 241~42). 이것이 성숙의 마지막 단계에서 나타나는 정신의 형태이다. 정신은 비극, 부정, 회의, 단절, 초월이 만드는 모든 거리를 뛰어넘는 지점에서 완성된다. 그렇게 완성된 정신은 "현실의 한복판에" 위치한다. 그 한복판에서 정신은 "현실과 동화되지 않으면서 동화된다." 주체는 현실을 초월하지 않으면서 초월한다. 마음은 더러운 현실 속에 잠겨 있으면서 더럽지 않다. 정신은 진흙탕 속에서 피는 연꽃이다.

3. 현실론: 처염상정(處染常淨)의
논리에서 숭고의 논리로

견고한 현실에 부딪혀 낭만주의적 가상이 깨질 때 일어나는 일은

"젊은 날의 소멸"이자 "순수한 의지의 소멸"이다. 문학은 그 잃어버린 순수에 대한 회복의 의지일 수 있다. 현실과의 갈등과 불화를 극복하고 다시 현실로 귀착할 때 순수는 다시 회복된다. 그러나 그렇게 회복된 순수는 예전의 순수가 아니다. 그것은 더러움을 떠나 있는, 그러나 언제든지 다시 더러워지고 그 더러움으로 훼손될 수 있는 그런 허약한 순수가 아니다. 그것은 이제 불순함 속에서 피어나는 순수, 더러움에 뿌리내리고 거기서 자양분을 얻어 커가는 순수이다. 이런 것을 일러 불가(佛家)에서는 처염상정(處染常淨)이라 했다.

오생근식 정신현상학은 헤겔의 정신현상학과 마찬가지로 정신적 성장과 도야의 논리이자 그 논리적 발전의 각 단계에서 정신이 체험하는 삶에 대한 객관적 서술이다. 이 정신현상학은 그 마지막 단계에서 처염상정의 논리 속에서 완성된다. 형이상학적 언어로 풀이하자면, 처염상정의 논리는 모든 이항대립의 무력화에 해당한다. 모든 이론적 추론에 공통적인 것처럼, 오생근의 글 속에서도 다양한 형태의 이항대립이 나타난다. 개인/사회, 아이/어른, 순수/불순, 가짜/진짜, 존재/소유, 능동/수동, 현실/초현실, 꿈/현실, 자유인/일상인 등이 초기 평론에 빈번히 등장하는 이항대립이다. 후기 평론에서는 모성/부성, 모국어/외국어, 느림/빠름, 원시/문명 등의 이항대립이 두드러진다. 청년 오생근은 이런 단순한 이분법적 대립이 변증법적 긴장과 유기적 통일 속에서 화해로 반전되는 지점을 가리키고 있다. 그가 작가적 의식의 마지막 시금석으로 간주하는 "현실과의 밀착과 긴장"이나 "정직"은 그런 변증법적 통일의 과정에 충실한 정도를 의미할 것이다.

오생근이 처염상정의 변증법적 논리를 자각하고 내면화하는 중요한 계기는 일차적으로 초현실주의와의 만남에 있을 것이다. 앞에서 이미 언급했던 것처럼, 그가 이해하는 초현실주의의 진면목은 삶과 유리된 모든 형태의 관념적 태도를 부정하고 "삶의 한복판으로" 뛰어드는 대목에 있다. 초현실주의의 이런 반-초월적 초월을 오생근은 1970년대 한국 비평계에 영향이 컸던 뤼시앵 골드만에게서도 발견한다. "골드만의 표현에 의하면 소설의 주인공은 진정한 가치를 추구한다는 점에서 타락한 현실 세계와 대립하지만, 진실에 이르는 길은 이 허위와 타락의 세계를 통할 수밖에 없기 때문에 현실과 마찬가지로 주인공의 의식 역시 타락해 있는 것이다. 타락한 현실을 동의하면서 그 현실을 극복해 가는 과정이 소설이다"(I, 191). "소설이란 문제아적 인물을 통하여 타락한 세계에서 타락한 방법으로 진정한 가치를 추구하는 이야기"(I, 169)라는 명제는 이상론을 비롯한 오생근의 초기 비평에서 문학의 진정성을 평가하는 기준인 것처럼 보인다.

　가령 오생근은 4·19세대 문학(1960년대의 문학, 김승옥, 이청준 등)의 한계를 이 기준에 비추어 비판하는가 하면, 최인훈의 문학적 탁월성 역시 이 기준에 따라 측정한다. "이 두 요인을 동시에 결합시킨 작가의 의도는 모든 순수성이란 내적인 감정의 계기에 의해서든 혹은 외적인 사건의 계기를 통해서든 파탄을 겪을 수밖에 없고 또한 파탄을 겪어야 한다는 적극적인 인식에 토대를 두고 있다. 작가는 온실 속에서 가꾸어진 순수성이라든가 혹은 밖의 세계와의 갈등 없이 형성된 순수성이란 이 혼탁한 사회에서 그것 자체로 아무런 미덕이 될 수 없다고 생각하는 듯하다"(I, 225~26). 이런 처염상정의 변증법적 논리는 1970년대에 등단한 비평가로서 오생근이 당대의 새로운 문화적 현상으로 대두한 대중문학과 대중문화를 적극적으로 옹호하는 이론적 근거가 되기도 한다(그의 첫 평론집에는 대중문화와 관련된 글이 무려 4편이나 실려 있음에 주목하자). 순수와 비순수의 대립이 상호 매개적 통일로 이어지는 마당에 순수문학과 대중문학, 고급문화와 대중문화의 대립 역시 오래갈 수 없는 가상에 불과할 것이다.

요컨대 청년 오생근의 정신적 개안의 경험은 처염상정의 변증법적 논리로 귀착된다. 첫번째 평론집의 1부와 2부에 실린 문화론과 문학론은 이런 변증법적 논리의 발견과 옹호의 과정이고, 3부에 실린 작가론은 이 공리적인 진리의 확인과 검증의 과정이라 할 수 있다. 여기에 덧붙여야 하는 것은, 이 처염상정의 논리가 단순히 선언되고 마는 것이 아니라 실질적으로 전개되면서 박진감 넘치는 분석과 종합의 매듭을 만들어간다는 점이다. 서정인론에서 완결되는 오생근식 정신현상학은 그런 매듭의 눈부신 사례이지만, 순수와 비순수, 상승과 하강의 통합을 촉구하는 청년 오생근의 비평은 삶의 화해 가능성에 대한 확신과 주도면밀한 추론 능력을 원동력으로 하는 엄격한 논리학이다.

오생근의 '삶을 위한 비평' 속에서 언명되는 삶도 또한 이런 논리적 개안과 실천 속에서 예견되는 삶이다. 이 삶에 대해 더러움과 추악함, 위선과 폭력 등의 우여곡절은 환원 불가능한 구성 요소로 드러난다. 그런 구성 요소들은 필연적으로 무수한 가상과 오류, 상처와 회의, 그리고 분열을 낳는다. 하지만 분열에 이르는 그 동일한 생성의 리듬 속에서 어떤 통일과 희망의 꽃이 예상되고 있다. 삶은 궁극적으로 변증법적 반전과 긴장을 거느린 유기적 통일의 아름다움 속에서 피어나는 꽃, 연꽃이다. 청년 오생근의 비평은 그런 꽃의 증명이고, 그것이 오생근식 사랑의 증명이다. 삶, 사람, 사랑의 가능성은 하나의 논리학 속에서 증명되는 이념이지만, 이 이념은 극복된 가상이나 치유된 상처로서만 실재한다.

우리는 오생근의 후기 평론, 가령 그의 세번째 비평집에 실린 황지우론에서 이 처염상정의 논리에 이르는 삶의 철학과 정신현상학이 다시 반복되고 있음을 읽을 수 있다. 여기서 오생근은 현실 변혁의 의지에서 현실 초월의 의지로, 그리고 초월의 의지에서 초월의 초월로 이르는 황지우의 시적 변모 과정을 재구성하고 있다. 여기서 초월의 초월에 해당하는 마지막 단계는 "일상적인 삶에서 초월적인 체험을 하게 되는 경지"이고, 이 단계에서 시인의 체험은 "세속의 '진흙'과 같은 삶을 금빛으로 변모시키며, 삶에서의 온갖 좌절과 회한을 희망과 극복의 의지로 바꾸게 한다"(Ⅲ, 179).

이런 처염상정의 논리 속에 포착된 삶은 변증법적 절차성과 박진감을 띠고서 다가온다. 그러나 그 삶은 아직 숭고하지 않다. 순수와 비순수, 상승과 하강의 통합을 촉구하는 변증법적 논리가 도달한 삶은 유기적 통일과 아름다움을 보여주지만 정신의 크기를 압도하는 신비한 위력을 잃어버리고 있다는 점에서 아직 추상적이다. 청년 오생근에게 정신이 도달하는 마지막 지점은 현실이 총체적으로 드러나는 어떤 일치의 높이이고, 그러한 높이에서 사물이 현상하는 양태는 투명성에 있다. 이때 투명성은 최근의 오생근의 비평에서 옹호되는 그리움이나 모성 혹은 느림 등과는 다소 대립하는 논리적 문맥에 있다. 그리움과 느림은 정신과 현실의 불일치, 정신에 대한 현실의 불투명성을 함축한다. 모성은 현실의 도전을 이겨내는 남성적 강인함과는 반대되는 어떤 여성적 부드러움을 의미한다. 오생근은 왜 예전 같으면 유약하다고 경멸했던 이런 가치들을 추구하게 되었는가? 왜 현실을 따라가거나 앞서가기보다 스스로 뒤처지려는 태도를 취하게 되었는가? 왜 대통합과 회귀적 일치를 꿈꾸기보다 의도적으로 불화를 선호하는가?

이런 점들을 생각할 때 오생근의 '삶을 위한 비평'은 어떤 전회를 겪었음을 짐작할 수 있다. 그런 전회는 또한 많은 물음을 제기한다. 왜, 언제, 어디서, 어떻게……? 하지만 이런 버거운 문제와 씨름하기 위해서 그의 평론집 전체를 뒤지기 이전에 우리는 이미 그의 첫번째 평론집에서 그 변화의 단서를 포착할 수 있다. 가령 젊은 시절의 오생근은 윤흥길론에서 "시류와의 불일치"(I, 319)를 옹호하고 있고, 이 점에서 이 평론은 어떤 불일치의 전략 속에서 펼쳐지는 후기 오생근의 비평을 예감하게 한다. 하지만 이 평론이 후기 오생근의 비평에 대해 갖는 의미 못지않게 초기 오생근의 비평 전반에 걸쳐 차지하는 위상에 주목할 필요가 있다. 바로 그것은 '삶을 위한 비평'이 당대의 문학에 촉구하던 정직의 논리를 스스로 관철하고 있는 대목이 아닐까? 여기서 관철한다는 것은 뚫고 지나간다는 것을 말한다. 오생근은 윤흥길론에서 처염상정의 아름다운 통일성을 뚫고 지나간다. 자신이 의도하던 투명성의 벽을 마치 가상의 벽인 양 통과하는 것이고, 그 통과의 국면을 "정직한 삶의 불투명성"이라 불렀다.

이런 불일치와 불투명성의 옹호는 1970년대에 대한 성찰과 함께 간다. 자본주의, 산업화, 도시화 등으로 특징지을 수 있는 이 시기를 오생근은 전통적인 가치가 가차 없이 파괴되는 반면 대안 가치가 아직 자리 잡지 못하고 있는 어떤 전환기로 인식한다. 이런 아노미 속에서 자본주의가 부추기는 상품 물신주의가 급속하게 퍼져나간다. 상품화, 등가적 교환이 일반화될 때는 모든 가치가 계산 가능하다는 착각이 발생한다. 그 착각 속에서 볼 때 모든 사회적 관계와 가치는 명확성과 투명성을 띤다.

70년대 문학의 상품적 가치는 명확성이란 개념으로 특징지을 수 있을 것이다. 〔……〕 그들에게 돈으로 환산되지 않은 것은 언제나 불투명하고 거북스러운 대상으로 머문다. 그러므로, 가설적인 논리로 말하면, 돈으로 모든 것을 환산해버리는 습관은 암암리에 이 사회의 모든 정신적인 것, 신비한 것, 알 수 없는 인간의 감정 등의 모든 것을 사물화시켜서 투명하고 명확한 대상이나 개념으로 환산시켜버리게 된다는 것이다. (I, 320~21)

산업화 시대의 정신적 특징은 명확성, 투명성, 단순성, 일반적 계산 가능성에 대한 믿음에 있다. 오생근은 윤흥길의 작품에서 이런 자본주의적 합리화와 투명화에 대한 저항을 읽는다. 바로 불투명성과 모호성의 세계를 그려내고 있기 때문이다. 그것은 물론 의도적인 저항이 아니다. 윤흥길의 소설이 시류와 일치하지 않는 것은 어떤 전략에서 오는 필연적 불일치가 아니라 그저 "우연한 불일치"(I, 319)에 불과하다.

그것은 왜 우연한 불일치인가? 그것은 윤흥길의 작품이 "자아와 사회와의 갈등이 극복되지 않은 상태"(I, 322)를 보여주기 때문이다. 자아가 사회와 화해하지 못하고 갈등에 빠져 있다는 것은 초기 오생근의 비평에서는 정신적 미성숙에서 벗어나지 못했다는 것과 같다. 그것은 주관성의 한계를 벗어나지 못했다는 것, 현실 전체를 객관적으로 마주하는 수준에 도달하지 못했다는 것, 그래서 현실에 대한 어떤 전략적인 대응이 불가능하다는 것 등을 의미한다. 또 이런 전략적 대응이 불가능하다는 것은 작가가 자기 자신을 객관화하는 데 있어서 미숙하다는 것과 같다. 그런 미숙함은 자신을 명쾌하게 드러내지 못하는 부끄러움이나 쑥스러움으로 이어지는가 하면, 상황 묘사 시에는 사실성을 결여한 불투명한 문체를 낳는다. "작품에서 중요한 계기가 될 수 있는 사건의 명확한 진술보다는 사건이 전개되기까지의 분위기를 더 강조하는 이 작가, '나'의 경험이 중심이 될 수 있는 일인칭 소설, 혹은 일인칭적인 관점에 선 소설을 쓰면서도 '나'를 감추려는 이 작가의 불투명한 태도는 무엇에 기인하는 것일까?"(I, 327)

이미 확인했던 것처럼 이런 문제 제기는 초기 오생근 비평의 방법론적 개성과 일관성을 규정한다 할 만큼 그의 주요 평론마다 반복되고 있다. 또 이런 문제 제기는 보통 어린아이에 대한 작가의 접근 방식이나 서술 태도에 대한 분석에서 해결의 근거를 찾는데, 이는 여전히 윤흥길론에서도 되풀이되고 있는 행보이다. 오생근은 윤흥길의 작품 세계에 등장하는 어린아이에서 어떤 "연약한 반항의 형태"(I, 330)를 본다. 어린아이가 현실의 지배자인 어른의 부당한 폭력과 횡포에 대항해야만 한다고 의식하면서도 실제로는 대항하지 못하거나 대항하더라도 무력한 결과밖에 이르지 못한다는 것이다. 이런 분석에서 오생근은 현실에 대한 작가의 이중적 태도를 추정한다. 먼저 작가는 부당한 현실과 갈등 관계에 놓이면서 그 갈등을 극복하려는 노력을 보여준다. 다른 한편 그 노력은 "타인과 사회에 깊은 영향을 줄 수 있는 힘 있는 행위가 되지 못하고 있다. 다시 말해서 용기의 표현은 우발적이거나 연약한 것이다"(I, 331).

우발적이고 연약한 용기의 표현, 또는 연약한 반항의 형태는 오생근식 정신현상학에서는 아직 완성에 이르지 못한 정신을 특징짓는 속성이고, 따라서 부정적으로 평가될 수밖에 없다. 가령 이청준론에서 그런 추론의 전형을 볼 수 있다. 여기서 "어린 시절의 수동적이며 연약한 태도"(I, 251)는 문학이 극복해야 할 일차적 대상으로 규정되고, 그 연약한 태도를 극복할 때에야 작가는 비로소 개인적 폐쇄성을 넘어 보편적 차원으로, 현실과 대결하려는 투철하고 능동적인 의식으로 나아갈 수 있다고 언명된다. 오생근이 이청준의 소설에서 자신의 관념에 "갇혀 있는 자의 시선"을 비판적으로 분석하고 "작가의 물음이 보다 보편적인 의미로 확산되기 위해서 타인 또는 사회와의 긴장을 외면한 자기중심적 고뇌는 지양되어야 할 것"(I, 280)이라는 주문을 덧붙이는 것은 이런 문맥에서이다.

4. 인간론 : 어떤 삶의 철학과 그 부록

오생근은 첫 평론집 서문에서 자신의 책이 "논리적인 통일성이 결여되어 있거나, 논지가 모순되는 점도 적지 않다"는 점을 고백하고, "일관된 문학의 논리를 세우지 못하고 불철저하다는 비판도 받을 것이라고 짐작도 해본다"(I, 3). 이러한 고백과 짐작에도 불구하고 우리는 이제까지 청년 오생근의 비평집을 통해 구현되는 모종의 논리와 방법론적 일관성을 밝혀보고자 했다. 그럼에도 불구하고 이 비평집에서 어떤 두드러진 비일관성이 여전히 해소되지 않은 채 남아 있다면, 그것은 윤흥길론에서 찾을 수 있을 것이다. 왜냐하면 바로 여기서 "연약한 반항의 형태"와 "우발적인 용기의 표현"이 긍정적으로 평가되고 있기 때문이다. 이상론이나 이청준론 등에서 이런 반항과 용기는 자폐적 관념론과 취약한 이상주의의 속성으로, 주관주의 늪에서 헤어나지 못한 미성숙의 징표로 비판받고 있다. 반면 여기서는 어떤 정직함의 징표로 옹호되고 있다. 윤흥길의 소설에 나타나는 주인공들은 현대 사회의 인간을 "과장된 수식 없이 정직하게"(I, 331) 반영한다는 것이다.

지사적인 용기를 결여한 인간, 저항하되 효과를 미치지 못하는 연약한 의지의 인간, 불완전하고 겸연쩍게 용기를 표현하는 데 그치는 인간, 그러나 습관화되는 패배와 순응주의적 타락을 두려워하는 인간. 이런 나약한 인간들은 불완전한 인간이되 정직한 인간이다. 그들은 "비인간적인 사회조직"과 "그 관계의 굴레 속에서 인간적인 고통과 갈등을 완전히 벗어나거나 극복할 수가 없게 된 채 정직한 모습으로 노출될 뿐이다"(I, 332). 그들의 모호한 행위와 불투명한 관념은 자본주의, 산업화와 도시화, 관료주의 등을 특징으로 하는 현대 사회에서 "인간성을 상실해가며 조금씩 패배해가는 우리들의 실상"(I, 337)을 있는 그대로 보여준다는 의미에서 "정직한 진실"(I, 332)을 담고 있다.

청년 오생근은 윤흥길론에서 정직성의 이름 아래 불투명한 인간을 옹호할 때 분명 자신의 비평적 논리를 깨뜨리고 있다. 하지만 이는 논리학적 균열이라기보다는 어떤 대체라 해야 할 것이다. 현실에 대한 인식론적 일치(이것이 오생근이 말하는 현실과의 '박진한' 일치이다)를 내세우던 문학적 이념이 잠정적으로 보류되고 그 자리에 현실에 대한 도덕적 일치를 내세우는 이념이 들어선다는 의미에서 그것은 이념상의 대체이다. 이는 '박진한' 일치에서 '정직한' 일치로 나아가는 이행이라 할 수도 있다. 이런 대체와 이행은 논리적 오류라기보다 삶에 대한 이해가 변형되는 과정일 수도 있는데, 이런 변형은 인간의 재발견에서 시작한다.

처염상정의 논리에서 끝나는 오생근의 삶의 철학은 "아무리 세속적이고 비천한 삶이라도 그 안에는 성스럽고 영적인 요소를 간직하고 있다는 것, 그렇기 때문에 이 세상에서의 삶은 살 만한 가치가 있다는 것"(III, 180~81)이란 말로 요약할 수 있다. 여기서 사물이나 인간이 의미 있고 아름답다면, 그것은 "그것 자체로 아름답고 의미 있는 것이 아니라 삶의 한복판에서 자연의 신성(神性)과 결부되어 깊은 의미를 갖는 것"(Ⅲ, 180)이기 때문이다. 이런 삶의 철학이 정신현상학의 형태를 띠는 것은 어떻게 보면 당연할 수 있다. 그런 삶의 철학이 가리키는 고도의 경지는 우리가 생각할 수 있는 최고 단계의 정신적 성숙을 전제하기 때문이다. 우리의 정신이 모든 종류의 가상과 오류를 단계적으로 겪어나가는 변증법적 형성과 도야의 과정을 전제하지 않는다면, 처염상정의 논리는 공허한 말장난에 불과할 것이다.

그러나 이 공식적인 삶의 철학과 정신현상학적 방법론의 연관성보다 더 중요한 것이 있다. 그것은 이 삶의 철학의 한 귀퉁이에서 자신의 논리를 비켜가는 어떤 부록이 자리하고 있다는 점이다. 여기서 신성한 것은 삶이라기보다 삶에 정직하게 다가가는 인간이다. 오생근의 공식적인 삶의 철학에서는 아무리 비천한 삶도 신성하고 영적일수 있다면, 이 부록의 철학에서는 아무리 비루하고 패배감에 젖은 나약한 인간이라 해도 위대한 인간일 수 있다. 정직한 한에서는 부끄럽고 모호한 수동적 인간도 능동적이고 원숙한 인간 못지않게 진실한인간이고, 진실한 한에서 이 나약한 인간은 깨달은 인간 못지않게 아름다운 인간일 수 있다.

오생근에게서 공식적인 삶의 철학과 정신현상학은 남성적인 완전성과 아폴론적인 개방성을 추구한다. 반면 그 안에서 부록처럼 자리한 새로운 인간학은 모성적인 수용성과 디오니소스적인 개방성을 추구한다. 삶의 경험이 통과해가는 모든 반전의 절차에 인식론적 투명성과 논리적 객관성을 부여하려 한다는 점에서 오생근의 삶의 철학은 아폴론적 개방성 안에 자리한다. 반면 불투명성에 고유한 투명성, 어둠에 고유한 밝음에서 문학적 인간관의 근거를 찾는다는 의미에서 거기에 딸린 부록의 철학은 디오니소스적 개방성 안에서 펼쳐진다. 이 부록의 철학은 오생근의 초기 삶의 철학에 논리적인 비일관성을 가져오는 곁가지처럼 보인다. 하지만 오생근의 후기 비평에서는 이 곁가지가 원래의 줄기보다 더 굵게 자라나고 있다. 가령 세번째 비평집의 「책머리에」에서 오생근은 라캉적인 영감에서 문학을 이렇게 정의하고 있다.

> 우리는 성장 과정에서 아버지의 이름으로 표상될 수 있는 세계의 질서에 따라 우리의 욕망을 수정하고 사회에 적응하는 방법을 배우게 된다. 그러나 어린 시절의 자유롭고 행복했던 모성적 세계에 대한 그리움은 우리의 내면 속에 그대로 남아 있다. 그것은 억압이 없고, 갈등이 없는 어떤 통일성의 세계를 지향하는 꿈으로 표현되기도 한다. 모성적 세계를 그리워하는 사람의 마음은 그런 점에서 시인의 마음이고, 어머니의 언어는 바로 시의 언어라고 말할 수 있다.
>
> 문학은 넓은 의미에서 보자면 아버지의 세계에서 어머니의 언어를 추구하는 행위이다. 〔……〕 그런 점에서 문학은 그리움으로 짓는 언어의 집이다. 그리움의 언어는 나약하고 감상적인 영혼의 언어가 아니다. 그것은 과거와 미래를 포괄하는 넓은 시각을 갖고, 비인간적 질서를 부정하는 자유로운 정신의 힘을 보여주는 언어이다. (Ⅲ, 5~6)

그러므로 문학이 일치해야 하는 삶은 예전처럼 사회적 현실이나 제도화된 객관적 현실이 아니다. 그것은 이제 그런 제도화를 통해 상실되거나 억압된 삶이다. 현실과 더불어 사라진 이 "진정한" 삶의 세계는 이론적 시선의 대상이 아니라 그리움의 대상으로 그친다는 점에서 불투명한 세계이다. 이 세계는 더 이상 정신의 인식론적 성장 끝에 도달하는 세계가 아니다. 그것은 이제 성장의 논리에 의해서 파괴되고 지워지는 "어린 시절의 자유롭고 행복했던 모성적 세계"이다. 이런 모성적 세계로 복귀하고 거기서 어떤 정직한 일치를 추구할 때 문학은 현실과 어긋나는 행보를 걷게 된다. 현실적인 "삶을 변화시키려는 진정한 반역의 의지"(IV, 7)는 이제 삶과의 불일치를 통해서만 가능하고, 모성적 세계에 거주하는 문학은 부성의 세계인 현실에 대해서는 불일치의 형식을 띨 수밖에 없다. 청년 오생근은 윤흥길의 소설에서 시류와 어긋나는 어떤 "우연한 불일치"(I, 319)를 보았지만, 후기 오생근의 비평에서 문학은 필연적인 불일치라는 어떤 운명적인 형식 속에서 현실과 관계하는 어떤 것으로 정의된다.

현실과 일치하지 않는 형식, 그것은 오생근의 초기 '삶을 위한 비평'에서 허무주의, 관념적 폐쇄성, 정신적 미성숙, 섣부른 초월, 나약한 순수, 사실성의 결여, 부끄러움, 모호성 등으로 폄하되었다. 어린 아이의 세계는 나약함과 감상에 젖은 세계였고, 복귀의 대상이 아니라 탈출과 극복의 대상이었다. 하지만 이제 모든 것이 뒤바뀐 것처럼 보인다. 가령 오생근의 네번째 비평집에 실린 기형도론은 이런 전환을 말해주는 좋은 사례일 것이다. "노년의 죽음이 아니라 청춘의 내밀한 깊이에서 생성된 죽음"(IV, 182)라는 표현에서 읽을 수 있는 것처럼, 죽음의 문제를 중심으로 노년과 청년의 세계관을 대립적 구도에서 비교하는 이 비평은 청년 오생근이 그토록 혐오하던 청년문학의 옹호이다.

이런 전환이 인간의 재발견에서 시작했다면, 그것은 다시 삶의 재발견으로 이어진다. 이제 삶은 처염상정의 아름다운 일치와 균형 속에서 구가되는 대상이 아니다. 그것은 다만 그리움과 향수 속에서 관계하는 모호하고 불투명한 욕망의 대상이다. 이 불투명한 욕망의 대상이 환기될 때 문명적 현실은 어떤 인식론적 일치와 적응을 요구하던 위엄의 크기를 잃어버린다. 왜소화되는 것이다. 현실은 예전처럼 일치와 적응의 목표나 대상이 아니라 이번에는 거꾸로 그 주체가 된다. 문명적 현실은 더 이상 정신이 단계적 발전 과정을 통해 합치해야 하는 어떤 표준의 크기가 아니다. 표준의 크기는 이제 문학적 사유 속에서 겨우 기억되고 예감되는 삶이라는 숭고한 대상에 있다. 개혁되거나 개선되어야 하는 것, 자기를 넘어서고 앞으로 달려야 하는 것은 더 이상 어린아이도, 청년도, 인간도, 정신도, 문학도 아니다. 수없이 자신을 고쳐가야 하고 땀이 나도록 앞으로 달려야 하는 것은 표준화의 미명하에 인간과 멀어지고 있는 문명적 질서이다. 문학은 문명적 현실과 지배적 질서에 그런 달리기의 거리를 만들어주는 삶이라는 숭고한 크기의 증명이다.

칸트적 의미의 숭고란 그보다 더 큰 것을 생각할 수 없는 절대적 크기이다. 삶이 개념이나 이론으로 규정할 수 없고 감히 상상조차 할 수 없는 그런 절대적인 크기 속에서 예감될 때 그 누구도 작아질 수밖에 없다. 그 어떤 성장의 크기도 그 앞에서는 한없이 상대화될 수밖에 없다. 그런 크기 앞에서는 부끄러워하거나 모호하게 말하는 것이 가장 정직하고 자연스러운, 따라서 가장 아름다운 태도일 것이다. 삶을 섣부른 개념을 통해 한정하려 하지 말아야 한다는 것이 '삶을 위한 비평'의 마지막 원칙인지 모른다는 우리의 추측은 바로 이 점에 근거한다.　　　　　　　　　　　　　　　　　　　　　　〔2006〕

그리움의 비평과 비평의 그리움

우찬제

1. '삶을 위한 비평'의 그리움

글은 곧 그 사람이다, 산 만큼 쓴다, 그런 말을 종종 듣는다. 역사주의자들에게 적잖은 위안을 주는 이런 전언은 한편으로 진부하기 짝이 없지만, 그렇다고 글쓰기에서 쉽게 벗어날 수 없는 일종의 굴레처럼 보이기도 한다. 어떤 의미에서는 삶으로부터 벗어나기 위해 글을 쓰는 것인데 제아무리 해방의 몸부림을 쳐봐야 그 몸부림까지 포함한 삶의 테두리에서 벗어날 수 없다는 점에서 좀 섬뜩한 느낌도 든다. 이런 느낌 때문에 나는 가능하면 산 만큼 쓴다는 말의 언저리에서 서성거리지 않으려고 했다. 그런데 비평가 오생근은 이 말과 정면에서 심각하게, 그리고 결코 진부하지 않게 대결한다. 1970년 동아일보 신춘문예로 등단한 이래 지금까지 모두 네 권의 비평집을 낸 오생근은 그중 두 권의 서문에서 이 말을 의미심장하게 저작한다. 두번째 비평집인 『현실의 논리와 비평』의 「책머리에」서 그는 "글은 사람이 산 만큼 나오게 되어 있다는 말이 떠오른다"는 말로 글을 시작하여

이 시대의 비평가로 자기 삶을 정직하게 성찰한다. 네번째 비평집인 『문학의 숲에서 느리게 걷기』에서도 "삶과 문학이라는 주제와 관련하여, 글은 사람이 산 만큼 나오게 되어 있다는 말을 나는 믿는 편이다"라는 문장을 허두에 걸어놓는다. 여기서는 작가와 문학의 현실을 설명하기 위한 것이었다. 말하자면 이렇다. "나는 훌륭한 작가란 삶을 변화시키려는 의지를 갖는 사람, 다시 말해서 허위의 삶을 진정한 삶으로 바꾸려는 열정과 의식이 분명하고 또한 그것이 문학의 형식으로 가능하다고 믿는 사람이라고 생각한다. 그런 점에서 삶과 문학의 관계를 밀접하다고 보는 것이며, 작가는 자신이 산 만큼의 글을 쓰는 사람이라는 논리를 지지하는 것이다."(『문』: 7)* 일종의 문학적 삶에 대한 성찰이라고 불러도 좋을 이 구절을 『현실의 논리와 비평』의 서문과 겹쳐 읽으면서, 그리고 그의 비평집 전체를 새롭게 통독하면서, 나는 오생근이야말로 산 만큼 글을 쓴 비평가라는 생각을 지니게 되었다.

그 누구보다도 자신의 비평 행위와 비평적 글쓰기에 대한 자의식이 강했던 비평가 오생근의 면모는 이미 첫 비평집 『삶을 위한 비평』에서부터 확인할 수 있다. 사회적 담론이 횡행하던 1970년대 후반에 그는 자기 구원의 문제에서 문학에 대한 구체적인 관심이 촉발되었다고 용기 있게 고백한다. 그러면서 자기에서 삶으로 나아가는 의식의 확산과 심화 과정에 대해 언급한다. 그 매개 고리는 오생근에게 있어서 프랑스 초현실주의 운동이었다. 불문학자로서 진지한 연구

---

* 이 글에서 다루는 오생근의 비평집은 다음과 같다: 『삶을 위한 비평』(문학과지성사, 1978); 『현실의 논리와 비평』(문학과지성사, 1994); 『그리움으로 짓는 문학의 집』(문학과지성사, 2000); 『문학의 숲에서 느리게 걷기』(문학과지성사, 2003). 앞으로 본문을 인용할 때는 비평집 제목의 첫 글자와 해당 면수만을 표기한다.

대상이었던(그는 1983년에 「앙드레 브르통의 초현실주의 소설 3부작 연구」로 박사학위를 받았다) 프랑스 초현실주의 운동을 통해서, 문학적 정신과 삶의 태도 사이의 긴밀한 관련성과 "개인의 삶과 사회 현실은 동시에 함께 바꾸고 변혁시켜야 되는 것"임을 성찰하게 되면서부터 "개인의 삶이라는 문제보다 사회 전체의 삶이라는 문제가 참으로 중요한 것임을 서서히 깨닫게 되었다"(『삶』: 2)고 그는 적는다. 사정이 이러하기에 그의 첫 비평집 제목이 '삶을 위한 비평'인 것은 매우 자연스럽다. 두말할 필요도 없이 그의 비평이 지향하는 삶은 있는 허위적 삶이 아니라 있어야 할 진정한 삶이다. 그런데 진정한 삶은 그것을 향한 추구만 있을 뿐 어떤 의미에서는 불가능한 어떤 것에 가깝다. 그럼에도 그것이 진정한 것이기에 끊임없이 그 가치를 추구하는 삶이 있고, 그 삶의 대표적인 양상 중의 하나가 문학적 삶이다. 물론 그 문학적 삶은 단지 문학에서 그치는 것이 아니라 현실의 삶을 폭넓게 감싸 안으면서 자신과 현실을 변화시켜나가는 삶이다. 비평적 삶 또한 그렇다. 오생근은 자신의 삶과 비평적 글쓰기가 그렇게 전개되기를 소망하며 부단히 불가능한 진정성을 탐문하는 도정의 비평을 수행해온 것으로 보인다.

비평가 오생근이 참조한 1920년대 프랑스 초현실주의는 현실에 대한 반항과 혁명에의 열정으로 충일해 있던 운동이었다. 그들은 인간의 행복과 행복에의 욕망을 위해 정신의 혁명과 사회의 개혁을 열망했다. 어쩌면 그것은 불가능성을 향한 가능한 도전이었기에 초현실의 운동으로 그치고 현실화되지는 않았다. 그럼에도 "그들이 창조하고 제시한 새로운 삶의 신화, 즉 사랑과 자유와 시를 동시에 추구하려는 행동 방침은 그들의 실패로 끝난 위대한 경험과 함께 많은 사람들의 정신 속에 의미 깊은 영향을 주었다"고 오생근은 파악한다.

"그들의 새로운 신화에서, 자유로서의 시는 모든 대상에 새로운 의미를 부여하며 반성하는 창조의 힘이 되고, 삶의 태도로서 사랑은 반항과 분리할 수 없는 것이 된다. 그 모든 것이 결국 어느 시대에서나 삶에 대한 근본적인 입장에 서서 열정적으로 살아가려는 삶의 태도가 아니겠는가"(「초현실주의의 반항과 혁명」, 『삶』: 131~32). 이와 같이 초현실주의가 지향했던 "사랑과 시와 자유가 동시에 추구되는 행동 원칙"을 오생근은 중시하며, 그들의 추구와 실패의 경험에서 '삶의 위한 비평'의 핵심 기제를 성찰한다. "그들은 예술의 진정한 가치가 무엇인지를 가르쳐주기도 했다. 인간다운 삶을 영위하기 위해서 '삶의 전환'을 이룩해야 한다는 랭보의 명제와 이 세계를 개혁해야 한다는 마르크스의 명제를 동시에 추구해야 한다는 브르통의 주장은 실현되기 어려운 것일지 몰라도 그것을 실현하려는 노력은 인간의 정신을 언제나 살아 있는 것으로 만든다는 점 때문에 더욱 귀중한 것이다"(「초현실주의 — 꿈과 현실의 종합」, 『삶』: 121). 삶의 전환과 세계 혁명을 동시에 꿈꾸고 추구하려는 초현실주의 운동의 열정, 혹은 그 꿈과 현실의 종합을 추구하고자 했던 의지, 그것은 오생근에게 곧 '삶을 위한 비평' 의지로 다가온다. 그 의지는 물론 진정한 삶 혹은 행복한 삶에의 그리움에서 비롯되었을 것이다. 진정한 삶에의 그리움이 삶을 위한 비평에의 그리움을 낳고, 삶을 위한 비평에의 그리움이 다시 진정한 삶에의 그리움을 보탰을 것으로 짐작된다. 그러니까 삶을 위한 비평에의 그리움이야말로 비평가 오생근이 등단 이후 줄곧 지향해온 비평 의지였고, 삶에의 의지였다. 그런 그리움 때문에 살 수 있었고, 그렇게 살게 되었기에 그 그리움은 더욱 심화되었을 터이다.

2. 타락한 현실에서 불가능성 꿈꾸기

다시, 왜 그리움인가. 있는 현실이 소망스러운 현실이 아니기 때문이다. 현재의 삶이 행복하지 않기 때문이다. 삶이 부단히 전환을 요구하고 세계 또한 끊임없이 혁신을 요청하는 까닭이다. 바야흐로 본격적인 산업화가 전개되고 그에 따라 대중 시대 혹은 대중문화의 시대가 열리기 시작했던 1970년대에 비평 활동을 전개한 비평가답게 첫 비평집에서 초극할 현실의 주 대상은 산업사회와 대중문화로 압축된다. 「전환기 시대의 문화의식」 「대중문화와 의식의 변혁」 「대중문학이란 무엇인가」 등 첫 비평집 I부의 글들이 우선 주목되는 것은 그런 까닭이다. 프랑크푸르트학파를 중심으로 한 저쪽의 논의들을 참조하면서 그는 '위대한 거부'가 거부되는 대중문화 현실을 조망할 수 있는 균형 잡힌 척도를 제공하고자 노력한다. 무엇보다도 1970년대 삶과 현실에 영향을 준 것은 산업화였다. 산업 시대에 대한 대응의 소산으로 비쳐지기도 하는 당대의 문학을 성찰함에 있어, 오생근은 줄곧 타락한 세계에서 진실을 찾아나가는 도정의 문학적 삶을 비판적으로 논의하는 데 관심을 집중했다. 서정인·황석영·조세희·윤흥길·박태순 등의 소설에 대한 논의들에서 우리는 산업 시대의 삶을 위한 비평의 흔적을 확인하게 된다. 아울러 이상을 비롯해 황순원·최인훈·이청준 등에 관한 글에서는 닫힌 (정치적) 상황에서 진정한 삶을 열어나가고자 한 작가의 문학적 삶의 에토스와 그 형상화 원리를 유기적으로 관련지으며 나름대로 문학과 비평의 윤리를 확립하고자 한 비평가의 수고를 읽어낼 수 있다.

16년 정도의 시간 거리를 두고 상자된 두번째 비평집 『현실의 논리와 비평』에서 오생근의 비평 논리와 분석안은 더욱 심화되고 정교해진다. 특히 이전의 산업 시대 문학론과 대중문학론의 관심을 좀더 예각화하여 도시성의 문학 혹은 문학의 도시성을 주목한 점이 인상적이다. 도시적 삶의 현실을 일련의 도시시와 도시소설들을 중심으로 분석하면서 그는 도시적 삶을 위한 비평을 펼친다. 인구 천만의 거대도시 서울에서 생활하는 비평가로서 그는 도시적 삶의 위력을 절감하면서 살아간다. 산업화 도시화의 물결 속에서 현대의 도시적 삶의 생태는 가히 도시인들의 무의식까지 지배하는 가공할 위력을 지니고 있음을 그는 성찰한다. 도시적 삶은 도시 공간을 배경으로 한 주체 인간의 이야기가 아니라, 역설적으로 도시 그 자체가 주인공이 되는 이야기 그러니까 주체가 되어야 할 인간의 삶이 타자화되고 박탈된 이야기거나 서정임을 그는 주목한다. "사람이 만든 도시가 꿈과 모성의 상징으로서보다 거대한 괴물의 존재로서 삶을 구속하고 정신을 황폐한 것으로 만들어버리게끔 된 것이다. 〔……〕 도시는 이미 바라봄의 대상이거나, 거부할 수 있는 대상이 아니라 우리의 정신을 구성하는 중요한 요소로서 삶의 본질적인 문제 속에 깊숙이 스며들게 된 것이다"(「도시와 시」, 『현』: 253). 도시 현실에 내던져진 얇은 삶 속에서 한국의 도시인들이 자기를 행복하게 보호해줄 모성적 장소를 상실했음을 직감한 비평가는 도시화가 서서히 진행된 유럽의 시인들과는 달리 한국의 시인들이 어떤 서정적 반응을 보였는가를 분석한다. 도시적 삶에 대한 보들레르와 랭보의 반응은 양가적이었다. 보들레르의 경우 "도시적 공간은 객관적인 묘사의 대상이 아니라 시인의 감정과 환상이 배태되는 어느 심리적 공간 속에 내면화"되어 있다. 이에 "도시의 풍경은 보들레르의 관점과 상상에 따라서, 때로는 행복의 체험과 결부되기도 하고, 때로는 불행의 충격 속에 용해되기도 한다"(「도시와 시」, 『현』: 256). 물론 벤야민이 말한 아우라를 상실한 장소로 도시를 파악한 데서 보들레르도 예외가 아니지만 그의 경우 도시는 "음울한 현대인의 영혼과 내면을 복합적으로 표현하는 데 적합한 공간"이다. 이에 비해 도시화가 급격하게 전개된 한국의 도시시인들은 도시적 삶에 대해 훨씬 고통스러운 서정적 반응을 보인다. 김정환·황지우·박노해 등의 시를 분석하면서 그는 "도시 문제의 위기적 상황을 시인들은 고통스럽고 절박한 느낌으로 증언"(『현』: 264)하고 있음을 확인한다. 그리고 "충격의 아픔과 소외를 절규하는 시인들의 시에서 우리는 그들의 개인적인 도시 인식을 이해하기보다 어떤 보편적 정서의 흐름을 발견"(『현』: 265)한다고 적고, 그 문제성을 분석하면서 한국 도시시의 의미 있는 방향에 대해 고뇌한다. 이런 비평적 도전은 계속된다. 가령 오규원의 도시시를 논의하면서 "일상 속에 있으면서 그 일상의 여러 가지 굴레에 갇히지 않는 방법이나 태도," 혹은 "완전한 초월이나 종교적 해방이 아니라 세속적이며 인간적인 경험이라는 점에서 벤야민이 말하는 '범속한 트임'의 한 체험"(「일상과 전위성」, 『현』: 280)이 될 수 있는 방법이나 태도를 강조하는 것 등이 그것이다. 도시소설에 대한 비평에서도 사정은 비슷하다. 강석경의 『숲속의 방』, 김원우의 『짐승의 시간』, 박태순의 『밤길의 사람들』 등을 중심으로 서울의 구체적인 장소들이 그 소설들에서 어떤 구조와 표현으로 형상화되는지 그리고 그 의미와 맥락은 무엇인지를 살핀 「도시 공간의 소설적 기능」, 1930년대 박태원의 『천변풍경』에서 이호철의 『서울은 만원이다』, 최인훈의 『소설가 구보씨의 일일』, 최일남의 『서울 사람들』, 조세희의 『난장이가 쏘아올린 작은 공』을 거쳐 1990년대 이순원의 『압구정동엔 비상구가 없다』에 이르기까지 일련의 도시소설들을 대상으로 한 「소설 속에 나타난 서울과 서울 사람들」 등이 주목된다. 이런 논의를 통해 오생근은 꿈의 대상 혹은 그리움의 대상에서 비껴난 외형적 도시의 삶과 언어에 대해 우려한다. 부패한 욕망의 도시, 괴물처럼 일그러져 있거나 타락한 도시 현실과 대결하면서 "도시적 삶의 정체와 우리 자신의 내면적 실상"(「소설 속에 나타난 서울과 서울 사람들」, 『현』: 51)을 심층적으로 인식할 수 있는 방법과 태도를 그는 강조한다.

산업화된 대중 시대의 도시적 삶의 생태에 대한 면밀한 관찰과 아울러 이청준 등의 소설을 대상으로 하여 정치적 억압 시대의 자유의 문제에 대해 비평적 촉수를 세워왔던 오생근이 「문화와 정치의 역동성」이나 「권력·욕망·사회」 등으로 자신의 문학론을 심화한 것은 매우 자연스럽다. 「문화와 정치의 역동성」에서 그는 문화와 정치의 역동적 관련성을 조망하면서 문화의 정치 도구화에 반대하고 문화의 "초월성과 전위성 혹은 관념성"(「문화와 정치의 역동성」, 『현』: 359)을 강조한다. 그런 문화의 성격들이 간접 회로를 통하여 정치적 현실과의 관련에서 의미 있는 생산 작용을 할 수 있음을 푸코 등을 참조하여 적시한다. 일찍이 프랑스 초현실주의 운동에서 진정한 문학적 삶의 방향을 모색하기도 했고 또 "참된 아방가르드의 정신은 자기 시대의 모든 허위의 개념을 거부하면서 예술과 사회의 변화 혹은 혁명을 동시에 추구하려는 태도"(「아방가르드의 운명」, 『현』: 357)라고 지적했던 오생근의 비평적 맥락을 고려하면 이와 같은 논리적 흐름은 체계적으로 이해된다. 그리고 이 글을 통해 그는 자신이 이전에 펼친 대중문화론에서 견지했던 논점의 일부를 보완 발전시키기도 한다. 엘리트문화와 대중문화의 대립과 고급문화와 민중문화의 대립을 넘어 진정한 문화의 지평이 무엇인지를 궁구한 것이다. 그가 보기에 이제 새로운 문화는 계급적이고 배타적인 성격을 초극해야 한다. "자유롭고 평등한 인간적 삶의 가치를 고양시키는 차원에서 예술적인 가치와 더불어 실천적으로 형성되어야 할" "새로운 문화는 계급을 초월한 문화이며 진정으로 인간적인 차원에 기반을 두고 있는 것"이 되어야 한다고 보았다. "이러한 작업을 능동적으로 수행해가는 과정에서 문화인과 지식인 및 대중 사이에 새로운 통일을 확립시키고, 전통 문화 및 부르주아 문화의 진보적인 성과를 수용하면서 동시에 비판적으로 극복할 때에만 진정한 문화가 탄생될 수 있는 것이지, 양자택일적 편협한 선택으로 성취되는 것이 아님은 분명한 일이다"(「문화의 정치의 역동성」, 『현』: 363). 오생근 특유의 문화적 균형 감각과 비평적 종합에의 의지를 거듭 확인할 수 있는 대목이다.

1990년대 초에 발표된 오생근의 비평 중에서 가장 공들인 글 중의 하나가 「권력·욕망·사회」이다. 두루 아는 것처럼 1980년대 말과 1990년대 초는 국내외적으로 세계사적 지각 변동의 시기였다. 페레스트로이카와 옛 소련의 해체 및 사회주의 동구권의 변혁 등 세계사적 체제 변화가 진행되었다. 일부 자본주의권의 환호에도 불구하고 그런 변화는 자본주의의 승리가 아니라 사회주의의 문제였음을 확인하려는 비판적 노력도 있었다. 어쨌든 자본주의 체제는 더욱 가공할 만한 위력을 교활하게 발휘하게 되었고 체제의 문제점 역시 한층 복잡해지게 되었다. 일부에서 '제3의 길'에 대한 모색도 있었으나 현실에서 승인되기는 여의치 않았다. 국내에서도 민주화가 진전되고 소비사회적인 경향이 증폭되었다. 포스트모더니즘 문화 기류와 비평 담론들이 다양하게 전개되었던 것도 이 시기의 풍경이었다. 문학의 풍경 또한 1980년대와는 다른 양상으로 서둘러 전개되었다. 사회와 현실, 문학과 문화, 가치와 담론 등 여러 면에서 혼란이 가중되기도 했다. 여러모로 혼돈과 모색의 시기였다. 이런 시기의 핵심적 문제성을 오생근은 '권력'과 '욕망'이라는 두 가지 핵심적이고 문제적인 용어로 포착하고 그 구성적 관계망을 조망하면서 사회와 문화와 문학의 혼란상을 넘어서려 했던 것이다.

먼저 권력. 자본주의의 변화와 자기 조절 기능의 노회화로 인해 자본가 계급과 노동자 계급, 지배 계급과 피지배 계급의 관계는 복잡하게 다원화되었다. 마르크스가 성찰했던 시기와는 달리 마르쿠제가 살핀 자본주의만 하더라도 매우 교묘한 지배 기술을 지닌 것이었다. 지배 계급의 권력과 피지배 계급에 대한 통제 전략을 교묘한 방식으로 강화함으로써 개인의 자유에 대한 일정한 억압을 합리화할 뿐만 아니라 가짜 자유의식 내지 가짜 욕망에의 길들이기 전략 또한 상당한 수준으로 전개되었다. 마르쿠제보다 더 나아간 푸코의 권력론을 오생근은 참조하면서 권력에 대한 인식의 지평을 넓힌다. 푸코에 따르면 억압 기제로 권력을 파악하는 것은 불충분할뿐더러 위험하기도 하다. 권력은 단순한 억압의 차원이 아닌, 그보다 훨씬 복잡하고 다양한 차원에서 이루어지고 있는 것이기 때문이다. 즉 "권력을 지배·속박·조정·억압 등의 부정적이고 제한적인 의미를 행사하는 기관으로 생각하는 일반적인 견해와는 달리 권력의 생산적이고 기술적인 복잡한 기능과 역할을 강조한"(「권력·욕망·사회」, 『현』: 374) 푸코를 비판적으로 참조하면서 오생근은 현대 사회와 문화에서 교묘하게 관철되는 권력의 전략과 권력 효과를 예리하게 관찰한다. 그러면서 "폭력이나 이데올로기를 통해 억압하고 기만하는 부정적 기능의 주체"(『현』: 376)로서의 권력이 아니라고 하더라도 인간의 진정한 욕망을 왜곡하거나 배척하거나 축소하는 권력 작용에 대한 미시적 성찰의 중요성과 그에 따른 새로운 과제를 제안한다. 요컨대 다양하고 복잡하고 미묘한 현대의 권력장 안에서 인간은 어떻게 진정한 주체적 삶을 살 수 있을 것인가, 그것을 위해서 문학과 비평은 어떤 고민과 담론을 제출하면서 진정한 문학적 삶을 살 수 있을 것인가, 등이 중요한 문제라는 것이다.

다음으로 권력과 긴밀한 관계에 놓여 있는 욕망. 권력이 단지 지배계급의 전유물이 아니라 대중 일반에게 편만해 있는 것이라면, 그래서 아주 복잡한 권력 효과를 빚어내는 것이라면, 그것은 왜 그런가. 이에 대한 대답을 위해 오생근은 르네 지라르의 모방 욕망론을 참조의 틀로 삼는다. 지라르가 보기에 인간은 자신의 진정한 욕망을 추구하는 존재가 아니다. 다시 말해 주체는 독자적으로 욕망의 대상을 갖지 않고 타자의 욕망을 모방하면서 욕망의 대상을 지닐 수 있다는 것이다. 그럴 때 권력에 대한 욕망도 모방되고 감염될 수 있으며, 나아가 권력에 대한 모방은 폭력의 문제와 연계될 수도 있다(오생근은 이 문제에 대해서 「폭력에 대한 논의와 문학 속의 폭력」〔『문』〕에서 더욱 심화된 논의를 전개한다). 아울러 모방 욕망의 심리적 기제는 소비 자본주의 사회에서 더욱 교묘하게 관철되면서 결코 간단치 않은 사태를 촉발한다. 가령 물신사회에서 모방 욕망은 개개인으로 하여금 상품의 굴레에 부지불식간에 예속되게 하며, 자본주의의 첨병인 광고가 그것을 더욱 자극하고 부추긴다. 광고는 사용 가치가 아닌 이미지 가치 혹은 기호 가치를 조작하면서 인간의 영혼을 교란하고 진정한 인간으로서의 주체적 존립 가능성을 일상적으로 은연중에 거세한다. 애덤 스미스가 얘기한 것과는 다른 맥락에서 광고는 매우 효율적인 '보이지 않는 손'의 역할을 담당한다. 오규원의 광고시 등에서 분명히 간파했듯이 광고가 교란하는 소비사회에서 인간의 욕망은 쾌락 원칙을 따라 자유롭게 발현될 수 없다. 보드리야르가 "광고야말로 쾌락 원칙 안에서 억압적 현실 원칙을 작동시키는 것"(『현』: 387)이라고 지적한 것은 그 때문이다. 가짜 욕구와 욕망으로 얽히고설켜 있는 이런 사태를 직시하면서 오생근은 "모든 가짜 욕구나 억압으로부터 해방되는, 진정한 욕망의 해방을 지향하는 삶의 방법은 무엇일까?"(『현』: 388)라고 질문한다. 이 문제를 탐문하기 위해 그는 들뢰즈와 가타리의 『앙티-오이디푸스』의 분열증 분석과 탈속령화 논의 등과 대화한다. 물론 그들이 프로이트의 욕망 이론을 넘어서고, 오이디푸스 구조를 벗어나 욕망의 사회적 지향성을 추구하기 위해 펼친 '안티-오이디푸스'적 작업이 모든 억압으로부터 해방된 자유로운 삶의 실현을 전적으로 약속할 수만은 없을 것으로 오생근은 파악한다. 그럼에도 불구하고 "그것을 지향해보는 일은 인간의 해방을 질문하고 추구하는 노력의 일환"으로 요긴한 것임을 그는 믿는다. "중요한 것은 인간의 진정한 욕망의 정체와 크기와 가치를 바르게 인식하고, 유목민 정신의 삶을 살고, 본능의 억압과 경제적 소득 원칙을 지배하는 산업 세계의 탐욕스러움에서 벗어나 진정한 욕망을 추구하는 삶의 모색이다. 진정한 문학은 바로 그러한 모색의 중요한 한 방법일 것이다"(『현』: 391). 이와 같은 일련의 문제에 대한 오생근의 사유는 다음과 같이 종합된다.

삶은 꿈을 실현시키려는 과정이 되어야 한다. 꿈을 지향하는 생명력으로서 욕망은 어떤 현실 원칙의 억압과 검열 아래서도 살아 있고, 그것이 살아 있는 한 당연히 현실의 질곡으로부터 벗어날 수 있는 어떤 불가능성을 꿈꾸게 된다. 인간의 삶을 삶답게 만드는 것은 어떤 의미에서 그러한 불가능성의 의미를 추구하는 일이라고 볼 수 있다. 그런 점에서 문학적 행위는 허위의 욕구가 아닌 욕망의 진실에 가깝게 다가서면서 그 욕망의 목소리로 표현되고, 결코 정형화될 수 없는, 언제나 새로운 시도로 그 불가능성의 의미를 추구하는 일이다. 문학은 개인적 차원을 넘어선 욕망과 상상적인 것의 사회적 희원을 표현하고, 억압의 정체를 밝히고 극복하며, 그 어떤 표상적 체계 속에 환원되지도 않는다. 그것은 비슷하게 반복되는 바 없는, 상투성을 거부하는 일회적이고 개성적인 행위이며 긴장의 행위이자 긴장을 끝낼 수 있는 즐거움의 표현이기도 하다. 아무리 억압적인 사회와 권력이 욕망의 존재나 지위, 역할을 부정하려 하더라도, 욕망은 결코 부정되거나 제거될 수 없듯이, 그렇게 욕망의 가치를 지향하는 문학은 권력의 그물에 수렴되지 않고 살아 있는 힘의 문학이 될 것이다. (「권력·욕망·사회」, 『현』: 393~94)

다소 길게 따온 이 부분을 요약하자면 이렇다. i) 욕망은 어떤 현실 원칙의 검열 아래서도 탈현실을 위한 불가능성을 꿈꾼다. ii) 그 불가능성의 의미를 추구하는 것은 인간의 진정한 삶을 희구하는 것이다. iii) 언제나 욕망의 진실에 다가서려는 문학 행위는 그 불가능성의 의미를 추구하는 일이다. iv) 늘 새롭고 개성적인 방식으로 문학이 그것을 추구할 때 타락한 권력으로부터 해방된 진정한 욕망의 문학, 살아 있는 힘의 문학이 될 수 있다. 여기서 불가능성의 추구는 물론 속절없는 역설이다. 인간다운 삶 혹은 진정성의 상실과 회복의 드라마가 그렇듯이 이 역설은 불가능한 것에 가깝기 때문에 문학이 추구할 수 있는 가능성의 영역에 다름 아니다. 문학은 가능한 어떤 것을 좇아 현실에서 공(功)을 누리려는 작업이 아니다. 불가능한 진정성을 끊임없이 탐문하는 가능성의 도정 위에 가까스로 존재하는 어떤 것이다. 그것은 낭만적이면서도 사실적이고 또한 윤리적인 국면을 함축하는 복잡한 문제이다. 오생근의 비평은 그토록 복잡하고 불가능한 가능성의 어떤 경지를 궁구한다는 점에서 또한 그리움의 비평이다.

3. 그리움으로 짓는 비평의 집

오생근의 그리움의 비평은 『그리움으로 짓는 문학의 집』에서 좀더 구체적인 실체를 얻는다. 『그리움으로 짓는 문학의 집』은 곧 문학에 대한 한없는 그리움으로 지은 비평의 집이다. 프로이트나 라캉의 정신분석론에 능통한 오생근은 "아버지의 세계에서 어머니의 언어를 추구하는 행위"로 문학을 풀이한다. "억압적이고 비인간적 규율의 세계에서 자유롭고 진정한 것, 인간적인 것을 꿈꾸고 그리워하는 일이" 문학이기 때문이다. 그런 점에서 "그리움으로 짓는 언어의 집"이 바로 문학이라는 것이다. 물론 여기서 그리움은 감상적인 어떤 것이 아니다. "그리움의 언어는 나약하고 감상적인 영혼의 언어가 아니다. 그것은 과거와 미래를 포괄하는 넓은 시각을 갖고, 비인간적 질서를 부정하는 자유로운 정신의 힘을 보여주는 언어이다"(『그』: 6).

이런 입론을 위해 우선 현대성에 관한 문학적 탐문으로 주춧돌을 놓는다. 「현대성의 경험과 시적 인식」은 '후광이 상실된 시대'(보들레르) 혹은 '아우라가 붕괴된 시대'(발터 벤야민)인 현대적 상황에서 시의 인식론을 다룬 비평이다. 현대성의 문제를 의식하고 그것에 미학적 질문을 던진 최초의 모더니스트로서 보들레르를 꼽아 분석하면서, 보들레르의 현대성을 "안일한 타협을 거부하고, 끊임없이 새로운 탐구와 경험을 모색하는 정신," 내지 "현대적인 움직임의 혼란 속에서 자신을 발견하고 창조하는 긴장된 의식의 표현"(『그』: 67)으로 이해한다. 이를 바탕으로 한국에서 "진정한 현대성의 시인"인 김수영과 도시화 현상에 따른 여러 문제들을 현대성의 시각에서 비판적으로 형상화한 김광규의 시를 논의한다. '현대성'이라는 주춧돌 위에 저자는 '육체'라는 기둥을 세운다. 현대적 상황에서 해방된 듯 보이는 육체가 실은 타락한 육체에 다름 아니라는 비판적 인식을 바탕으로 저자는 정진규·최승호·채호기·김혜순의 시를 통해 육체의 시학을 정립한다(「육체의 시대와 육체의 시학」).

그 위에 '집'의 상상력으로 대들보를 놓고 서까래를 올린다. 정현종·이태수·황지우·이성복·최승자·기형도 등 여러 시인들의 시편에 나타난 집의 상상력을 분석하면서 저자는 "시인들의 집에 대한 꿈은 우리 내부에서 모성적 근원성을 자극하여 울림을 주고, 힘있게 살아 있는 꿈으로 확산"(「'집'과 시적 상상력」, 『그』: 28~29)된다고 적는다. 앞에서 본 『현실의 논리와 비평』에서 도시 공간이 관심을 가졌던 것을 상기하면, 도시에서 집으로 관심 이동을 한 것이 눈에 띈다. 현대의 도시는 아우라도, 피호성(被護性)도, 진정한 가치도 상실한 장소에 다름 아니었다. 그에 비해 집은, 꿈꾸는 집은, 다르다. "땅에 뿌리를 내린, 집의 진정한 가치는 현실적 의미보다 시적인 의미에 가까운 것이며, 집을 꿈꾸는 마음 역시 시적인 상상력에 가까운 것"(『그』: 13)이다. 오생근의 집에 대한 꿈은 허공의 수평적인 아파트가 아니다. "자연과 동화된 형태 속에서 대지 위에 뿌리를 내리고 인간의 모습과 닮은 수직적인 집"(『그』: 13)이다. 집에 대한 시인들의 꿈이 남다른 것도 그 때문이라고 그는 파악한다. 그리고 시인들과 더불어 집에 대한 꿈을 꾼다. "우리는 집을 통해서 이 세계와 진정한 관계를 맺는 삶이 어떻게 가능한지를 생각해야 한다. 집은 결국 우리의 마음이고, 영혼이며, 의식이자, 또한 우리를 본래의 모습으로 돌아가게 만드는 근원적 공간이며 시간이다. 어떤 의미에서 그 집은 진정으로 영혼이 풍요로운 사람들이 지을 수 있는 쉽고도 어려운 지상의 집일 것이다"(『그』: 28~29). 이렇게 집을 꿈꾸는 마음은 세계와 진정한 관계를 맺는 삶이 어떻게 가능한가를 고뇌하는 영혼의 마음이요 곧 그리움의 시적 상상력이다. 김춘수·정현종·마종기·황지우·박라연 등의 시편들을 그는 그런 관점에서 실제 분석한다. 정녕 시적인 것에 대한 그리움과 시적 영혼에 대한 따스한 애정으로 씌어진 실제 비평문들은 오생근이 지은 비평의 집의 기왓장이 되고 창문이 되고 정원수가 된다. 이렇게 지어진 오생근의 '비평의 집'은 세계와 시인과 독자 사이에서 넉넉한 대화적 공간이 된다. 동시대의 의미심장한 화두들이 그 집의 거실에서 때로는 그리움으로 때로는 엄정한 비판적 인식으로 논의된다. 그리고 그 집의 문은 언제나 열려 있다.

가장 최근의 비평집인 『문학의 숲에서 느리게 걷기』에서 오생근은 이제 '비평의 집'을 나서 '문학의 숲'을 느리게 산책하는 모습을 보여준다. 한편으로는 빠르게 변화하고 다른 한편으로는 진부하게 반복되는 현대의 일상이나 허위적 도시의 삶은 진정한 가치를 외면하게 하기 쉽다. 이런 상황에서 그는 "'더 크게, 더 높이, 더 빨리'가 결코 우리의 삶을 풍요롭고 행복하게 만들지 않는다는 것을 알고, 도시의 허위 속에서 매몰된 숲의 진실을 바라"(『문』: 7)보는 시인과 작가들을 느린 걸음으로 응시하며 동반하는 비평적 사색을 펼친다. 그것을 통해 "속도의 비인간화를 비판하고 시대의 진실을 꿰뚫으며 삶을 변화시키려는 진정한 반역의 의지"를 확인해보고자 한다. "시간적 깊이의 성찰과 감정, 부끄러움과 회한 같은 느리고 근원적인 감수성"(「'느림'의 삶과 '느림'의 시학」, 『문』: 57)이 소홀히 취급되는 사회적 문화적 상황에 대한 비판 의식의 소산이다. 황동규·최하림·김명인·최승호·황인숙·나희덕 등 여러 시인들이 가꾼 문학의 숲에서 비평가 오생근은 비교적 오래, 느리게 산책한다. 그러면서 이런 생각을 나누고자 한다. "생각의 넉넉하고 느린 산책은 책이라는 공간에서 이루어지고, 육체의 자연스럽고 여유로운 산책은 작은 동산과 숲 속 오솔길에서 천천히 이루어진다. 단순히 속도의 어지럼증을 치유하거나 그 폐해를 개선하기 위해서가 아니라, 무엇보다 자연과 생명을 회복하고 인간의 존엄성을 되찾기 위해서 우리는 무익하고 쓸모없는 것들을 사랑하고 더욱더 느리게 도시의 뒷골목이건 한적한 산길이건 걸어가야 할 것이다. 그것이 외롭고 무력한 반란이라도 좋다"(『문』: 62~63).

산업화된 도시에서 집으로, 다시 숲으로, 이행해온 오생근 비평의 관심은 우리 현실과 사회, 문학의 핵심 관심사 내지 문제틀을 환기하고도 남는다. 있는 현실과 있어야 할 현실 사이에서, 혹은 현실과 초현실 사이에서, 현실과 문학 사이에서, 있는 문학과 있어야 할 문학 사이에서, 세계 문학과 한국 문학 사이에서, 불문학 연구자와 현장 문학비평가 사이에서, 언제나 지혜로운 균형 감각을 보이면서도 부단히 낡은 문제틀을 해체하고 새로운 문제의식을 예리하게 모색해왔던 그의 비평적 역정을, 물론 '도시, 집, 숲'이라는 기호로 다 망라할 수는 없겠지만, 그 안에서 권력이나 욕망을 비롯한 여러 세부적인 구체들을 더욱 깊이 눈여겨본다면 한국 비평사에서 의미심장한 상징적 자산을 많이 찾아볼 수 있으리라 믿는다. 현대성의 문제가 계속되는 한, 시와 문학의 그리움이 지속되는 한, 오생근이 그리움으로 건축했던 비평의 집이나 그가 느리게 산책했던 문학의 숲은 여전히 중요한 대화의 공간이 될 수 있을 것이다.   〔2006〕

문학과 삶

송진석

1

문학을 공부하는 사람들에게 연구 주제를 선택하는 일은 종종 만남의 형태를 띤다. 작품이, 그리고 그것을 생산한 작가가 문제 되기 때문이다. 예술과의 관계, 사람과의 관계는 언제나 만남에서부터 시작되기 마련이다. 물론 모든 만남이 그러하듯이, 이 만남 또한 여러 가지 양상을 띨 수 있을 것이다. 첫눈에 반하는 운명적인 만남이 있는가 하면, 한 번 혹은 여러 번 지나치고 꽤 오랜 시간이 흐른 뒤에, 아니면 심지어 잘못 보았다가 나중에 제대로 알아보고 특별한 관계를 맺는 만남 또한 없으리라는 보장이 없다. 그러나 이 모든 만남을 특징짓는 근본적인 요소가 있다면 그것은 우연이다. 만남이란 것이 본디 우리의 의지를 벗어나는 몫에 깊이 관련되는 까닭이다. 사실 만남이 언제나 기지의 지평 너머에서 오로라처럼 아름답고 신비롭게 빛나는 것도 바로 이 우연 때문이리라.

문학 연구 주제의 선택이 이렇듯 처음부터 끝까지 우리의 명료한 의식과 뚜렷한 의지에 따라서만 이루어지는 게 아니라면, 그렇게 선택한 주제의 연구를 어떻게 확장하고 발전시켜나갈 것인가의 문제는 다분히 의식적인 차원에서 주체의 실존적인 선택의 일환으로서 결정될 것이다. 연구자가 어떻게 자신을 둘러싼 상황 속에서 주제를 고려하고 또 어떤 선택을 하며 어떻게 전개하느냐에 따라 같은 주제라 할지라도 연구의 결과는 커다란 차이를 보일 수 있는 것이다. 특히 외국 문학의 경우에, 외국 문학을 왜 공부하느냐 하는, 외국 문학 전공자가 안팎으로 끊임없이 부딪힐 수밖에 없는 막연하고도 난감한 문제에 대해 구체적이고 의미 있는 대답이 마련되고 제시될 수 있는 것도 바로 이 대목일 것이다. 나아가 단순한 우연처럼 보이던 만남이 애초의 주관적 차원에서 객관적 차원으로 옮겨가고, 그 만남에 결부되어 있던 꿈 또는 욕망이 사회적 현실 안에서 구체화되면서 앙드레 브르통이 말하는 객관적 우연hasard objectif, 혹은 그 비슷한 어떤 것으로 이행하는 것도 바로 이 부분일 것이다.

벌써 40년 가까운 세월 동안 불문학자로서 문학비평가로서 균형과 엄정함의 태도로 누구보다 신중하고 열정적으로 프랑스 문학과 사상을 연구하고 현대 한국 문학에 대해 깊은 통찰이 돋보이는 글을 써온 오생근은 학문에서 시초의 만남을 어떻게 발전시킬 것인가 하는 문제를 보여주는 모범적인 사례로 간주될 수 있을 것이다. 언제와 어떻게는 알 수 없지만, 결과적으로 그의 만남의 대상이 된 초현실주의가 개인적 차원에서는 물론 사회적 차원에서, 보편적 차원에서뿐만 아니라 특수성의 차원에서 다각적으로 풍요롭게 발전하며 잘 갖춰진 하나의 세계를 구축하고 있기 때문이다.

2

오생근의 프랑스 문학 연구에서 초현실주의는 그 시초와 중심을 동시에 점하고 있다. 작업 목록을 훑어보면 초현실주의와의 만남에서부터 모든 것이 시작되었음을 금방 알게 된다. 눈길을 끄는 첫째 성과는 『이곳에 살기 위하여』(1973)라는 제목으로 간행된 폴 엘뤼아르의 번역 시선집이며, 이는 다음 해 석사학위 논문인 「엘뤼아르의 시를 통해 본 상호적 시선의 의미」로 이어지고, 이렇게 출발한 초현실주의 연구는 여러 편의 논문을 거쳐 1983년 2월 파리 10대학에서 발표한 박사학위 논문 「앙드레 브르통의 초현실주의 소설 3부작 연구」에 이르기까지 계속된다. 이후로도 초현실주의에 대한 관심은 다양한 계기와 양상 아래 계속되지만 이제 그것은 프랑스 문학 연구 부문에서 그때까지 점하고 있던 독점적인 위치를 더는 차지하지 못하게 된다. 초현실주의와 그 권역에 직접적으로 속하는 작가들이 아닌 다른 많은 주제들이 모습을 드러내거니와 네그리튀드 문학 운동을 비롯하여 보들레르, 랭보, 위스망스, 앙리 미쇼, 쥘리앵 그라크, 몽테뉴 등 다양한 프랑스 작가들, 환상문학, 정신분석, 구조주의, 문학사회학, 그리고 미셸 푸코, 질 들뢰즈, 르네 지라르 등의 사상과 철학이 그것이다.

그럼에도 불구하고 오생근의 프랑스 문학 연구에서 초현실주의가 중심을 점하고 있다고 말할 수 있는 것은 방금 언급한 다양한 주제들의 대부분이 초현실주의와 더불어 공명하고 조응한다는 사실에 근거한다. 그들은 시초의 계기 혹은 자극을 초현실주의에 두고 그렇게 생겨난 흐름의 외연을 넓히며 그 색채와 울림을 다채롭게 만들거나 풍성히 부풀리는 듯 보인다. 아니면 비록 초현실주의에 대한 관심으로부터 직접적으로 파생된 것은 아니라 할지라도 초현실주의와 공유하는 요소들을 통해 그것과 선명하게 대응하는 것처럼 여겨진다. 조금 과장하면 초현실주의의 아프리카적 변용으로까지 간주할 수 있는 네그리튀드, 낭만주의에서 상징주의를 거쳐 초현실주의로 이어지는 프랑스 문학의 흐름에 위치하는 보들레르, 랭보, 위스망스, 미쇼, 그라크, 초현실주의의 발생에 결정적인 영향을 끼친 정신분석, 그리고 초현실주의의 주요 테마 가운데 하나인 환상성에 대한 연구를 전자의 대표적인 경우로 분류한다면, 나머지 연구들은 후자의 경우에 속한다고 볼 수 있다. 종종 언급되는 사드를 제외할 때 18세기 이전의 작가로서는 유일하게 연구 대상이 된 몽테뉴는 「몽테뉴의 현대성과 상대주의적 세계관」(1995)이라는 논문 제목이 말하듯 현대성의 주제를 통해 초현실주의와 만나고, 푸코와 들뢰즈는 커다란 차이에도 불구하고 서양 근대 문명과 부르주아 사회에 대한 비판이라는 측면에서 초현실주의와 통하며, 지라르는 욕망의 문제를 통해 초현실주의와 공통점을 갖는다. 심지어 1970년대 후반 오생근이 깊은 관심을 보였던 대중문학과 대중문화의 문제조차도 문학이 재능 있는 사람들의 전유물이어서는 안 되며, 삶의 진실을 내보이려는 모든 사람들의 자유로운 표현이어야 한다는 초현실주의의 기본 입장에 메아리를 던지는 것을 볼 수 있다. 오생근의 다양한 작업들은 이렇게 초현실주의를 중심으로 그것을 연장하거나 그것과 조응하고 공명하면서 풍요로운 풍경을 펼쳐놓고 있다.

오생근의 프랑스 문학 연구의 주된 부분을 이루는 것은 초현실주의와 네그리튀드이다. 시간적으로는 박사학위 논문을 발표하는 1983

년을 기점으로 초현실주의 연구는 앞에, 네그리튀드 연구는 뒤에 주로 위치한다. 쉽게 예상할 수 있는 바이지만, 박사학위 논문을 완성하기까지는 모든 연구 역량을 논문에 집중하다가, 그 힘들고 오랜 작업에서 마침내 해방되었을 때는 예전부터 조금씩 관심을 기울여오던 다른 새로운 주제를 향해 달려간 것으로 보인다. 인상적인 사실은 네그리튀드 연구가 마치 오래 기다리기라도 한 것처럼 매우 경쾌하게 진행된다는 점이다. 1983년에 발표한 「에메 세제르의 네그리튀드와 초현실주의」[1]를 필두로 서인도제도와 아프리카 문학에 대한 논문들이 활발하게 생산된다. 초현실주의에서 네그리튀드로의 이행이 이토록 순조로울 수 있었던 것은 연구자의 성실성 덕분이기도 하겠지만 아무래도 네그리튀드가 초현실주의와 긴밀히 연결되어 있기 때문에 가능했을 것이다.

　초현실주의와 네그리튀드는 이렇게 단절의 관계보다 연속의 관계를 맺고 있지만, 오생근 교수에게 그것들은 서로 다른 인상에 결부되는 듯 보인다. 다만 여기서 인상의 차이는 어떤 가치의 차이로 이어지지 않는다는 점을 지적해두어야 하겠다. 먼저 초현실주의는 열정과 이상, 그리고 젊음에 긴밀하게 연결되어 있다는 느낌이다. 물론 암울한 1970년대를 살아야 했던 젊은 지성에게 초현실주의의 사랑·자유·시는 개인적인 열정과 이상의 차원에만 머무를 수 없었고 이성적이며 사회적인 차원에도 관련되는 것이었으리라. 게다가 초현실주의의 사랑이 원래 사회적 성격을 지닌 것으로서 그룹 멤버들로 하여금 사회적 혁명에 관심을 갖게 하고 급기야는 생래적으로 맞지도 않는 공산당에까지 입당하게 만든 계기로 작용하지 않았던가. 오생근

---

1) 인용한 텍스트의 한자는 한글로, 그리고 외래어는 필요한 경우 현행 '외래어 표기법'에 맞추어 표기한다.

은 논문들을 통해 이런 점을 충분히 강조하고 있지만, 이 모든 사실에도 불구하고 사랑·자유·시의 초현실주의 테마에 대한 관심은 무엇보다 젊은 날의 열망을 상기시키며 개인적이고 보편적인 차원, 아니면 이상주의적인 차원에 우선 연관되는 듯 보이는 것은 무슨 까닭인가. 초현실주의자들의 야심에 찬 기획들이 사실상 실현 불가능한 것들이었고, 따라서 초현실주의 자체가 이상주의적인 성격이 강한 문학 운동이었기 때문일까. 또는 그것이 강조한 사랑·자유·시가 다분히 개인적이고 보편적인 차원의 열망을 연상시키기 때문일까. 아니면 초현실주의가 영원한 젊음의 문학 운동이기 때문일까. 그도 아니면 단순히 연구 주체가 젊기 때문일까.

네그리튀드 연구는 초현실주의 연구와 달리 성숙하고 냉철하며 현실적인 양상을 띤다. 당장 눈앞에 떠오르는 것은 한편의 아프리카 및 서인도제도와 다른 한편의 서양의 대립, 그리고 이것이 매개가 되어 파생될 수 있는 한국과 서양의 대립, 또 한국 문학과 서양 문학의 대립이다. 물론 여기에서 중요한 것은 대응 관계의 타당성 혹은 실제적 효용 여부보다 거기서 얻어지는 스스로에 대한 상대적 인식, 바로 그것일 것이다. 초현실주의의 경우에는 단순히 한 인간으로서 보편적인 시각으로 그 작품을 읽는 것이 가능할 것이다. 그러나 오랜 치욕과 굴종으로부터의 해방을 지배자의 언어로 노래하는 흑인 문학에 대한 관심은 서양의 바깥에서 외국 문학으로서 서양 문학을 공부하는 주체를 긴장 속에 놓는다. 그는 이제 서양의 바깥에 속하는 자신을 의식할 수밖에 없다. 일정한 거리 너머로 서양을 바라보고, 서양의 문화 예술이 자신이 속한 세계에 무슨 의미가 있으며 무엇을 가져다줄 수 있는지 묻게 되는 것이다. 즉 자신의 외국 문학 연구가 자신에게 과연 무엇일 수 있는지 성찰하게 되는 것이다. 이런 성찰은 상대적인 것이지만 동시에 근본적인 것이기도 하다. 그것은 결국 세계 속에서의 자신에 대한 성찰이 그 맥락을 확장한 것일 따름인데, 인간은 누구나 세계 내적 존재일 수밖에 없기 때문이다.

오생근의 프랑스 문학 연구에서는 이렇게 개인적 차원과 사회적 차원, 보편적 차원과 상대적 차원, 이상적 차원과 현실적 차원, 그리고 젊은 열망의 차원과 성숙한 자기 인식의 차원이 공존하고 길항하며 균형을 이룬다.

3

오생근의 초현실주의 연구는 "진정한 인간의 사랑과 참된 시의 의미를 위해 끊임없는 투쟁을 바쳤던 시인," "누구보다도 삶에 대한 태도와 그의 문학이 투명하게 일치했던 시인"[2] 엘뤼아르에 대한 관심으로부터 출발한다. 번역 시선집 『이곳에 살기 위하여』를 간행한 것을 시작으로 석사학위 논문을 쓰고 「엘뤼아르와 다다」(1979)를 발표한다. 이후로도 「다다 시의 문학적 의미와 가치」(1995)를 검토하기 위해 다시 한 번 엘뤼아르의 시집들을 펼칠 것이다.

그러나 석사학위 논문을 발표한 1974년부터 그의 관심은 초현실주의 전반으로 확산된다. 이는 곧 초현실주의 문학 운동에서 놀라운 카리스마로 시종 절대적인 리더의 역할을 수행했던 브르통을 직접적으로 연구하기 시작했음을 뜻하기도 하고, 또 초현실주의 연구가 본격적이고도 온전한 규모를 갖게 되었음을 의미하기도 한다. 이렇게

---

2) 「사랑의 시인, 민중의 시인, 엘뤼아르」, 『삶을 위한 비평』, 문학과지성사, 1978, p. 133. 이 글은 원래 『이곳에 살기 위하여』에 수록되었던 것이다.

정통 초현실주의를 향해 방향을 잡은 연구는 1983년의 박사학위 논문 발표로 귀결될 것이다.

하지만 관심이 초현실주의의 중심에 위치한다고 해서 그 주변부를 경시하거나 폄하하는 것은 아니다. 대표적인 경우가 다다이다. 우리는 보통 다다와 초현실주의에 대해 다다 운동 내부에서 발생한 초현실주의가 다다를 극복한 것으로, 다시 말해 다다라는 알을 깨고 나온 초현실주의만이 의미 있는 문학 운동이고 다다는 하나의 중간 단계에 불과한 것으로 잘못 알고 있다. 오생근은 일찍부터 이러한 오해를 바로잡고자 했다. 1979년에 발표한 「폴 엘뤼아르와 다다」, 그리고 1984년에 발표한 「앙드레 브르통과 다다」에서 그는 "차라의 다다 운동은 문학적 혹은 예술적 방면에서 끊임없이 많은 관심의 초점이 되어온 초현실주의 운동에 비해 정당한 평가를 별로 받지 못했을 뿐만 아니라 지나칠 정도로 무시당했다는 인식을 준다"[3]고 말하면서, 제1차 세계대전 종료를 전후하여 스위스 취리히에서 트리스탕 차라 등이 다다 운동을 전개하던 당시 파리에서는 브르통을 중심으로 전위적인 예술 활동이 벌어지고 있었던 만큼 다다와 초현실주의 사이에 순차적인 전후 관계를 설정하기가 어렵다는 것, 그리고 "정신의 순수한 작용"을 기록하기 위한 기법으로서 흔히 초현실주의의 전유물로 간주하는 자동 기술écriture automatique이 유사한 형태로 다다이스트들 사이에서 실험되고 있었다는 점 등을 지적한다.

물론 그는 무조건적인 파괴만을 외치는 다다의 한계를 분명히 지적하지만 동시에 다다의 성과와 기여를 공정하게 평가하는 일을 잊지 않는다. 여기서 우리는 다시 한 번 그의 연구와 비평 작업 도처에

---

3) 「앙드레 브르통과 다다」, 『외국문학』, 1984년 여름호, p. 114.

서 확인하게 되는 엄정함과 균형 감각을 만난다. 문학을 연구하는 사람들은 대상 작가가 공인된 결점을 지니고 있지 않는 한, 그리고 심지어 그렇다고 하더라도 그에 대해 공감을 품기 쉽고, 이는 자칫 작업에 부정적인 영향을 미칠 수가 있다. 브르통은 한 초현실주의 전시회에서 지팡이로 차라의 팔을 부러뜨렸다가 경찰서까지 간 일이 있다. 초현실주의가 본격적인 궤도에 오르면서 두 사람의 갈등은 극도로 심해졌던 것이다. 이런 두 사람의 관계를 알 때, 그리고 문학사에서 그들이 차지하고 있는 위상을 감안할 때, 브르통과 초현실주의를 연구하는 입장에서 차라와 다다를 폄하하며 논의의 장 바깥으로 밀쳐버리기는 쉬운 일이다. 그러나 오생근에게서 브르통에 대한 깊은 공감은 다다에 대한 오해를 바로잡으며 그들의 성과를 정당하게 평가하는 것을 방해하지 않는다.

오생근이 초현실주의에서 특히 관심을 기울이는 것은 그것의 근본적인 정신을 이루는 부분이다. 물론 다양한 주제에 대한 여러 편의 논문에 박사학위 논문까지 쓴 만큼 거의 모든 주제를 망라하는 가운데, 기존의 언어를 개혁하고 해방하려 한 점이라든가 무의식으로 시의 영역을 확대한 사실 등을 세심하게 검토하지만, 특히 사랑·자유·시의 초현실주의 테마가 무엇을 말하며, 그것이 초현실주의의 전개 과정에서 어떤 변화를 보이는가가 지속적이고 다각적인 탐구의 대상이 된다. 브르통의 여러 저작들을 통해 아름답고도 치열하게 제시되는 이 테마들은 그야말로 젊은 시절의 오생근을 매혹한 듯 보인다.

오생근은 이러한 초현실주의의 사랑이 보통 말하는 사랑보다 확장된 개념이며 놀랍도록 큰 힘과 가능성을 제시한다는 점을 주목한다. 초현실주의자들에게 사랑은 그 자체로 머무르지 않고 하나의 우월한 인식 수단으로 나타난다. 그것은 자유 속에서 편협한 합리주의의 한계를 넘어서는 경이로운 초극을 매개한다. 초현실주의의 근본적인 행동 원칙으로 작용하는 사랑은 종래의 문학에 나타난 사랑들과 달리 개인적이고 감상적인 차원에 그치는 것이 아니라 사회적인 차원으로까지 확대된다. 자아와 타자의 결합으로서 상호성을 전제로 하는 그것은 두 사람만의 감옥이 되는 대신에 사회적인 관계의 출발점이 된다. 실제로 초현실주의의 역사에서 사랑은 "꿈과 무의식으로부터 출발한 초현실주의의 주관주의가 객관주의로 확대되어가는 과정에서 필연적으로 얻어진 결과"[4]로 나타난다. 사랑을 통해서 행복해지고자 하는 개인의 의지는 그가 사랑하는 사람에게로, 나아가 사회로 확대될 수 있는 것이다. 사랑은 따라서 개인적이고 사적인 차원에 만족하지 않고 사회적 차원의 혁명과 반항으로 이어진다. 그러나 사회적 혁명의 필요성을 인정한다고 해서 개인의 자유와 절대적이고 근본적인 반항의 가치를 포기하는 것은 결코 아니다. 브르통은 한 개인의 내부에서 사랑의 힘과 혁명의 힘을 균형지어야 한다고 역설하며 프로파간다 문학을 맹렬히 공격한다. 이런 점을 감안할 때 공산당과의 불화는 애초부터 예정된 것이었다. 어떤 정치적 목적에 시와 예술을 종속시키는 것은 초현실주의의 근본 정신에 어긋나기 때문이다. 다만 이러한 정치 참여와 공산당 입당이라는 오류도 워낙은 사랑의 원칙에서 비롯된 것임을 지적해둘 필요가 있겠다.

초현실주의자들에게 사랑은 자유와 불가분의 관계를 맺는다. 브르통은 나중에 『미친 사랑』(1937)에서 일부일처제를 찬양하지만, 그 이전에 초현실주의자들 사이에서 나름대로 엄격하게 실천되었던 자유로운 사랑의 원칙은 어떤 성적 방종과는 상관없는, 초현실주의 본연

---

4) 「초현실주의와 사랑」, 『성심여대논문집』 8집, 1977, p. 117.

의 논리와 요청에 따른 것이었다. 욕망은 자유롭게 표출되어야 하며, 가장 자유로워야 할 사랑이 구속으로 작용해서는 안 된다는 것이다. 초현실주의자들은 여기서 한 걸음 더 나아가 사회 구조가 자유로운 성의 실현을 가로막는 장애물로서 작용한다는 것을 인식하게 되고, 이는 사회 개혁을 위한 정치 참여로 이어진다. 혁명을 통해서 세상을 변혁하고 이를 통해 자유로운 사랑의 기반을 마련하겠다는 것이다. 사랑은 이렇듯 혁명을 필요조건으로서 요청하지만, 다른 한편 비인 간적이고 억압적인 사회의 구조와 속박에 대항할 수 있는 무기로 나타나기도 한다. 사드가 극단적인 방식을 통해 보여준 것처럼, 성은 사회의 관습과 금기에 대한 반항으로 작용할 수 있는 것이다. 초현실 주의자들에게 사랑과 자유는 이렇게 복합적인 관계를 맺는다. 자유 는 사랑의 필요조건이지만, 경우에 따라 그것은 사랑이 바탕이 된 혁명의 지향점이 될 수도 있는 것이다. 초현실주의는 사회적 차원으로 까지 확장되는 사랑을, 진정한 인식의 수단으로 작용하는 사랑을, 그리고 거대한 힘과 가능성으로 다가오는 사랑을 제안한다는 점에서 매혹적이다.

『초현실주의 선언문』(1924)에서 자유로운 정신의 표현으로 제시되는 시는 "인간이 만든 기계의 노예가 되어 자기 자신을 속박하는 방향으로 나아가는 현실에서 무엇보다 인간을 해방하는 새로운 인식과 행동의 수단"[5]으로 나타난다. 시는 현실과 유리된 상아탑이나 예술을 위한 예술이라는 자폐적인 회로 속에 갇히는 대신에 구체적이고 실천적인 삶 속에서 새로운 인식의 기반을 마련하고 보다 높은 차원의 현실을 여는 수단으로 자리 잡는다. 주지하는 바와 같이 브르통은

---

5) 「초현실주의의 현실 인식」, 『문학과지성』, 1976년 12월호, p. 144.

문학이란 말을 좋아하지 않았다. 반면에 시는 한 번도 부정이나 폄하의 대상이 된 적이 없다. 문학이 경멸적인 대상이 되었다고 한다면 그것은 지나치게 편협한 합리주의와 실증주의의 사고에 갇혀 있는 부르주아 세계관에 물들어 있기 때문일 뿐 문학 그 자체의 가치를 문제 삼기 때문은 아닌 것처럼 보인다. 오히려 문학은 브르통이 시에 부여한 위상과 가치 덕분에 그 어느 시대, 그 어느 곳에서보다 더 순수하고 위대한 것으로 나타나는 듯 여겨진다. 오생근이 그의 박사학위 논문의 결론에서 지적하는 것도 바로 이것이다. "브르통은 자기 시대의 소설 또는 문학을 거부했지만 그럼에도 불구하고, 시와 삶의 갈등을 극복하는 경향을 띠는 소설récit의 새로운 힘을 그것에 투입했다"[6]고 그는 쓰고 있다.

브르통은 개인의 자유와 사회적 혁명을 동시에 추구하고 싶어 했다. 그는 "사랑을 하는 혁명가라든가 자유로운 시를 쓰는 혁명가를 원했던 셈이다."[7] 평생을 통해 그는 "시나 예술이란 이데올로기나 기존 사회의 모럴에 예속될 수 없으며 또한 어떤 외부의 목적을 위한 수단으로도 이용될 수 없다는 점을 명백히 밝히고 있다."[8] 언뜻 보면 역설처럼 여겨지지만 브르통에게는 결코 역설이 아닌 것은, 사랑과 자유의 바탕 위에서 시의 가치가 강조되면 강조될수록 삶과 현실에 대한 투자 또한 증대한다는 사실이다. 왜냐하면 여기에서의 시는 삶과 긴밀히 연결되어 있는, 삶을 위한 시이기 때문이다. 브르통과 초현실주의로부터 오생근이 끌어내는 것의 핵심은 바로 여기에 있는

---

6) "Les Récits d'André Breton: *Nadja, Les Vases communicants, L'Amour fou* - Formes et significations," Thèse de Doctorat, Universite Paris X, 1983, p. 300.
7) 「초현실주의와 사랑」, p. 118.
8) 「초현실주의적 반항과 혁명에 대한 소고」, 『불어불문학연구』 11집, 1976, p. 129.

듯 보이거니와, 그것이 네그리튀드 문학 운동에 대한 연구로 이어지
는 것은 매우 자연스러워 보인다.

4

  오생근의 네그리튀드 연구는 1983년 「에메 세제르의 네그리튀드
와 초현실주의」를 발표하는 것으로 시작된다. 분량이 50여 쪽에 달
하는 이 논문은 네그리튀드 문학 운동의 출발과 배경을 개관한 뒤 세
제르의 산문시 『귀향 수첩』(1939)을 집중 분석하고 있다. 이후로도
세제르에 대한 글을 더 발표하고 네그리튀드에 대한 관심 또한 지속
될 테지만, 이듬해부터 그의 시선은 1950년대 아프리카 소설로 향한
다. 근대화·산업화·도시화, 그리고 전통적 가치관의 문제가 복잡한
정치적·경제적·사회적 맥락 속에서 얽히고 충돌하는 식민지 현실의
모순들을 사실주의적으로 그리고 있는 작품들에 대한 연구는 「1950
년대 아프리카 소설에 나타난 도시의 양상」(1984), 「『하느님 세계의
천민들』과 아프리카 식민지 사회」(1985), 「아프리카 소설에서 풍자
적 현실 비판의 한 성과」(1988) 등의 논문들을 생산해낸다.
  「에메 세제르의 네그리튀드와 초현실주의」는 또 다른 네그리튀드
시인 레오폴 세다르 상고르의 존재를 결코 무시하지 않는다. 세제르
와 분명히 구별되는 상고르의 시세계를 소개하면서 여러 차례에 걸
쳐 그의 발언을 인용하고 있다. 그러나 제목이 분명히 말해주듯 이
논문의 중심을 점하고 있는 것은 세제르와 그의 대표작 『귀향 수첩』
이다. 세제르와 상고르가 네그리튀드의 양대 시인으로서 서로 다른
개성을 표출하고 있음을 감안한다면, 여기에는 명백한 불균형이 있

다. 상고르의 상대적인 부재는 과연 불균형으로 느껴졌던가? 서인도
제도의 비참하고 절망적인 상황을 강렬하고 파괴적인 이미지로 그리
면서 반항의 의지를 표현하는 세제르와 달리 검은 아프리카의 문화
적 특징의 총화로서의 네그리튀드를 주창하며 아프리카의 위대함과
아름다움을 노래하는 상고르의 시세계에 대한 오랜 관심은 1997년
「상고르의 시에 나타난 아프리카와 네그리튀드의 의미」로 종합된다.
'감동'으로 요약되는 아프리카 흑인의 인식 방법, 아프리카 예술의
근본적 특징, 그리고 초현실주의 이미지와 아프리카 시의 이미지의
차이에 대해 깊이 있는 성찰을 행한 뒤 상고르의 시들을 분석하는 이
논문은 아름답고 우주적인 상고르의 시와 유사하게도 매우 서정적인
양상을 띤다. 필자의 개인적인 생각이지만, 특히 나무에 대한 부분에
서는[9] 문학과 더불어 오랜 관계를 맺어온 오생근의 감추어진 시정이
드물게 행복한 계기를 만나 아름답고 조화로운 글쓰기로 펼쳐지는
듯 보인다. 네그리튀드 연구는 이렇게 상고르에 대한 논문을 통해 그
그림을 완성하며 필요한 균형을 확보한다.

　네그리튀드 연구는 1980년대에 활기를 띠었던 제3세계 연구의 맥
락에 위치한다고 볼 수 있다. 이후로 탈식민주의의 이름 아래 계속되
고 있는 제3세계 연구는 무엇보다 우리의 상황과 현실을 이해하기
위해 더 넓고 상대적인 시각을 확보한다는 데 의미를 둘 것이고, 오
생근의 작업 역시 이에 부응한다고 말할 수 있다. 그러나 네그리튀드
연구는 한국에서 외국 문학을 연구하는 사람에게 또 다른 각별한 의
미를 지니는 것으로 여겨진다. 잘 알려진 대로 1930~40년대의 네그
리튀드 시인들은 서인도제도와 아프리카의 식민지적 현실을 그리기

---

9)「상고르의 시에 나타난 아프리카와 네그리튀드의 의미」,『현대 비평과 이론』13호,
1997, pp. 120~21.

위해, 사르트르가 유럽 부르주아 청년들의 치기 정도로 부당하게 폄하하는 초현실주의에서 그 영감과 방법을 얻는다. 그리고 그 이전에 식민지의 교육받은 엘리트인 그들은 지배자의 언어인 프랑스어로 작품을 생산한다. 이렇게 간단치 않은 맥락에 놓이는 네그리튀드 시인들에 대한 관심은 결코 밝지만은 않은 한국의 현실에서 프랑스 문학을 연구하는 이를 보다 날카롭고 주체적인 상황 인식으로 이끌었으리라는 점을 짐작하기란 어렵지 않아 보인다. 예컨대 우리는 「에메 세제르의 네그리튀드와 초현실주의」에서 "그들(서인도제도와 아프리카의 젊은 지식인들)은 절대적이며 보편적인 문명으로 이해해온 서양 문명의 정체를 초현실주의자들의 반항적인 시각으로 돌이켜보았을 뿐 아니라 그들 자신의 상황과 그들 자신의 '세계 내적 존재로서의 모습'을 불안과 열정이 교차되는 감정으로 정면에서 응시하게 된 것이다"[10] 같은 문장을 읽을 수 있다.

모든 학문이 그러할 테지만 문학에서, 그것도 외국 문학 연구에서 날카로운 상황 인식을 격정적인 가치 판단이나 성급한 현실 적용과 동일시해서는 곤란할 것이다. 정명환의 『문학을 찾아서』 서평에서 오생근이 분명히 말하고 있듯이, "참된 주체적 시각은, 외국 문화를 대상화할 경우, 보편적으로 닮은 모습에서 문제의식을 찾는 일뿐 아니라, 자신과 비슷한 유형이나 정신의 추구를 넘어서서 비슷하지 않은 타자성을 받아들이고, 그 타자성과의 정직한 충돌과 자기반성을 통해 주체가 자아를 변화시키고 확대하려는 모든 진지한 정신적 노력에서 발견되는 것이다." 중요한 것은 "주체적인 문제의식을 포착하여 가능한 한 최선의 학문적 의지로 부딪치고 분석하고, 비판적으

---

10) 「에메 세제르의 네그리튀드와 초현실주의」, 『리얼리즘과 모더니즘』(백낙청 편, 창작과비평사), 1983, p. 337.

로 자신의 위치를 돌아보는 태도"[11]일 것이다. 오생근의 네그리튀드 연구에서 두드러지는 점은, 독서가 때로 공감의 영역에까지 나아가지만 그렇다고 해서 냉철하고 객관적인 시각을 일탈하여 격정적인 단언을 제시하는 법이 결코 없다는 사실이다. 세제르와 상고르에 대한 논문에서도 그렇고, 1950년대 아프리카 소설에 대한 연구에서도 그렇지만, 그의 글은 언제나 문학적·역사적 사실들을 엄격하게 정리하고 중요한 쟁점들을 빠짐없이 검토한 뒤 텍스트를 깊이 있게 분석하는 것으로 마무리된다. 물론 이 모든 것은 "인간과 현실을 전체적인 각도에서 바라보는 작가의 차원 높은 의지," 그리고 "대립과 통일성이 긴장된 관계로 엮어지는 소설 내부의 구조"[12]가 풍부한 의미의 산출로 이어지는 작품의 수준을 전제로 한다.

이렇듯 넓고 균형 잡힌 시각을 잃지 않는 오생근의 작업은 문학 연구의 전문성과 특수성에 대한 고려 위에서 그 정통의 본령을 견지한다. 이런 바탕에서 전개되는 연구의 마지막 관심은 언제나 삶으로 향한다. 「에메 세제르의 네그리튀드와 초현실주의」가 "이 시에서 처음으로 세제르가 말하는 네그리튀드의 의미는 바로 그러한 운명을 감내하면서 모든 삶을 다시 시작하겠다는 흑인의 의지 이외의 다른 것이 아니다"[13]라는 사실을 확인한다면, 「상고르의 시에 나타난 아프리카와 네그리튀드의 의미」는 "그의 시적 의도가 아프리카의 과거를 잘 보존하자는 것이 아니라 현재의 삶 속에서 아프리카적 가치 의미를 이끌어내고 동시에 산업 문명의 한계와 미래의 희망을 일깨워주는 시를 쓰는 것이라면, 우리는 시인으로서의 그의 문학적 참여를 무

---

11) 「문학의 자유와 문학 이론의 원칙」, 『그리움으로 짓는 문학의 집』(문학과지성사, 2000), pp. 324~25.
12) 「1950년대 아프리카 소설에 나타난 도시의 양상」, 『외국문학』, 1984, p. 210.
13) 「에메 세제르의 네그리튀드와 초현실주의」, p. 384.

엇보다 소중하고 값진 것으로 평가할 수 있다"[14]고 결론짓고 있는 것이다.

5

　오생근에게 문학은 자기 안에 자폐적으로 갇히는 대신에 삶과 긍정적이고 적극적인 관계를 맺으며 하나의 문제 제기 또는 제안으로서 수립되는 듯 여겨진다. 다만 그는 문학에서 삶의 모순에 대한 즉각적인 해결책을 구한다거나, 현실의 일시적이고도 피상적인 논리를 문학에 그대로 적용하고자 하는 모든 성급한 태도를 경계하며, 문학의 자율성과 특수성을 소중하게 생각한다. 결코 끊을 수 없는 삶과 문학의 관계는 사랑과 자유를 바탕으로 하며, 이럴 때 문학은 비로소 진정성 가운데 새로운 인식의 틈을 열며 해결의 가능성을 제시할 수 있기 때문일 것이다. 한마디로 그에게 문학은 '삶을 위한 문학'이 되어야 하는 것이다.

　그 직접적인 상관관계를 정확하게 말하기는 힘들지만, 이러한 문학의 원칙에서 브르통과 초현실주의의 존재를 보지 않기는 어려워 보인다. 바로 이 초현실주의자들에게 진정성을 잃어버리지 않은 문학 형태인 시는 인간을 해방하는 새로운 인식과 행동의 수단이지 않았던가? 다시 말해 삶과의 밀접한 관련 속에서, 아니 삶 가운데 삶 그 자체로서 자리 잡으며 현실의 모순과 구속에 대해 해결과 반항을 제시하는 적극적인 의지가 아니었던가? 그리고 이러한 삶과의 밀접

---

14) 「상고르의 시에 나타난 아프리카와 네그리튀드의 의미」, p. 130.

한 연관이 시와 예술의 자유를 구속해서는 안 된다는 원칙을 온갖 어려움 속에서 고수했던 것도 초현실주의자들이 아닌가?

그러나 사실 많은 이들이 공유하는 이러한 문학의 원칙을 체화하고 그것을 자신의 상황과 현실 속에 수용하여 다양한 차원과 영역으로 확대하는 것, 다시 말해 초현실주의에 대한 공부를 네그리튀드와 그 밖의 다양한 분야로 발전시키며 자신의 문학 연구를 날카롭고 균형 잡힌 상대적 인식의 틀 위에 정립된 외국 문학 연구로 자리매김하는 것은 고스란히 오생근 자신의 몫인 것으로 보인다. 40년 가까운 세월에 걸쳐 이루어진 다기하고 풍부한 외국 문학 연구 작업이 이토록 일관된 긴장의 끈으로 묶일 수 있음은 진정 하나의 커다란 지혜가 아닐 수 없다. 여기에 더해 외국 문학 연구로부터 길어 올린 풍요로운 성과를 문학비평가로서 한국 문학에 부단히 쏟아 부어왔다는 사실에서 우리는 외국 문학 연구가 궁극적으로 지향해야 할 바에 대한 하나의 소중한 암시를 얻으면서 한 사람의 진정한 인문주의자를 보게 되는 것이다.　　　　　　　　　　　　　　　　　　　　〔2006〕

반성적 에피큐리언의 초상
─ 오생근의 시 비평

신형철

금욕의 복화술

오생근의 글에서 시인과 비평가의 견해는 대체로 분별되지 않는다. 그는 '나'를 내세우는 일에 인색하고 '너'를 호명하는 일에 등한하다. 어떤 상상력과 그 슬하의 이미지가 서로 이합하고 집산하며 운동하고 있을 뿐, 그 상상력과 이미지는 시인과 비평가 누구에게도 배타적으로 귀속되지 않는다. 시인과 비평가가 거의 한 몸이 되어서 종내에는 어떤 보편성의 그늘로 들어가곤 한다는 말이다. 비평가는 시인 뒤에 숨고 시인은 비평가와 더불어 편안하다. 그의 평문들 어디에서나 우리는 이와 같은 금욕주의적 스타일, 매끄러운 복화술과 조우한다. 그의 글쓰기 스타일이 소위 '강단 비평'의 그것처럼 보일 수도 있겠지만 그의 평문은 강단 비평의 약점과는 무관한 자리에 서 있다. 딱딱한 이론과 해부의 정신으로 무장한 비평들은 대체로 시적 불감증이라는 고질을 어쩌지 못한다. 그들은 스스로 느끼지 못하므로 대상을 애무하지 못한다. 그러나 오생근의 비평은 너그럽고 편안하다.

이론 대신 감각이 있고 해부 대신 교감이 있다.

그 감각의 교감이 어떤 것인지를 우리는 김현의 비평을 통해 익히 확인한 바 있거니와 오생근의 비평이 김현의 그것을 연상케 하는 대목이 없지 않은 것도 사실이다. 그러나 오생근의 교감과 김현의 그것은 결정적인 대목에서 서로 다른 길을 간다. 김현은 '나'를 내세우는 일에 인색하지 않았고 '너'를 호명하는 일에 등한하지 않았다. '나'를 드러내거나 '너'를 불러내는 일에 섬세하였으나 거리낌은 없었다. 그 와중에 시인과 비평가는 에로틱하게 몸을 섞고, 상상력과 이미지는 비평가와 시인 사이를 오가며 친자 확인 소송에 휘말린다. 두 (무)의식 사이에서 벌어지는 송사(訟事)의 박진감이 김현 비평의 매혹이다. 그러나 그 교감이 언제나 행복한 결과를 산출했던 것으로 보이지는 않는다. 때로 김현의 욕망은 시인의 욕망과 밀착하기를 넘어서서 그것을 관통해버린다. 시를 위한 비평이 어느덧 비평을 위한 시가 되어버리는 순간이다. 그러나 바로 그럴 법한 순간에 오생근의 비평은 절제한다. 대상과 좀더 깊이 밀착해도 좋지 않았을까 싶은 때가 있다 하더라도 말이다.

오생근은 1946년에 태어났고, 1970년 동아일보 신춘문예에 「동물의 이미지를 통한 이상(李箱)의 상상적 세계」가 당선되어 평론 활동을 시작했다. 그러나 그가 실제로 본격적인 평론 활동을 시작한 것은 석사학위를 취득한 직후인 1975년경이니, 지금까지 대략 30여 년간 평론 활동을 해온 셈이 된다. 그가 30년 동안 묶어낸 평론집은 총 네 권이다. 순서대로 나열하면 다음과 같다. 1)『삶을 위한 비평』(문학과지성사, 1978), 2)『현실의 논리와 비평』(문학과지성사, 1994), 3)『그리움으로 짓는 문학의 집』(문학과지성사, 2000), 4)『문학의 숲에서 느리게 걷기』(문학과지성사, 2003). 이 책들에서 인용할 경우 본문에

'(1 : 35)'와 같은 형식으로 표기한다.

두 가지 사실이 흥미롭다. 첫째, 네 권의 평론집을 순서대로 통독한 독자는 얼마간 놀라게 될 터인데, 왜냐하면 35년 전의 글과 지금의 글을 비교할 때 적어도 그 스타일에 있어서만큼은 거의 변한 것이 없다고 해도 과언이 아니기 때문이다. 세계를 바라보는 입장은 급변 없이 여전하며, 특유의 금욕적 스타일은 그때나 지금이나 여일하다. 오생근의 비평들을 통시적으로 개괄하는 일이 그닥 쓸모 있어 뵈지 않는 것은 이 때문이다.

둘째, 평론집의 출간 주기가 점차 짧아지는 와중에 그가 쓴 대략 30여 편의 시 비평 중 절반 이상이 최근 5년간 씌어졌다는 사실도 흥미롭다. 물론 그는 엘뤼아르를 번역하고 초현실주의 시를 소개하는 것으로 학자의 경력을 시작한 시 전공자다. 그러나 초기의 평문들은 대개가 소설을 대상으로 한 것이었고 첫번째 평론집의 경우 엘뤼아르와 초현실주의에 관한 논문들을 제외하면 시인론은 고작 한 편에 불과하다. 소설론과 시론의 비율은 네 권의 평론집이 차례로 출간되면서 서서히 역전되는데, 이태 전에 출간된 네번째 평론집의 경우 3분의 2가량이 시론으로 채워지게 된다. 시를 읽고 평론을 발표하는 이들의 수가 점차 줄어들고 있는 상황에서 최근 들어 더욱 활발해지고 있는 그의 시 읽기는 이채로워 보인다.

우리는 이 두 가지 사실을 적절히 감안하여 이 글을 구성하기로 한다. 오생근의 비평 세계를 통시적으로 개괄하기보다는 그의 비평이 항용 채택하곤 하는 기본 구조를 추출해서 그의 비평의 근본적인 문제의식이 무엇인지를 정리할 것이다. 이 작업을 통해 그가 30여 편의 평문을 써오면서 그간 머릿속에 그렸을지도 모를 '단 한 편의 평론'의 얼개를 작성해보는 것이 우리가 떠맡기로 한 소임이다.

이미지의 성좌

　"장석남의 시에서 중요하게 나타나는 이미지들 중의 하나를 골라 그의 시를 설명해야 한다면 그것은 무엇일까? 우리는 무엇보다 그것을 길이라고 말할 수 있다"(4: 277). 오생근의 평문에서 가장 흔히 만나게 되는 문장 중의 하나다. 그에게 시는 무엇보다도 이미지의 성좌(星座)인 듯 보인다. 밤하늘의 어지러운 별자리를 보면서 길을 잃지 않기 위해서는 누구나 길잡이별에 의지해야 한다. 그것은 대개 북극성이거나 카시오페이아다. 오생근은 한 시인의 시세계로의 여행을 시작할 때 우선 한두 개의 길잡이별을 찾는다. 그가 "구태여 어떤 하나의 이미지로 시인을 설명하는 것이 시인에 대한 효과적인 이해의 방법이라면, 김화영의 특징적인 이미지는 〔……〕 '바람'으로 모아질 수 있다"(3: 346)라고 시작할 때나, 정현종을 "바람의 시인"(3: 104)으로, 김명인을 "바다의 시인"(4: 91)으로 명명하면서 글을 시작할 때에도 그의 관측법은 동일하다. 물론 이는 바슐라르와 '주제 비평'의 영향일 것이다.

　하나의 길잡이별을 찾은 뒤에 그는 그것을 중심으로 성좌 전체를 재배치한다. 그것은 대개 두 가지 방식 중 하나로 진행된다. 그 길잡이별과 다른 별들의 관계를 횡적으로 펼쳐 보거나, 그 길잡이별의 현재 모습을 그것의 과거의 모습과 종적으로 대비해 보는 방법이다. 전자를 공시적 관측, 후자를 통시적 관측이라 말해도 좋다. 예컨대 그가 '구멍'과 '길'이 내밀하게 연결되어 있다는 사실을 포착하고, 뚫려 있다는 속성 때문에 개방성을 의미하기 쉬운 두 이미지가 이윤학에게서는 '폐쇄적 공간성'을 환기하고 있다는 사실을 지적한 뒤 이윤학이 대체로 "희망이 없는 세계에서 삶의 고통을 견디는" 태도를 취한다는 점을 읽어낼 때, 그는 공시적 관측에 몰두하고 있는 것이다. 한편 황인숙의 세 권의 시집을 오로지 '나무'라는 길잡이별 하나에 의지하여 그 성좌 전체를 일이관지하여 읽어낼 때 그가 하고 있는 것은 통시적 관측에 가깝다. 여기서 두 개의 물음을 물어야 한다.

첫째, 길잡이별은 어떻게 선택되는가? 흔히 길잡이별이 되곤 하는 북극성이나 카시오페이아가 반드시 가장 밝은 별인 것은 아니다. 마찬가지로 오생근이 선택하는 길잡이별이 그 시인의 성좌에서 가장 밝게 빛나는 별과 반드시 일치하는 것은 아닐 것이다. 오생근은 황인숙론에서 예의 저 질문을 던지고 이렇게 자답한다. "황인숙의 시에서 의미있게 표현되고 특징적으로 나타나는 시적 주제나 대상은 무엇일까? **의식적이고 객관적인 검토의 과정을 거친 것은 아니지만,** 그러한 대상 중의 하나가 나무일 것이다"(4: 189, 강조는 인용자, 이하 동일)라고 쓴다. 이 문장은 저간의 사정을 얼마간 무구하게 보여준다. 황인숙의 시에서 유독 나무가 빈번하게 언급된다 할지라도, 빈번할 뿐만 아니라 중요하기까지 하다 하더라도, 결국 '나무'를 길잡이별로 '선택'하는 그 순간의 욕망은 비평가의 욕망이라고 해야 한다. 그 '선택'이 비평가 자신의 욕망에 따라 움직이는 것이라면, 길잡이별이 시인들 사이에서 간혹 겹치곤 하는 것도 이상한 일은 아니다. 오생근에게 정현종과 김화영의 성좌에서 북극성이 동일하게 '바람'일 수 있는 것도, 장석남과 기형도가 모두 '길의 시인'이 될 수 있는 것도 그 때문이다. 그렇다면 오생근의 시 비평에서 가장 빈번하게 선택되는 길잡이별이 그대로 오생근 자신의 욕망의 성좌를 읽어낼 수 있게 도와주는 길잡이별일 수 있는 것은 당연할 것이다. 그것은 무엇인가? 이것이 첫번째 물음이며 이는 비평가의 '욕망의 대상'을 묻는 것이다.

둘째, 선택된 길잡이별을 중심으로 한 성좌의 재배치 작업은 어떤 방향을 따라가는가? 선택의 순간에 비평가의 욕망이 개입되지 않을 수 없다면, 재배치 과정 또한 비평가의 욕망을 반영할 것이다. 평자의 욕망이 운동하는 방향은 평문의 내러티브를 구성하는 동인이 된다. 오생근 비평의 내러티브는 대체로 변증법의 논리를 따르는 것처럼 보인다. 길잡이별이 선택되고, 그것은 곧 그 자신의 타자와 대면하면서 부정되며, 부정된 그것이 다시 부정되어 더 큰 긍정으로 이어지는 식이다. 예컨대 그는 김혜순론에서 김혜순의 시세계 전반을 해명하는 열쇠가 되는 길잡이별로 '죽음'이라는 소재와 '물'과 '달'의 이미지를 선택한 뒤 죽음이 어떻게 삶/현실의 전복인지를 보여주고 (부정), 그 도저한 부정성의 끝에는 물과 달로 표상되는 모성의 세계가 있고 새로운 삶/현실의 탄생이 있음(부정의 부정)을 논증하는 식으로 내러티브를 구성해간다. 이 작업을 통해 김혜순의 성좌는 '해체와 죽음'의 세계에서 '사랑과 모성'의 세계로 재배치된다. 김혜순의 시를 긍정을 향한 운동으로 읽어내면서 그는 그녀의 시에서 '달'과 '물'을 보편적(원형적) 의미망으로 감싼다. '김혜순의 달과 물'은 궁극적으로 '달과 물의 김혜순'으로 역전된다. '부정의 부정'을 수행하고 단독성들을 보편성으로 감싸안는 방식으로 글을 진행시키는 평자의 욕망은 무엇인가? 이것이 우리의 두번째 물음이며 이는 비평가의 '욕망의 운동'을 묻는 것이다. 이제 이 두 질문에 차례로 답해보자.

공간의 시학

오생근의 비평에서 비교적 빈번히 선택되는 길잡이 이미지들은 대개 공간에 관한 것들이다. 그는 텍스트가 만들어내고 있는 공간에 예민하다. 구체적으로 그것은 공간 그 자체에 관한 것이거나, 공간들의 경계에 관한 것이거나, 이 공간에서 저 공간으로의 이행에 관한 것일 경우가 많다. '공간의 시학'의 주창자인 바슐라르가 있고, 바슐라르의 시학을 빼어나게 활용한 김화영이 있고, 그 김화영의 비평에 대해 진심으로 찬탄을 금치 못하는 오생근의 비평이 있다. 김화영의 '공간 감수성'에 대한 그의 공감 가득한 해설은 바로 그 자신의 욕망을 해설하는 것과 다르지 않아 보인다. 왜 공간이 중요한가? 그는 김화영과 더불어 이렇게 답한다. "인간의 기억력은 늘 시간의 지속성을 감당할 수 없어서 그 시간을 공간으로 바꾸어놓아야 안심할 수 있"(3: 352)기 때문이며, "육체적 체험은 〔……〕 그것에 상응하는 공간적 체험을 동반하기 마련이어서, 육체적 공간적 체험은 우리에게 과거의 기억이 현재화하는 것을 도와"(3: 354)주기 때문이다. 기억은 육체와, 육체는 공간과 결합되어 있기 때문에 공간은 육체를, 육체는 기억을 되살린다는 것이 요점이다. 공간은 기억을 보존하고 환기하는 힘을 갖기 때문에 중요하다는 것이다.

왜 과거의 기억이 중요한가? "우연한 계기에 찾게 되는 우리의 과거는 단순히 지난 시간의 기억을 재생하는 데 의미가 있지 않고 '의식의 문지방'을 넘어서 우리의 내면 속에서 무화되지 않고 지속되는 자아의 참모습을 발견하는 데 의미가 있"기 때문이다. 프루스트적인 테마를 변주하면서 그가 주장하고자 하는 것은 결국 '자아의 참모습'이라는 것이 존재하며 그것은 대개 잠재되어 있는 기억 속에 있다는 것이다. 결론은 이렇다. "김화영의 공간에 관한 글쓰기와 공간적 감수성의 다양한 표현이 지향하는 것의 끝에는 바로 그러한 문학의 힘에 대한 믿음이 있고 시간의 파괴력으로부터 지켜야 할 삶의 공간과 마음의 풍경에 대한 열정이 있다”(3: 358). 오생근에게 서정시의 권능은 우리가 우리의 본래 모습을 회복할 수 있게 도와주는 것에 있다. 그 본래 면목은 앞으로 만들어져야 할 미래의 것이 아니라 이미 존재하고 있으나 우리가 잊고 있는 어떤 것이다. 그렇다면 서정시는 그 어딘지 모를 곳으로 되돌아가려는 욕망, 즉 근원 회귀 본능의 산물일 것이다.

공간의 시학이 근원 회귀 본능과 연계되어 있다면, 근원인 저쪽으로 가지 못하고 있는 우리가 불가피하게 거하고 있는 이쪽 또한 중요한 공간일 수밖에 없다. 오생근에게서 ‘저곳’과 대립되는 ‘이곳’은 대체로 ‘도시’라는 공간으로 나타난다. 80년대와 90년대 초에 씌어진 평문들에서 오생근이 도시 공간의 문학사회학적 의미를 여러 차례 탐구한 것은 이런 맥락에서 이해될 수 있다. 「도시 공간의 소설적 기능」「소설 속에 나타난 서울과 서울 사람들」「도시와 시」 등의 글은 그 탐구의 성과들이다. 그가 90년대 후반에 씌어진 평문에서 ‘현대성modernity’이라는 큰 문제를 주제로 삼으면서 보들레르, 김수영, 김광규를 함께 읽을 때에도 현대성이라는 문제가 거느리고 있는 다양한 하위 주제들 중에서 유독 시인들의 현대 ‘도시 거리’ 체험에 초점을 맞추고 있는 것 또한 같은 맥락에서 자연스럽다. 그는 김수영의 현대성을 논하면서 “도시의 거리에 매혹되면서도, 그 도시의 일상 속에 갇히기를 거부하는 시인의 자유로운 정신성, 땅에 발을 딛고 있으면서도 땅의 세계를 종합적으로 굽어볼 줄 알고, 군중들의 고민을 알면서도 그 고민의 현실 속에 그들과 더불어 침몰하지 않으려는 시인의 자유와 드높은 자부심”(3: 72)을 특별히 강조한다. 신경숙의 소설을 읽을 때에도 그는 “『바이올렛』에서 작가가 주인공의 삶과 내면 혹은 꿈의 방향을 보여주는 데 가장 공력을 들인 요소가 있다면 공간과 장소의 구성일 것이다”(4: 377)라고 말하면서 이 소설의 테마를 ‘도시의 폭력에 맞서는 식물적 삶의 저항과 꿈'으로 간추려낸다.

　공간의 시학은 따라서 도시의 내부에서 도시의 외부를 꿈꾸는 근원 회귀의 욕망을 자극하는 모든 문학의 근본적 전략의 하나가 된다. 세번째 평론집에서 그 근원을 가리키는 이름은 참으로 당연하게도 '집'이다. 그는 이렇게 쓴다. 집은 "위협적인 외부의 세계 혹은 이질적인 타자의 세계와 대립해서 인간을 보호해줄 수 있는 은신처이고 또한 인간의 영혼과 동화"되는 곳이다. 그곳이 "부드럽고, 따뜻한 중심의 안정성과 더불어 튼튼한 돌의 힘과 견고성으로 우리가 안심하고 의존할 수 있는 모성적 이미지를 강화"하기 때문이다. 요컨대 집은 어머니의 품과 같은 곳이라는 말이다. 그리고 이런 욕망이 세계로부터의 퇴각이 아니라 문학의 위엄으로 격상될 수 있는 것은 그 '집'이 '도시'라는 반대 항과 긴장을 이루고 있기 때문이다. 그가 집만을 말할 때에도 그 집은 도시와의 긴장 속에서 탐구되며, 도시만을 말할 때에도 그것은 아늑한 집을 배경에 거느린다. "우리가 깊은 몽상에 잠겨 집을 꿈꿀 때, 그 집은 도시의 기능적이고, 천편일률적인 아파트가 아니다"(3: 12)라고 단호하게 주장하고 그것을 "도시나 아파트는 시인을 생활 속에 묶어두지만, 시인의 꿈과 마음은 늘 도시 밖으로 벗어나려고 이동한다"는 사실을 이태수의 시에서 새삼스레 읽어낼 때가 그렇다. '집'은 오생근 비평의 근원적 텔로스처럼 보인다. 그리고 그것은 아마도 모든 문학의 본질적 욕망일 것이다.

부정성의 포용

　두번째 질문. 성좌의 재배치는 어떤 방향성을 띤 채로 움직이는

가? 앞에서 간략히 살폈듯이 그것은 부정의 부정을 통한 긍정의 방향으로, 단독적인 것들을 보편적인 것의 품으로 귀속시키는 방향으로 움직인다. 이렇게 말해보자. 때로 바슐라르는 너무 천진하다. 김현이 바슐라르의 독법을 '행복의 시학'이라고 명명한 바도 있지만, 그의 눈에 포착되는 이미지는 거개가 행복의 추억이거나 행복의 예감으로 감싸여 있다. 그래서 바슐라르는 슬퍼하거나 고통할 줄을 모른다. 물론 '고통하다'는 '고통받다'와 다르다. 전자는 윤리적 능력이고 후자는 감각적 자질이다. 행복의 능력이 결핍되어 있는 사람이 타인을 힘들게 하듯, 고통의 능력이 결핍되어 있는 사람 역시 타인을 질리게 한다. 그것이 깊은 행복의 웃음인지 얕은 만족의 웃음인지를 의심하게 된다는 말이다. 우리의 상상력은 때로 고통을 갈망하고, 우리의 내면은 가끔 이미지에 깊이 베어지기를 원한다. 그러니 이미지는 행복의 추억이거나 행복의 예감만은 아닐 것이다. 그것은 상처의 응축이며 상처의 발화(發火)일 수도 있다.

삽날에 목이 찍히자
뱀은
떨어진 머리통을
금방 버린다

〔……〕

가야 한다
가야 한다
잊으러 가야 한다

이윤학의 시 「이미지」의 처음과 마지막이다. 머리통을 잘린 뱀이 그 머리를 버리고 어딘가로 쏜살같이 떠나는 이 풍경은 낯설다. 하나의 이미지가 최초로 발화(發火)하는 순간 그것은 독자에게 세상에서 가장 낯선 어떤 것이어야 한다. 그러나 모든 위대한 이미지들은 낯선 가운데 그 안에 상처를 머금고 있는 것이어서, 그 상처가 독자의 상처를 건드려 점화되는 순간 그 이미지는 폭발한다. 폭발하면서, 세상에서 가장 낯선 것이었던 그것은 세상에서 가장 익숙한, 뼈아프게 낯익은 어떤 것으로 변한다. 위 시의 마지막 세 행이 바로 점화의 순간이다. 뱀은 잊으러 가는 것이었다. 그것을 깨닫는 순간 언젠가 몸의 일부가 절단되는 듯한 아픔을 잊어버리려 고투한 적이 있는 모든 독자의 상처는 불탄다. 낯선 풍경은 아프도록 낯익은 어떤 것이 되는 것이다. 이것이 이미지의 운동이다. 그 낯섦과 낯익음의 낙차가 클수록 이미지는 강력해진다. 이 시는 이미지가 어째서 애초 상처의 응축이었고, 지금 상처의 발화이며, 장차 상처의 폭발인지를 처연하게 보여준다.

오생근이 위 시를 두고 말했듯이 이 시에서 "가야 한다/가야 한다/잊으러 가야 한다"는 구절은 고통을 잊는 일이 결코 쉽지 않다는 신음에 가깝다. 실로 이것은 극한의 부정성이다. 다시 부정되어 더 큰 긍정으로 합류할 수 있는 여지를 남겨주지 않는다. 그 점을 알면서도 오생근은 고통은 잊혀져야만 하며 중요한 것은 새로운 삶이어야 한다고 어깨를 두드리듯 말한다. "중요한 것은 상처와 고통을 견디고, 의식하면서, 동시에 새로운 삶을 찾는 일이다. 상처와 고통을 극복하려 하지 않고 그것에 계속 집착하는 것은 성숙한 자아의 모습이 아닐 수 있다. 그것은 사람을 자신의 세계 속에 가두게 하면서 타인에게

열려 있는 관심의 모습을 보이지 않게 하기 때문이다"(4: 300). 그는
시인의 상처를 외면하지 않지만 그 상처를 더 깊이 파고들어보라고
말하지도 않는다. 그는 시인에게서 상처받지 않으려 하며 또 시인에
게 상처주지 않으려 한다. 기형도와의 만남에서도 그와 비슷한 상황
이 벌어진다.

　　장님처럼 나 이제 더듬거리며 문을 잠그네
　　가엾은 내 사랑 빈집에 갇혔네

　저 유명한 기형도의 「빈집」의 마지막 두 행이다. "사랑을 잃고 나
는 쓰네"로 시작되는 이 시는 세 번의 "잘 있거라"를 거쳐 마지막 연
에 당도한다. 이 마지막 두 행은 실연하고 있는 것은 글자 그대로 봉
인(封印)의 절차처럼 보인다. 사랑을 잃고 나는 편지를 쓴다, 그 이
하는 편지에 씌어지는 내용들이다, 그리고 마지막 두 행은 수신자 없
는 그 편지를 봉투에 접어 넣는 장면이다. 물론 이 봉인은 '기억의 봉
인'이기도 하다. 내가 기억을 봉인했기 때문에 그것은 봉투 속에 갇
힌다. 기억은 소멸된 것이 아니라 단지 봉인되었을 뿐이다. 그러니
이것은 생매장이다. 살아 있는 기억을 산 채로 묻는 일이며, 욕망의
뿌리를 제거하지 않은 채로 다만 그 줄기를 끊어내는 일이다. 이는
근원적으로 거세와 다르지 않다. 그리고 거세 공포와 실명 공포는 본
래 한통속이다. 화자는 장님처럼 더듬거릴 수밖에 없다. 스스로 자기
눈을 찌르듯 스스로 자기 기억을 봉인해야만 하는 고통스러운 순간
이니까 말이다.
　대개가 이런 식인 기형도의 세계는 오생근에게 고통스러운 세계이
다. 게다가 위의 시는 '집'의 이미지를 활용한 시임에도 불구하고 결

국 관(棺)을 연상케 하기도 하니까 말이다. 오생근은 이런 세계를 (무)의식적으로 다스리려 한다. 딱히 위의 시를 두고 한 말은 아니지만, 그는 기형도론의 말미를 이렇게 마무리한다. "기형도는 죽음의 세계 앞에서 낯설어하거나 두려워하지 않고, 그 세계를 직시하였다. 이러한 죽음에의 시선과 의식에서 각별히 주목되는 것은 그가 〔……〕 죽음을 의식하는 어떤 의식적 긴장을 드러낸다는 점이다. 〔……〕 그러니까 죽음을 바라보는 시인의 의식은 그 반대편에서 삶을 의식하는 정신과 팽팽하게 맞물려 그의 시를 긴장된 힘으로 살아 있게 한다고 볼 수 있다. 〔……〕 그의 시는 죽음을 두려워하지 않는 젊음의 시라고 말할 수 있다. 그것은 죽음을 바라보면서도 공포에 질린 표정으로 움츠러들지 않고 오히려 영원한 젊음의 얼굴로 웃고 있는 시인의 모습을 떠올리게 한다"(4: 182). 적어도 기형도에 관한 한 이런 독법은 낯선 것이다. 그는 기형도의 시에서 기어이 '영원한 젊음의 얼굴로 웃고 있는' 얼굴을 떠올리고야 만다.

　도저한 부정성으로 유명한 시인들과 만날 때 오생근은 이와 동일한 방식으로 그들의 부정성을 끌어안으려 한다. 황지우의 『어느 날 나는 흐린 주점에 앉아 있을 거다』를 읽고 그는 이렇게 쓴다. "겉으로는 좌절과 상실감이 크게 보이지만, 그 이면에서 좌절의 삶을 껴안고 신생의 희망을 키우는 시인의 목소리가 들린다. 그것은 부정적인 세계를 부정하고 거부하는 것이 아니라 **세계의 부정성마저 끌어안는 삶의 태도**이다"(3: 181). 그가 황인숙의 시에서 궁극적으로 읽어내는 것도 "희망의 도저한 의지"(4: 204)이며, 이윤학론의 말미에서도 그는 "이윤학은 이렇게 절망과 고통의 극단에서 조금씩 몸을 돌려 삶의 진실과 희망의 가능성을 탐색하고 있는 듯하다"(4: 302)고 쓰지 않고서는 글을 끝내지 못한다. 젊은 시인답게 그 부정성의 강도가 가장 큰 김종의 참혹한 시를 읽어나가면서 그는 문득 "이처럼 절망적인 죽음의 현실에서 희망은 없는 것인가?"라고 물은 뒤 "김종의 시에서 눈여겨봐야 할 것은 현실이 절망적인 만큼 희망의 의지가 그 누구보다 강렬하고 절실하다는 것이다"(4: 311)라고 쓴다. 그는 시인들이 이 세상은 살 만한 곳이라고 말하는 순간을 놓치지 않는다.

부정성은 반드시 지양되어야 하는가? 극복될 수 있는 고통은 고통인가? 헛된 낙관론보다는 정직한 비관론이 더 낫지 않은가? 그가 대책 없는 낙관주의자가 아닌 이상 그것을 모를 리 없다. 다만 "극단적인 고통의 체험을 부정하는 것이 아니라 그러한 체험의 바탕 위에서 삶을 새롭게 바라보고 자기 자신과 세계의 관계를 새롭게 정립하려는 의지"(4: 302)를 무엇보다도 소중히 여길 뿐이다. 오생근은 허무주의도 초월론도 받아들이지 못한다. 중요한 것은 삶이고, 살아간다는 사실이다. 그리고 살아 있는 모든 것들은 행복하게 살 권리가 있을 뿐 아니라 행복해져야 할 의무까지도 있다고 그는 믿는 것처럼 보인다. 이로써 우리는 두 가지 질문에 답했다. 이제는 그의 욕망의 대상과 그의 욕망의 운동이 겨냥하고 있는 궁극을 엿볼 차례다.

서정의 구경

오생근이 공간에 집착하고, 도시와 집이라는 대립적 공간의 긴장에 예민하고, 그 두 공간 사이에서 벌어지는 이행의 움직임에 민감한 것은 그것이 시의 궁극적 텔로스라고 믿기 때문이다. 한편, 그가 부정성을 궁극적으로는 끌어안아야 할 대상으로 사유하는 까닭은 그 부정성이 시의 구경(究竟)은 아니라고 믿기 때문이다. 그의 이런 믿음은 최근 글에서 보다 더 여실하다. 과거의 그가 '현실의 논리'를 문학 작품을 통해 규명하는 일이 비평의 소임이라고 생각했다면, 최근의 그는 점차 현실에서 꿈으로, 논리에서 감응으로 그의 관심을 이동하는 듯 보인다. '그리움으로 짓는 문학의 집' 한 채를 분양하고 있는 세번째 평론집과 '문학의 숲에서 느리게 걷기'를 권유하는 네번째 평론집의 제목이 이미 그렇다. 도시(현실)와 도시(현실)의 외부(유토피아)를 분별하고 그 관계를 논하는 것으로부터, 도시에서 도시 외부로 이행하는 도정의 의의와 가치에 관심을 표하는 것으로 이동한 것이라 해도 좋다. 문학은 '그리움'과 '느림'의 형식이어야 하며, 문학의 목적지는 '집'이고 '숲'이다. 평론집의 제목으로서는 너무 겸허해 보이는 말들이지만 이 친근한 말들은 두 권의 책 전반에 걸쳐 조금씩 세공되어 독자에게 건네진다. 그리고 그 말들은 새삼스러워지면서 시적인 울림을 얻는다. 그리움과 느림, 집과 숲이라는 어휘들의 내포를 이해하는 것이 관건이다.

세번째 평론집에서 시인론을 묶은 제2부의 제목은 '그리움과 시적 상상력'이다. 그중 이태수론에는 '그리움의 시와 마음의 시학'이라는 제목이 붙어 있거니와, 이 글이 시사적이다. 오생근은 이태수의 시가 흔히 '그'와 '너'라는 대상을 기다리는 상황에 자리하고 있음을 지적하면서 그를 그리움의 시인이라 명명한다. 그러나 그리움을 노래하지 않는 시인이 어디 있단 말인가? 오생근은 "이태수는 **어느 하나의 대상에 한정시키지 않고 그리움을 지속적으로 노래**하면서 그리움의 과정을 일정한 시적 수준에서 형상화시킬 줄 아는 시인이다"(3: 151)라고 답한다. 그렇다면 그리움을 노래한다는 것은 '지금-여기'의 현실과 대결하지 않는 수세적 복고주의나 퇴행적 낭만주의는 아닌가? 이태수의 시는 "결코 어린 시절이나, 지나간 날들에 대한 복고주의의 낭만적 취향으로 기울지 않는다. 〔……〕 그것은 늘 어린 시절이나 과거의 추억을 넘어선 **어떤 보편적 정서로 연결되어 있고, 아울러 현재의 자아를 객관화시켜보려는 인식의 노력**을 배제하지 않고 있다"(3: 152)고 그는 답한다.

이 해명에 의하면 그리움이란 수동적인 정념이 아니라 능동적인 기술인 것으로 보인다. 그것은 구체적인 대상이 있어서 그 대상과 결합하면 소진되는 감정이 아니라 '보편적'인 어떤 것이어서 늘 충족의 유예 상태 속에서 존재를 추동하는 욕망의 기술이고, 그 덕분에 지금 여기 나의 결핍을 '객관적'으로 반성할 수 있게 하는 인식의 기술이니까 말이다. "문학적 형태는 시의 형식이건, 산문의 형식이건, 견고한 틀로 구성되어 있어야 하지만, 그 틀 속에서 숨결 같은 것, 유동적인 것, 불투명한 것, 신비스러운 것이 손상되어서는 안 된다. 〔……〕 그것은 바로 문학과 예술 작품의 변함없는 본질적 요소이기도 하다"(3: 364~65)라고 김화영과 더불어 그는 쓴다. 그 유동적이고 불투명하고 신비스러운 요소들은 우리에게 텍스트 자체에 내재되어 있는 어떤 공백을 환기하면서 동시에 우리 자신의 내부에 있는 어떤 결핍을 자극하는, 생산적인 결핍일 것이다. 그리고 그 자극은 우리로 하여금 예의 그 "본래의 자아 혹은 진정한 자아"(3: 146)를 찾게 하는 원동력일 것이다. 그리움이 욕망의 기술이면서 동시에 인식의 기술인 것은 이런 맥락에서다.

그리운 곳을 향해 걸어가라, 고 말하는 것이 그리움의 시학이다. 단 유의해야 할 것이 있다. 느리게 걸어야만 그리움은 살아남는다. 유하는 『천일馬화』에서 "나는 추억보다 느리게 간다"고 선언한다. 오생근은 유하의 시에 깊이 공감하면서 유하론을 쓰고, 유하의 시에 기대어 「'느림'의 삶과 '느림'의 시학」을 쓴다. 속도의 삶이 비인간적인 것은 그것이 "과거를 추억하거나 미래를 전망하는 데 소요되는 시간을 무가치한 것으로 만들기"(4: 55) 때문이다. 이 구절에서 우리는 '느림'이 어째서 그리움의 시학의 방법론이 되는지를 알게 된다. 앞서 살핀 대로 그리움의 기술이 '본래적 자아 혹은 진정한 자아'를 찾는 근원적이고 항상적인 추구의 기술이라면 그것은 과거를 추억함으로써 미래를 전망하는 일과 다르지 않다. 그러나 속도는 과거를 망각하게 하고 미래에 무관심하게 한다. 밀란 쿤데라는 『느림』에서 이렇게 말한다. 사람들이 속도에 탐닉하게 되는 것은 두려움을 없애기 위해서다. 빠름은 우리를 현재에 집중하게 하는데, 두려움의 원천이란 대개 미래에 있기 때문에 미래로부터 해방된 자는 두려울 게 없다. 한편, 무언가 잊어버리길 원하는 사람은 그 순간 빨리 걷게 되지만 무언가 떠올리길 원하는 사람은 그 순간 느리게 걷는다. 느림은 우리를 과거의 기억과 만나게 하는 형식이다. 빠름과 느림은 우리가 미래 및 과거와 맺는 관계를 각각 규정한다.

그렇기 때문에 빠름은 시의 적(敵)이다. 그리우므로, 그리움으로, 그리움에로 씌어져야 할 서정시의 적이다. 그리움의 전략은 느림이라는 전술을 동반해야 한다. 유하의 시집 『천일馬화』는 질주하는 말의 세계와 한가로운 자전거의 세계로 선명하게 나뉘어 있거니와, 오생근은 바로 여기서 빠름과 느림의 대립을 찾고 이 시집의 독법을 찾는다. 황동규가 "느린, 늘인 걸음으로" 가볍게 떠돌겠다고 말하자 그는 "'늘인 걸음'의 자리에는 자유로운 시간과 풍요로운 시간이 확장되어 자리 잡을 수 있고, 그러한 가연성의 시간을 누림으로써 화자는 분주한 일상의 세속적 시간이나 폭력적 시간을 극복할 수 있는 자아의 길을 찾는다"(4: 76)고 주석한다. 그리고 바로 그곳에서 서정의 힘을 발견한다. 오생근의 최근 두 평론집의 서문에는 다음과 같은 이

정표가 세워져 있다. 결론 삼아 보기로 하자.

문학은 넓은 의미에서 보자면 **아버지의 세계에서 어머니의 언어를 추구하는** 행위이다. 그것은 억압적이고 비인간적 규율의 세계에서 자유롭고 진정한 것, 인간적인 것을 꿈꾸고 그리워하는 일이기 때문이다. 그런 점에서 문학은 그리움으로 짓는 언어의 집이다. (3: 6)

작가는 자동차로 상징되는 현대 문명의 세계 속에서 그 문명의 폐해와 역기능을 문제시하고 비판하는 사람이다. 그는 자동차를 타고 가는 사람이 아니라 느리게 걸어가는 사람이고, 또한 자동차를 타고 빨리 가는 사람들이 보지 못하는 것을 보는 사람이며, 그들이 누리지 못하는 자유로운 산책에서 **혼자이면서도 다른 사람과 뒤섞일 수 있는** 사람이다. (4: 7)

위 인용문들은 오생근 비평이 의지하는 추억과 추구하는 꿈이 무엇인지 가장 선명하게 보여주는 대목이다. 숙고해보면 그리움과 느림이 어떤 윤리적 함의를 가질 수 있는가 하는 문제에도 얼마간 접근할 수 있게 된다. 그래서 우리의 마지막 질문은 이것이다. 오생근 비평의 윤리적 토포스topos는 대략 어디쯤인가?

정원의 사유

오생근의 비평을 따라 걷다 보면 어떤 정원에 와 있게 된다. 여기서 '정원'은 도시 안에 존재하는 도시의 외부, 그러니까 예의 그 '집'

이라는 공간의 다른 이름이라는 점에서 보통명사이지만, 행복을 약
속하는 내면성의 공간을 지칭한다는 점에서 그것은 '에피쿠로스의
정원'이라는 고유명사여도 좋겠다. 오생근의 비평은 늘 행복에의 약
속과 행복에의 예감으로 가득하다. 그래서 '문학의 집'과 '문학의
숲'을 말할 때, 이 집과 숲은 모두 에피쿠로스의 정원의 변주들처럼
보인다. 에피쿠로스를 따르는 쾌락주의자들이 정원에 모여 행복의
기술을 연마했다는 사실은 잘 알려져 있다. 그것을 "아버지의 세계에
서 어머니의 언어를 추구하는" 기술로 보아도 좋을 것이다. 그러나
에피쿠로스의 쾌락주의가 항용 오해되는 것처럼 몰아(沒我)적 향락
주의가 아니라 반성적 쾌락주의에 가깝다는 사실은 덜 알려져 있다.
몰아적 향락주의가 쾌락의 동인이 되는 정념에 수동적으로 스스로를
내맡길 뿐이라면, 반성적 쾌락주의는 욕망을 능동적으로 관리하면서
진짜 욕망과 거짓 욕망을 분별하여 그중 진짜 욕망을 활용하는 행복
의 기술이다. 그의 쾌락주의를 반성적이라고 할 수 있는 것도 쾌락
추구의 동인이 되는 욕망이 바람직한 욕망인지 잘못된 욕망인지를
그가 끊임없이 되묻고 있기 때문이다. 그의 초기 비평문에 집중적으
로 나타나는 대중문화에 대한 비판적 관심은 당대의 보편적 화두와
연결되어 있는 것이기도 하지만, 오생근의 항상적인 관심사 중 하나
인 진짜 욕망과 가짜 욕망의 분별이라는 맥락 속에서 이루어진 작업
이기도 할 것이다. 이후 「권력·욕망·사회」에서, 또 유하론인 「욕망
의 시대와 시인의 욕망」과 같은 글들에서 이에 대한 비판적 관심은
지속된다.

　욕망의 순수성을 추구하는 이들이 때때로 초월적인 것에 매력을
느끼게 되는 것은 충분히 납득되는 바 있지만, 적어도 오생근은 초월
적인 것에 대해 부정적이거나 최소한 무심하다. 그리움과 느림이라

는 서정의 형식과 행복의 기술을 제안하는 이라면 과연 그럴 법한 것이다. 김주연의 비평을 논하면서 그가 거의 유일하게 동의하지 못하고 있는 대목도 바로 김주연 비평의 중심 주제인 초월성에 대해 논하는 장면에서 발견된다. "상상력은 초월의 소산"이며 그런 의미에서 "상상력이란 영감, 즉 영성"이라는 김주연의 주장에 대해 그는 "상상력에 관한 그러한 협소한 정의는 퍽 당혹스러울 수 있다"고 유보적인 태도를 취한다. 상상력은 영성이라는 김주연의 초월적 주장 대신 그가 내세우고 있는 것은 베이컨의 다음과 같은 정의다. 베이컨에 따르면 상상력이란 "사실의 세계에 매이지 않고 사실들을 마음대로 변형시켜 사실보다 더 아름답게, 좋게 다양하게 만들어 즐기는 능력"(4: 404)이다. 상상력 역시 행복의 기술이지 않으면 안 되는 것이다.

물론 그가 에피큐리언들의 은둔적 삶을 찬미하는 것으로 오해될 수는 없다. 그가 행복의 기술을 말하고 삶의 긍정을 말할 때 그의 '삶'이란 대체로 공동체주의자의 그것이기보다는 기본적으로 개인주의자·자유주의자의 그것을 가리키고 있는 것은 맞지만 말이다. 이는 그가 정현종이나 마종기의 시를 읽을 때 유독 드러나는 면모이기도 하다. 시인이란 "현실과 거리를 두고 비현실적 언어를 사용하는 사람이지만, 그 현실 앞에서 무한한 개방성과 자유로움을 확보하게 된다. 개방성과 자유로움의 대가가 없다면 그는 무엇 때문에 시인이 되려 할 것인가!"(3: 128) 그는 드물게도 감탄 부호를 붙이고 있다. 그러니 그가 황인숙의 시에서 "자기만의 독자적인 삶"에 대한 강한 열정을 읽어내고 "주변 환경이 어떤 것이건 그것에 좌우되지 않고 삶을 개척하며 살아가는"(4: 204) 일의 아름다움에 기꺼이 동의하고 있는 것은 당연해 보인다. 물론 이런 지향의 궁극은 "자유로운 산책에서 **혼자이면서도 다른 사람과 뒤섞일 수 있는**"(4: 7) 세계를 추구하는 데에 있을 것이다. 성숙한 개인주의를 토대로 할 때에만 진정한 어울림이 가능하다는 것일 터다. 그래서 우리의 정원사는 솎아내는 사람이 아니라 섞어놓는 사람이며 평가하기보다는 배치하는 사람이다. 그 정원에서 모든 텍스트들은 각각 '위대한 하나'이지만 어김없이 '전체의 부분'이기도 하다. 이것을 '정원의 윤리학' 혹은 '원예학으로서의 비평'이라 불러도 좋겠다.

이상의 논의는 오생근의 30년 비평 활동이 보듬은 모든 영역을 살피기에는 터무니없이 거칠고 간략한 것에 불과하거니와, 우리는 우리의 빈한한 말들을 이렇게 갈무리하자. 오생근의 비평은 어딘지 모를 '집'으로 가는 먼 길이고, 부정성을 끌어안은 채 긍정으로 뻗어가는 지난한 길이다. 그 길을 걸어가게 만드는 욕망의 근원은 고갈되지 않는 '그리움'이며 그 욕망의 형식은 산책가적 '느림'이다. 그리고 그 길은 아마도 에피쿠로스의 정원으로 이어질 것이다. 거기서 그는 진짜 욕망과 가짜 욕망을 분별하는 행복의 기술을 벼리고, 어떤 초월적인 세계에도 의지하지 않는 현세의 행복을 찬미하며, 그의 비평이 시인들의 시와 맺고 있는 관계가 그 모델이 될, 자유로운 개인들의 행복한 어울림을 꿈꾼다. 우리가 읽은 오생근의 비평은 이것이다. 이것이 오생근의 비평이다.　　　　　　　　　　〔『문예중앙』, 2005년 여름호〕

문학 혹은 문화의 두 관점

──김종철『시와 역사적 상상력』,
오생근『삶을 위한 비평』에 대하여

김병익

김종철 교수의『시와 역사적 상상력』과 오생근 교수의『삶을 위한 비평』은 우선 그 유사성을 주목해야 할 것 같다. 그 유사성이란 두 저자가 비슷한 연배, 비슷한 경력, 그리고 같은 대학의 외국 문학 동료 교수이자 한국 문학 연구에 꾸준한 정력을 기울여온 평론가로서의 똑같은 처녀 비평집이라는 외양보다, 그들이 차지해야 할 몫과 실제의 공헌이 동일한 시대적, 혹은 문학사적 기반 위에서 설정되고 또 수행되어왔다는 질적 방향과 그 수준에서 찾아야 할 것이다. 그것은 이 두 평론가가, 문학적으로는 은밀하게, 그러나 깊은 진동을 갖고 변화해온 70년대의 사회적 정신적 추세 속에서 그와 더불어 자신의 세계를 성장시켜가면서 나로 자신을 키운 그 변화하는 체제와 가치에 부단한 반성과 비판, 해석과 의미 부여를 가해왔다는 것을 뜻하며, 문학적으로는 이른바 60년대의 순수와 참여라는 이분적 인식 방법을 지양하여 문학 자체의 이념과 실제, 이론과 방법을 결합하여 총체적인 접근의 시야를 얻고 있다는 것을 의미한다. 이 점에 있어서 두 교수는 가장 뜻 맞는 협력자이며 가장 중요한 경쟁자이기도 하다.

70년대 문턱에서 비슷하게 비평 활동을 시작하여, 70년대의 정리를 요구하는 결말의 대목에서 똑같이 평론집을 상장할 수 있었다는 것은 그러므로 단순한 우연일 수 없는 것이다.

그러나 이런 유사성이 두 평론가의 관심과 작업의 상대성을 의미하지는 않는다. 가령 김종철 교수는 시에 대해 훨씬 많은 노력을 기울이고 있고, 서정인·이문구 등 소설가에 대한 작가·작품론이 없는 것은 아니나 그의 진면목은 여전히 시와 시인론에서 더욱 활발하게 드러난다. 반면 오생근 교수는 엘뤼아르와 장영수 혹은 이상(李箱)의 시 작품 분석이 있지만 그의 중요한 비평적 성과는 소설과 소설가론에서 거두어지지 않을 수 없다. 영문학을 강의하는 김교수가 2백년 전의, 블레이크를 중심으로 한 영국 낭만주의에 학문적 실적을 얻고 있다면, 불문학을 전공하는 오교수는 반세기 전의 프랑스 초현실주의에 관한 중요한 논문을 발표하고 있다는 점도 대조적이다. 낭만주의와 초현실주의가 근대적 합리주의 또는 문학적 사실주의의 맞은편에 자리한 문예 사조라는 점에서는 일치하고 있으나, 그렇다 해서 김·오 두 교수의 이 방면에 대한 관심의 근원이 같다고 볼 수는 없을 것이다. 그것은 두 사조가 5세대라는 시간적 상거가 있다는 점에서뿐 아니라 낭만주의가 기초적으로 역사에 도전하는 반면 초현실주의는 우리나라에서 흔히 오해되고 있는 것과는 달리 정치에 도전하고 있다는 점에서 질적인 차이가 발견되기 때문이다.

김교수의 「예언자적 지성의 한계」와 「낭만주의의 이념」, 오교수의 「초현실주의: 꿈과 현실의 종합」 「초현실주의의 반항과 혁명」 「사랑의 시인, 민중의 시인 폴 엘뤼아르」와 같은 글에서 두 문예 사조의 본질과 지향, 따라서 두 비평가의 관심과 역점이 잘 드러난다.

이러한 두 교수의 차이점은 그들의 저서가 취한 제목에서도 시사되고 있거니와 그들의 비평 작업의 대상과 방법론에서 보다 구체적으로 살필 수 있다. 『삶을 위한 비평』의 서문에서 "문학적 정신과 삶의 태도가 별개의 것이 아니라 보다 적극적으로 관련지어져야 되는 것이며, 개인의 삶과 사태의 현실을 동시에 함께 나누고 변혁시켜야 되는 것임을" 깨닫게 되었다고 술회하는 오생근 교수의 경우, 그러므로 그의 주된 비평 대상은 이청준·박태순·윤흥길, 특히 황석영으로 집중되고 있으며 그것도 그들의 문학이 얼마나 잘 짜여져 있고 산문적 아름다움을 획득하고 있느냐 하는 심미적 접근이 아니며, 그들이 어떤 세계에 살고 있으며 그 세계에 대해서 혹은 대항해서 어떻게 문학적 도전을 하고 있는가를 분석하는 것으로 향하고 있다. 이것은 곧 인간에 대한 애정과 그 인간들이 인간답게 살 수 있도록 하지 못하는 사회 혹은 세계에 대한 비판으로 연결되는데 그는 이런 측면에서 성공하고 있는 작가를 "성공한 작가"라고 부르고 있다. 가령 황석영의 문학적 성과를 높이 평가하는 글에서 문학의 "재미란 읽는 사람의 정신을 흐리게 하고 마취시키는 순간적 재미가 아니다. 현실에 대해서 비판적 의식을 일깨우는 각성적 재미여야 한다. 일반적으로 고통받는 이웃을 위해서 비판적 의식을 일깨우는 작가란 인기 작가라기보다 신뢰받는 작가일 것이다"라고 진술하고 있는데, 마르쿠제의 가짜 욕망에 대한 비판론을 강하게 받아들이고 있는 듯한 그에게 있어 진정한 삶이란 프롬이 제시하는 바의 '존재 양식의 삶'이다. 문학은 말하자면 "주체적이며 인간적인, 그러므로 세계와의 참다운 조화"를 획득하려는 삶의 소산이며 그러한 삶을 불가능하게 하는 것들에 대한 비판이어야 하는 것이다.

문학의 존재 이유가 여기에 있음을 궁극적으로는 동의하면서, 그러나 오생근 교수의 현실 비판적 방법론에 비해 역사적 진실의 문학적 드러냄이라는 각도로 접근하는 것이 김종철 교수의 태도가 될 것이다. 따라서 그의 접근은 한 시인, 혹은 그의 작품이 삶의 진실을 진정하게 밝혀냈는가와, 그것이 문학적 질서 위에 구체적이고 생생하게 표현되었는가 하는 두 측면의 고찰로 진행된다. 그는 이것을 "도덕적인 관점과 시적 구체성"이라고 지적하고 있는데 바로 이 제목의 논문에서 문학이 우리 자신의 삶에 생생하게 살아 있는 연관성을 가질 수 있는 것은, 문학의 구체성 속에서 빚어지는 도덕적 진실의 힘에 기인한다.

만일 도덕적 감각에 의하여 출발되지 않은 문학이라면 그것은 생명 없는 박제품의 빈껍데기일 수밖에 없고, 마찬가지로 구체적인 경험의 사실에 테스트되지 않고 나온 도덕적 관점은 매우 생경하고 공허한 개인적인 주장일 수밖에 없다고 밝히고 있는 것은 그의 이러한 양면의 종합·지양의 태도에서 빚어진 것이다. 그가 식민지 시대의 우리 시문학에 대한 탁월한 리뷰인 『30년대의 시인들』에서 이육사·이상·정지용 등 중요 시인들을 새로운 시선으로 올바른 평가와 자리매김을 하고 잇달아 서정주·박두진에서 이성부·최하림에 이르는 일련의 현대 시인들을 면밀히 분석하여 그들의 부정적 측면과 더불어 긍정적 힘을 끌어올리는 일은 시에 대한 그의 태도의 구체적 실천적 작업이 되는 것이다.

우리가 여기서 거듭 환기해야 할 것은 오생근·김종철 양 씨의 두 접근 방법을 독존적이거나 상호 배타적인 것으로 바라보기보다 선택적이고 상호적인 것으로 이해해야 한다는 점이다. 즉 두 비평가가 문학에 대해서 궁극적으로 기대하고 있는 바, 혹은 인간과 진실에 대해서 근원적으로 취해야 할 바에 함께 동의하면서 그곳에 도달하는 두 개의 길을 동시에 보여주고 있다는 것이다. 이 두 방법 혹은 관점의 차이는 그들의 형성기를 이루는 70년대의 문화에 대한 상반된 견해로 다시 설명될 수 있을 것이다.

김종철 교수는 「대중문화와 민주적 문화」에서 현대 사회의 주조를 이루는 대중문화에 대한 기초적 관점을 제시하고 있고, 오생근 교수는 「대중문화와 의식의 변혁」 등 네댓 편의 글에서 오늘의 대중문화가 지닌 속성과 추세를 밝히고 그것의 구체적 현상과 구제책을 검토하고 있다. 흥미로운 점은 김교수가 문화의 민주화를 제창하면서 대중문화를 회의적으로 비판하는 데 비해 오교수는 대중문화의 취약성을 고려하면서 그것의 계몽적 기능을 주목하고 있다는 점이다. 이런 대립된 견해는 영문학자인 김교수가 독일 프랑크푸르트 학파의 소견을 중시하여 일종의 엘리트주의적 문화관을 취하고 있는 데 반하여 불문학자인 오교수가 프랑크푸르트 학파에서 파생된, 그러나 미국에서 활동하고 있는 사상가들로 독서의 폭을 넓혀 미국적 대중문화론에 접근하는 데서 빚어진 것이기도 하겠지만, 문화를 그 현장 속에서 재확인하려는 후자의 태도와 그 현장의 위에서 재검토하려는 전자의 입지점의 차이에서도 비롯되었을 것이다. 그들의 입장과 관점은 여하튼 간에 우리나라에서는 물론 외국에서조차 이론이 분분한 대중문화에 대해 가능할 수 있는 긍정론과 부정론을 오·김 양 교수의 분명한 서술을 통해 참고한다는 것은 대중문화의 야누스적 얼굴을 살펴보려는 독자에게 필요한 일이 될 것이다.

이러한 서평자의 견해는 곧 『시와 역사적 상상력』과 『삶을 위한 비평』이 70년대의 우리의 삶과 문학, 그리고 그것을 관찰하고 반성하며 탐구하는 의식과 문학을 고찰하는 데 중요한 자료와 단서가 된다는 것을 거듭 밝히자고 하는 데서 연유한다. 가령 70년대의 변화와, 그것이 실패했는가, 성과를 얻고 있는가에 대한 평가와 분석은 이 두 비평가의 보고와 검토를 통해서, 그리고 바로 이 두 비평가의 보고와 검토를 음미하는 데서 얻을 수 있을 것이다. 이 점에서 우리 비평가 세대의 가장 젊은 그룹인 오생근·김종철 양 교수의 저서는 주목의 대상이 될뿐더러 분석과 비교의 대상이 될 것이다. 그리고 두 책을 통해 이 시대의 문학과 문화 현실과 의식의 전모를 조화 있게 관찰할 수 있다면 우리는 문화를 이해하는 두 가지 기본적인 관점의 축을 얻는 셈이 될 것이다.　　　　　　　　　　　〔『성심여대학보』, 1979〕

비평의 논리

김인환

오생근과 김종철의 평론집을 읽으면서 비평의 의미에 대하여 생각해보았다. 우리나라에는 비평을 학문보다 열등하게 여기는 경향이 있다. 비평을 경시하는 이유는 분명한 원리와 체계적 이론의 결여에 있는 듯하다. 그러나 괴테도 말했듯이, 빛은 명확한 것과 해명된 것을 보게 하기 위하여 존재하지 않는다. 어지러운 개념을 동반한 열거주의와 화석화된 명칭의 행렬로 장식된 순응주의가 비평에 대한 혐오로 표현되는 경우가 흔히 있다. 문학의 본질과 기능은 아무도 알 수 없는 것이다. 보편성을 내세우는 이론은 결국 억압적 질서의 대리자가 되며, 객관성을 앞세우는 체계는 삶의 경험을 외면하는 기계의 옹호자가 된다. 언어의 형식과 미학적 차원의 본질과 철학적 배경에 대하여 교과서처럼 고지식하게 서술하는 학자는 오히려 생동하는 현실을 파괴하고 있는 것이다. 과학을 위한 과학을 주장하는 과학주의가 인간의 생활에 깊이 침투하여, 인간을 대상으로 한 온갖 규정은 매우 다양해졌지만, 인간의 생명은 그러한 규정들의 무게에 질식하고 있다. 모든 사람이 궁극적인 지점에 가까이 와 있다는 망상과 교만에 가득 차서, 인간에 대한 인간의 지배를 폐지하는 대신에 세련되게 하고 있다. 진보는 양적인 것이 되어 양에서 질로의 전환을 무한정 지연시키게 되었다.

오늘의 우리 시대가 요청하는 내용은 참다운 과학 정신과 참다운 비판 정신이다. 다시 말하면, 모든 논리와 모든 언어가 이지러진 전체의 일부를 이루면서 허위로 전락한 현실을 초월하려는 투쟁이다. 부정의 언어와 부정의 논리도 사용할 수 있는 유일한 수단인 기존의 문법에 의지하지 않을 수 없지만 낡은 세계에서 낡은 언어가 모여 새로운 언어를 탄생할 수 있다는 사실이 바로 정신의 신비인 것이다. 과학 정신과 부정의 정신이 결혼하여 낳은 아이가 비평이다. 비평은 불변의 질서를 내세우는 독단론을 멀리하고 변하는 것, 무상한 것, 하찮은 것 속에 머물면서, 그것들을 영원한 대상으로 다룬다. 비평은 온갖 책략을 부리면서 작품의 본문에 시선을 고정시키고 있으나, 숨은 전략을 보지 못하고, 비평을 창작에 예속된 작업으로 간주하는 사람은 사태를 잘못 판단하고 있는 것이다. 작품의 본문을 어떤 원리와 이론으로 환원하려고 하지 않고 비평은 차라리 본문 속에 가라앉으려 한다. 모든 것이 본문의 언어와 본문 언어의 의미 속에 있는 것처럼 깊이 본문에 침잠하여 비평가가 캐내는 진주는 주어진 모든 것에 대한 거절이다. 본문의 한 글자 한 글자를 살피면서 비평가의 바라보는 시선은 글자를 넘어 우리 시대에 내재하는 허위와 모순으로 향한다. 본문을 통해서 본문을 뚫고 넘어서서 비평가는 모든 것에 마술을 걸고 있는 거짓된 자기의 사회와 만나는 것이다. 확실성을 숭배하지도 경멸하지도 않으면서 본문에 사로잡힌 체하는 비평가의 정신은 복합적이고 경이적인 현실의 전체성으로 육박한다. 논리 체계가 대립을 포함한 전체로서의 현실에 어긋나기 때문에 비평의 언어는 개념의 질서에 굴복하지 않고, 개념의 상호 작용을 그대로 방치하여 포용한다. 여기에 일반적 개괄을 천박하게 생각하고 현실의 균열을 매끄럽게 가리는 거짓 체계를 오류로 단정하는 비평의 태도가 나타난다.

비평 정신은 질문하고 모색하고 반성하며 나아가는 개방된 정신이므로, 비평의 본질은 새로움에 있고, 비평에는 끝이 있을 수 없다. 한 편의 글은 끝날 수 있고, 한 권의 비평집은 끝날 수 있지만, 그곳에 더 이상 남는 것이 없다는 사태는 있을 수 없다. 비평의 언어는 과학의 논리가 아니라, 차라리 음악의 논리에 따라 전개된다. 직선적 논리를 배척하고, 모순과 대립의 관점까지 포괄하여 다각적 해석의 가능성을 언제나 보유한다는 의미에서 비평은 변증법보다도 더 변증법적이다. 현실을 긍정하고 정당화하는 모든 공식에 대항하여 비평은 언제나 새롭게 부정의 이름으로 행복을 표명하는 것이다.

1

문학이라는, 이 아무도 평가할 수 없는 대상에 대하여 논의하는 작업은 종작없고 대중없는 노력이며, 사르트르에 따르면 쓸데없는 정열이다. 문학의 내부에서 발생하는 현상이나 문학을 둘러싸고 일어나는 사건을 거머잡을 수 있는 연모는 없다. 어떤 비평가는 "개념 없는 보편성"이란 모순 명사를 목표 삼고 작품과 투쟁하고, 어떤 비평가는 자신의 문학 행위에 일종의 균형점을 마련해줄 준거 틀을 찾는다. 그러한 준거 틀은 시의 한 줄 또는 소설의 한 장면일 수도 있으나, 김종철과 오생근은 그것을 블레이크와 엘뤼아르라는 시인에게서 찾고 있다.

우리 시대의 바탕이 되는 과학 정신과 민주 사상의 싹은 17세기에 움이 솟았다. 정밀한 수학적 질서가 초월적 형이상학을 파괴하고, 까다로운 실험·방법이 완강한 사실들을 하나씩 드러내어, 편견과 상식의 세력이 수세에 몰리게 되었다. 기존의 권위에 의존하지 않고, 자연 안에서 사실과 질서를 탐구할 수 있었던 인간의 경험은 드디어 사회까지도 이성의 영역에 흡수하여, 이성에 맞지 않는 사회 질서의 변혁을 계획하게 되었다. 18세기에는 기계가 생산에 도입됨으로써 농업 사회는 공업 사회로 전환하였다. 뿌리 뽑힌 농민은 임금 노동자가 되고, 새로운 지배 계급으로 자본가가 등장하고, 시장의 가격 기구가 인간의 사회관계를 사물화하게 되었다. 김종철은 자본 사회가 확립되는 과정에 있어서 블레이크가 취한 태도에 흥미가 있다. 그러므로 블레이크를 예외적 개인으로 보는 관점을 거부하고, 분석심리학을 원용하면 유익한 해석이 가능한, 블레이크의 신비 체험을 논의에서 제외하는 것이다. "천국의 보화는 정열의 부인이 아니라 오성과 지성의 실현"이라고 말한 데에서 블레이크의 과학 정신을 엿볼 수 있으며, 낭만주의 시에 자주 나타나는 '미풍' '바람' '숨결' 등의 이미지에서 인간 해방을 향한 경험의 직접성과 정신의 자발성, 곧 민주 사상의 본질을 붙잡을 수 있다고 한 김종철은 낭만주의 시의 속뜻이 자본 사회에 대한 비판에 있다고 생각한다. 인간의 인식은 감각 기관에 말미암는다고 규정하고 지각을 감각의 대상에 제한한 로크에 반대하여 블레이크는 예술가와 혁명가와 예언자의 능력인 직관적 인식 또는 시적 천재를 인간의 본질이라고 하는데, 이것이 새로운 삶의 가능성을 열망하는 태도와 관계된다는 것이다. 모든 존재는 그 자신의 독특한 성장 법칙을 갖추고 있으므로, 자율성과 개별성을 제거한 획일적 법률은 억압에 불과하다 하여, 블레이크는 "위대한 시는 부도덕한 것이다. 철학자가 선하고 의존적인 데 반하여 시인은 악하며 독립적"이라 하였는데, 김종철은 이러한 반계율주의도 자본 사회의 기계화된 생활의 부정이라고 파악하고 있다.

맹목적 순종을 강요하는 초월신과 물리적 합리주의를 지탱하는 수학적 질서로서의 신을 함께 부정하고, 인간을 위협하는 신비한 자연과 한갓 물리학의 대상이 되는 죽은 자연을 동시에 부정한 블레이크의 관점에도 김종철은 공감한다. 블레이크는 자연 전체를 커다란 인간의 모습으로 보았고, 작은 벌레 한 마리와 나뭇잎까지도 인간의 일부로 파악했다는 것이다. 『유리즌의 서』라는 서사시에는 냉혹한 법칙의 관리자인 유리즌과 반항의 에너지를 상징한 오르크가 나오는데, 블레이크는 오르크의 정의로운 반항만으로는 충분하지 않다고생각하였다. 김종철은 『천국과 지옥의 결혼』에서 에너지의 넘쳐흐름또는 덕성 자체이며, 충동으로 행동하고 법칙으로 행동하지 않는 예수의 이미지를 발견하여, 블레이크의 기본 개념인 상상력을 사랑에토대한 이성이라고 규정한다.

20세기 전반기에 세계는 제국주의로 인한 전쟁과 공황에 시달렸고, 강력한 독재 국가와 사회주의 국가의 등장이란 큰 사건을 목격하였다. 오생근은 20세기 전반기의 탁월한 문학 사상인 초현실주의에흥미가 있다. 문학을 하나의 정신 상태가 아니라 삶과 정신 그 자체라고 여기는 초현실주의는 꿈과 행동 사이에 단절이 있을 수 없다고하였다. 인간의 내면에 감추어진 원시적인 힘을 의식의 여과 없이 그대로 표현함으로써 인간과 언어의 참된 자유를 회복하려는 그들의시도는 현실의 상투적 질서에 대한 근원적 반항이다. 인간의 내면에서 생동하는 욕망을 발견하고 욕망을 억압하는 자본 사회의 원리에대하여 영구 반항을 감행하며, 격정의 상태와 경이로운 꿈과 황홀한 사랑을 절대적으로 긍정하는 초현실주의는 정신의 완전한 해방과 삶의 근원적 전환을 요청한다. 「1925년 1월 27일의 선언」은 "혁명의 초월적이며 이해관계를 떠난, 그리고 거의 절망적이기조차 한 어떤 성격"을 강조하며, "전력을 다하여 정신의 속박을 분쇄시키려는 확고한 태도"를 다짐한다. 삶과 죽음, 현실과 상상, 과거와 미래, 소통될 수 있는 것과 소통될 수 없는 것, 높은 것과 낮은 것의 대립을 포함한 현실의 전체를 드러내려는 의도에서 1929년의 「제2선언」은 정신의 해방을 넘어서서 전적 인간의 해방을 목표로 제시한다. 개인의 행복과 유적(類的) 인간의 행복을 하나로 보면서, 절대적 반항과 전적 불복종의 혁명을 추구하는 초현실주의는 세계의 해석과 세계의 변혁을 통합한다. 오생근은 다음과 같은 엘뤼아르의 말을 인용하고 있다.

사회의 질서와 권위를 유지하기 위해서 은행이나 군대·교회·매음굴 따위만을 만들어놓는 그런 모럴과 상반되는 모든 것에 참된 시가 내포되어 있다. 참된 시는 랭보나 로트레아몽, 프로이트의 작품 속에 존재하고, 사드나 마르크스, 피카소의 작품에 존재한다.

사랑의 뿌리에는 욕망이 있고, 욕망은 행복한 삶의 원동력이니, 사랑을 통하여 행복을 발견하려는 모든 노력을 무조건 정당화하는 것이 초현실주의적 삶의 원리이다. 균형과 일치를 추구하는 고전적 미학을 거부하고, 어떻게 살아야 하는지를 가르쳐주는 아름다움을 옹호하며, 진부한 현실을 부정하고 초월하는 상상력을 확보하는 것이 초현실주의의 미학이다. 엘뤼아르의 시에 나타난 '광장' '배' '창' '돌' '웃음' 이미지를 분석하면서 오생근은 역사의 미래를 향해 열려 있는 순수성과 진보를 향한 인간의 투쟁 속에서 이룩된 연대성을 찾아낸다. 엘뤼아르는 빛과 태양과 불, 새벽과 열정 등의 이미지를 어둠과 밤과 겨울의 이미지와 병렬함으로써 현실의 어둠을 지적하고 그 초월하는 희망을 제시한다. 엘뤼아르의 시를 구성하는 세 개의 축은 나와 너 그리고 현실이다. 나는 너를 보고 너는 나를 보며, 나는 너의 눈 속에서 나를 보고 너는 나의 눈 속에서 너를 본다. 시선의 무한한 율동이 끊임없이 반복되는 과정에서 나와 너는 서로 빛을 교환하고, 그 빛은 서로 만나 하나의 눈빛이 된다.

김종철의 글에서 나는 자본 사회를 비켜서서 자본·사회를 부정하는 블레이크의 입장이 좀더 비판되어야 하리라고 생각한다. 그 자신도 문화의 원리와 생활의 원리를 구분한 데 대하여 마르쿠제를 이끌어 지적하고 있지만, 세계를 초월하는 길은 그 한복판을 뚫고 넘어서는 질문밖에 없다는 사실이 분명하게 강조되어야 한다. "하늘을 우러러 청명한 대기 속에 마음껏 웃고, 사슬을 풀고 동굴의 문을 여는" 정신은 낙관적 명령문이 아니라 절망의 부정문을 통해서 표현되어야 한다. 오생근과 우리는 좀더 오랫동안 초현실주의 안에 머물러 있어야 할 듯하다. 본문에 대한 철저한 성찰과 함께 프로이트와 마르크스에 대한 비판적 고찰을 충실히 수행하고, 자본 사회의 본질을 실증주의적 입장에서 깊이 파악해야 할 것이다. 나는 초현실주의와 엘뤼아르의 전부를 오생근에게 배우게 될 날을 기다리고 있겠다.

2

광복 이후에 출생한 우리들은 20세기 전반기의 문학 앞에서 상당한 정신적 혼란을 느끼게 된다. 불교와 유교를 통해서 19세기까지의 인간과 사회에 대하여 일정한 시각을 마련할 수 있었고, 과학사와 변증법을 이해함으로써 광복 이후의 우리 사회에 대해서도 어느 정도는 안정된 시선을 지닐 수 있게 되었지만, 국치 이후 광복에 이르는 시대는 우리에게 전혀 낯선 대상으로 지각된다. 내 나라가 없어지고, 온 겨레가 남의 나라에 의하여 규제받던 시대의 생활을 명백하게 파악하기 어렵기 때문이다. 요즈음 우리가 민주 사상을 내세워 현실을 비판할 때에도 우리의 태도 속에는 긍정과 사랑이 깃들어 있다. 우리는 조용히 학문에 몰두하는 스승을 존경하고, 말없이 일하는 대중을 사랑하며, 비판과 건설을 수행할 수 있는 근원으로서 인간의 정신을 신뢰한다. 그러나 모든 사태가 친일과 항일로 양분된 것처럼 보이는 20세기 전반기를 대하여, 빛나게 싸워준 선배들에 머리를 숙이고 친일 도배를 비판하다 보면, 친일도 하지 않고, 항일도 하지 못한 아버지의 일생이 눈앞을 가리게 된다. 책만 보고 있는 우리는 위대한 동물인 인간의 미래에 기여한다고 생각하며, 일제하에 온갖 압박에 시달리며 살아남은 선배들은 책만 보고 있었다 하여 그 순응주의를 비판받아야 할 이유가 도대체 어디에 있겠는가? 그 시대의 인간과 사회를 바라보는 관점을 얻지 못한 우리는 그 시대의 문학 작품을 읽으면서도 늘 당황하고 있다. 투쟁에 참여한 선배들에게 깊은 사랑을 느끼면서 동시에 아버지와 숙부를 이해하고 싶은 우리의 희망은 자신의 시선을 김구 선생의 입장에 두기는 죄송스럽고, 아버지의 생활에 두기는 아쉬운, 혼란 속에 빠져 있다. 그러나 이러한 상태가 우리의 전투적인 정진을 요청한다. 20세기 전반기를 바라볼 수 있는 시선을 마련하게 되기까지, 당황과 혼란을 견뎌내는 것은 우리의 임무이다. 우리의 정신이 앓고 있는 가장 큰 상처가 바로 우리가 살아보지 못한 시대에 말미암고 있기 때문이다.

자기중심적 감정의 세계에 갇혀 있는 소월과 경험의 구체성을 얻지 못하고 추상적 형이상학에 빠져 있는 만해를 비판하고 김종철은 30년대의 시인들에 눈을 돌린다. 언어의 음악을 중시한 김영랑의 시들은 정연하게 반복되는 수동적 의미 구조로서, 삭제해도 무방한 시행들을 작위적으로 첨가한 면도 나타난다. 김광균의 언어 회화도 시의 맥락 속에서 유기적 직능을 발휘하지 못하고, 상투적인 말버릇을 사용하며 주관적인 정서를 투영한 그림에 그친다. 두 사람의 시가 모두 경험에 대한 구체적인 시각을 보여주지 않는다는 것을 비판하고, 김종철은 우리 시에 경험을 표현하는 규율이 마련된 것은 정지용에 의하여 시작되었다고 생각한다. 정지용은 자기의 경험에 충실함으로써 개인의 고집이나 소망에서 자유로울 수 있었다. 극단의 절제와 엄격한 금욕주의는 위협적인 세계의 한복판에서 오히려 위협적인 세계를 관조할 수 있었다. 삶의 투명한 순수성을 드러낼 수는 있었으나. 삶의 풍부한 가능성을 포괄하지 못한 데에 정지용의 한계가 있다.

김종철은 육사의 시도 종교적 경지에 가깝도록 확고한 이념을 확인하는 내용이고, 삶의 복잡성을 탐구하는 과정이 아니라고 아쉬워한다. 김종철이 보기에, 객관화되고 구체화된 경험의 세부를 충실하게 드러내고 있는 것은 백석의 시집 『사슴』에 실린 작품들이다. 북방 어느 마을의 자연과 인간에 대한 묘사를 통해서 백석은 구체적으로 살아 있는 사람들과 인간적인 가치가 생동하는 공동체를 형상화하였다는 것이다. 다소 어긋나는 해설인 듯하지만, 그는 고향의 언어로 구체적인 경험을 다루었고, 자기 존재의 근원을 탐구하였다고 하고 있다. 이상의 작품은 자기의 삶을 알아보고 삶의 경험을 이해할 수 있는 언어에 대한 탐구의 표현이다. 이상의 시는 뿌리 뽑혀 헤매는

의식의 반영이며, 괴로운 의식에 의하여 영위되는 삶을 해명하려는
안간힘의 기록이다. 김종철은 이상의 실패를 인간과 인간의 생명 있
고 친밀한 관계 형성에 있어서의 파탄에 두고 있다.

가족과의 자연적인 사랑이 아닌, 타인과의 사랑은 참된 뜻에서의
문명적인 노력을 동반하지 않으면 안 된다. 그것은 어떤 의미에서 새
로운 삶을 위한 가치의 창조라고 할 수 있을 것이다. 그러나 이것은
이상에게 그리고 그의 동시대인들에게 불가능했다.

이상의 작품에 숨어 있는 주제를 파악하기 위하여 오생근은 작품
에 나타난 동물의 이미지를 검토한다. 자신과 타인의 속물적 생활을
풍자하는 데 사용되는 원숭이와 돼지의 이미지를 일별하고 나서 오
생근은 작중 자아와 여자 인물 사이에 나타나는 동물의 이미지에 흥
미를 느낀다. 이불을 덮고 말없이 누워서 모이를 받아먹는 개구리 또
는 병아리의 이미지는 타인의 의식 앞에서 자신을 사물화하려는 마
조히즘의 표현이다. 여인을 고양이에 비유하는 경우에도 성적 육감
에 대한 갈망이 아니라, 난폭한 의지에 대한 공포를 나타내고 있다.
타인의 동물화는 반대로 사디즘의 표현이 되는 경우도 있다. 아내를
피 빠는 거미에 비유하고 밟아 죽이고 싶은 충동을 느끼는 데에서 사
도마조히즘을 엿볼 수 있으며, 이러한 사정은 아내의 목이 벼락처럼
떨어지는 환상에서도 짐작할 수 있다. 날짐승의 이미지는 사도마조
히즘의 상황에서 탈출하려는 의지의 표현이다. 「날개」의 마지막 대
목에 나타나는 이미지는 금붕어·닭·날개 등으로 진행되는데, 물→
대지→하늘의 변화 과정을 나타내는 물고기의 지느러미와 닭의 활
개와 인공의 날개는 곧 '날지 못한다'는 자각과 '날고 싶다'는 갈망

사이에 있는 모순과 대립을 함축하고 있다. 교환 가치에 지배되는 억압 사회에서 진정한 가치의 추구가 모든 인간관계의 거부로 변형될 수 있다는 관점에서 오생근은 이상의 소설을 평가한다. 그러나 정신의 위기를 분화되지 않은 채로 작품화하였기 때문에, 이상의 소설은 작품과 작가 사이의 거리를 유지하지 못하였고, 작중 자아와 주변 세계가 대립되어 있으면서, 동시에 대립을 회복하려는 공동체 의식이 함축되어야 하는 소설 장르의 본질에 어긋나는 미숙성을 면할 수 없었다.

김종철은 있는 그대로의 현실을 드러내는 데에 문학의 직능이 있다고 생각하고, 경험을 정확하게 바라보는 정직성을 작품 평가의 기준으로 삼고 있다. 시인은 마땅히 문화적·정치적·도덕적 성격이 구체적인 경험의 세부에 반영되는 모습을 생생하게 드러내어야 한다는 것이다. 경험이 시 장르의 본질적 요소라는 데에 나는 다소 의심스러운 느낌을 받는다. 이러한 의심은 김종철이 육사와 이상의 시를 살피다가 논점을 변경하여 시보다 수필을 높이 평가하며 끝맺는 데에서 더욱 굳어진다. 오생근은 이상의 소설을 작중 자아와 주변 세계의 대립이란 관점에서만 보고 소설의 골격에 미흡한 점이 있다고 비판하였으나, 작가와 설화자와 작중 자아의 상호 매개 과정에서 보자면, 이상의 작품을 소설답게 하는 요소인 이야기투와 글투에 대하여 긍정적 평가에 이를 수도 있을 듯하다.

3

이호철·서기원·오상원·손창섭의 작품에 대하여 오생근은 50년대의 현실을 전체적으로 탐구하려는 시도가 보이지 않고, 시대의 무게에 짓눌려 심한 피해의식을 토로하는 데 그쳤다고 비판한다. 문학은 현실의 의미를 인식하는 수단이며, 인간의 해방을 수행하려는 행동인데, 이들의 작품은 인간이 노래를 통하여 삶을 실현하고 확대하는 존재임을 일깨우는 데 기여하지 못했다는 것이다. 오생근은 최인훈의 작품에 나오는 창의 이미지에 주목하여, 단호하고 냉정한 문체와 자아의 심리보다 주변 세계의 동태에 관심하는 내용과 주변 세계가 창을 넘어 들어와 작중 자아의 파탄이 일어나는 사건의 전개를 해석해낸다. 난파와 좌절까지도 냉정하게 인식하고 있는 데에 최인훈의 장점이 있지만, 현실과 밀착되지 못한 관념성에 최인훈의 약점이 있다는 것이다. 작가의 개인적 의지와 욕구가 배제되어 있는 서정인의 작품을 해석하여 삶의 의미를 추구하는 세계가 아니라 삶의 무의미를 드러내 보이는 세계라고 규정하면서, 오생근은 그의 소설이 교환 가치가 지배하는 사회에서 형성된 모든 규범과 질서의 무화에 기여하고 있다고 평가하고 있다. 이청준의 소설에서는 시선의 드라마를 찾아낸다. 참된 작가는 가시적 현실의 속에 숨어 있는 진실을 꿰뚫어보려는 욕망과 끊임없는 열정으로 지속되는 시선을 지니고 있다. 이청준의 작품에 나오는 많은 작중 자아들이 사회의 금기 너머에 있는 세계를 보았기 때문에 비극적 상황에 떨어진다. 진실이 옹호되지 않는 상황에서 작중 자아들은 주변 세계에 순응하는 외면적 자아와 개인의 욕망을 긍정하는 내면적 자아로 분열된다. 타인의 시선을 회피하면서, 동시에 타인의 시선을 갈망하는 것이다.

자연스러운 문장이라면 "우리는 잠시 서로의 눈동자를 들여다보았다"로 연결되어야 할지 모른다. 그러나 "들여다본 것은 사실이었다"

는 문장을 통해서 "들여다본" 행위만으로는 어색하고 쑥스러워지는
감정을 감추려는 작자의 의도가 엿보인다. 문장의 어색함은 작중 인
물의 심리적인 어색함이며 동시에 작가의 그것이다. 그 어색함이란
물론 "입맞춤"이라는 감각적인 행위 때문이다. 그러므로 이청준에게
서 사랑은 자연스러운 감각의 융합이 아니라 그 감각을 억제하고 방
해하는 의식의 개입 때문에 대체로 실패한다.

외롭고 고통스러운 생활을 모사하여 소시민의 안락을 비판하는 박
태순의 소설은 사회를 거부할 수도 없고, 동의할 수도 없는 불편한
처지에 위치한다. 그러나 『실금』이란 작품에는 순응하는 능력만이
아니라 옳게 살기 위한 능력을 키우면서 견딜 만하면 견디고 견디지
못해도 그만이라는 여유가 보이는데, 오생근은 참는 능력과 참지 않
는 능력의 변증법이 그의 작품을 심화하리라고 기대하고 있다. 황석
영의 소설에는 노동자와 군인과 룸펜 프롤레타리아트가 자주 나오는
데, 앞의 두 인물이 잘 형상화되어 있다. 쓸쓸한 분위기로 감동적인
사건을 제시하는 군대 소설은 절망적인 상황에 깃든 소중한 애정의
의미를 확인하며, 이기적인 자아를 버렸기 때문에 용기와 신념을 지
닐 수 있는 작중 자아를 창조한 노동자 소설은 소유의 양식이 아니라
존재의 양식을 드러내준다. 확고한 세계관과 선명한 주제와 강렬한
개성을 지닌 황석영의 소설과 반대되는 자리에 윤흥길의 작품이 있
다. 사건과 관점이 분명하지 않고, 정서와 분위기만으로 이룩되어 있
는 윤흥길의 소설은 일인칭의 설화자가 삼인칭의 작중 자아를 부각
시키고, 삼인칭의 설화자는 일인칭의 입장에 서는 특이한 설화 방식
을 보여준다. 이것은 죽음으로써 자신을 은폐하려는 욕망과 현실을
벗어나려는 욕망의 표상이며, 눈에 보이는 사실이 아니라 보이지 않

는 진실을 옹호하려는 세계관의 표현이다. 황석영의 소설과 윤홍길의 소설이 통합된 자리에 조세희의 작품이 존재한다. 조세희의 설화 방법은 개별적인 문제에 대하여 해답하려 하지 않고, 전체적인 관점에서 질문하려는 태도이다. 막일로 살아가던 난장이는 도시 계획과 산업화로 집과 일을 잃고 죽는데, 그의 아들 영수는 견디고 당하기만 하는 삶의 한계를 넘어 노동 운동에 참가한다는 이야기에서 오생근은 현실을 미화시키는 상투적인 아름다움이 아니라, 현실의 모순과 진실을 드러냄으로써 획득되는 아름다움을 발견한다.

서정인에 대하여 씌어진 평론들 가운데에서는 김종철의 글이 가장 뛰어난 것이 아닌가 하는 생각이 든다. 대상을 극히 낯선 눈초리로 바라보려는 시선에 의존하는 서정인의 소설은 대단히 치밀하고 많은 경우에 해학을 동반하는 문체로 진행된다. 경험에 대한, 예민하고 충실한 관찰은, 작중 자아의 심리적 움직임의 리듬까지 포착할 정도로 정확하며, 외롭고 우울한 심정을 생활의 주된 실감으로 지니고 있는 작중 자아의 인간관계에 있어서의 소원감이 작품 전체의 분위기를 지배하고 있다.

서정인의 섬세한 문체는 일상적인 경험의 갖가지 뉘앙스와 리듬을 기민하게 포착함으로써 그의 소설을 극히 윤택한 것이 되게 한다. 자질구레한 소도구들, 한순간의 느낌이나 의식의 움직임, 쉬 사라져버리는 조그만 기미 ─ 얼른 보기에 덧없는 이러한 것들이 사실은 인간 경험의 기저를 이루고 또 삶의 진정성을 구성하는 불가결한 요소들인지도 모른다.

서정인의 소설에 나오는 사람들은 집에 있는 느낌을 지니지 못하고, 정말 산다는 느낌이 아니라 헤매는 듯한 기분을 현저한 실감으로 느끼는 사람들이다. 그들의 삶은 '진짜'라는 기분이 들지 않는 경험의 연속이지만, 진정한 것에 대한 결핍감을 지니고 있다. 사회의 지배적인 가치관을 따르나, 무엇인가 본질적인 것이 결핍되어 있다는 느낌을 버리지 못하는 작중 자아의 인간적인 요소를 김종철은 '순진성'이라고 부른다. 타락한 세계에서 살고 있는 인간은 잠재적 가능성을 왜곡된 형태로밖에 드러낼 수 없기 때문에 순진한 의식의 표현 역시 타락된 방식을 취하지 않을 수 없다. 김종철은 삶의 중핵이 부서져버린 인간, 순진성이 전혀 없는 인간에 대한 서정인의 풍자적 어조를 지적한다. 여성들의 위치가 서정인의 소설에서 큰 비중을 차지하고 있는데, 내성적인 수줍음과 부드러움을 지니고 인간적인 모든 것을 너그럽게 포용하는 여성들이 서정인의 작품 세계를 그 숱한 풍자와 반어에도 불구하고 따뜻하게 감싼다. 사랑의 너그러움을 드러내는 여성적 요소는 인간 존재를 그 가장 근원적인 깊이에서 풍부하게 하는 원천이 된다는 것이 김종철의 생각이다.

지각의 문제에 깊이 관심하는 김현승의 시에서 대상을 바라보는 도덕적이고 인간적인 시선을 해석해내고, 김종철은 그러한 시선이 밝음과 어두움, 부드러움과 단단함, 결합과 분리를 동시에 포함하는 역설적 시각임에 주목한다. 인간의 불완전함에 대한 인식과 무한을 향한 동경, 하느님에 대한 겸허한 경배와 죄책감, 생명에 대한 사랑과 회한이라는 엇갈린 감정에 토대한 기독교의 세계관을 파악하고 있는 것이다. 김현승의 시에 자주 나오는 '보석' '창' '눈물' '별' 등의 이미지와 '마른 나뭇가지' '석탄' 등의 이미지를 분석하여 삶 그 자체를 그 근저에까지 환원해서 모든 살과 곁가지를 잘라버리려는 의지를 보며, 그렇게 환원된 삶 또는 사물이 지니는 매서운 생명력을

'불꽃'과 '칼'이라는 이미지에서 해석해낸다. 이성부의 시는 개인과 사회의 상호 구속성을 확인하고, 사람이 사람답게 살 수 없게 하는 악을 밝혀내고, 소외된 인간을 향한 본능적인 관심을 표명한다. 인간적인 약점을 솔직하게 드러내는 자기 고백과 주어진 현실을 수락하지 않겠다는 자기주장이 공존하는 이성부의 시세계는 "성난 사랑" 또는 "부릅뜬 사랑"에 핵심을 두고 있다. 경험의 모순을 지각할 수 있는 능력을 김종철은 높이 여기지만, 수사적 강변에 그치는 경우가 있다고 염려한다.

서정주의 시집 『떠돌이의 시』는 인간과 인간, 인간과 자연의 사이에 있는 근본적 친화 관계를 우주의 원초적 질서로 보고 있다. 이러한 시선은 사람이 소득의 경쟁에 정력을 남김없이 바쳐야 하는 현실에 대한 노여움과 비감의 어조로 나타난다. 시인 자신의 개인적인 추억에 밀접하게 연관되어 있는 근구체적 행복의 디테일을 대상으로 김종철은 금제나 억압 없이 자발적인 충동에 의지하여 참여하는 민주 세계의 비전을 본다. 서정주의 시에는 고통스러운 현실을 수락할 수밖에 없다는 체념이 나타난다고 하며, 불행의 원인에 대한 깊은 성찰이 결여되어 있는 데에 서정주 시의 미흡함이 있다고 한다. 박두진의 시집 『야생대』는 민감한 감수성으로 작용한 종말론적 관점으로 해서 힘 있고 실감 있는 세계가 되고 있다. 완벽한 언어의 조직으로 왜곡된 역사의 현실에 처한 인간의 고통과 슬픔을 응축한 시가 있는가 하면, 기독교적 관점이 개인적인 신앙 고백으로 표명되어 추상적인 언어 공간에 머물게 된 시도 있다. 많은 불만을 지적하면 김종철은 삼라만상이 같은 피붙이로서 하나의 가족적 연대 속에서 존재하는 그의 시를 인간과 자연에 대한 사랑의 기록이라고 해석하고 분노하고 슬퍼하면서 수줍게 감추고 있는 사랑의 완강함이 박두진의 시에 대가의 풍격을 부여한다고 평가한다.

4

　대중이란 불교에서 비구, 비구니, 우바새, 우바니를 통틀어 일컫던 명칭이었다. 레닌은 일찍이 대중 노선을 제창하여, 대중이 요구하는 대로 어디까지든 따라가되, 모든 순간에 대중의 의식을 고양시키도록 노력하며, 결코 원칙을 포기하지 말라고 지시하였다. 그 여파가 우리나라에도 밀려와서 김기진은 1928~29년 사이에 대중문학론을 언급하였다.

　온갖 조직적 집단적 활동을 우리들의 운동에서 거세해버린 일본은 최후로 우리의 작품까지 질식하게 만들었던 것이다. 그러면 우리들은 소위 문예의 붓까지 꺾어버리고 말아야 옳을 것인가? 저들로부터 던져진 조건 아래서도 우리들이 당면한 행동을 취하여야 옳을 것인가?

라고 하며, 『문예시대관 단편』에서 1) 문체와 용어를 평이하게 하고 2) 낭독에 편하게 하고, 3) 화려하게 하고 4) 간결하게 하고 5) 성격 묘사보다 심리 묘사에 힘쓰고, 사건의 기복을 명확하게 하고 6) 가격을 싸게 하라는 식의 형식적 조건을 제시하였다. 다시 한 걸음 나아가 「대중소설론」에서는 1) 제재를 노동자와 농민의 일상 견문에서 취할 것 2) 물질 생활의 불공평과 그 제도의 불합리로 야기되는 비극을 주요소로 하고, 그 원인을 명백히 인식하게 할 것 3) 숙명적 정신의 참패를 보이고 동시에 새로운 힘찬 인생을 보일 것 4) 신구 도덕의 가정적 충돌에서 반드시 신사상의 승리로 할 것 5) 빈부 갈등은 정의로써 다룰 것 6) 연애를 취급함도 좋으나 그것을 배경으로 사용할 것 등의 내용적 조건에도 언급하였다. 이에 대하여 임인식은 「김기진에게 답함」이란 글을 지어 혁명의 원칙을 포기하고 개량주의적 영합주의에 떨어져 스스로 무장 해제를 선언한 결과가 되었다고 하였다.

노동자와 농민 가운데 있는 정치적 무자각층을 지시하는 이들의 대중 개념과는 전혀 다른 차원에서 오생근은 대중문화의 문제를 제기하고 있다. 불교의 대중공양이란 말에는 비속화된 의미가 없지만, 요즘에 사용되는 대중문학·대중소설·대중잡지·대중성·대중판·대중화 등의 어휘에는 천시하는 뜻이 스며 있다. 실제로 라디오와 영화와 텔레비전을 통하여 전달되는 대중문화에는 자본주의와 과학 기술의 영향이 침투하여 상업성과 획일성이 담겨 있다. 대중문화의 심벌로 광고를 든다면, 정교한 방법으로 대중의 거짓 욕구를 환기하여 기업의 판매 노력에 기여하는 광고와 마찬가지 방법으로 대중문화는 기존 질서를 공고하게 하고 있다. 그러나 오생근은 과거의 고급문화도 통치자들의 배려 아래 기존 질서의 한계를 지키며 이룩된 것이 아니냐고 질문한다. 인간의 정신을 고양시키고 혼란스러운 본능에 질서를 부여한 고급문화의 본질을 외면하면 안 될 것이나, 고급문화가 대중을 억압하는 대상이 된다면, 대중은 오히려 자기의 자유를 위해 고급문화를 거부해야 한다는 것이다. 인간이 모든 지배와 억압으로부터 해방되려면, 지배적 언어에서 먼저 해방되어야 하는 것이니, 말과 이미지와 몸짓의 모든 기호에서 전면적인 거부가 수행되어야 한다는 새로운 문화를 건설함에 있어서는 특수층의 전유물인 고급문화보다 삶의 현실에 근접해 있는 대중문화에서 출발하는 것이 유리하다. 사회의 변혁이 없이 문화의 개혁이 이룩될 수 없다는 명제를 바꾸어 오생근은 문화 혁명이 없이는 사회의 변혁이 있을 수 없다고 생각한다. 생활과 노동과 교육이 결합된 삶을 위한 문화를 이룩하기 위하여 문화를 전문가의 손에서 공동의 마당 또는 판으로 해방하고, 수기·낙서·일기 등과 놀이와 대중의 온갖 활동을 포함하자는 것이다.

고급문화에 대한 김종철의 비판은 더욱 신랄하다. 고급문화와 대중문화라는 구분 자체가 사회적 억압의 산물이며, 상호 왜곡의 회로에 갇혀 있는 의식의 소산이라는 것이다. 전체적 지각의 퇴화와 비판적 의식의 약화라는 현실을 극복하려면 분업 사회의 전문화 경향에 제동을 걸어야 한다. 고급문화는 전문가적 관점의 소산이며, 불평등한 사회관계를 전제로 삼고 존립하는 현상이다. 인간에 의한 인간의 지배가 종식되고, 대중이 자기 운명의 결정자로서 비판적 의식을 가지게 되려면 심미적 목적이 아니라 교육적 목적 아래 영위되는 대중문화가 이룩되어야 한다.

필요한 것은, 자기의 세계관을 남에게 일방적으로 뒤집어씌우려는 '문화적 침략'의 비인간성을 인식하고, 상호 교육의 중요성에 동의하는 것이다. 어떠한 경우에 있어서도 진정한 인간 해방의 관건은 인간에 의한 인간의 소유, 다시 말하여 인간을 객체화하려는 모든 기도의 종식임은 분명하다. 그러자면 무엇보다 인간에 대한 근원적인 신뢰가 회복되어야 하고 민주적인 방식의 소중함이 존중되어야 한다.

"심미적 효과와 시적 암시가 아니라 실험과 교육에 입각해 있는 곳에서만 위대한 업적이 가능하다고 하여도 결코 과장이 아니다"라는 발터 벤야민의 말을 이끌어, 김종철은 고급문화의 인습적 관점을 벗어나야 할 이유로 제시한다. 사회생활의 현장에 대한 보고로서 정치적 시야를 열어주는 것이 사진의 본질인데, 사진이 지닌 혁명적 에너지를 모르고, 의식에 기초한 고급문화의 관점에 입각하여 인물의 초상이나 풍경의 재현에 몰두하고 있는 것은 잘못이라는 벤야민의 생각에 공감하고 있는 것이다.

오생근과 김종철의 대중문화론에 대하여 나는 두 가지 의견을 질문의 형식으로 첨가하고 싶다. 우리나라의 경우 18세기에는 판소리와 탈놀음이 성행하였고 도시의 이야기꾼들도 상당한 돈을 벌었다. 신소설과 신파극도 대중의 흥미를 적지 않게 끌어들였다. 요즈음에 나온 한국 문학 전집을 보면, 실려 있는 소설의 거의 전부가 굳이 가른다면 대중소설에 포함될 성질인 듯하다. 벤야민이나 엔첸스베르거는 자기네 문화의 탈출구를 열기 위하여 시선의 전환을 요청하고 있는 듯하나, 우리의 경우에는 이미 이루어진 시선이 하나도 없는 형편이니, 새로운 시각이라는 말 자체가 낯선 것이 아니겠느냐 하는 의문이 생긴다. 또 하나, 실천의 방안이 우리 사회의 구석구석을 좀더 실증적으로 살펴보면서 이루어져야 한다는 생각이다. 지금 나의 머리에 떠오르는 사람은, 돌아간 하길종 감독, 작곡가 김민기, 교육자 이오덕 같은 대중문화의 담당자들인데, 이들과의 공동 실험에 결부되지 않으면, 대중문화론이야말로 구두선에 그칠 염려가 있다.

〔『문학과지성』, 1979년 여름호〕

비평적 진정성의 힘

성민엽

비평이란 무엇인가, 라는 질문은 끊임없이 되물어져야 하는 질문이지만, 시대적 현실의 추이에 따라 그 질문이 한층 더 절박하게 요청되는 때가 있는 법이다. 1980년 봄이 그러했고 바로 지금이 또한 그러하다. 1980년 봄에 그 질문이 김현에 의해 통렬히 제기되었음은 주지의 사실이거니와, 그러나 김현의 질문은 합당한 탐색 작업으로 이어지지 못하고 5월 광주와 군부 독재가 빚어낸 80년대 현실 속에서 멀찌감치 퇴각당하고 말았다. 70년대는 정치적 억압이 모든 것의 초점이었다. 유신을 겪은 사람들은 누구라도 김지하의 「타는 목마름으로」의 구조를 미학적으로 분석하지 못한다, 분석 이전에 생생한 전율이 전신을 사로잡기 때문이다, 라는 김인환의 고백은 당시의 비평의 자리를 극명히 엿보게 해준다. 김현의 표현을 빌리면, 반체제가 상당수의 지식인들의 목표였고 문학이 주로 실천의 도구로 여겨진 것이 70년대였다. 비평은 그 전방위적 기능 중 정치적 실천에의 봉사라는 기능만을 비대화한 기형적 모습을 하고 있었다. 그러나 뒤집어 생각하면, 그 기형적 모습이야말로, 그것이 결코 온전한 것이 못 된다 하더라도, 70년대라는 시대의 요청에 대한 비평의 부응의 산물이었다는 점은 분명한 사실이다. 다시 그러나, 그렇다고 해서 비평이 그 기형성을 올바르게 극복하여야 한다는 과제로부터 자유로운 것은 아니었다는 점 또한 분명한 사실이다. 1980년 봄에 그 기형성에 대한 반성이 제기된 것은 자연스러운 일이고 정당한 일이었다. 그러나 5월 광주로부터 시작된 80년대의 군부 독재는 정치적 억압을 오히려 더욱 극대화하였고 그 극대화 속에서 모처럼 제기된 비평의 반성은 쉽사리 매몰되어버렸다. 정치적 실천에의 봉사라는 기능이 더욱 비대화함으로써 비평의 기형성은 더욱 극단화되어갔다. 그 비대화와 극단화가 80년대 비평의 환경이었고 조건이었다.

80년대 말에 이르러 이런 상황에 변화가 일기 시작했고 90년대에 들어서면서 변화는 뚜렷이 가시적인 것으로 드러났다. 세계적으로는 사회주의가 몰락하고 국내적으로는 이른바 문민 정부가 성립되며, 이러한 흐름 속에서, 김현의 문제 제기가 10여 년을 건너뛰어 빈번히 인용되는 가운데, 비평의 반성이 행해지기 시작했다. 그런데 오늘날의 이 반성은 10여 년 전의 그것과는 근본적으로 내용을 달리한다. 그럴 수밖에 없고 또 그래야 하는 것이, 지금의 우리 현실이 10여 년 전과는 근본적으로 맥락을 달리하고 있기 때문이다. 종속 자본주의냐, 신식민지 국가독점자본주의냐, 중진 자본주의냐, 아류 제국주의냐 하는, 한때 첨예한 공안이었던 문제가 공허하게 느껴질 정도로 이미 한국 사회는 후기 산업 사회적 상황 속으로 깊숙이 진입했고 자본의 논리는 산업 사회의 그것과는 차원을 달리하며 우리의 삶 전 부면에 침투되고 있다. 그 침투는, 세계적인 사회주의의 몰락이 자본의 논리에 대한 비판과 저항의 유력한 체계를 붕괴시킴으로써, 거칠 것 없이 가속화되고 있다. 이른바 문민 정부의 성립과 그에 따른 일련의 개혁은 그 깊은 의미에서 보자면 부르주아 헤게모니의 확립과 그 작동으로서 자본의 논리의 한 차원 높아진 관철에 상응하는 정치적 변화인 것으로 생각된다. 자본의 논리는 문화·문학·비평에까지도 외적으로 부가되거나 내면화되며 치밀하게 관철되고자 하는 듯이 보인다. 비평이란 무엇인가, 라는 질문은 이런 맥락 속에서의 질문이다. 종전의 기형성으로부터 벗어나되 이 맥락으로부터도 벗어나게 되면 질문과 탐색은 공허한 것이 되며 그 맥락 속에 있더라도 순응주의적이고 패배주의적으로 오도되면 자본의 논리의 관철에 자발적으로 함몰될 것이다. 무엇보다도 필요한 것은 비평의 진정성 확보이다. 그 진정성은 당대적 현실에의 고통스러우며 악착같은 비판적 착근으로부터 확보될 수 있다.

김인환의 『상상력과 원근법』과 오생근의 『현실의 논리와 비평』은 비평적 진정성의 힘을 생생하게 보여주는 역저들이다. 김인환과 오생근은 모두 1946년생으로 70년대 초부터 비평 활동을 시작한, 우리 문학의 세대 구분으로 말하자면 이른바 중간 세대의 비평가들이다. 중간 세대라는 구분은 그다지 적절치 않은 구분이지만 그 앞의 4·19 세대나 그 뒤의 광주 세대에 비해 독자적인 소집단 활동이 미미하다는 점에서는 의미있는 구분이 될 수도 있다. 이들 중간 세대에게는 윗세대로부터 아랫세대까지를 꿰뚫는 어떤 연속성 내지 포괄성이 있거니와, 『상상력과 원근법』과 『현실의 논리와 비평』은 그 점을 아주 극명히 보여준다. 공교롭게도 이 두 비평집은 모두 첫 비평집을 내고 10여 년이 지난 뒤에야 비로소 펴내는 두번째 비평집들이다(지나는 길에 덧붙이자면, 이러한 태도는 요즘 보기 드문 태도이다. 그들의 아랫세대의 비평가들은 이삼 년도 되지 않아 한 권씩, 혹은 두 권씩의 비평집을 계속 내고 있는 것이다. 이 왕성한 생산은 혹시 알게 모르게 자본주의의 리듬과 연관되는 것이 아닐까, 하는 의문이 인다). 따라서 이 두 비평집은 80년대가 열리면서부터 90년대로 깊숙이 진입하기까지의 우리 현실의 숨 가쁜 변화와 우리 문학의 복잡한 파란을 두루 감싸 안고 있다. 이 점을 특히 강조하는 것은, 이 두 비평가가 양적으로나 질적으로나 거대하고 복잡한 변화를 어떤 일관성 속에서 관통하고 있다는 점을 표 나게 내세우기 위해서이다. 그 일관성은 바로 비평적 진정성의 힘이다. 앞에서 80년 광주 이후로 비평이란 무엇인가, 라는 질문이 멀찌감치 퇴각당했다고 말했지만, 기실 이 두 비평가는 그 질문을 얼싸안고 변화하는 현실에 비판적으로 착근하며 비평 작업을 치열히 전개해온 것이다.

김인환의 비평은 비평에 대한 자부심으로 가득 찬 비평이다. 우선 학문에 맞서는 자부심. 김인환에게 비평은 "참다운 과학 정신과 참다운 비판 정신이 결혼하여 낳은 아이"이다. 비평을 학문보다 열등하게 여기는 경향은 두 가지가 있다. 하나는 보편성을 내세우는 이론이고 다른 하나는 객관성을 앞세우는 체계이다. 그러나 전자는 억압적 질서의 대리자가 되고 후자는 삶의 경험을 외면하는 기계의 옹호자가 된다. 그것들은 생동하는 현실을 오히려 파괴한다. 그것들과는 달리, 비평은 "모든 논리와 모든 언어가 이지러진 전체의 일부를 이루면서 허위로 전락한 현실을 초월하려는 투쟁"이다. 다음은, 창작과 호응하는 자부심. 김인환이 보기에 창작이 상상력이라면 비평은 원근법이다. 양자는 상호 보완적이다. "원근법이 없는 상상력은 맹목이고, 상상력이 없는 원근법은 공허하다." 그 상호 보완의 관계 속에서 비평 작업의 내용을 김인환은 다음과 같이 밝히고 있다.

작품의 본문을 어떤 원리와 이론으로 환원시키려고 하지 않고 비평은 차라리 본문 속에 가라앉으려 한다. 모든 것이 본문의 언어와 본문 언어의 의미 속에 있는 것처럼 깊이 본문에 침잠하여 비평가가 캐어 내는 진주는 주어진 모든 것에 대한 거절이다.

여기까지는 본문 읽기를 중시하는 비평적 태도(그 극단에 뉴 크리티시즘이 있는)와 다를 것이 없다. 그러나 김인환의 본령은 그다음부터이다.

본문의 한 글자 한 글자를 살피면서 비평가의 바라보는 시선은 글자를 넘어 우리 시대에 내재하는 허위와 모순으로 향한다. 본문을 통해서 본문을 뚫고 넘어서서 비평가는 모든 것에 마술을 걸고 있는 거짓된 자기의 사회와 만나는 것이다. 확실성을 숭배하지도 경멸하지도 않으면서 본문에 사로잡힌 체하는 비평가의 정신은 복합적이고 경이적인 현실의 전체성으로 육박한다. 논리 체계가 대립을 포함한 전체로서의 현실에 어긋나기 때문에 비평의 언어는 개념의 질서에 굴복하지 않고, 개념의 상호 작용을 그대로 방치하며 포용한다. 여기에 일반적 개괄을 천박하게 생각하고 현실의 균열을 매끄럽게 가리는 거짓 체계를 오류로 단정하는 비평의 태도가 나타난다.

본문을 통해서, 본문을 넘어서서 복합적인 현실의 전체성에 육박하는 것, 이것이 원근법으로서의 비평인 것이다. 이 원근법으로서의 비평이라는 관점은 뒤집으면 창작에 대한 요구가 된다. 말하자면 창작은 자신을 통해 현실의 전체성과 만날 수 있도록 그 자신을 형성해야 하는 것이다. 그래서 다음과 같은 진술들이 태어난다: "현실은 시에 생명을 불어넣는 원천이다." "시인이 갖추어야 할 것은 굳은 관념이 아니라 현실의 관계 구조에 상응할 수 있는 감각의 역동성이다." "시는 어렴풋한 꿈속에 있는 것이 아니라 현실 속에 있는 것이다. 그러나 타성적이고 관습적인 현실이 아니라 인간의 자신의 내부에서 진솔하게 경험하는 현실 속에 있다." 그런데 그 현실은 모순투성이의 현실이다. 김인환의 전체성은 일사불란하고 정연하며 모순 없이 정합적인 전체성이 아니다. 창작은 모순투성이의 삶을 힘껏 껴안지 않으면 안 된다. 어떻게? 김인환은 키츠의 소극적 수용이라는 개념을 빌려 "명백하게 결정되지 않은 지역에 오래도록 머무를 수 있는 인내와 용기"를 창작에 요구한다.

김인환 비평의 핵심어는 현실이다. 모순투성이의 복합적인 현실의 전체성, 그것은 뚜렷한 사회 역사적 규정을 갖는 것이다. 바로 자본 사회이다. 자본 사회에 육박하기 위해 김인환의 원근법은 경제학과 정신분석으로부터 자양을 얻는다. 「도식과 욕망」이라는 글은 김인환의 경제학과 정신분석의 윤곽을 보여준다. 얼핏 보면 이 글의 대부분은 경제학 논문에 속할 만한 내용으로 이루어져 있다(아마도 우리 문학의 비평서에 이런 글이 실린 것은 전무한 일일 것이다). 그러나 그 경제학적 논술은 정신분석과 관련을 맺으며 김인환 비평의 뿌리를 이룬다. 그 뿌리를 통해 김인환은 현실에 착근하는 것이다. "잉여 분배의 사회적 관계가 먼저 주어져야 잉여 생산의 기술적 관계를 지배하는 체계가 해명될 수 있다"는 경제학자 스라파의 주장과 관련되는 여러 경제학적 도식들을 제시하면서 김인환은 그 도식들이 "인간의 사회 생활 속에 투사되면 즉시 다양한 욕망에 의하여 굴절된다"고 지적한다. "자연과학의 도식과 달리 사회과학의 도식은 욕망 위에 겹쳐지고 욕망에서 미끄러져 내리는 운명을 회피할 수 없다." 따라서 "경제학은 정신분석의 자매가 된다." 경제학과 정신분석이라는 쌍둥이 자매를 통해 김인환이 밝히고 싶었던 것은 "자본 사회의 어긋남"은 임의로 극복될 수 있는 것이 아니라는 점이다. "세계를 합리적으로 해명할 수 없다는 사실은 자본 사회에서 일종의 운명적 제약이기 때문에 단수 주체나 복수 주체의 결단의 영역 밖에 있다." 자본 사회의 어긋남은 생명의 자연스러운 율동을 응고시킨다. 그 어긋남을 어떻게 극복하여 뚫고 나갈 것인가. 김인환의 답변은 욕망이다. 그 욕망은, 우선, 정직한 욕망이다. 그것은 욕구와는 다른 것이다. "욕망은 모든 한계를 꿰뚫고 분열과 모순을 자체 내에 보존하는 끝없는 의욕이며, 깊은 정열에 의하여 특별하게 충격된 심적 운동의 끊임없는 항상성이다. 그것은 개별 사물에 대한 소망이 아니라 현실 정세의 어긋남을 자각하고 그 어긋남을 극복하려는 신체의 자발적인 운동이다." 또한 그 욕망은 전복적 욕망이다. "자본의 논리와 접하는 욕망의 공간은 그 논리에 전적으로 의지함으로써 확보된 입각지라기보다도 자본 사회의 의문성을 부단히 자각하면서 자본 사회를 초월해야 비로소 개척되는 창조적 물음의 영역이다." 그 정직하고 전복적인 욕망의 담론이 바로 비평이고 문학이라고 김인환은 믿는 것이다.

김인환 비평을 대충 위와 같이 윤곽 짓고 보면 본문에의 침잠을 첫째 원칙으로 삼는 자신의 주장과는 달리 이론 비평에 몰두하는 것같이 오해될 수도 있겠다. 그러나 「연극과 시」에서 「구조와 실천」에 이르는 다섯 편의 글은 김인환이 본문에의 침잠을 얼마나 잘하는가를 유감없이 보여준다. 가령 김지하의 서정시에서 절대적 고독을 보고 「빈 산」에서 액체의 부재를 통해 "타는 목마름만 절망의 바닥에 이르도록 지속"됨을 읽어내며 『애린』에서 주객 융합의 고독한 실험을 발견하고 일련의 담시에서 민주적 담론의 전복적 특징을 짚어내는, 김인환의 본문에의 침잠은 무척 섬세하다. 그 침잠의 결과, 김인환은 "20세기 후반기의 한국 자본주의를 집중적으로 묘파하기를 희망한다. 후천개벽은 피와 땀과 먼지로 구성된 자본주의를 반드시 뚫고 나가야 하기 때문이다"라고 말할 수 있게 된다. 황지우의 시에 침잠할 때 김인환의 감성은 특히 빛난다. 「초로와 같이」「새들도 세상을 뜨는구나」「아, 이게 뭐냐구요」 등에 대한 빛나는 분석을 보라. 그리고 그 분석을 통해, 그 분석을 넘어 도달하는 원근법은 다음과 같은 진술을 낳는다: "황지우의 지형학에서 가장 인상적인 것은 균형 감각이다. 사회 계급들의 대립과 연합, 사회 계급들과 국가 권력의 상호 작용을 살피면서 깊은 절망에 가라앉을 때에도 그는 상반된 것들을 일정한 거리에서 응시하는 균형 감각을 상실하지 않는다. 이러한 균형 감각이 그로 하여금 국가 장치들의 상대적 자율성을 강조하게 하였고, 예외 정당의 문제를 우리 시대의 근본 문제로 파악하게 하였을 것이다."

김인환 비평에서 또 하나 주목되는 것은 맥락의 중시이다. 이것이 언제부터 적극적으로 나타나기 시작했는지는 분명치 않으나, 김인환은 「글쓰기의 지형학」에서 김현의 맥락의 독서를 세세히 해명하고 있고, 「번역과 맥락」에서는 집중적으로 맥락의 문제를 논의하고 있다. 「번역과 맥락」에서 종래의 경제학과 정신분석 이외에 수학에 새로이 관심을 표명하는 것은 수학이 "우리에게 본문보다 맥락이 더 중요하다고 말해주"기 때문이다. 김인환에 의하면 "의미는 본문의 밑에 있는 것이 아니라 본문들이 다른 본문들과 맺는 무수한 관계 안에 있"고, 그 관계는 무수하므로 불가피한 분할과 절단을 통해 맥락을 구축하고 해체하고 다시 구축하면서 의미를 길어내어야 한다. 그러나 김인환의 맥락은 단순히 상대주의적인 것은 아니다. "어느 본문이든 당대의 의식 형태에 거슬러서 흐르는 전투적 비전이 없으면 그것은 창조적 본문으로 인정받지 못한다"고 단언하는 김인환의 맥락론은 문화의 비판적 시각의 체험에 그 목적의 한 줄기를 내뻗고 있다. 이 맥락의 중시와 관련하여 흥미로운 것은 김인환의 글쓰기의 방식이다. 가령 「연극과 시」의 전반부는 닫힌 연극과 열린 연극에 대한 논의이고 후반부는 소월시에 대한 통시적 읽기인바, 양자를 이어주는 고리는 소월 시 전부를 하나의 극본으로 보고 그 극본을 열린 연극으로 공연해보겠다는 설명뿐이다. 이는 일종의 맥락의 글쓰기인 것일까. 「글쓰기의 지형학」에서 그 자신의 한 문장을, 그중 독서라는 단어를 글쓰기라는 단어로 대치하여 고쳐 쓰면 이렇게 되는 것이다: "맥락은 고정되고 안정된 대상이 아니고 복합적이고 모순적인 과정이기 때문에 맥락의 글쓰기는 미완성의 글쓰기이고 중도에 있는 글쓰기이고 항상 중요한 무엇인가를 남겨놓는 잉여의 글쓰기이다."

『현실의 논리와 비평』은 『상상력과 원근법』에 비해 그 구성이 훨씬 온건하다. 비평집 전체를 3부로 나누고 1부에 소설론, 2부에 시론, 3부에 문학 이론 및 일반론을 싣고 있는 이 책의 구성은 아주 낯익은 것이다. 소설론과 시론의 대부분의 글이 작가론이고 그중 다수가 시집이나 소설집에 붙여진 해설이라는 점 또한 낯익은 모습이다. 그러나 이러한 구성상의 온건함과는 달리 이 책을 통해 개진되는 오생근의 비평적 담론은 결코 온건하지 않으며 때로는 아주 급진적이기까지 하다. 이러한 불균형에 오생근 비평의 모종의 비밀이 숨어 있는 것인지도 모르겠다.

「아방가르드의 운명」은 80년대 중반에, 오생근이 편집위원으로 참여했던 계간 『외국문학』의 아방가르드 특집에 실린 글이다. 70년대 이래의 리얼리즘이 이미 민중문학론으로 이행하였고 리얼리즘과 모더니즘이라는 이분법적 대립의 루카치식 구도가 우리 비평을 거의 지배하다시피 하던 당시로 말하자면 아방가르드 특집은 대단히 문제적인 것이었다. 오생근은 20세기 초의 미래주의·입체파·표현주의로부터 20년대의 다다와 초현실주의 운동을 거쳐 50년대와 60년대에 세계적인 추세로 확산된 아방가르드 운동에 이르기까지를 현대 사회와 예술가의 위치라는 사회학적 관점의 해석을 빌려 차분히 짚어가면서 획일적으로 이해될 수 없는 그것들의 다양성을 확인하고, 그럼에도 불구하고 그것들에 공통된 정신이 있음을 발견한다. "아방가르드의 참된 정신은 역사와 사회로부터 유리된 것이 아니라 역사와 사회의 현실에 첨예하게 부딪히는 예술가의 정직한 태도에서 생기는 것이라고 이해해야 할 것이다." "참된 아방가르드의 정신은 자기 시대의 모든 허위의 개념을 거부하면서 예술과 사회의 변화 혹은 혁명을 동시에 추구하려는 태도이다."

초현실주의의 깊이 있는 이해자다운 이러한 예술관은 오생근 비평의 근간이다. 그런데 그 예술관은 자본주의 사회의 발전 과정에서 위기에 직면하게 된다. 자본주의 사회는 "문화의 창조성과 비판적 기능을 변질시켜 예술의 기본적인 성격인 '위대한 거부'마저 일차원적 흐름으로 환원시키고, 민중 문화의 건강한 생명력과 공동체 의식을 파열시키게" 되기 때문이다. 그렇다면 이 위기 앞에서 문화의 긍정적 가치는 어떻게 가능한 것인가. 이 물음을 본격적으로 탐색하는 글이 「권력·욕망·사회」이다. 이 글의 서두는 착잡하기 짝이 없다.

'소외' '억압' '지배' '가짜 욕망' '소비 사회' 등의 개념들과 더불어 산업 사회를 비관적으로 진단한 마르쿠제나 프랑크푸르트의 이름들이 지식인들 사이에서 적지 않게 유행적으로 씌어지던 70년대만 하더라도, 그러한 개념이 우리 사회에 적용되었을 경우, 비극적이고 절망적인 느낌보다는 어느 정도 낭만적이고 현학적인 느낌이 더 많았던 듯하다.

그러나 산업 사회와 기술의 발전은 비극적이고 절망적인 상황을 가져왔다.

지배 계급의 권력과 통제 전략은 끊임없이 강화되고 확대되어 개인의 자유에 대한 억압의 합리화를 완전하게 하려 할 뿐 아니라, 개인의 저항적 의지를 차단함은 물론 그 자유와 욕망을 길들이고 변형시키는 일에 주저함이 없다. 그리하여 지배 기술의 발전이나 생산력의 증가를 통해 대다수의 개인은 자신의 삶의 깊은 필요에 뿌리박은 욕망보다는 통제의 전략에 의해 만들어지고 단순화된 욕구에 의존하여, 허구적 만족감을 추구하면서 결국 체제 유지나 사회 보존에 필요한 가치를 내면화하게 된다.

더욱 무서운 것은 현대 사회의 권력이 부정적 억압에 그치는 것이 아니라 기능적이고 생산적으로 작용하여 과거에서보다 훨씬 침투력이 강하고 교활한 기능성을 보인다는 데 있다. 푸코를 통해 권력의 메커니즘을 살핀 오생근이 주목하는 것은 "인간의 진정한 욕망"이 "왜곡되고 배척되고 축소되고 있다는 사실"이다. 그리하여 권력에 대한 고찰은 욕망에 대한 고찰로 이행하는데, 지라르에 의지하여 욕망의 모방성과 경쟁성을 밝혀낸 뒤 오생근은 그것을 사회 속에 집어넣는다. "욕망의 모방성과 경쟁성은 진정한 욕망의 모습이라기보다 사회 속에서 형성되고 변질된 욕망의 속성일 수 있다." 그렇다면 진정한 욕망의 모습은 무엇이며 그것은 사회 속에서 어떻게 가능한가.

오생근은 욕망과 욕구를 구별한다. 자본과 경제는 쓸모없고 어리석은 욕구를 끊임없이 창출함으로써 일상적 삶을 점증적으로 지배한다. 그 욕구는 언제나 같은 메커니즘으로 자극과 충족을 원하고 만족과 불만족 사이를 왕래한다. 이 메커니즘 속에서 욕망은 유예되고 소외되며, 체제의 논리를 벗어나는 욕망이 자유롭게 해방될 수 있는 가능성은 철저히 파괴된다. "그러나 이러한 욕망과 희망이야말로 체제를 변화시킬 수 있는 혁명적 힘이 될 수 있을 것이다." 그렇다면 진정한 욕망의 해방을 지향하는 삶의 방법은 무엇인가. 들뢰즈와 가타리의 『앙티-오이디푸스』로부터 "생동력의 힘으로 사슬을 타파할 수 있는 무의식적 욕망의 힘"을 한 예로 제시하면서 오생근은 다음과 같은 결론에 도달한다.

욕망이란 근본적인 생명력과 같은 것으로서 꿈과 현실 사이의 거리 아니 진정한 욕망을 억압하는 자본주의의 비인간적 지배 체제 아래서도 언제나 존재하게 마련이다. 그러나 현실은 꿈이 아니고, 인간의 삶이 동물적인 차원에서거나 즉자적인 차원에서 매몰되어 있는 것이 아니라면, 삶은 꿈을 실현시키려는 과정이 되어야 한다. 꿈을 지향하는 생명력으로서 욕망은 어떤 현실 원칙의 억압과 검열 아래서도 살아 있고, 그것이 살아 있는 한 당연히 현실의 질곡으로부터 벗어날 수 있는 어떤 불가능성을 꿈꾸게 된다. 인간의 삶을 삶답게 만드는 것은 어떤 의미에서 그러한 불가능성의 의미를 추구하는 일이라고 볼 수 있다.

오늘날 문학의 자리는 바로 여기에 있다. 즉, "문학적 행위는 허위

의 욕구가 아닌 욕망의 진실에 가장 가깝게 다가서면서 그 욕망의 목
소리로 표현되고, 결코 정형화될 수 없는, 언제나 새로운 시도로 그
불가능성의 의미를 추구하는 일”인 것이다. 그러고 보면 오생근의 비
평 언어는 절망의 언어가 아니라 희망의 언어이며, 비관의 언어가 아
니라 낙관의 언어인 것 같다.

　「아방가르드의 운명」에서 「권력·욕망·언어」에 이르기까지의 탐
색 과정은 이 비평집에 실린 다수의 실제 비평에도 은밀히 혹은 명백
히 각인되어 있다. 그 각인을 일일이 추적할 겨를은 없으나 「도시 공
간의 소설적 기능」과 「도시와 시」라는 두 개의 중요한 실제 비평문은
여기서 검토되어야 할 것이다. 이 글들은 소극적으로는 한때 대두되
었던 소위 도시적 서정의 허위를 비판하는 맥락에 있다고 할 수 있겠
고 적극적으로는 도시 공간의 이미지를 산업 사회의 현실이라는 의
미로 포착하여 그 속에서의 문학의 자리와 표정을 구체적으로 탐색
한 것이라 할 수 있다. 오생근은 도시의 이중성의 가치를 인정한다.
보들레르나 랭보의 시에서 도시는 이중성의 가치로 나타난다. 랭보
는 도시가 산업 사회의 물질적인 진보와 과학적인 합리주의의 산물
로 비쳐질 경우에는 야유적인 어조로 혐오감을 표현하고, 그 도시가
자유의 공간으로서 어떤 창조적인 경험의 가능성을 보여줄 경우에는
한없이 매료되기도 한다. 서구 시인들에게서 도시의 긍정적 표상이
나타나는 것은 그들의 도시 현실이 그것을 가능하게 만드는 요소가
있었기 때문이다. 그러나 김광규·김정환·황지우·박노해의 시에서
는 도시가 부정적으로만 표현된다. 그것은 그만큼 우리의 도시적 상
황이 황폐하고 불행하기 때문이다. 이러한 진술에는 도시의 긍정적
가능성에 대한 욕망과 희망이 깔려 있다. 이 점은 오생근의 비평 언
어가 희망의 언어이며 낙관의 언어임을 다시 한 번 암시해주는데, 그

러나 "도시와 인간과의 부정적 관계는 더욱더 깊이 있는 시적 표현을 얻어야 한다"고 못 박는 데에서 보듯 오생근의 희망과 낙관은 치열한 현실주의 위에서의 그것이다. 이 점 오생근 비평의 미덕이라 아니할 수 없다. 도시와 인간과의 부정적 관계에서 오생근이 특히 주목하는 것은 개인이 주체성과 자율성을 상실한 초라한 존재가 되었다는 점이다. 주체성과 자율성의 상실은 산업 사회와 기술의 발전 속에서 엄혹한 현실로 나타나고 있는바, 이에 대한 대응 태도를 우리는 두 가지로 상정해 볼 수 있다. 하나는 주체성과 자율성의 회복 내지 쟁취를 가능하다고 여기며 그것을 추구하고 투쟁하는 것이고, 다른 하나는 그러한 추구와 투쟁 자체도 신화에의 매몰에 불과하다고 보며 상실을 소여의 조건으로 인정하는 것이다. 오생근의 태도는 전자의 그것에 가깝다. 오생근은 희망과 낙관을 잃지 않는 굳센 인문주의자인 것이며, 김인환과 함께 넓은 의미에서 어떤 리얼리즘 주장자들보다도 더욱 치열한 현실주의자인 것이다.

〔『문학과사회』, 1994년 봄호〕

발견과 절제의 비평

── 오생근의 『현실의 논리와 비평』

조남현

오생근 비평집 『현실의 논리와 비평』은 지난 10년 동안에 여기저기 발표한 평론 29편을 한자리에 묶어놓은 것이다. 소설론이 16편, 시론이 9편, 문학 이론이 4편으로 되어 있어 양에서는 소설론이 주류를 이루고 있다. 이미 책 제목과 「책머리에」가 잘 보여주고 있는 바와 같이, 오생근은 지난 10년간 평론 활동을 하면서 '현실'의 개념과 그 효용적 가치에 크게 눈을 뜨게 되었다. 비평가가 "복잡한 현실의 구조를 바르게 논리화하려는 노력을 게을리 하면" "그의 그릇은 형편없이 작고 초라한 모양이 될 것"(「책머리에」)이라고 말하고 있다. 어조는 잔잔하지만, 뜻은 단호하다.

"복잡한 현실의 구조를 바르게 논리화하려는 노력"은 '현실'에다 초점을 맞추면 초월주의적 태도와 형식주의적 접근 방법에의 경사를 경계한 것으로, '논리화'에다 무게를 두면 이데올로기에의 함몰을 우려한 것으로 풀이된다. 그 어느 쪽에다 비중을 두든 간에 '현실의 논리화'를 적절하게 해명하는 것은 『현실의 논리와 비평』의 근본 정신을 파악하는 수고를 한껏 덜어주게 될 것이다. 주관의 입장이나 관념에 따라 현실의 외연과 내포가 달라지듯이 '현실'을 객관적으로 설득력 있게 설명하기란 말처럼 쉽지 않다. 실제로 현실을 객관적으로 설명하는 것이 가능하지 않다고 보는 사람이 많다. 객관적 설명은 오히려 피상적 분석에 머물기 쉽다고 보는 것이다. '현실'이 문학만의 전문 용어가 아니라는 점도 '현실'의 해명을 어렵게 만드는 한 요인이 된다. 문학 사조로서의 리얼리즘이 여러 가지 종류로 나뉘어 설명되고 있는 현실은 바로 '현실'에 대한 논의의 어려움을 잘 입증해준다. 그는 인간을 철저하게 역사적 존재로만 보는 태도에는 동의하지 않았으나 인간이 상황의 존재임을 부정하지는 않는다.

오생근의 평론들을 보면, 그가 '현실'을 특수하고 전문적인 용어보다는 일반적이고 상식적인 단어로 사용한 것임을 알게 된다. 그에게 있어 삶이니 현실이니 세계니 하는 말은 대체로 상식적인 의미로 떠오르고 있다. 그러나 이와 같이 중심어들을 상식적인 수준에서 사용하고 있음에도 그의 인식이나 논리는 결코 상식에 머물고 있지 않다. 상식은 그의 논리를 힘 있게 만드는 하나의 출발점이요 단초에 불과하다. 그도 같은 시대의 다른 비평가들과 마찬가지로 역사의식, 현실, 삶 등과 같은 애용어 또는 화두를 지니고 있기는 하나, 어떤 대상이든지 간에 몇 개의 중심어들로만 반복해서 논리를 구축하고 있는 것은 아니다. 이 점이 바로 오생근 비평의 매력이요 저력이다.

오정희·이청준·황석영·현길언·김원우·김주영·복거일·임철우 등과 같은 작가들의 작품 세계를 논한 글들로 채워져 있는 소설론에서는 오생근이 나름대로 뚜렷한 비평관을 지니고 있음을 알 수 있으며, 고집스럽다고 할 만큼 일관된 비평 태도를 견지하고 있음을 발견하게 된다. 그는 비평이란 "정독을 바탕으로 하여, 대상으로서의 작가나 작품에게 봉사하는 언설을 펼치는 것"이라고 생각하고 있다. 요즈음 신인이고 기성이고 가릴 것 없이 흔하게 드러내는 비평가로서의 자기 도취나 자기 현시는 오생근에게서는 좀처럼 찾을 수가 없다. 오히려, 자기 현시를 극력 피하고 있는 나머지 가치 판단이나 평가도 삼가는 경우가 자주 빚어지고 있다.「아방가르드의 운명」「문화와 정치의 역동성」「문학의 사회적 수용과 독자」「권력·욕망·사회」등과 같이 문학 이론을 직접 설명해주는 글들이 없었더라면 오생근의 비평가로서의 근본적인 지적 관심사나 탐구 방향을 알기가 결코 쉽지 않았을 것이다. 그만큼 오생근은 자기의 맨얼굴을 드러내는 것을 꺼려하고 있다. 이는 한마디로 몸에 밴 '자기 절제'가 낳은 것이라 할 수 있다. 또 한 가지의 뚜렷한 비평 태도로 그가 기본적으로는 미시적 안목을 취하면서 되도록 대상 작품을 두루두루 살피려고 하였음을 지적할 수 있다. 그러나 실제로 그의 글에서는 '성실한 정독' '치밀한 분석' '예리한 해석'의 흔적이 생색나게끔 드러나고 있지 않다. 비유를 써서 말하자면 현미경으로 작품을 보았으면서도 안경만 쓰고 작품을 본 것처럼 능청을 떠는 형상이다. 오생근의 경우, 자기를 드러내지 않는다고 해서 자기만의 비평 방식이 없다고 판단해서는 안 된다.

어떤 작가나 작품을 대상으로 삼았든지 간에 그는 자기만의 독특한 이해나 발견으로 나아가고 있다. 오생근 자신이 기본적으로 긍정하고 있는 시인이거나 우호적인 작가를 대상으로 정하고 있기에 이러한 이해나 발견으로 나아가는 것이 처음부터 쉬운 것인지도 모른다. 그는 자기가 다루고 있는 작가나 작품에 대해 일단은 따뜻한 시선을 보내고 있다. 황석영의 소설을 대상으로 한「민중적 세계관과 일상성의 문학」「『장길산』과 민중적 역사의식」은 최수철의 『화두, 기록, 화석』을 논한「주체의 상실과 욕망의 언어」와는 대조적인 평가 내용을 담을 것으로 예상된다. 그러나 이런 예상은 빗나가고 만다. 오생근은 각 작가를 대할 때 되도록 그 장점을 살리는 방향을 취하고 있다. 가령, 「허구적 삶과 비관적 인식」에서는 잔잔하지만 좀처럼 잊을 수 없는 오정희의 독특한 서술 방법을 부각하고 있으며 「삶과 역사적 인식의 건강성」에서는 개인, 역사, 삶 등의 문제를 진지하게 파헤치려는 자세를 높게 평가하였고, 「삶과 글쓰기의 얽힘과 긴장 관계」에서는 김원우의 글쓰기의 방식이 독특함을 지적하는 데 역점을 두었다.

　물론, 대상의 긍정적 요소를 부각하는 그것 자체가 문제 될 수는 없다. 다만, 긍정적 요인을 크게 내세우는 데 힘쓴 나머지 평가 행위나 비판 행위를 지나치게 자제하는 결과가 빚어지게 된다면 이는 문제가 아닐 수 없다. 「『먼동』의 역사의식과 문학적 전망」(홍성원론), 「분단 현실의 새로운 체험과 이해」(복거일론) 등과 같은 소설론에서나 「삶과 시적 인식」(김광규론), 「자아의 확대와 상상력의 심화」(이성복론) 등의 시론에서 부정적인 평가나 비판의 대목을 좀처럼 찾아보기 어려운 것도 사실이다. 전반적으로 오생근은 평가보다는 해석을, 비판보다는 분석을 주된 비평 작업으로 놓고 있다. 그는 인상 비평·재단 비평·판단 비평을 거부하면서 해석 비평·분석 비평의 행사에 모범을 보이고 있다. 그는 비평은 부정적 요소보다는 긍정적 요소를 발견하고 부각시키는 것으로 생각하고 있다. 홍성원의 『먼동』을 다룬 「『먼동』의 역사의식과 문학적 전망」은 "서두름이 없는 일정한 작가적 호흡과 절제된 문학성의 유지로 형상화되어 있는 것은 〔……〕 이 시대의 문학적 성과이자 고전적인 품격의 작품으로 만드는 근거가 된다"고 끝을 맺었고, 「삶과 역사적 인식의 건강성」은 "그는 〔……〕 지사적 정열과 의지를 갖춘 작가라고 부를 수 있다"고 마무리하였다. 대체로 소설론에 비해서는 시론이 냉정하고 중립적인 태도를 취한 것으로 드러나고 있다. 발견의 정신과 절제의 태도는 시론에 와서 더욱 분명하게 나타나고 있다.

이처럼 『현실의 논리와 비평』은 과연 비평이란 무엇이며 비평가는 어떤 태도를 취해야 하는가와 같은 근본적인 질문을 떠올리게 만든다. 그는 직접적으로 이러한 질문을 하는 대신 자기 나름의 일관성 있고, 확립된 비평 태도를 보여줌으로써 이 근본적인 질문을 자연스럽게 떠올리게 한다. 평소 문단 내에서의 좌표가 분명하고 심정적으로 가까운 문인들의 면면이 확실한 오생근에게 대상도 다양하고 방법론도 다양한 비평 행위를 기대하는 것은 처음부터 무리였는지도 모른다. 그는 비평의 대상으로서의 시인들이나 소설가들도 처음부터 자의로 선택하였으며 비평 양식도 주로 '해석'의 형식을 취하였다. 자연, 그의 비평은 처음부터 다양성이나 융통성과는 거리가 먼 것이 되고 말았다. 그런가 하면 오생근이란 존재는 객관성이니 다양성이니 하는 것을 내세우면서 신념의 불확실성과 이론 수준의 낮음을 호도하려는 비평가들을 경계하게끔 만들기도 한다.

그러나 그의 비평은 시론이든 소설론이든 작품의 핵심을 놓치지 않는 저력을 과시해왔다. 그는 핵심을 놓치지 않기 위해 시든 소설이든 그 여러 가지의 구성 요소들을 고루고루 살펴보곤 한다. 대상을 특정한 관념이나 시각에 얽어매려고도 하지 않을 뿐만 아니라 자기 자신도 자유로워지려고 한다. 여러 가지 구성 요소들 중에서도 서술 방법이니 담론이니 기호 체계니 하는 것은 오생근에게는 원의 중심이 된다. 중심이 없는 원의 존재를 생각하기 어려운 것처럼 오생근의 비평에서 서술 방법, 담론, 형식은 출발점이자 귀결점이 된다.

이 평론집의 1부와 2부가 한국 문학을 대상으로 한 오생근의 비평가로서의 얼굴을 보여준 것이라면, 제3부에서는 불문학자로서의 표정을 확인하게 된다. 푸코의 권력 폭력 이론, 르네 지라르의 욕망의 이론, 보드리야르의 소비 사회 이론 등을 명료하게 설명하고 있는 「권력·욕망·사회」 등과 같은 글은 오늘날의 무질서하고, 무책임하고, 게으르기 짝이 없는 독서 풍토에 경종을 울리는 효과를 올리고도 남는다.   〔『서평문화』 제14집, 1994〕

모든 것이 서로 그리워하는
그리움의 집 짓기
—오생근의 『그리움으로 짓는 문학의 집』

김주연

> 시인의 집은 현실성에 묶여 고정된 이미지가 아니라 커지고 늘어나
> 는 신축성과 가벼움을 보이면서, 때로는 수직적인 존재로, 때로는 응
> 집되고 확산되는 형태로 변용되는 성향을 보인다. 그러한 시인의 집
> 처럼, 집으로 표상되는 우리의 마음은, 세계에 대해서 방어적으로 움
> 츠러드는 폐쇄적 형태로 굳어져서도 안 될 것이고, 세계를 지배하듯
> 이 거대한 욕망의 집을 만들어 배타적이거나 위압적이 되어서도 안
> 될 것이다. (『그리움으로 짓는 문학의 집』, p. 29)

오생근 문학 비평의 자리는 이 같은 진술 속에 은밀하면서도 단정
하게, 그리고 단호하게 숨어 있다. 불문학자이기도 한 그는 과작에
속하는 평론가라고 할 수 있는데, 그 과작은 이 같은 폐쇄와 배타를
아울러 거부하면서 "집을 통해서 이 세계와 진정한 관계를 맺는 삶이
어떻게 가능한지를 생각"하는 그 산물로 생각된다. 여기서 가장 중요
한 것은 '생각'이다. 흔히 문학은 '생각'보다는 '느낌,' 혹은 인간에
내재하고 있다고 믿어지는 다양한 형태의 의식, 욕망, 환상 등등의

발현으로 주장된다. 이 같은 견해의 배후에는 갖가지의 모습으로 존재하는 세계의 억압들에 대한 저항이 문학이라는 공식의 관습적인 수용이 놓여 있다. 그것은 아마도 사실일 수 있으리라. 그러나 오생근의 '생각'에 의하면, 이 역시 다시 '생각'되어야 한다. '생각'은 시간을 요구하고, 또 시간에 의해 성찰의 깊이를 쌓은 '생각'이 올바른 '생각'으로 인도될 가능성이 당연히 높다. 생각이 깊은 창작 활동이 —비평을 포함하여—다작으로 연결되기 힘든 논리이다. 어떻게 보면 평범할 수밖에 없는 이 논리는, 그러나 우리 문단에서는 매우 새삼스럽고, 또한 간단없이 상기되어 좋을 금언으로 이해될 필요가 있다. 그만큼 '생각' 없는 창작 활동이 '활발하게' 이루어져 많은 경우 그것들을 그저 욕망의 분비물 정도로 보이기 때문이다. 오생근의 비평은 우선 이런 면에서 소중하다는 것이 나의 생각이다.

오늘 한국 문학, 특히 젊은 세대의 그것을 지배하고 있는 이론의 핵심인 욕망론은, 니체나 보들레르의 끊임없는 복창이라고 할 수 있다. 자연에 대한 인간 혹은 인간성의 우월로 특징지어질 수 있는 이 이론은 후기 구조주의, 포스트모더니즘이라는 이름으로 변형되어 세기말의 문학을 사로잡아왔는데 그 중간 결과는 유감스럽게도 씁쓸한 것 아닌가. 엽기성이라는 낱말 속에 포박된 그 욕망의 인간은, 자연 질서의 파괴라는 기이한 모습 이외에 다른 무엇일까. 예컨대 해체 이론 속에 드러난 남녀의 해체, 유니섹스의 상황은 남녀의 인격적 공존 대신 천부의 상이(相異)가 무시된 동형성(同形成)으로 우스꽝스러운 자연 왜곡을 가져오고 있다. 이것은 한 보기에 지나지 않을 터인데, 문학 비평이 이 과정에서 어떤 사명과 기능을 하고 있는가 하는 문제에 대한 검토와 반성은 거의 결여되어 있다. 그의 주장이 비록 강한 음조를 띠고 있지 않다고 하더라도, 오생근 비평은 바로 그 검토와 반성 자체라는 의미가 있다.

평론집의 주요 부분을 이루고 있는 '제2부 그리움과 시적 상상력'에서 그가 마종기·이태수·박라연·유진택과 같은 시인들에게 각별한 관심을 갖고 세밀한 분석을 시도하고 있는 것은 주목된다. 이들 시인들은 그 문학적 깊이에도 불구하고 오늘의 젊은 문학인들이 그리 쏠리고 있는 이들은 아니다. 특히 욕망론의 기반 위에서 성급하게 엽기성을 추구하고 있는 부류들에게는 무언가 답답하거나 싱겁거나, 아니면 그저 예쁠 뿐인 시인일 수 있다. 섹스와 죽음에 습관적으로 중독된 상태에서 일어날 수 있는 조건 반사이다. 이런 정서적 반응 아래에서 오늘도 그 모습 그대로 서 있는 자연은 그저 밋밋하리라. 그러나 그 밋밋함의 생명성은 이제 예민하게 회복되어야 한다. 오생근의 말투는 때론 예민함 대신 부드러운 어조로 되어 있으나 바로 이 부분을 겨냥하고 있다. '그리움'은 여기서 그의 키워드로 등장한다. 그것은 섹스와 죽음에의 탐닉이 과잉 충족에 의한 권태와 피곤임에 비해서, 결핍에 의한 동경이라는 정서와 관련된다. 그것은 과잉 충족에 대한 경계이며, 권태와 피곤을 예방하는 생득적 주의보이기도 하다. 그러나 가장 중요한 것은 문학의 기능이 단순한 '즐김'이나 '진술' 혹은 '표현' 이상의 어떤 것, 즉 초월성을 지녀야 한다는 생각에 대한 동의이다. 이태수론에서 이 같은 논지는 기막히게 전개되면서 시인 자신의 작품들을 훌륭하게 보완해준다. 가장 탁월한 의미에서 창조적 비평의 예라고 할 수 있다.

모든 것은 현재에서 시작하여 현재로 돌아온다. 과거의 추억이 환기되거나 미래적인 몽상의 전개가 주제일 경우라도, 시적인 시간은 시작도 끝도 없다. 마음은 끊임없이 방황하거나, 흔들릴 수밖에 없는 숙명을 타고난 것이기 때문일까? 그러나 그 마음이야말로, 창조의 가능성을 계속 이끌어낼 수 있는 상상력의 샘물이고, 육체의 유한성을 이길 수 있는 꿈의 자장일 것이다. (『그리움으로 짓는 문학의 집』, p. 158)

한 시인에 대한 작가론이 이토록 아름다운 문장을 품고 있다니! 감동과 더불어 나는 특히 "창조의 가능성을 계속 이끌어낼 수 있는 상상력의 샘물이고, 육체의 유한성을 이길 수 있는 꿈의 자장"이라는 대목에 주목하게 된다. 비슷한 표현처럼 보이는 이 문장은 사실 두 개의 다른 문장으로 되어 있는데 그것들은 첫째, 상상력의 샘물이며, 둘째 꿈의 자장이다. 이 두 가지는 어떻게 다른가. 앞의 것이 인간의 창의성에 대한 언급이라면, 뒤의 것은 초월성에 대한 갈망이다. 굳이 다른 말로 도식화가 허락된다면 앞의 것은 인간성, 즉 인간의 능력에 대한 격려이며, 뒤의 것은 신성, 즉 인간 능력의 한계에 대한 고백이다. 이 둘은, 내가 '도식화'라는 거친 표현을 통해 불러보았듯이 매우 대립적이다. 그러나 신기하게도 오생근에게서는 별로 대립적인 분위기가 느껴지지 않는다. 오히려 양자는 사이좋게 나란히 앉아 있는 느낌이다. 이것이 오생근 비평의 최대 매력이다. 그리하여 그는 서로 다른 작가의 세계를 기계적으로 절충시키거나 거짓 화해의 자리로 성급하게 나가지 않고, 모든 다른 것들이 서로서로 그리워하도록 하는 '그리움의 집'을 짓고 싶어 한다. 같은 불문학자 출신의 비평가인 정명환이나 김화영에 대한 긍정적인 평가의 배경이 바로 이 같은 그리움의 역동성과 그것을 형태화하는 노력의 단호함, 엄격성에 있다는 점은 시사하는 바가 많다.

오생근 비평은 눈에 띄는 어떤 현란한 문체를 앞세우지 않는다. 그가 상상력과 꿈의 세계를 경시하는 것은 아니지만—아니, 앞서서 우리는 이 둘을 절묘하게 이웃해놓는 그의 솜씨를 보지 않았던가. 게다가 그의 전공이 프랑스 초현실주의 문학이라는 점도 상기해주기 바란다—그에게 보다 중요한 것은 '생명'의 문제이며, '총체성'의 문제—물론 루카치적 의미의 그것은 아니다!—라는 사실을 나는 지적해두고 싶다. 거의 모든 시인론, 소설가론을 관류하고 있는 그의 이 같은 생각은 어떤 특정한 생명 사상 위에 기초하고 있는 것은 아니지만, 지배적인 톤으로 역설된다. 가령 신진 시인 이경임의 시를 분석하면서 "맑고 아름다운 삶을 꿈꾸는 열정과 경쾌한 목소리"를 발견해내는 것은, 이 시인의 시의 표면이 일견 죽음과 슬픔, 쓸쓸함으로 채색되어 있다는 인상을 감안할 때, 오생근 비평의 독보적인 어떤 경지라고도 할 만하다. 역설과 반어를 헤쳐내고 찾아내는 비평의 손길은 최인훈의 『화두』론에서는 "여러 가지로 구성하기 힘든 요소들을 부자연스러운 느낌 없이 종합"해놓은 작가적 역량을 높이 산다거나 김원일론에서 "그의 작가적 의지는 결국 모든 방향에서 현실의 문제"를 탐색한다는 태도를 선취함으로써 확인된다. 이런 것들이 이를테면 총체성이다. 오생근의 비평은 중후한 외관 속에 들어앉아 있는 섬세한 몇 마리 새들을 연상시킨다.

집은 동요하지 않는 안식의 공간이다. 그러나 이 말은 잘못 들릴 때에, 무사 안주의 왜곡된 관습의 땅을 지시하는 것처럼 보인다. 오생근은 집이라는 형태를, 견고한 그 형태를 중시하지만 그 건축의 자재들은 그리움이라는, 끊임없이 어디론가를 바라보는 움직임의

생명체들이기를 원한다. 그리움 대신 직접적인 향수(享受)를 선호
하는 오늘의 한국 문학에 그는 그 존재만으로도 큰 키의 이정표일
수 있다.   〔『서평문화』 제38집, 2000〕

속도의 시대에 저항하는 문학의 길

——오생근의 『문학의 숲에서 느리게 걷기』

김인환

오생근 교수의 새 비평집을 읽으면서 그가 이전에 펴낸 세 권의 비평집에 대하여 생각해보았다. 글의 내용과 체취가 별로 달라진 것 같지 않았다. 이름을 보지 않고 글만 읽어도 나는 그 글의 임자를 알아낼 수 있을 것 같았다. 30년이 넘도록 비평을 하면서 주제와 문체가 크게 바뀌지 않았다고 하는 것은 그에게 결점이 되는 것일까, 아니면 장점이 되는 것일까? 문학에 대한 그의 생각이 일관성을 지니고 있을 뿐 아니라 사람에 대한 그의 생각도 일관성을 지니고 있다. 그는 고등학교 때 만난 황석영과의 우정을 지금까지 변함없이 지속하고 있다. 황석영이 소설을 내면 빠짐없이 평을 쓰고, 황석영이 갇혀 있을 때도 꾸준히 면회를 가는 그를 보면서 나는 사람이 안 변한다는 것이 무엇인지를 알 것 같았다. 여러모로 이번 비평집의 제목은 그의 삶과 문학을 너무나 적절하게 나타내주고 있다는 생각이 들었다. 그는 이제 느리게 걸음으로써 그가 집념처럼 이야기해왔던 근대성의 속도에 거슬러 나아가려고 결심한 듯하다. 느리게 걷겠다고 작정했다는 것은 근대 도시의 압력을 얼마든지 견딜 수 있고 근대 도시의 퇴폐에 얼마든지 저항할 수 있다는 자신감을 나타내는 것이기도 하다. 나는 그의 이러한 자신감이 부럽다.

시대의 변화에도 불구하고 그의 글이 바뀌지 않았다고 하는 것은 문학을 시작하던 무렵에 그가 설정했던 문제가 지금도 여전히 유효하다는 것을 의미한다. 오생근 교수는 보들레르에서 문학 공부를 시작하여 엘뤼아르의 시로 석사논문을 썼고 브르통의 소설로 박사논문을 썼다. 보들레르는 초년의 비평집뿐 아니라 2000년에 낸 평론집 『그리움으로 짓는 문학의 집』에서도 변함없이 중요한 자리를 차지하고 있다. 마차와 자동차의 차이에도 불구하고 새로 난 길에서 무서운 속도로 보행자를 위협하는 도시의 중압감은 변하지 않았다. 어느 것도 제자리에 놓아두지 않고 질풍처럼 변화하는 군중의 호기심은 삶에서 깊이의 체험을 제거하고 가만히 있으려는 모든 것을 파괴한다. 오생근 교수는 30년 전과 마찬가지로 지금도 군중에 대하여 취하는 보들레르의 잔인한 거리 감각을 배우고 싶어 한다. 도시의 축복과 저주는 그의 비평의 라이트모티프이다. 그는 파리와 서울의 현대성의 동일성과 차이를 근본적으로 해명하고 싶어 하고 아프리카 현대시에 나타난 도시의 이미지에 비평적 의미를 부여하고 싶어 한다.

그는 발레리의 시가 지닌 완벽한 조화에 대하여 정확하고 친절하게 가르칠 수 있는 문학 교육자이다. 그러나 그의 글에서 그가 관심을 두는 시인들은 발레리 같은 아우라의 시인이 아니라 랭보와 브르통 같은 어두움과 어긋남의 시인들이다. 그의 비평에는 자기의 삶으로부터 거리를 유지하고 자기의 세상으로부터도 거리를 유지하는 부정의 힘이 간직되어 있다. 아이러니로 가득 찬 비판적 상상력을 오생근 교수는 젊은 시절에 브르통에게서 배웠다. 그는 작품의 구조를 이 땅의 누구보다도 더 치밀하게 분석할 줄 아는 실제 비평가이다. 그는

『프로이트의 정신분석 비평』에서 옌센의 소설『그라디바』에 대한 프로이트의 해석을 꼼꼼히 뜯어읽음으로써 작품의 구조를 무시하는 정신분석 비평의 한계를 예리하게 지적하였다. 그러나 그의 관심은 언제나 형식 비평보다는 사회 비평 쪽에 있다. 그는 골드만의 문학사회학과 J. 뒤부아의 사회 비평을 처음으로 한국에 소개하였고 20년이 넘도록 푸코를 연구하고 번역하였다. 나는 정확성을 구태여 내세우려고 하지 않는 그의 번역의 정확성을 사랑한다. 무엇 때문에 오생근 교수는 푸코에 대하여 그토록 오랫동안 흥미를 보이고 있는 것일까? 내가 보기에 그것은 아마도 개념 체계보다 실제 자료에 근거하여 구체적 현실의 미소한 동력들을 분석하는 푸코의 방법에 매료되었기 때문인 듯하고 근대 사회의 모델을 마르크스보다 리카도의 경제학에서 찾는 푸코의 이단적 사고에 매력을 느꼈기 때문인 듯하다.

데리다는 영국의 일상언어학파의 영향을 받았다. 일상언어학파라는 말에 유추하여 판단한다면 오생근 교수는 일상문학파이다. 그는 급진적인 문학 이론을 연구하고 있으나, 그러한 이론들을 해석하는 그의 언어는 항상 평탄하고 자연스러워 새로운 이론에 대해서 말할 때도 읽는 사람은 그 이론을 마치 예전부터 알고 있었다는 느낌을 받게 된다. 그리고 그는 글을 쓸 때가 아니면 되도록 개념적인 말을 사용하지 않으려 한다. 그의 관심은 늘 일상생활의 평이하고 명백한 데를 향하고 있다. 현실의 계기는 무한하고 개념의 내용은 유한할 수밖에 없다는 것을 너무나 분명하게 인식하고 있기 때문에 그는 이론에 대해서는 큰 소리로 말하지 않는다. 문학 작품에 대하여 말할 때 오생근 교수는 특수한 사례를 강조하지 않는다. 숨은 것을 찾고 이상한 것을 내세우는 대신에 작품에 적힌 대로 따라가면서 평범한 사람들이 살아가는 이야기를 지극히 평범하게 풀어놓는다. 이론은 짧고 생활은 영원하다는 것이 그의 믿음이다. 급진적인 이론의 매력에 빠져 있을 때에도 그는 황석영의 소설 제목처럼 오래된 정원이야말로 인간이 탐구해야 할 근원적인 목표라고 믿는다. 나도 화엄 공동체라는 말을 몇 번 사용한 적이 있지만 황석영의 『오래된 정원』을 읽고 나서 현학적인 나의 표현이 부끄럽게 느껴졌다. 문학의 핵심은 꿈의 실현이 아니라 꿈 자체에 있고 태초 이래로 인간이 꿈꾸어온 오래된 정원을 느리게 걷는 데 있다. 심오한 지혜를 들뜬 데가 전혀 없이 진술하는 그의 비평을 읽노라면 나는 그의 글을 국어 시간에 교과서로 사용하고 싶어진다. 그의 비평을 한마디로 한다면 급진 이론과 일상생활의 결혼이라고 규정할 수 있을 것이다.

이번 비평집에서 제일 먼저 눈에 띄는 것은 열네 명의 시인에 대한 집중적인 탐구이다. 오생근 교수는 어느 시인을 논하든지 그 시인이 지금까지 써낸 시집들 전부를 면밀하게 검토하여 시인의 세계를 규명하려고 시도한다. 열네 편의 시인론을 통하여 우리는 현재 활동하고 있는 시인들의 실험에 대하여 이해할 수 있을 뿐 아니라 현대시의 본질과 동력에 대하여 배울 수 있다. 『삶을 위한 비평』의 주제였던 사랑과 빛의 교환은 여전히 이 시인론들의 중심선이 되고 있다. 오생근 교수는 인간에 대한 증오와 환멸에서 저질러지는 폭력과 인간에 대한 사랑과 희망에서 감행되는 폭력을 구별한다. 그러나 그가 더욱 간절히 희원하는 것은 일회적으로 끝나는 폭력의 혁명이 아니라 지속적으로 거듭되는 사랑의 변혁이다. 그는 최승호의 그로테스크 시편에서 해체된 자아를 응시하는 시인의 고통을 읽어내고, 유하의 경마장 시편에서 낯설면서도 낯설지 않은 욕망의 정체를 투시하는 시인의 의지를 찾아낸다. 그가 보기에 나희덕은 삶과 세계의 기미와 징후, 삶의 보이지 않는 변화를 누구보다 앞서서 민감하게 포착하는 존재의 감별사이고 기형도는 죽음을 바라보면서도 공포에 질린 표정으로 움츠러들지 않고 오히려 영원한 젊음의 얼굴로 웃고 있는 생명의 증언자이다. 오생근 교수가 시인들에게 영상 시대의 드센 파도를 헤쳐나갈 수 있는 전복적 글쓰기의 문제를 제기할 때 나는 그의 문제의식이 아직도 초현실주의의 자장 안에서 움직이고 있음을 확인할 수 있었다. 열네 편의 시인론들을 읽고 나서 나는 평소에는 느끼지 못했던 사실을 알게 되어 즐거웠다. 오생근 교수가 신비에 대하여, 불교에 대하여, 죽음에 대하여 깊이 사색하고 있다는 것을 나는 전혀 몰랐다. 나는 신비를 응시하는 것이 시인의 일이라는 그의 말에 동의하고, 삶 속의 죽음이 시의 근원적인 화두라는 그의 생각에 찬성한다. 그가 말하는 죽음은 삶과 떼어낼 수 없이 얽혀 있는, "삶을 위한 죽음"이다. 오생근 교수의 비평은 위대한 작가들의 문학적 탐색과 동일하게 에로스와 타나토스라는 무의식의 동력을 따라가는 영혼의 편력이다.   〔『서평문화』 제51집, 2003〕

이론 비평과 실천 비평의 순환

조남현

1. 정명환과 오생근 끊어 보기

인문학에 대한 관심과 기대가 줄어들고, 문학의 회로가 제대로 돌아가지 않고, 시집이든 소설집이든 문학적 업적들 사이의 '차이'를 밝혀내려고 하지 않는 현상이 갈수록 심화하는 마당에, 불문학자로 한국 문학 비평사에 넓은 자리 하나씩을 만들어놓은 정명환과 오생근은 각각 『문학을 생각하다』와 『문학의 숲에서 느리게 걷기』라는 평론집을 내놓았다. 제목의 함의에 궁금증을 지닌 채로 염두에 두면서 책 전체를 통람한즉, 정명환은 오늘날 위기에 빠진 한국 문학은 장차 어디로 갈 것이며 도대체 고급문학이라고 하는 것은 어떻게 될 것인가 하고 한숨짓고 있고, 오생근은 문학 혹은 한국 문학 속에 오늘날 한국인들의 잘못된 삶의 태도를 바로잡아줄 수 있는 묘방(妙方)이 아직도 있는 것으로 생각하고 있다. 정명환과 오생근은 총론의 형식으로든 각론의 형식으로든 한국 문학의 긍정적 측면을 부각하는 데 중점을 두었지만, 정명환은 정명환대로 한국 문학에 초점을 맞추면서 문학의 가능성과 당위성에 대한 본질적 사고를 꾀하였고 오생근은 오생근대로 한국인의 삶의 자세를 문제 삼아 비판적 사고를 시도하는 데서 출발한다. 그런데 정명환과 오생근은 자신들이 보여준 본질적 사고와 비판적 사고는 근본적으로 안팎의 관계를 이루는 것임을 똑같이 실천적으로 입증해 보이고 있다.

일반인에게는 인생관이나 가치관이 바뀌면 문학관도 바뀐다는 공식을 제기할 수 있다. 이런 공식에 서서 보면, 정명환이 40년 내내 마땅찮게 여겨온 기계적인 문학 도구화론이라든가 무분별한 문학 기능 확대론은 오생근이 문학 평론의 한 형식인 '인생 비판'의 표적으로 삼고 있는 탐욕적이고, 졸속적이고, 획일적이고, 대중 지향적인 삶의 태도와 거리가 있다고는 하기 어렵다. 우리 문학 평론사에서 정명환과 오생근으로 이어지는 계열은 문학에는 문학 나름의 법칙이 있고 문학의 힘은 오로지 작품이 주는 감동에서 찾을 수 있다는 기본 인식을 지닌 것으로 설명된다.

2. 『문학을 생각하다』와 이론 비평

정명환의 『문학을 생각하다』는 『한국 작가와 지성』 『졸라와 자연주의』 『문학을 찾아서』 등의 평론집과 『20세기의 지적 모험』(알베레스), 『문학이란 무엇인가』(사르트르) 등의 역서의 뒤에 놓인다. 이때의 '뒤에 놓인다'는 말은 '가장 뒤늦게 나온 것'이라는 의미 이상의 것을 지닌다. 『문학을 생각하다』에는 앞에 나온 평론집들과 역서들의 내용 중 결코 적지 않은 부분이 반복되거나 수정 · 보완되어 옮겨져 있다. 그 스스로 「책머리에」를 통해 "여기에 실린 글들은 지난 40년

동안 내가 발표한 것들 중에서 고른 것"이라고 한 것처럼『문학을 생각하다』는 선집의 성격도 지니고 있다. 선집의 성격이 그러한 것처럼, 이 한 권의 평론집만으로도 평론가 정명환의 세계를 파악할 수 있게 된다.

『문학을 생각하다』에는「평론가는 이방인인가」외 10편으로 구성된 제1부,「예스와 노의 사이」외 7편으로 구성된 제2부,「오늘날 사르트르는 누구인가」등 3편의 사르트르론을 보여주고 있는 제3부, 그리고「마루야마 마사오의『일본의 사상』」「후쿠자와 유키치의 세 권의 책」을 소개하고 있는「보유」가 들어 있다. 제1부는 문학 일반론, 제2부는 개별 작품론과 주제론, 제3부는 사르트르론, 제4부는 일본 사상가론으로 정리된다. 프랑스 문학 전공 교수이면서 문학평론가인 정명환의 관심은 한국 문학의 주제와 작품, 사르트르, 일본 현대 사상가에 폭넓게 걸쳐 있음을 알게 된다.

정명환은 한국, 프랑스, 일본 등 세 나라의 문학과 사상을 덮을 수 있는 관심의 그물을 짜놓은 것으로 드러나긴 하지만 내적으로는 한국 문학의 여러 가지 문제에 부심해왔다. 1960년대 비평의 문제점(「평론가는 이방인인가」), 정치 참여(「작가의 정치 참여」), 휴머니즘(「한국 현대 문학과 휴머니즘의 위기」), 구조주의(「구조주의와 문학」), 시 번역 태도(「외국 시 번역의 한계와 요청」), 문학 교육(「대학에서의 문학 교육을 위한 기본적 전제」), 문학 연구 방법(「한국 문학의 보편화를 위하여」,「오늘날의 문학적 상황에 관하여」) 등과 같이 다양한 문제들을 제기하면서 동시에 그 해결책을 모색하기도 하였다. 이러한 문제에 대한 사실 파악과 해결책 방안 제시는 오랜 시간에 걸친 전문가적 노력을 요구한다. 제2부에 들어 있는 짧은 글들을 통해서도 정명환이 이러한 노력을 계속해왔음을 확인할 수 있다.

『문학을 생각하다』에는 1962년에 발표한 「평론가는 이방인인가」 「작가의 정치 참여」와 2001년에 발표한 「오늘날의 문학적 상황에 관하여」 「비행기와 문학」 등과 2002년에 발표한 「한국 문학의 보편화를 위하여」가 들어 있다. 무려 40년의 시간차가 있는 글들이 한 책의 공간에서 같은 독자들을 기다리며 함께 숨쉬고 있다는 것은 이 책이 기본적으로 선집의 성격도 지닌 것인 이상 긍정적으로 볼 필요가 있다. 정명환은 1960년대의 주류 비평가의 한 사람이었으며 많은 문학 연구자 지망생에게 신선한 충격을 주었다. 정명환의 문학적 인식 중에 그동안 변한 것은 무엇이며 변하지 않은 것은 무엇인가, 또 변한 것과 변하지 않은 것을 매개로 하여 한국 문학은 어떠한 특질을 드러내고 있는가 등과 같은 질문을 할 수 있다.

이러한 질문에 제대로 답하기 위해서는 『한국 작가와 지성』(1978)을 살펴볼 필요가 있다. 이 평론집은 「이광수와 계몽사상」 「이효석 또는 위장된 순응주의」 등 네 편의 근대 작가론과 선우휘·오상원·최인훈의 작품들을 다룬 「전쟁과 한국 작가」, 최상규와 서기원의 소설을 비평한 「지성과 애매성」 등 7편의 작품론으로 구성되어 있다. 선우휘의 「불꽃」, 최인훈의 『광장』, 오상원의 『백지의 기록』, 최상규의 「포인트」, 서기원의 「암사지도」, 박경리의 『표류도』 『김약국의 딸들』 『시장과 전장』, 이호철의 『소시민』, 강용준의 「광인일기」, 이청준의 『당신들의 천국』 등을 다루고 있는 글들로 짜인 제2부 '현역 작가에 관한 노트'는 현장 비평적인 성격을 지니고 있다. 제2부에서 대상으로 취한 작품들 대부분이 오늘날 여전히 문학사적 작품으로 존재하고 있다는 사실은 정명환의 비평가적 안목이 바르면서 뛰어난 것임을 말해준다. 만일 제2부에 담긴 글들이 이 작품들이 발표된 직후에 씌어진 것이라면 정명환의 비평가적 안목은 훨씬 더 높게 평가되었을 것이다. 정명환은 제2부의 여러 글에서 카뮈·사르트르·말로·지드·프루스트 등의 프랑스 작가와 그들의 작품들에 대한 이해와 지식을 활용하여 한국 소설을 분석·해석·평가하고 있다. 물론, 프랑스 문학을 준거로 하는 일이 현학적이라고 불릴 수 있을 정도로 비중이 큰 편은 아니었다.

「이광수와 계몽사상」「이효석 또는 위장된 순응주의」 등은 외국 문학 연구자도 본격적인 한국 문학 논문을 얼마든지 쓸 수 있다는 값진 선례를 남겨주었다. "신문화 건설이라는 이광수의 민족적 계몽주의의 목표가 구체적인 프로그램을 갖지 못하고 도리어 제 사상(諸思想)의 무반성적 잡거 상태(雜居狀態)로 변질되고 만 곡절을 그의 유교에 대한 태도를 중심으로 살펴본"(『한국 작가와 지성』, 문학과지성사, 1978, p. 34) 정명환의 시각은 '이광수의 계몽사상'을 새로운 눈으로 보게 했다. 이광수의 일기라든가 수필과 같은 자전적 기록을 다 검토하고 난 후 "이광수의 전 생애를 지배한 네 가지 집념"을 '한국인으로서의 열등의식' '자신에 대한 우월감과 사명감' '민족적 저항의식' '순문학의 인격' 등으로 밝힌(같은 책, pp. 17~18) 것은 춘원을 근대 문학의 개척자로 떠받드는 분위기에 찬물을 끼얹는 결과가 되었다.

"좌익적이 된다는 것, 그것은 그 무렵의 순응주의였다. 진보적, 혁신적으로 보이는 그 시대의 유행 사상에 대한 부채감은 효석으로 하여금 위험의 권외에 서서 참여의 희극을 꾸미게 했던 것이다"(같은 책, p. 78), "프로 문학과 효석의 관계는 흡사 시어머니와 며느리의 관계와도 같다고 할 수 있다. 효석은 말하자면 시어머니의 권위에 복종하는 척하고 그의 비위를 맞추는 것이 이롭다는 것을 아는 약은 며느리이다"(같은 책, p. 79)와 같은 대목에서 정명환의 이효석론의 정채(精彩)를 찾을 수 있는 「이효석 또는 위장된 순응주의」는 동반자 작가로서의 이효석에 대한 연구의 길잡이가 되었다. 지금도 이효석 연구자들은 「이효석 또는 위장된 순응주의」를 반드시 일독해야 할 글로 평가하고 있다. 이광수는 『무정』의 소설가로, 이효석은 「메밀꽃 필 무렵」의 소설가로 몰아가면서 합리적이며 자유로운 해석으로 나아가지 못한 채, 제한된 것이면서 의도적인 실증주의에 안존할 수밖에 없었던 국문학도들에게 「이효석 또는 위장된 순응주의」는 실로 큰 충격이었다.

『문학을 생각하다』에서는 『한국 작가와 지성』의 제1부와 같은 한국 현대 문학 연구 논문도 더 이상 보이지 않고 제2부와 같은 본격적인 소설 작품론도 보이지 않는다. 『한국 작가와 지성』 이후 정명환은 본격적인 한국 현대 작가론뿐만 아니라 현장 비평에서도 떠나버린 것이라고 할 수 있다. 실제로, 정명환은 한국 문학에 관심을 갖기보다는 세계 문학에 통용되는 문학관과 문학 연구 자세를 탐구하는 데 힘을 쏟았다.

    1) 민중에게 미안하고 죄스럽다는 감정에 쏠려 정치 만능주의에 휩쓸리지 말고, 상대의 세계를 살피면서도 절대를 갈구하고, 지상의 번잡한 일에 관심을 가지면서도 정신의 북극성을 밝히는 것이야말로 현대 작가의 책임이다. 정치의 시녀가 되는 대신에 정치와 대중을 가치의 세계로 끌어당기기를 시도할 때 문학은 그 본래의 기능을 수행하면서 인류에 봉사할 수 있는 것이다. (「작가의 정치 참여」, 1962, p. 40)

    2) 윈드 교수의 말대로 무엇보다도 과학이 지배하고 또 정치가 지

배하는 이 세기에서는 세계를 놀라게 하고 역사의 과정을 바꿀 수 있을 만한 어떠한 작품도 나타나지 않는다. 도시 문학 작품에 그럴 만한 혁명적인 힘이 있는 것도 아니다. 그러나 사회의 부정과 자신의 현존을 고발하는 작품은, 서서히 그러나 착실하게 독자인 우리들의 의식을 개조해나가는 잠재력을 갖는다. (「서구 작가와 사회 의식」, 1965, p. 63)

3) 나는 다음과 같은 세 가지의 신념을 문학 교육의 실효성 있는 가설enabling hypothesis로 설정해보려고 한다. 첫째로는 문학 전문가가 아닌 일반 독자common reader는 '고급의' 문학에서 그 무엇을 얻기를 늘 희구하고 있으며, 작품은 누구보다도 이 일반 독자를 위하여 씌어진다는 신념이다. 〔……〕 셋째로 내세우고 싶은 가설은, 실인생과 욕망 사이에 괴리가 있다는 것을 불가피한 조건으로 받아들이면서도 그것을 괴로워하는 '소인(小人)'들에게, 즉 우리와 같은 대부분의 사람들에게, 문학은 삶에서 주요한 몫을 할 수 있다는 것이다. (「대학에서의 문학 교육을 위한 기본적 전제」, 1995, pp. 133~36)

4) 다만 오늘날 이 문학 전통의 수호에는 미증유의 어려운 요청이 따른다. 그것은 민족의 특수한 정치적·지적 상황만이 아니라, 앞서 언급한 금기의 해소, 기술 사회의 요청, 대중문화의 지배와 아울러 이런 문학 연구의 문제에 직면해서 문학의 진정한 맛(그것은 달다기보다도 쓴맛이며, 비록 달다고 해도 고진감래이지만)을 복원시켜나가는 것이다. 이 반시류적 과업의 수행이야말로 오늘날의 문학적 참여이다. (「오늘날의 문학적 상황에 관하여」, 2001, p. 208)

1)과 4)는 거의 40년의 시간차를 보인다. 1)은 현실 참여를 표방한 문학을 비판하였으며 2)는 문학에는 세상을 바꿀 만한 힘은 없다는 주장을 펼치고 있다. 3)은 고급문학이라는 개념을 상정할 수 있는 것처럼, 문학에는 계몽의 능력과 위안의 기능이 있다고 본다. 그런가 하면 4)는 정치 상황, 기술 사회, 대중문화 지배가 전통적인 의미의 문학의 계승과 발전을 가로막고 있다고 주장한다. 정명환은 1)·2)에서 3)·4)로 이행되어가는 과정에 문학관의 근본적인 변화가 있었음을 암시한다.

그는 「서구 작가와 사회 의식」(1965)에서 문학의 자율성이 의문시되기 시작한 현상을 꼽으면서 그 이유를 "정신과 영혼의 문제를 전담해온 지식인과 육체적이며 세속적인 활동에 종사해온 서민 사이의 계층적 구별이 파괴된 점" "인간 활동의 여러 분야가 서로 관련되어 있다는 것이 강하게 의식화된 점" "정치적 상황의 절박성이 문학의 자율성의 유지를 어렵게 한다는 점"(pp. 51~52) 등에서 찾았다. 문학은 지적 귀족주의, 계몽주의, 문학 중심의 정신주의 등이 파괴되면서 자율성을 상실한 것으로 볼 수 있다는 것이다. "권력의 횡포, 전쟁의 위험과 참상, 혁명의 소용돌이, 대중과 지배 계층의 분열 등을 목격할 때, 작가는 초연한 입장에 안주할 권리가 과연 있는지, 문학의 마땅한 기능은 무엇인지 스스로 어렵고 괴로운 질문을 던지게 되는 것이다"(p. 52)와 같은 대목에서 정명환의 문학관이 1960년대의 '순수문학 지지론'에서 조금씩 벗어나고 있음을 알게 된다. 정명환을 1960년대의 순수문학론자로 기억하는 사람들은 당황해할 만한 질문이기도 하다. 정명환은 현실 참여 문학을 조심스럽게 부정했지만 현실 초월 문학에 대해서도 긍정하는 태도를 바꾸게 된다.

「평론가는 이방인인가」(1962)에서는 당시의 문인들 대부분이 비평에 대해 "정신적이고 운동 심판적이고 심지어는 테러리스트적"
(p. 14)이라고 한 것을 보고 새삼스럽게 놀랐다고 하면서 "외국에서
수입해온 이론을 무기 삼아 마구 후려치는 것"(p. 15)을 테러리스트
적인 비평의 대표적인 실례로 들었다. 정명환은 이미 1960년대 초
에 "탄식도 계몽주의도 무차별 포격도 모두 훌륭한 비평이 아니라"
(p. 15)고 하면서 "정실 비평과 무식한 비평은 누구나 범하기 쉬운 과
오"라고 하였다. 정명환은 비평의 내용도 내용이지만 더욱 중요한 것
은 비평의 매너라고 인식했던 것이다. 1960년대의 평단을 향해 "당
치 않은 비유, 부정확한 개념, 정실적인 언사, 선의 없는 독단 등을
남용하게 되면, 작가는 자연히 그런 평론에 대해 등을 돌리게 될 것"
(p. 16)이라고 충고한 것은 파당성과 자기 현시 욕구가 넘쳐나는 오
늘날의 평단에 더욱 호소력이 있다고 하겠다. 또한 "남의 나라의 이
론을 채택하기 전에 우리의 여건을 먼저 살펴야 한다는 것은 모든 분
야에 있어서의 상식이며 그것이 곧 상황의 의식"(p. 25)이라고 했을
때의 상식과 상황 의식은 아직도 제대로 지켜지지 않고 있는 것이 엄
연한 현실이다. 오늘날, 무시로 바뀌고 어려운 외국의 이론을 수용하
는 것 자체가 힘에 겨운 탓인지 위에서 말한 유의 상식을 지키지 않는
현상은 개선된 것이기보다는 오히려 심화된 것이라고 할 수 있다.

  정명환은 문학사회학적인 방법론이든 구조주의적인 방법론이든
가림 없이 그 문제점을 지적하였다. 가령 「구조주의와 문학」에서는
구조주의적인 방법이 비평이건 시학이건 절대주의적인 태도로 빠지
는 것, 통시적인 입장에서는 멀어져버린 것 등을 비판하였다. 그리고
해외에서의 한국 문학 연구자들의 동향을 살펴본 「한국 문학의 보편
화를 위하여」에서는 외국 것을 절대적 기준으로 삼는 환원주의와 한
국 문학의 특징을 마구 늘어놓는 열거주의를 경계해야 한다고 충고

했다.

정명환이 가장 소중하게 생각한 것은 『문학을 생각하다』라는 평론집 제목에서 내비친 것처럼 문학 연구도 문학 비평도 특정 사조도 아닌 바로 '문학'이었다. 「책머리에」는 "구체적인 성찰의 대상이 무엇이었든 간에 나는 문학의 어떤 특정 분야가 아니라, 문학 그 자체를 관심의 초점으로 삼아왔다. 그리고 학문적 연구의 대상으로서의 문학이 아니라, 그것이 나 자신의 삶과 맺을 수 있는 실존적 관계를 한결같이 염두에 두었다"(pp. 5~6)고 친절하게 설명하였다. 문학 연구자이면서 평론가인 정명환은 오히려 문학 연구가 진정한 문학 독서와 감상의 가능성을 해칠 수 있다고 본 것이다. 「오늘날의 문학적 상황에 관하여」(2001)에서 이렇듯 의외의 주장을 펼친 것을 찾아볼 수 있다.

이른바 인문과학의 대두에 힘입어 문학은 정신분석학·인류학·언어학·사회학·기호학 등이 제공하는 방법론에 따라서 연구되거나 이론화되어야 할 대상으로 생각되었다. 이런 경향은 문학을 학문의 영역에 가두고 그 본래의 기능, 즉 인생을 바꾸어줄 수 있는 이의 제기로서의 기능, 김수영의 표현을 빌리자면 불온성의 기능을 자칫 경시하는 결과를 가져왔다. (pp. 206~07)

이러한 주장은 문학의 연구와 문학의 감상을 동일시한 데서 나온 것일 수도 있고 전문 독자와 일반 독자의 기대 지평을 구분하지 않은 데서 나온 것으로 볼 수도 있다. 문학에 있을 법한 "이의 제기로서의 기능"을 살리려고 하다 보면 그때의 비평은 비논리적이면서 상식에 호소하는 수준에 머무는 것이 되기 쉽다.

3. 『문학의 숲에서 느리게 걷기』와 실천 비평

1994년도에 간행된 오생근 평론집 『현실의 논리와 비평』을 평했던 「발견과 절제의 비평」(조남현, 『1990년대 문학의 담론』, 문예출판사, 1998, pp. 165~69)에서 "중심어들을 상식적 수준에서 사용하고 있음에도 그의 인식이나 논리는 결코 상식에 머물고 있지 않다. 상식은 그의 논리를 힘 있게 만드는 하나의 출발점이요 단초에 불과하다" "그는 비평이란 정독을 바탕으로 대상으로서의 작가나 작품에게 봉사하는 언설을 펼치는 것이라고 생각하고 있다" "요즈음 신인이고 기성이고 가릴 것 없이 흔하게 드러내는 비평가로서의 자기 도취나 자기 현시는 오생근에게서는 좀처럼 찾을 수가 없다" "평가보다는 해석을, 비판보다는 분석을, 주된 비평 작업으로 놓고 있다. 그는 인상 비평, 재단 비평, 판단 비평을 거부하면서 해석비평, 분석비평의 행사에 모범을 보이고 있다" 등과 같이 여러 가지 해석을 내린 바 있다.

이상에 지적한 여러 가지 태도와 방법은 『그리움으로 짓는 문학의 집』(2000)에서 반복해서 나타났고 『문학의 숲에서 느리게 걷기』(2003)에서는 심화되고 있다. '그리움' '문학의 집' '문학의 숲' '느리게 걷기' 등과 같이 바탕이나 행위를 나타내는 말들은 예사로운 것이 아니다. 한마디로 오생근의 문학관이나 비평적 태도를 요약해서 나타내주고 있는 말들이다. 이러한 말들은 정명환이 강조했던 "문학과 삶과의 실존적 관계"를 오생근이 모범적으로 실천에 옮기고 있음을 나타내 보인다. 물론, 정명환의 신념을 오생근이 실천에 옮긴 것은 우연에 가까운 일이다.

『그리움으로 짓는 문학의 집』에서는 모더니티, 집, 육체, 이미지,

몽상, 자본주의, 욕망, 도시, 사랑, 삶 등의 용어가 중심어가 되고 있다. 시간적으로나 의미 면에서나 이 평론집의 바로 뒤에 있는 『문학의 숲에서 느리게 걷기』는 이미 제목부터 오생근이 엄격하고 경직된 문학 연구나 문학 비평으로부터 인간과 문학을 구출해내겠다는 의지를 지니고 있음을 말해준다. '문학의 숲에서 느리게 걷기'라는 제목은 "속도의 시대와 경박한 사회의 흐름에 저항하면서 진정한 가치의 삶을 추구하는 작가의 작업을 그런 행위로 표현하는 한편, 문학적 작업을 소중하게 이해하고 평가하는 비평적 행위의 의미를 그렇게 표현하고 싶었기 때문"(「책머리에」)에 잡은 것으로 설명되고 있다. 그러니까 '느리게 걷기'는 인생 비판과 비평 행위의 재규정이란 두 겹의 의미를 지닌다. 그는 「'느림'의 삶과 '느림'의 시학」에서 속도 제일주의, 능률주의, 물질주의, 소비 풍조 등에 젖은 현대인들을 비판하면서 "느림이라는 낡은 가치가 오히려 우리의 삶을 행복하게 하는 방법이라고 말하는 책들이 등장하였음"에 주목하였다. 「욕망의 시대와 시인의 욕망」에서 유하의 시집들을 분석하면서 "느리게 사는 것은 압구정동식의 빠른 속도의 문화와 자본주의의 흐름에 맞서 저항하고 투쟁하는 삶의 방식으로 해석될 수 있을 것"(p. 256)이라고 하였다. '느림'의 시학은 오생근이 집중 분석한 황동규·유하·최하림 등의 시에서처럼 인생 비판의 형식으로 나타나기도 하지만 앞의 「책머리에」에서 밝히고 있는 것처럼 비평의 자세요 방법론으로 나타나기도 한다. 비평가 오생근에게는 '느림'의 삶보다는 '느림'의 시학이 더 중요한 것이 되어야 한다.

'느림'의 시학은 비평가로서의 연륜이 깊어지면서 자연 발생하는 것이기도 하지만 부단한 이론적 탐구의 결실이기도 하다. 그는 최근에는 환상문학, 폭력, 자본주의, 서울 등을 집중적으로 탐구하고 있다. 이 책의 제1부는 바로 이러한 이론적 탐색을 보여준 「환상문학과 문학의 환상성 — 호프만, 발자크, 앙리 미쇼의 작품을 중심으로」「폭력에 대한 논의와 문학 속의 폭력」 등의 글을 보여주고 있다. '느림' 의 시학으로서의 비평 자세는 14편의 시인론으로 된 제2부에서 잘 발휘되고 단련되고 있다. 오생근은 모두 다 자의적으로 선택한 것은 아니지만 황동규·최하림·김명인·김혜순·최승호·채호기·기형도·황인숙·나희덕·김기택·유하·장석남·이윤학·김중 등을 대상으로 하였다. 그는 대상 시인이 누구냐에 관계없이 거의 동일한 접근법과 서술 방법을 드러내 보였다.

첫째, 오생근은 한 시인의 시집 한 권을 분석·해석·평가하면 되는 자리에서도 되도록 대상 시집 이전에 나온 시집들까지도 다 검토하는 방법을 취한다. 과거 시집들과 연결하면 할수록 대상 시집의 특질이 더 잘 드러나는 법이다. 예컨대 장석남 시를 분석한 「'번짐의 시학' 혹은 그리움에서 사랑으로」에서 글의 끝을 "첫번째 시집과 두번째 시집을 통하여 추억과 그리움의 세계를 아름다운 감각적 언어로 표현하다가 이렇게 네번째 시집에서 독특한 방법과 섬세한 시각으로 사랑을 노래하게 되었다"(p. 289)와 같은 내용으로 채워놓은 것은 오생근의 총체적 작업을 거쳐 나온 것이기에 통설로 인정될 수 있다.

둘째, 오생근은 위의 방법처럼 외연을 검토하는 것에서 그치지 않고 내포적 요소까지 성실하게 탐구하는 방법을 취하고 있다. 한마디로 내포적 요소와 외연적 요소를 가림 없이 세밀하게 살펴보고 있다. 그는 단어 하나, 시행 한 줄을 정밀하게 검토하고 있거니와 이러한 실례는 제2부의 14편의 시론에서 두루 찾아볼 수 있다.

셋째, 오생근은 작품들 사이에서 반복해서 나타나는 중심 이미지를 찾는 데 힘썼으며 이를 논의의 출발점으로 삼는 경우가 많았다.

넷째, 작품론을 쓰든 시인론을 쓰든 그 대상의 특질을 잘 드러낼 수 있는 것이라면 국내외 이론서의 적극 수용과 검토를 게을리 하지 않았다.

최승호 시인의 시세계를 분석한 「사막의 도시와 그로테스크 시학」에서는 이상에서 말한 특징이 거의 다 드러나는 구절을 찾아볼 수 있다.

도시의 현실 속에서 자연과의 유기적 관계를 상실한 인간의 삶을 그린 최승호의 시적 도정이 『대설주의보』에서 『모래인간』까지 전개되어 온 것이라면, 그 도정은 『고슴도치의 마을』의 「썩는 여자」와 「떠내려가는 사람」, 『진흙소를 타고』의 '무인칭' 들, '자루' '똥' '변기의 삶' '쥐며느리의 삶' '고독한 정신병자,' 『세속도시의 즐거움』의 '바퀴벌레' '창녀의 육체' '지루하게 해체 중인' 똥 같은 인생의 이미지들로 점철되어 있다. 그것들은 물론 나중의 '눈사람'이나 '모래인간'의 이미지와 연속되면서도 단절된다. 연속된다는 것은 그것들 모두가 몰개성적이고 무기력한 인간을 상징하거나 사물화된 비인간의 모습을 보여준다는 점에서이고, 단절된다는 것은 형태가 집중된 혹은 덩어리 같은 모습과 형태가 해체된 모래와 같은 존재, 고통과 공포를 느낄 수 있는 육체의 소유자와 그런 육체가 증발하고 소멸된 개체의 형태가 각각 대조를 보이기 때문이다. (p. 125)

이 인용문은 오생근의 시 비평은 거의 흠잡기 어려울 정도로 정확한 문장을 구사한다는 다섯째의 특징을 암시한다.

시론에서 나타나는 이러한 특징들은 소설을 분석하는 자리에서도 거의 재현되고 있다. 제3부를 구성하고 있는 「창을 넘어 삶의 광장으

로—최인훈 소설『광장』「삶과 내면적 아픔의 글쓰기—이청준 중
단편소설 모음『별을 보여 드립니다』」「『오래된 정원』과 시간을 이기
는 사랑의 힘—황석영 소설『오래된 정원』」「도시의 폭력과 식물적
삶의 꿈과 저항—신경숙 소설『바이올렛』」에서도 시적 분석 방법은
고루고루 그리고 자주 활용되고 있다. 가령, 「『오래된 정원』과 시간
을 이기는 사랑의 힘」에서는 바흐친이라든가 들뢰즈의 이론을 끌어
오는 가운데 주로 시점의 문제를 논하면서 주제를 섬세하게 분석해
내고 있다. 이처럼 오생근은 소설 작품을 대상으로 하여 시적인 분석
방법에 치중하다 보니 날카롭다는 느낌을 안겨주는 동시에 주변적인
것이나 사소한 것에 치중한 것이 아닌가 하는 느낌을 주기도 한다.

  오생근 연배의 평론가들은 새로운 시각을 정립하기 위해 새로운
이론을 탐구하기보다는 관록으로 대상에 다가가기 쉽다. 많은 작품
들을 읽고 비평을 쓰다 보면 작품을 보는 능력이 모르는 사이에 신장
되기 마련이다. 그러나 이런 연륜과 관록에 따른 자연 발생적인 능력
제고에만 기댈 일은 아니다. 우리 시인과 작가 들에 의해 만들어진
문학적 사실들에 대한 깊은 이해와 정확한 판단도 있어야겠지만 새
로운 이론에 대한 적극적 수용도 많으면 많을수록 좋다. 오생근은 이
번 평론집에서도 프랑스 문학에 대한 전문 지식을 적소(適所)에 펼
쳐놓았는가 하면 환상문학, 폭력 등과 같은 개념에 대해서는 집중적
으로 탐구하여 본격적인 학술 논문의 형식을 갖추어놓았다. 「환상문
학과 문학의 환상성」에서 조엘 말리유의『환상론』, 로즈메리 잭슨의
『환상성—전복의 문학』, P. G. 카스텍스의『프랑스의 환상소설』, 츠
베탕 토도로프의『환상문학론』, 미하일 바흐친의『도스토예프스키의
시학』 등의 이론을 바탕으로 호프만, 발자크, 앙리 미쇼의 환상소설
을 분석하고 있으면서 한국의 환상문학을 새롭게 볼 수 있는 가능성

을 열어놓았다. 「폭력에 대한 논의와 문학 속의 폭력」은 한나 아렌트의 『폭력의 세기』, J. C. 세네의 『폭력의 역사』, 엘리아스 카네티의 『군중과 권력』, 발터 벤야민의 『폭력의 비판』, 미셸 푸코의 『감시와 처벌』, 자크 엘롤의 『폭력』 등과 같은 이론서와 카뮈의 『정의의 사람들』, 사르트르의 『더러운 손』, 톨스토이의 『전쟁과 평화』, 이동하의 『폭력 연구』 등과 같은 여러 편의 동서양 소설을 살펴보면서 폭력의 속성과 역사적 의의를 밝혀내고 있다. 이렇듯 환상문학 연구나 폭력 연구가 한국 문학을 새롭게 규명하는 하나의 길잡이가 되는 것임은 두말할 것도 없다. 자크 엘롤을 인용하여 폭력을 거부해야 할 이유로 삼는 폭력의 법칙 다섯 가지를 제시한 것(p. 42), 정명환 교수의 『문학을 찾아서』(1994)를 인용하여 "폭력이 정당성을 갖추어 정의의 저울대에 균형이 될 수 있을 만큼 유일한 방법이 되는 때" 네 가지를 제시한 것(p. 43) 등은 우리나라 시와 소설 그리고 평론에서 다루어진 폭력을 새롭게 보게 한다.

4. 정명환과 오생근 이어 보기

정명환이 비평가나 이론가를 향해 1960년대에서 2000년대 초까지에 걸쳐 부정하거나 우려했던 정치 만능주의, 대중 지향성, 자율성 상실, 지적 귀족주의 약화, 계몽주의 쇠퇴 등은 오생근의 비평에서는 찾아보기 힘들다. 우연히도, 오생근의 『문학의 숲에서 느리게 걷기』는 정명환이 제시한 문학과 삶의 실존적 관계성의 좋은 실례로 남게 되었다. 문학의 자율성이 보장되지 않는 이유로 계몽주의, 지적 귀족주의, 정신주의 등의 소멸이나 약화를 자신이 내건 것처럼 정명환은

21세기가 막 시작된 지금에도 고급문학, 계몽주의, 정신주의의 잔영을 지키고 있다.

1970년대에 평론 활동을 시작한 오생근은 프랑스 문학 연구를 중심으로 한 넓이의 문학 연구에서 한국 시인론 중심의 깊이의 비평으로 접어든 변모 과정을 보이고 있다. 오생근은 부단히 새로운 문학 이론을 섭취하는 가운데 작품을 정독하고 정밀 분석하는 작업을 해왔다. 오생근은 평론은 많은 작품 읽기와 평론 쓰기라는 행위를 통해서도 가능하지만 문사철(文史哲)에 걸친 이론 탐구가 바탕을 이루지 않으면 진부해지기 쉬운 법임을 실증해 보이고 있다. 오랜 세월에 걸친 작품 읽기와 평론 쓰기는 그를 정확한 문장을 능란하게 구사할 줄 아는 평론가로 만들어놓았으며 끊임없는 이론 탐구는 깊이 있고 좀처럼 흔들릴 것 같지 않은 문학적 논리를 펼 줄 아는 문학 이론가로 자리 잡게 했다. 〔『문학과사회』, 2003년 겨울호〕

제 3 부

아름다운 정신

뒤풀이 판 새로 펼 때가 왔는가

이청준

지난 1970년대 전반기의 어느 해 여름쯤이었던 듯싶다. 한 글꾼들 모임에서 처음 만난 오생근 형이 잠시 시간을 따로 하게 된 자리에서, 얼마 전 갓 제대를 하고 나와 시내 책방 순례 중에 내 두번째 소설집 『소문의 벽』을 사 읽었노랬다. 나는 좀 신기하고 고마운 마음에 어떻게 그 책을 사 읽을 생각이 들었느냐 물었고, 그는 책방에 서서 이 책 저 책 들추다 그 책 작가 후기에 "내 문학은 자기 구제의 몸짓에서 시작되었다"는 대목이 좀 별난 느낌을 준 때문이었댔다. 나는 좀 맥이 빠지면서도 남 위하고 세상 위해 문학한다는 뻔한 명분 내세우기에 진력이 나서라면 그대 또한 생각이 별스럽기는 마찬가질 거라는 느낌과 함께, 이 중량감 있는 체구에 뚜벅걸음 말투의 청년과 가까이서 문학의 길을 이웃해 갈 수 있으면 싶은 흔찮은 호감이 일었던 기억이다.

그는 과연 오래잖아 비평으로 문학의 길을 같이하기 시작했고, 나는 세번째 소설집 『가면의 꿈』(1975)에 대한 평설을 그에게 부탁하기에 이르렀다. 이어 1978년에 출간한 그의 첫 평론집 『삶을 위한 비평』에서 나는 예의 '자기 구제의 몸짓'이 그 자신의 삶의 문제 혹은 문학적 입지와 무관하지 않음을 알게 되었다. 그는 그 책의 서문에서 이렇게 쓰고 있었다. "삶의 모든 문제에 전혀 확신을 가질 수 없었던 시절 나는 〔……〕 무엇보다 자기 자신을 변화시키려는 욕망에만 사로잡혀 있었다. 문학에 대한 구체적인 관심은 바로 그러한 자기 자신의 구원이란 문제로부터 출발했다."

하지만 이는 물론 그의 문학에 대한 초창기 관심과 출발에 대한 술회일 뿐, 그는 이어 자신이 이미 그 '개인 구제'의 단계를 넘어서 그의 먼 비평의 지평을 크게 넓혀 다져가고 있음을 밝힌다. "문학적 정신과 삶의 태도가 별개의 것이 아니라 보다 더 적극적으로 관련지어져야 되는 것이며, 개인의 삶과 사회 현실은 동시에 함께 바꾸고 변혁시켜야 되는 것임을 배우게 되면서부터 개인의 삶이라는 문제보다 사회 전체의 삶이라는 문제가 참으로 중요한 것임을 깨닫게 되었다."

이후 2003년의 비평집 『문학의 숲에서 느리게 걷기』(느리게 걷기라면야! 그러지 않아도 그는 우람한 상체를 들썩들썩 율동 치며 천천히 무겁게 걷는 황소걸음형이거니와, 그런 뜻에서 "그는 자동차를 타고 가는 사람이 아니라 느리게 걸어가는 사람이고, 또한 자동차를 타고 빨리 가는 사람들이 보지 못하는 것을 보는 사람이며, 그들이 누리지 못하는 자유로운 산책에서 혼자이면서도 다른 사람들과 뒤섞일 수 있는 사람이다"고 한 시인·소설가들에 대한 기대와 믿음은 바로 그 자신에게 돌려줘야 할 말일 듯싶다)에 이르기까지 30여 년간 뚜벅뚜벅 변함없이 그 '삶의 문학'에 대한 믿음과 희망의 길을 걸어온 것이다. "나는 〔……〕 깊고 두터운 삶을 살면서 그러한 삶을 깊이 있는 문학으로 만들려는 시인과 작가들에 주목하였다. 〔……〕 그 느린 걸음이 동반하는 사색을 통해 속도의 비인간화를 비판하고 시대의 진실을 꿰뚫으며 삶을 변화시키려는 진정한 반역의 의지를 보고자 했다."

그런 가운데에 그는 더러 내 졸작 소설들에 대한 신뢰와 기대를 담은 글을 쓴 일도 있었지만, 내게 그 글들은 칭찬보다 은근한 나무람과 주문이 더 많이 숨어 있었던 기억이다. 때로는 그의 '음험한' 반어법을 내가 읽어낼 수 있을지 어떨지, 물색없이 엉뚱한 상찬으로나 받아들이지 않는지 나를 엿보는 곁눈질이 느껴질 때마저 없지 않았으니까. 하지만 나는 물론 그 모두에 감사하며 무엇보다 '개인적으로' 내 삶과 문학의 소중한 빚으로 즐겁게 지녀가려는 편이다. 왜냐하면 그의 비평문을 대하면 나는 문학적 문맥보다 인간 오생근의 숨결을 더 가까이 느끼기 일쑤인 데다, 그것이 내 졸작 소설에 대한 글일 경우에는 그 작품에 대한 호오(好惡)나 평가의 논리보다 내 '개인적 삶'에 대한 관심과 충고처럼 들리기 십상이기 때문이다. 가령 이런 식. "이청준은 그의 자유로운 성장을 가로막고 의지를 좌절케 한 현실에 대해서 논리적인 싸움을 걸고 그 싸움의 수단으로서 무수한 소설들의 가면을 이용한다"(「갈등과 극복의 윤리」). 혹은, "이청준의 주인공들이 허위의식에 가득 찬 집단과 싸우는 방식이란 〔……〕 '지는 자가 이기는 자'의 싸움 방식과 같다. 부끄러움이나 모멸감으로 아픔이나 외로움을 견디는 방법이 바로 그 싸움에서 이기는 방법이 되기 때문이다"(「삶과 내면적 아픔의 글쓰기」). 그의 이런 말들에서 나는 아무래도 내 소설에 대해서보다 소설 밖의 개인적 됨됨이나 삶에 대한 목소리가 더 크게 울려오곤 한 것이다. 그런 그의 음성에 또한 사람 지근거리의 흉허물 없는 목소리, 그의 삶과 문학의 반려 심정섭 선생의 내 흉보기 험담까지 겹쳐듦에랴.

비몽사몽간에 그는 음모 꾸미기를 좋아한다. 〔……〕 그가 주로 생각해 만들어내는 일은 저녁을 집에서 먹을 것인가, 밖에서 먹을 것인가, 주말에는 남한산성에라도 한번 올라갈 것인가, 누구를 꾀어내어

술이라도 빼앗아 먹을 것인가 하는 하찮은 일들이다. 그러느라고 머리카락이 은빛이 되었다고 한다.

〔……〕그는 누구보다 자유로운 작업을 가졌으면서도 다람쥐 쳇바퀴 돌아가듯 하는 월급쟁이처럼 시간표 짜기를 좋아한다. 〔……〕월급쟁이와 다른 점은 월말이 되어도 아무도 그에게 월급을 주지 않는다는 것이다. 그래도 그는 충실하게 월요일부터 토요일 낮까지 근무하고 주말이나 휴일을 꼬박꼬박 꼽아 기다리며 살고 있다. 종당에는 흐지부지 아쉬움만 남긴 채 흘러갈 휴식에 대한 기대에 부풀어서 말이다. (「그가 좋아하는 것과 싫어하는 것」, 1983)

이쯤 되면 오생근 형과의 지난날을 돌아보는 데에 굳이 '문학'을 매개 삼을 필요가 없을 것이다. 이미 드러났듯이 나는 지난 한시절 둘 사이엔 어쩌면 문학보다 더 소중한 삶의 굴곡과 소망을 가까이에서 함께 나누고 의지한 일이 있기 때문이다. 그 가운데에도 저 1970년대 중반께 강남 영동의 15평 아파트에 서로 이웃해 살던 시절을 특히 잊을 수 없다. 가까운 친지들 간에 '영동장'이라 불리던 우리 집이나 그의 4층에서 우리는 때없이 소주를 자주 마셨다. 집안 술탁이 시들하면 또 다른 이웃 윤구병 형과 가까운 선릉이나 봉원사 근처 숲을 찾아가 마셨고, 어느 때는 멀리 찾아온 시내 친구들, 일테면 안삼환 형 같은 이들과 뚝섬까지 나가 마시기도 하였다. 그 무렵 어느 여름엔가는 남쪽 해남 바닷가의 모래 바람 속에서 밤을 함께 보내기도 하였고, 연동의 고산(孤山) 선생 고가 사랑채 뜰 앞 고목의 푸른 꽃비(綠雨: 綠雨堂의 유래)를 함께 맞기도 하였다. 그러다 그는 오랜 숙제거리처럼 되어오던 프랑스 유학 길을 떠나갔고, 뒤이어 그를 따라간 심선생과 함께 작은 그림엽서의 좁은 필면을 내외가 나란히 나눠 쓴 깨알 같은 안부 편지는 지금까지도 슬그머니 웃음기를 자아내곤 한다. 그리고 두어 해 뒤 1982년 가을 내가 김병익, 정현종 형들과 셋이서 북유럽 쪽 여행 기회를 얻어 나가는 기회에 파리에도 들를 예정이라는 소식을 알렸더니, 그는 "내가 파리에 왔을 때의 가을 인상이 짙게 남아 있는데, 이 가을에 형을 만날 수 있다니 무척 기다려진다"는 엽서를 보내왔다. 우리가 예정된 북유럽과 남쪽 이탈리아, 스페인 등지를 거쳐 파리로 들어갔을 때, 그는 스페인 항공 노조의 파업으로 예고 없이 연착한 우리 비행기를 기다리느라 공항 입국장에서 종일을 보내고 있었다. 하지만 그 덕에 그의 부인 겸 공부 벗 심선생에다 어린 딸 정하양까지 셋이서 소꿉놀이처럼 오붓한 유학생 아파트 살림에서 그곳 생굴까지 미리 장을 봐둔 그 밤의 늦은 저녁은 우리를 얼마나 들뜨고 행복하게 했던지! 뿐더러 그로부터 그의 세 가족까지 함께한 파리 유람과 네덜란드, 독일 등을 거쳐 돌아온 중부 유럽 여행은 얼마나 더욱 잊을 수 없는 추억인지! 그 무렵 일에 대해선 그도 못지않게 감회가 촉촉하고 별났던지 뒷날 이런 사연과 함께 저 몽마르트르 언덕 사진의 엽서를 보내왔었다. "웬만한 것을 보아도 별로 좋아하는 기색이 없던 형이 몽마르트르 언덕 위의 이 작은 광장 풍경을 보고서 숨김없이 즐거운 표정을 지었던 기억이 생생합니다. 흐린 날씨 아래 가난한 예술가들의 그림과 그들의 남루한 복장을 통해 엿보이는 파리의 어느 다락방 생활과 〔……〕 그런 것들이 형께 연거푸 술을 마시게 하는 흥취를 준 것일 텐데, 제가 두 잔째인가 세 잔째에 중단시킨 것으로 더 이상 권해드리지 못한 것이 아쉬움으로 남아 있습니다……"

그와의 지난 일을 들추자면 끝이 없겠거니와 꼭 빼놓을 수 없는 한 가지 사실은, 오형과 나 사이 일의 기억엔 늘 고우 김현 형의 그림자가 어른댄다는 사실이다. 그를 처음 알게 된 인연도 아마 김현으로 해서였던 듯싶고, 예의 유럽 여행을 떠나면서 "오생근에게 무슨 반가운 선물이 있어야겠지 않으냐"는 내 주문에 아닌 게 아니라 나로선 전하기 즐거운 뜻 깊은 소식을 전하라던 것도 김현이었고, 나중 그가 귀국하여 성심여자대학에 봉직하며 춘천 캠퍼스의 문학 강연회 연사로 초청된 김현의 강연을 핑계 삼아 저녁녘의 춘천 호반의 낙조를 아쉬워하다 해 저문 북한강 길을 취해 돌아온 것도 그 셋이서 함께였다. 그리고 이후 오형은 학교를 옮겨 김현의 곁으로 갔고, 그로부터 그는 학교와 강의 일로, 비평 일로, 잡지 편집 일로 훨씬 더 바빠진 낌새였다. 거기다 언제부턴지 나까지 바깥나들이가 뜸해지고, 이윽고는 김현 형마저 모습을 거두어 떠나고 보니, 오형은 어쩐지 한동안 내 마음속 빚과 추억을 묻어두고 기다려야 할 것처럼 소회가 아득했다. 그리고 이제 그의 '깊이 읽기'를 준비해야 하는 처지라면 그 기다림도 미구에 마무리될 듯싶은 기분이다.

그래 그 기다림이 정말로 끝난다면 무엇 하게? 그야 무슨 일을 새로 꾸며 벌이지는 못하더라도 어려웠던 대로 젊고 활기찼기에 눈부셨던 시절(비록 마음속 기억이나마)의 뒤풀이쯤은 요량해볼 수 있는 일 아니겠는가. 그에겐(염치없이 '우리에겐'이라고는 말할 수 없는 처지고 보니) 아직도 뚜벅뚜벅 두껍고 느리게 걸어가야 할 긴 문학과 삶의 길이 앞에 있을 터이므로. 〔소설가〕

섬세한 거인

김주연

오생근을 알고, 그와 함께하는 인생은 나에게 행복이며 축복이다. 행복이라는 말과 축복이라는 말을 따로따로 썼는데, 그 까닭은 행복은 이 땅 위에서의 세속적인 즐거움과 행운, 즉 Glück이며 축복은 영적인 평안, 즉 Seligkeit의 의미를 담고 있기 때문이다. 그렇다면 그와 더불어 이 세상을 살아가는 일은 영육 간의 기쁨을 모두 누린다는 말이 되는데, 글쎄 이 글을 읽을 그의 소년스러운 표정이 떠올라 재미있다.

오생근의 첫인상은 일단 비문학적으로 보인다. 중후한 체구에 어눌한 말솜씨가 그 인상을 크게 거든다. 왜 있잖은가. 문학을 한다고 하면 어쩐지 선병질적인 체형에 말투도 재치 있고 유창한 모습이 그려지는 것. 실제로 얼마나 많은 문인들이 이러한 고정관념에 부합하는지 알 수 없으나 어쨌든 예술가형의 전통은 그런 것 같다. 오생근은 우선 이 전통에서 빗나가 있다. 가장 전통적인 한국인의 후덕한 모습을 지닌 그가 이 전통과 무관하다는 것은 아이러니컬한 일이다. 하기야 그의 전공이 불문학이며 그것도 초현실주의 연구로 프랑스에서 일찍이 학위를 받았다는 사실 등등은 그의 인상을 지속적으로 배반한다. 그러나 오생근이 '깊이 읽기'를 통해 우리에게 보여주는 것은 사람에 대한 인상 또한 깊이 있게 관찰되어야 한다는 점이다. 거기에 한 가지 덧붙인다면, 문학과 예술에 관한 우리의 관념이나 인상 역시 보다 총체적으로 이해되어야 한다는 점이다. 오생근은 말과 글로 우리에게 그것을 가르쳐준다. 날이 갈수록 천박해지는 문학 풍토 속에서 그는 속도를 조정하는 훌륭한 교사로서의 위의를 지키고 있다. 가령 문학의 기능과 운명을 '전복의 상상력'으로 이야기할 때 거기에는 기성도덕을 뒤집는 냉소, 야유의 실험과 성적 무질서의 문장들이 연상되지만, 그리고 그것이 곧잘 전위라는 이름으로 평가되기 일쑤이지만, 막상 앙드레 브르통 연구의 대가인 오생근은 그것들을 저만큼 밀어놓는다. 아, 그의 평론집 제목이 『문학의 숲에서 느리게 걷기』『그리움으로 짓는 문학의 집』이었던가.

매주 목요일 나는 오생근을 만난다. 출판사에서의 저녁 모임인데, 이날은 나뿐 아니라 모인 멤버 전부가 오생근을 통하여 엔돌핀을 공급받는다. 어떤 경우에도 싫은 낯을 지을 줄 모르는 그가 점잖은 유머로 좌중을 늘 즐겁게 해주기 때문이다. 그의 유머는 대개 두 가지다. 그 하나는 시중에 떠도는 재미있는 소담(笑談)인데, 그를 통해 낄낄낄 웃고 나면 대략 한 달쯤 뒤에 그것들이 장안을 떠돌아다니니, 상당한 첨단인 셈이다. 그러나 오생근 유머의 진정한 맛은 그러한 우스갯소리보다는 대화를 통해 상대방의 값을 은근히 높여주고, 곤란한 처지에 혹 상대방이 빠져 있을 때 그를 건져주고 마무리해주는 탁월한 화법에 있다. 그것을 나는 인간에 대한 무한한 사랑이라고 말하고 싶다. "절망 대신에 유머를!" 강조한 하인리히 뵐 문학의 현장이 거기에 있다고 할 것이다. 이럴 때 그의 모습은 시인보다 더 시인에 가깝다. 문맥을 찾아 이어보고자 하는 헛된 노력보다 촌철살인의, 그러나 구수한 생략과 비약으로 상황을 끌고 가고 매듭짓는 원숙한 시인이 거기에 있다.

그러나 나와 더불어 귀가하는 길에서 아연 치밀한 리얼리스트의 모습으로 그는 바뀐다. 그는 지난 어느 날을 놀라운 기억력으로 정확한 날짜와 참석한 멤버, 그들의 대화까지 재생하면서 그곳에서의 문제점들을 지적해내는데, 그 대상과 범위는 참으로 다양하다. 매주 만나는 친구들의 모임이 그 대상이 되는 수도 있지만, 내가 모르는 그의 사회 전반이 그 대상으로 들어오는 일들도 많다. 예컨대 그가 일하고 있는 학교에서 일어나고 있는 일, 그가 관계하고 있는 문단의 각종 행사와 관련 인물들이 등장하는가 하면, 그나 나나 모두 잘 모르지만, 모두 잘 아는 인물들의 활동, 예컨대 정치인들의 일거수일투족을 마치 옆에서 보기라도 했듯이 재현해낸다. 이 재현 놀이에는 때때로 이미 작고한 먼 나라의 작가나 이론가들도 개입한다. 엘리아데도 나오고 사르트르도 나온다. 이들을 말할 때 그의 모습은 철저히 그 옆에 붙어서 마치 그 사람의 대변인이라도 되듯이 침착하게 그 상황을 전달한다. 친구들 사이에 앉아서 그가 유머러스한 촌평을 할 때와는 사뭇 다른, 말하자면 객관적인 태도를 지키는 것이다. 이 두 가지의 태도가 나에게 주는 가르침은 인간에 대한 사랑과 신뢰이다. 인간에 대한 사랑……

인간에 대한 사랑은 무엇보다 순수해야 한다. 무슨 꿍꿍이속이나 계략, 거짓이 감추어져 있다면(성격적으로 이런 사람들이 꽤 있다. 이런 사람들은 무슨 비밀이 그리 많은지, 사람 보아가면서 이리 감추고 저리 감추어 도대체 신뢰하기 힘들다), 그런 사람의 사랑은 필경 가짜일 것이다. 오생근은 그런 의미에서 투명하다. 그는 사람들의 가장 약한 부분들을 볼 줄 알며 사람들의 실수를 가슴 아파하고 감쌀 줄 아는, 가장 올바른 의미에서의 문학인이라는 것이 나의 생각이다. 실제로 시론을 많이 다루는 그의 평론은 실험적인 전위보다 전통적인 서정을 중시하는데, 이것 역시 그의 초현실주의 전공을 생각할 때 조금은 낯설어 보일 수 있다. 그러나 실험과 전위는 어디까지나 실험과 전위이며, 실체는 보수적일 수밖에 없는 삶이라는 그의 문학적 인식은 매우 귀중하며, 그의 균형된 감각과 절제를 보여주는, 드문 미덕이라고 할 수 있다. 확실히 오생근의 정체성은 절제와 균형에 있다고 할 수 있는 바, 이러한 미덕은 거의 모든 부문에 걸쳐서 나타난다. 때로 둔중하고 어눌해 보이는 표면과 달리 날카로운 관찰력과 섬세한 감성은 그를 원숙한 조화의 인간으로 높이 바라보게 한다. 모든 갈등과 어려움을 놓치고 달래는 따뜻한 손길 뒤에서 이따금 발견되는 정의감, 그리고 의리의 배반에 대한 분노도 그가 소박한 필부만은 아님을 보여준다.

오생근은 풍류의 신사다. 무엇보다 노래를 좋아한다. 그는 무턱대고 노래 부르기를 좋아하는 노래방 가수는 아니다. 그는 노래 부르기를 좋아하면서, 그 이상으로 또한 듣기를 좋아한다. 듣기 좋아하는 장르도 광범위하다. 클래식, 팝송, 판소리, 그리고 유행가까지. 특히 팝송에 관한 한 그는 모르는 것이 거의 없다. 해리 벨라폰테나 조앤 바에즈를 즐기는 것은 내가 익히 아는 일이며 이제하가 부르는 구성진 노랫가락도 그의 애창곡 목록에 들어 있다. 그는 이따금 내가 좋아하는 노래였다면서 CD 구운 것을(물론 자기가 직접 굽지는 않았겠지만—그는 기술적인 문제에는 큰 관심이 없어 보인다) 내게 주기도 하는데, 언제 내가 좋아하는 것들을 그리 잘 기억해두었는지 놀랍도록 고맙지 않을 수 없다. 그때그때의 최신곡, 혹은 유행곡을 잘 배우고, 잘 부르는 그가 예전부터 꾸준히 잘 부르는 노래는 「친구」이며, 요즈음 배워서 잘 부르는 노래는 「누이」다. 그 사이의 노래가 「사람이 꽃보다 아름다워」인데, 이 노래들에는 모두 공통점이 있다. 사람에 대한 노래, 그것도 애틋한 그리움과 의리를 함께 담은 노래들이다. 작지 않은 몸을 격하게 흔들며 때로 설운도의 「사랑의 트위스트」를 부르는 파격도 있지만, 그의 맛은 역시 낮은 톤의 팝송들이다.

한편으로는 인간의 미묘한 심리를 거대한 우주로 관찰하고 존중하면서, 다른 한편으로는 인간의 의리를 믿는 사나이 오생근. 그는 참으로 멋진 인간이다. 최근에 그는 대학 바깥 외부의 어떤 자리를 고사하였다. 나는 그가 일종의 유혹을 물리쳤다고 본다. 젊은 날부터 지금까지 이 멋진 남자를 유혹했던 일들이 어찌 그 '자리'뿐이었겠는가. 그러나 그는 아무런 기색 없이 한결같은 자세로 오늘에 이르고 있다. 그는 자신의 매력과 관련된 일들에 대해서 스스로 말하는 일이 없다(주위에 보면, 누가 날 좋아했다는 둥, 어디서 자기를 오라고 했다는 둥 자가 발전하는 인사들이 좀 많은가). 내가 알기로 와인에 관한 한 소믈리에 수준을 능가하는 전문 식견의 그가 입을 쉽게 열어 아는 체하는 일을 보지 못했다. 언젠가 누군가 어떤 포도주가 좋으냐고 그에게 묻자, "마시기 좋은 술이 좋다"고 답하는 것을 들었을 뿐이다. 역시 오생근다운 반응이었다. 그가 좋아하는 노래, 최성수의 「동행」처럼 그와 동행하는 인생은 즐겁다.　　　　　〔숙명여대 독문과 교수〕

영원한 청년 오생근의 미소

김화영

프랑스 말에 'Tout d'une piece'라는 표현이 있다. 사전을 찾아보면 '하나로 된, 한 덩어리로, 통째로, 한결같은'의 의미로 사용된다. 다양한 의미를 가진 표현이지만 오생근이란 친구를 머리에 떠올릴 때면 간혹 생각나는 말이다. 내게 그는 각기 다른 여러가지 조각들을 이어 붙여 만든 존재가 아니라 단 하나의 덩어리로 이루어진 그런 뭉툭하고 한결같고 순정한 '통짜' 우량아 같아 보이기 때문이 아닐까? 이 말이 어쩌면 그의 외모와 성격적인 특징을 아우르는 총체적 표현이라는 생각이 든다.

그가 저만큼에서 걸어온다. 그 커다란 키와 덩치를 노골적으로, 그대로, 다 드러내놓기는 아무래도 좀 쑥스럽다는 듯이 어깨를 약간 어색하게 구부린다. 편안하고 풍덩해 보이는 옷에 감싸인 거구의 몸 깊숙한 어디쯤에 위치한 기쁨의 에너지원으로부터 번져 나오는 것인지는 알 수 없으나 미소가 전면으로 파급되고 있는 중인 얼굴이 먼저 환하게 밝아지면서 앞으로 다가온다. 어느 카페에서 만나든, 어느 길모퉁이에서 마주치든, 연구실의 의자에 앉아 있다가 일어서든 가장 인상적인 것은 그 사람 좋은 미소가 중심으로부터 외곽으로, 외곽으로부터 중심으로, 종횡무진 축제처럼, 그러나 내면의 수줍음에 의하여 속도에 제동이 걸리면서 약간 느리면서도 전면적으로 번져 나오기 시작하는 그 얼굴이다.

오생근은 내 대학 후배다. 나와 5년 정도 차이가 나니 같은 시기에 같은 캠퍼스에서 마주쳤을 가능성은 거의 없다. 그런데도 마치 대학 시절 초기부터 항상 가까운 친구였던 것만 같은 느낌을 받는 것은 그의 은근하면서도 한결같은 마음씀씀이의 힘이 그만큼 멀고 깊게 뻗치고 있었기 때문이리라.

솔직히 털어놓자면, 다른 친구들의 경우와 달리, 환갑을 맞는다는 그와의 우정을 되돌아보는 글을 쓰는 일이 내게는 너무나 어려웠다.

몇 달 동안 이 짧은 글을 쓰는 일이 내겐 실로 감당하기 어려운 강박이 되어 마음 한 구석 저만큼에서 서성거리고 있었다. 그 까닭이 어디에 있는 것일까?

우선 덤벙거리면서 방향과 목표를 찾지 못한 열정만 앞서는 저 맹목의 젊은 시절을 함께 공유하지 않았으니 그저 평탄하기만 했던 우리들의 관계 속에 어떤 실수나 갈등이 만들어낸 인상 깊은 에피소드 하나 얼른 머리에 떠오르는 것이 없다. 오생근에게 약점이 있다면 역설적이게도 그의 한결같은 선량함과 너무나 중심이 확실한 균형과 과묵함 같은 것일 터이다. 그렇다고 해서 그와의 우정이 물에 물 탄 듯 술에 술 탄 듯 특징이 없고 무미한 그런 것이었다는 뜻은 결코 아니다. 오히려 그를 만나면 한결같이 마음이 푸근해지는 축제 속에 들어앉은 느낌이었으니 말이다. 오히려 삶이 무미건조하게 느껴질 때, 사람과 사람 사이의 관계가 너무나도 각박하고 야비하게만 느껴질 때면 불러내어 찻잔이나 술잔을 앞에 놓고 마주 앉아 있고 싶다는 생각이 나는 사람이 그였고, 과연 찻잔이나 술잔 저 너머로 건너다 보이는 그의 미소나 혹은 덤덤한 침묵이 더없이 아늑한 위안이 되었다. 그만큼 그는 친구에 대한 배려가 깊고 열린 마음에 균형 감각이 있어 흔들리는 마음을 묵묵히 붙잡아주는 데 능하다. 그에 대하여 길게 늘어놓을 말이 생각나지 않는 것은 무엇보다도 그런 말이 너무나 "새삼스럽게만" 느껴지기 때문일 터이다. 사랑하는 사람에 대하여 그 사람의 무엇이, 어디가 좋아서 사랑하느냐고 물으면 어찌 코나 입 혹은 눈 때문이라고 꼬집어 말할 수 있겠는가. 더군다나 그 인물이 오생근같이 단 하나의 덩어리로 이루어진 뭉툭하고 한결같고 순정한 '통짜'라면 그런 디테일을 이유로 대기란 불가능한 것이 아니겠는가. 한동안 뜸했다 싶으면 전화선 저 끝 어디 쯤인가를 붙잡고 흔드는 그의 목소리가 들려오게 마련이다. 마치 좀 분주하게 밟아온 고개 언덕에 막 올라선 그의 미소가 가득 번지는 얼굴이 점점 더 뚜렷해지듯이.

내가 그를 자주 만나기 시작한 것은 1974년 프랑스에서 귀국하여 생전 처음으로 대학 강단에 서기 시작할 무렵이 아닌가 한다. 나는 귀국 직후 고려대학교에 직장을 얻어 나가기 시작하던 첫 학기에 모교인 동숭동 서울대학교 불문과에서도 시간을 맡아 강의를 했다. 딱 한 학기. 그것이 서울대학교 문리대의 동숭동 시절 마지막 학기였다. 그때 오생근은 늦은 시간까지 연구실에 남아 있는 조교였던 것으로 기억된다. 당시에 강사란 항상 강의 시간 앞과 뒤에 학과 연구실에 들러 시간을 기다리기 마련이었다. 그 학과 연구실의 주인이 바로 그였다. 그래서 오랜만에 귀국하여 많은 것이 낯설었던 나는 그와 자주 만나고 그만큼 친근감을 느꼈던 것 같다. 예나 지금이나 그는 학교의 연구실과 떼어 생각하기 어려운 엉덩이 무거운 인물이다. 시내에서 약속을 하고 만나면 늦게까지 연구실에 앉아 있다가 나온 것이 분명한 그의 손에는 거의 예외 없이 낡고 무거운 가방이 들려 있다. 당시엔 벌써 신춘문예로 등단한 지 몇 년이 지난 젊은 평론가로서, 불문학도로서 늘 표정에 가득한 미소 저 너머에는 강한 지적 호기심과 젊은이 특유의 고민과 불안과 열정이 뒤범벅이 되어 가지런한 말로 정돈하지 못한 에너지가 그의 입 안 저쪽에 맴도는 어눌한 말의 문맥을 긴 침묵으로 토막 내고 있었다.

그 무렵의 에피소드 한 가지가 기억난다. 오랜 외국 생활에서 돌아온 나는 그야말로 격변한 서울의 모습에 어리둥절했다. 안암동 고려대학교에서 오후 강의를 마치고 동숭동 서울대학교의 강의에 맞추어 버스를 타고 온 나는 지난 시절 그렇게도 낯익었던 종로거리가 너무나 변해 있어서 버스에서 내려 서고도 거기가 5가인지 4가인지 잘 분간이 가질 않았다. 마침 길가에 보이는 경찰관에게 길을 묻고자 하는데 다짜고짜로 그 경찰관은 나를 옆에 있는 파출소로 인도해 갔다. 길 안내를 기대했던 나는 곧 험악한 사태의 한가운데 놓인 자신을 발견했다. 당시에 만연했던 이른바 '장발 단속'에 걸린 것이었다. 그보다 훨씬 더한 장발이었던 나는 프랑스 현지 후배 유학생들의 도움으로 '귀국조발'이라는 이름의 단발조치를 취하고 온 참이라 조국의 단속의 대상이 될 줄은 꿈에도 예상하지 못했었다. 그런데 대학교수인 나는 순식간에 20대 젊은이들과 함께 도매금으로 파출소에서 동대문 경찰서 유치장으로 넘겨져서 철창 속에 갇혀버렸다. 카프카적인 상황은 문학이 아닌 나의 현실이 되었다. 그 순간 내게 가장 우려되는 것은 교실에서 나를 기다릴 학생들이었다. 나는 간신히 중간에 사람을 놓아 학교 연구실의 오생근에게 연락하여 오늘은 휴강이 불가피하다는 사정을 전하게 했다. 다급해진 그는 가만 앉아만 있을 수 없었는지 자신의 개인적인 연락망을 동원하여 일간지의 경찰출입기자도 아닌 『대학신문』 기자를 동원했다. 대학생 기자가 찾아왔을 때 나는 이미 경찰서 마당에 줄 맞추어 앉도록 강요당한 끝에 경찰관이 들이댄 이발 기계가 머리통 한복판을 밀밭 고랑의 트랙터처럼 밀고 지나간 뒤였다. 이런 신체적 수모를 경험한 나는 오늘날에도 박정희 대통령은 뭐니 뭐니 해도 우리나라를 일으켜 세운 사람이라고 칭송하는 사람을 보면 그날의 동대문 경찰서 마당으로 그를 모시고 가보고 싶어진다.

그후 오생근은 프랑스 유학을 떠났고 돌아와서는 다시 대학 강단에 복귀했다. 우리는 비교적 일정한 간격으로 만나는 가까운 친구로 살아왔다. 추운 겨울 어느 날 대학의 은사인 이휘영 교수의 영결식을 마치고 가누기 어려운 슬픔과 경황 없는 장례식 날의 고단함을 달래려고 찾아갔던 날 이래 강남 도곡동의 카페 〈귀영〉은 오래도록 우리들의 '심정적 분위기'와 떼어놓을 수 없는 무대장치가 되었다. 지하실 계단을 내려서면 너무 밝지 않은 불빛과 미니멀 풍의 깔끔한 검은색 톤의 실내 분위기가 한가운데 놓인 피아노와 잘 어울리는 그 홀 한구석의 아늑한 좌석, 거기에 앉아 우리는 자주 행복한 흥취와 미소를 술잔 속에 빠뜨려놓곤 했다. 그리고 무엇보다 오생근은 노래를 잘 불렀다. 가창 능력이 탁월하다기보다 그의 마음이 번져 나오는 듯 무리 없는 목소리와 어디서 미리 그런 연습을 하고 왔는지 늘 궁금한 그 다채로운 '레퍼토리,' 그리고 막힘없는 실행 능력엔 감탄하지 않을 수 없었다. 그런 매력에 감전되었는지 오생근과 동반하면 〈귀영〉은 물론 그가 이 넓은 서울 곳곳에서 잘도 발굴해내는 각종 식당과 카페에서는 늘 너그러운 주인과 감당하기 어려운 매혹의 종업원들에게 특별대우를 받는 것은 당연한 일이었다.

몇몇 또래의 교수들과 저녁 나절에 만나 프로이트의 정신분석 서적이나 데리다의 텍스트를 함께 읽던 교육문화회관이나 압구정동 모퉁이의 〈천둥과 번개〉, 그리고 비교적 최근의 단골이었던 〈오 킴스〉 〈이탈로니아〉 〈퓨전 스타〉 혹은 이태원의 독일 맥줏집, 지금은 이름이 바뀐 영화관 〈시네플러스〉 건물의 빵가게 등은 오생근의 탁월한 발굴 능력이 없었더라면 내가 즐겨 찾는 장소가 되기 어려웠을 것이다.

그리고 보면 내가 처음에 언급했던 프랑스 말이 과연 오생근의 진면목을 요약하는 표현일까라는 의문이 생기기도 한다. 그는 각기 다른 여러 가지 조각들을 이어 붙여 만든 존재가 아니라 단 하나의 덩어리로 이루어진 그런 뭉툭하고 한결같고 순정한 '통짜' 같아 보이는 것이 사실이긴 하다. 그러나 같은 표현이 '딱딱한, 어색한, 뻣뻣

한, 융통성이 없는, 고지식한' 같은 의미를 동시에 내포하고 있다는 데 생각이 미치게 되면 오생근은 오히려 그 반대라는 판단이 옳은 듯하다. 가장 진정하고 드높은 의미의 '삶'에 충실하려는 일관된 태도에 있어서 오생근은 한결같고 순정한 원칙주의자이지만 바로 그 삶이 작고 아기자기한 디테일들로 이루어져 있다는 의미에서 오생근은 딱딱하거나 융통성이 없는 인물과는 거리가 가장 멀다. 그는 누구보다도 자상한 사람이기에 삶이 제공하는 작은 기쁨들을 소중히 여긴다. 그래서 그는 자신의 첫 저작에 '삶을 위한 비평'이라는 제목을 붙였을 것이다. 40년 가까운 그의 문학과 그 문학의 밑바탕에 깔린 태도는 바로 그 '삶'의 구체성에 밀착해 있으려는 의지, 혹은 '그리움'의 모습으로 나타나는 것이리라. "느리게 걸으면서 생각하고, 거리의 풍경과 사람의 표정을 섬세하게 관찰하고, 도시와 자연의 변화를 온몸으로 느끼는 사람," 몇 년 전에 그가 내놓은 책에서 말한 이 한마디는 날이 갈수록 한결 더 자유로워진 그의 모습을 떠올리게 하면서 마음에 유난한 울림을 전달해준다. 일견 '통짜'인 듯한 그의 큰 덩치 속의 적절한 곳마다 빠짐없이 장치되어 있는 저 유연한 관절들을 궁굴리며 구체적 삶의 디테일 속으로 민감하고 정다운 촉수를 뻗는 그의 곁에서 같은 방향으로 시선을 던지곤 하면서 느리게 걷고 생각하고 풍경과 사람의 표정을 바라보는 행복감, 아마도 이런 것이 바로 그가 말하는 진정한 '삶'이요 우정이 아닐까 한다.

〔고려대 불문과 교수〕

문학이 좋아 늙는 것을 모르는 사람

김인환

예순이 다 되도록 세상 물정을 잘 모르고 살아왔다. 부귀와는 애초부터 인연이 없었으나 즐거운 일이 아주 없지는 않았던 것 같다. 30년 동안 그와 만나서 주고받은 이야기들은 그중에도 소중한 삶의 재산이다. 처음 만났을 때 그의 품성은 버팀성이 있었고 관상은 박한 데가 없었다. 푸근하고 따뜻하고 편한 데 끌려서 벗한다는 특별한 생각도 없이 30년이 지났다. 나는 진주로, 그는 파리로 만리를 떨어져 있었던 적이 있으니 만남이 만리를 건너고 반백 년을 넘어 이어졌다고 할 만하다. 비는 하늘에서 생겨 땅으로 떨어진다. 비가 하늘에 속한다면 하늘에 머물러 있어야 할 것이고 비가 땅에 속한다면 땅에만 고여 있어야 할 것이다. 비는 하늘과 땅에 속하므로 천지를 왕래하는 것이다. 그와 나 사이에도 그와 나에 동시에 속하는 무엇이 있어서 그와 나를 묶어주는 것이리라.

그는 늘 꾸준히 쉬지 않고 걷는 사람이다. 한결같다는 것이 그의 바탕이다. 그는 속됨을 견딜망정 거짓은 감히 하지 못하는 사람이다. 그에게는 사려 깊은 순수성이 있다. 사고의 고공비행이 조금도 없다는 것이 그의 특징이다. 자칫하면 들뜨기 쉬운 초현실주의의 실험과 모험을 그는 땅바닥으로 끌어내려 나날의 삶의 일부로 변형해놓았다. 그에게는 현실주의와 초현실주의가 하나이며 동일하다. 그는 서울대학교 문리대 불문과의 사승(師承)을 잇는 전통의 중심에 있는 사람이다.

1960년대의 문리대 불문과는 프랑스 문학의 산실일 뿐만 아니라 문학 자체의 요람이었다. 김붕구 교수의 『불문학산고』는 모든 문학 청년들 공통의 문학 교과서였다. 교재를 구할 수 없어 프린트물을 강독 교재로 쓰던 시절을 회고하면서 김붕구 교수는 손우성 교수의 그 강독 교재가 프루스트의 『잃어버린 시간을 찾아서』였다고 밝힌다. 김붕구 교수는 프랑스 유학을 한 적이 없는데도 한국에서 독보적인 『보들레르 연구』를 써냈다. 그분은 불문과 학생들에게 한국 문학에 관심을 갖도록 권유하고 정확한 한국어 글쓰기의 중요성을 강조하였다. 보들레르와 프루스트는 40년이 넘은 지금도 문학도들의 변함없는 숙제이다. 어느 누구도 보들레르와 프루스트를 읽지 않고 자기 문학의 방향을 설정할 수는 없을 것이다. 당시에 현대 문학의 이 두 거인에 대해서 배울 수 있는 학교는 문리대 불문과밖에 없었다. 당시 경복고등학교에서는 제2외국어로 독일어밖에 가르치지 않았는데, 황석영이 불어학원 알리앙스 프랑세즈의 교재를 들고 다니며 문학을 하려면 역시 불어를 해야 운운한 것이 그의 학과 선택에 영향을 주었다고 한다. 황석영이 소설을 내면 빠짐없이 평을 쓰고 황석영이 갇혀 있을 때는 꾸준히 면회를 가는 그를 보면서 나는 사람이 안 변한다는 것이 무엇인지를 알 것 같았다. 황석영에게는 『오래된 정원』이라는 소설이 있지만 오래된 우정은 그가 애써 노력하여 획득한 생의 업적이다.

불문학을 택한 이유야 어디에 있건 그는 김붕구 교수의 학문과 문장을 가장 깊게 배운 불문학자이다. 침착하기 짝이 없는 그의 글은 젊었을 적부터 지금까지 한결같은 어조를 완강하게 유지하고 있다.

글의 내용과 체취가 크게 달라지지 않아서 나는 이름을 보지 않고 글만 읽어도 글의 임자를 알아낼 수 있다. 30년이 넘도록 비평을 하면서 주제와 문체가 크게 바뀌지 않았다고 하는 것은 그에게 결점이 되는 것인가, 아니면 장점이 되는 것인가? 시비곡절을 한마디로 말하기는 어렵겠지만 사람에 대한 그의 우정에 일관성이 있을 뿐 아니라 문학에 대한 그의 애정에도 일관성이 있는 것만은 분명하다. 우리 주위에는 직선형 인간들이 많고 대개 그러한 사람들이 주목을 받는다. 그러나 직선형 인간들이 만나면 그들의 관계가 오래 지속되지 못한다. 일이관지(一以貫之)는 부드러운 곡선으로만 가능하기 때문이다. 그는 결코 남보다 앞서 나가려 하지 않는데도 항상 그가 사람들의 중심에 있는 것을 보면 사람들이 그가 중심에 있는 것을 가장 자연스럽다고 생각하기 때문일 것이다.

시대의 변화에도 불구하고 그의 글이 바뀌지 않았다고 하는 것은 문학을 시작하던 무렵에 그가 설정했던 문제가 지금도 여전히 유효하다는 것을 의미한다. 그는 보들레르로 문학 공부를 시작하여 엘뤼아르 연구로 석사학위를 받았고 브르통 연구로 박사학위를 받았다. 내가 『악의 꽃』 중 「파리 풍경」 시편에 대하여 꼼꼼히 해석한 서울대 불문과 학생의 명성을 들은 것은 아마 그의 학부 4학년 때일 것이다. 우리들은 그때 어쩐 일인지 초현실주의의 신화 속에서 문학을 꿈꾸고 있었다. 국문과 학생인 나에게 초현실주의는 작품으로가 아니라 마르크스와 프로이트를 통합하려는 실험으로 비쳐졌다. 이러한 비전에 따라 그때부터 지금까지 나는 마르쿠제·벤야민·라캉·알튀세르·바디우를 읽어왔다. 내가 보들레르도 엘뤼아르도 브르통도 제대로 모르면서 그와 말이 통하는 것은 초현실주의의 비전을 공유하고 있기 때문일 듯하다.

벤야민은 19세기의 파리를 근대의 폐허라고 불렀다. 파리라는 근대성의 폐허는 뉴욕으로, 도쿄로, 서울로, 나이로비로 계속해서 복제되고 있다. 근대 도시는 그의 비평의 라이트모티프이다. 작품의 구조를 치밀하게 분석하는 실제 비평가로서 그는 「프로이트의 정신분석 비평」에서 옌센의 소설 『그라디바』에 대한 프로이트의 해석을 꼼꼼히 뜯어읽음으로써 작품의 구조를 무시하는 정신분석 비평의 한계를 예리하게 지적한 바 있다. 그러나 그의 관심은 형식 비평이 아니라 사회 비평을 향하고 있다. 그는 골드만의 문학사회학과 뒤부아의 사회 비평을 처음으로 한국에 소개하였고 20년이 넘도록 푸코를 연구하고 번역하였다. 무엇 때문에 그는 푸코에 대하여 그토록 오랫동안 흥미를 보이고 있는 것일까? 그것은 아마도 그가 개념 체계를 앞세우지 않고 실제 자료에 근거하여 구체적 현실의 미소한 동력들을 분석하는 푸코의 방법에 매료되었기 때문일 것이다.

그는 급진적인 문학 이론을 연구하고 있으나 그러한 이론들을 해석하는 그의 언어는 너무나 평탄하고 자연스러워 아무리 새로운 이론이라도 그의 해석을 읽는 사람은 그 이론을 예전부터 알고 있었다는 느낌을 받게 된다. 현실의 계기는 무한하고 개념의 내용은 유한할 수밖에 없다는 것을 분명하게 인식하고 있기 때문에 그는 어떤 이론에 대해서도 큰 소리로 말하지 않는다. 문학 작품에 대하여 평할 때에도 그는 숨은 것을 찾고 이상한 것을 내세우는 대신에 작품에 적힌 대로 사건과 인물을 따라가면서 인물의 형상을 유지하는 한에서만 주제와 철학에 언급한다. 어떤 경우에도 그는 신비를 응시하는 것이 시인의 직업이며 삶 속의 죽음이 시의 주제라는 초현실주의의 화두를 놓아버리지 않는다. 그가 말하는 죽음은 삶과 떼어낼 수 없이 얽혀 있는 "삶을 위한 죽음"이다. 그의 비평은 위대한 작가들의 문학적

탐색과 마찬가지로 에로스와 타나토스라는 무의식의 동력을 따라가
는 영혼의 편력이다.   〔고려대 국문과 교수〕

내가 '형'이라고 부르고 싶은 사람

오정희

　1990년, 문학 선집을 낸 적이 있었다. 그때 출판을 맡아주셨던 나
남출판사의 조상호 사장께서 작품론을 '생근이형'한테 부탁하는 게
어떨까 물어오셨다.

　"생근이형이 써주신다면 저로서야 좋지요."

　오생근 선생에 대한 호칭이 하도 허물없고 친근하신지라 나 역시
그렇게 되받았을 뿐인데 조사장은 좀 놀라는 기색이었다.

　"생근이형과 그렇게 가까우십니까?"

　"하여튼 도, 동포 아닙니까."

　하긴 법으로도 명시되어 있는, 더 이상 가까울 수 없는 동성동본의
종씨 사이지만 글로는 알되 인간적으로는 잘 모른다는 것 또한 사실
이어서 더듬대는 궁색한 농담으로 얼버무렸다. 그렇게 해서 나는 '오
정희의 소설적 개성'으로 '거울'을 잡아낸 작품론을 얻게 되었다.

　"그것(거울)은 비치는 대상의 감춰져 있는 면, 혹은 감추고 싶은

어떤 부정적인 면을 숨김 없이 들춰내는 역할을 하기 때문이다. 그러나 다른 한편 그것은 비춰진다는 수동성을 파기하지도, 대상의 본질을 바꾸지도 못한다는 점에서 그러한 문학이 담고 있는 정태적 현실 인식의 문제를 내포하기도 한다."

나 자신 많은 소설 속에서 거의 의식지 못하고 사용하는 거울의 이미지를 예민하게 잡아내어 분석한 시선이 반갑고 놀라웠지만 그 무렵, 밤마다 머리를 벽에 쿵쿵 찧어대는 심정으로 고민하던 문제의 핵심이 바로 '정태적 현실 인식'이구나 짚어졌던 것도 큰 소득이었다.

작품을 섬세히 읽고 깊이 있게 분석한 글을 받는 기쁨과 고마움이 컸지만 그 마음을 전할 계기는 주어지지 않았다. 선생께는 별로 긴치 않을, 드러내 보이기에 어느 정도 민망하고 부끄럽기도 한 사적 공간과 육성이 많이 담긴 『오정희 문학앨범』이나 그것을 읽을 나이의 자제들이 있을까 의구심을 가지면서도 동화집 따위 등을 보내는 것으로 선생에 대한 각별한 고마움을 넌지시 표현했을 뿐이었다.

1996년도에 선생과 일행이 되어 독일에서의 문학 행사를 함께 치르면서 비로소 가까운 거리에서 선생을 보게 되었다. 여행 중의 어느 날 큼직한 상자를 들고 나타난 선생의, 뭔가 좀 쑥스러워하는 표정에 곁들인, 입이 하아 벌어지며 두 눈이 다 감기는 특유의 살인웃음을 보고 일행들은 약속이나 한 듯 모두 슬며시 미소 지었다. 선생이 들고 계시는 것은 고가 레일 위를 달리는 꼬마기차 놀이 장난감이었다. 장난감 가게를 드나들던 시절을 졸업한 지 오래인 사람들에게, 어린 아들을 위해 이국의 거리에서 장난감을 고르는 부정이 정겹고 애틋하고 따뜻하게 닿아왔던 것이다.

7월 초 북부 독일의 날씨는 종잡을 수 없었다. 비 뿌리고 바람 불고 해가 들다가 갑자기 흐려지는 등 변덕이 자심했다. 늦가을을 방불케 하는 스산하고 추운 날씨에, 얇은 여름옷 차림으로 모두들 잔뜩 움츠리고 밤길을 걷는데 오생근 선생만은 어깨를 펴고 늠름하셨다. 바바리코트 차림인데 얼핏 보니 안에 모직 천의 라이너를 덧붙인 것 같았다. 유럽 생활을 오래하셨고 그곳 날씨에 대한 경험이나 지식이 있어서 여행 짐에 사철 옷을 다 챙겨 오셨나? 한여름에 안을 댄 코트를 준비하는 마음은 무엇일까. (어쩌면 내가 잘못 본 것인지도 모른다는 의구심이 이 글을 쓰면서 비로소 든다.) 하여튼 그때 나는 이분이 상당히 내향적 기질일지도 모른다는 생각을 했던 것 같다. 겉으로 보이는 유쾌함, 예의바름이 주는 편안함은 빙산의 일각이고 그 아래 혹은 그 안에 훨씬 복잡하고 많은 것들을 내장하고 있는 것 같다는. 하긴 내향성의 힘 없이 어찌 좋은 문학을 하겠는가. 내향성을 잃을 때 문학은 빈 수레처럼 요란하고 공허해진다고 믿고 있지 않은가.

일상의 생활 공간과 책무를 벗어난 여행지, 휴가지에서의 홀림과 환각에 대해 우리는 조금 너그러워져도 좋을 것이다. 스스로 그것을 허용하기 위해, 또한 인생이 우리에게 주는 그 드문 황홀이라는 보너스를 얻으러 여행을 떠나는 것인지도 모른다. 포도주의 산지라는 산골 내륙 지방에서 전날 마신 포도주에 취한, 작취미성 상태에서 나는 오생근 선생께 참으로 뜬금없이 "……이곳으로 쭉 가면 바다가 나오나요?"라는 다분히 감상적이고 문학소녀적인 물음을 던졌다. "아마 아닐 것 같습니다." 제정신을 가진 사람이라면 사방 천지 바다가 있을 리 없다는 것을 알 텐데도 내가 금방 느낄 무안함을 덮어주려는 배려에서 '것 같습니다' 하신 것 같았다.

선생을 아는 사람들은 선생에 대해 미남자, 호남자, 과묵한 사람,

선하고 따뜻한 사람, 유쾌한 사람. 베스트 드레서, '가수'라고 한다. 문지 언저리에서 서성댄 세월 덕에 나 역시 그러한 면모를 조금씩 엿보는 즐거움을 누린 셈이다.

오생근 선생은 좀처럼 자신을 드러내시지 않는 분이라는 말을 얼핏 듣기도 했다. 오생근 선생의 충실한 독자를 자처하는 내게도 역시, 대산문학상 수상 소감에서 선생이 하신 "아내에게 감사한다"라는 당연한 말이 경이롭고 신선하게 들릴 정도로 자신과 자신의 사적 공간을 드러내지 않는 분이라는 느낌이 강하다. 글과 삶에서의 노출에 대한 혐오증을 갖고 있는 일종의 결벽이거나 방어이거나 도저한 자존심이거나 사려 깊음이거나 겸허함이거나, 수줍음이거나…… 보는 시각과 입장에 따라 여러 가지로 해석될 수 있을 것이다. 나는 그것을 자신을 드러내지 않음으로써 상대방에게 좀더 편하고 넓은 자리를 내주려는 배려로 이해한다. 어떤 사석에서도 저만치 조용히 계시는 오생근 선생! 그것은 선생의 글에서도 그대로 드러난다.

어떤 장르의 글이든 어느 정도 드러나게 마련인, 쓰는 사람 자신의 나르시시즘이 선생의 글에서는 보이지 않는다. 나는 선생의 작업에 대해 '나의 시선'으로 보고 쓰되 '나'를 드러내기 위한 방편이 아닌, 무욕의 글쓰기, 성숙한 글쓰기라고 말하고 싶다. 어떤 경우, 선생에게서 문득 보이는, 방금 물세수를 마친 소년의 낯빛 같은 깨끗함이나 신선함이 사람됨의 천진함, 세월도 어쩌지 못하는 맑은 천품의 드러남으로 보이는 나의 시각으로는 그렇다.

선생의 글에서는 많은 문필가들이 손쉬운 결론으로, 상투적으로 차용하는 '감동'이라는 단어가 드물다. 그러나 읽어가다 보면 마치 물에 풀리는 잉크처럼 아주 섬세하고 조용하게 스미며 감싸 안는 글쓴이의 시선과 음성을 느끼고 들을 수 있다. 흔히 예리함이라 스스로 오해하는 뾰족한 날과 냉소 대신 성실하고 폭넓고 예민한 시선이 느껴진다. 최인훈 선생의 『화두』를 기존의 소설관에 비추어 어떻게 읽고 받아들여야 하는가 조금 당혹스러웠는데 오생근 선생께서 쓰신 『화두』론'을 읽고 독법의 가닥을 잡았던 경험도 있었다.

고교 시절, 하굣길에서 웬 남자가 엉덩이를 툭 치고 지나갔다. 길바닥에서 돌멩이를 하나 주워들고 그 치한을 뒤쫓아가는 나를 함께 가던 친구가 말렸다. "너 정말 짱돌로 갈길 거야? 대갈통을 부숴버릴 거야?" 그 후 친구는 나를 '짱돌'이라고 놀려대곤 했다. '짱돌.' 내 안의 공격성, 눈 감고 돌진하는 단순무지의 무모함, 황당한 허세.

아주 오래전 이십대 초반에 나는 외국 유학 떠나는 친구와 "우리, 좋은 사람 되자" 하는 말로 작별하였다. 친구와는 일찍 소식이 끊겼지만 40년이 지난 지금에도 문득문득 그 말을 떠올리며, 질풍노도의 젊은 시절, 청운의 뜻을 품고 먼 길을 떠나면서 그런 소리를 할 줄 안 친구가 그때 이미 '좋은 사람'이었다고, 궁극적으로 우리는 모두 '좋은 사람'이 되어야 하는 것이라고 새삼 생각하곤 한다. 돌이켜보면 나는 돌멩이든 푸석푸석한 시멘트 블록 조각이든 손에 들고 무조건 달려드는 '짱돌 기질'로 세상에 대응해왔지만 '매혹을 선택하는 특별한 기준'은 오직 '좋은 사람'인 것이 아니었던가 싶다.

독일에서 나는 지갑을 잃었던 탓에 일행의 신세를 지면서 여행을 마쳤다. 고단하고 지루한 귀국길 비행기 안에서 오생근 선생께서는 줄곧 졸다 깨다 하면서 나의 슬픈 반생기를 들으셔야 했고 공항에 내려서는 2만 원을 갈취당했다. 선생의 돈 2만 원으로 춘천까지 오는 공항버스비를 치르고 춘천 터미널에서 집까지의 택시 요금을 치르고도 남아 두부와 콩나물을 사서 일용할 양식까지 거뜬히 해결하였다. 나는 10년이 지난 지금까지 그 돈을 갚지 못했다. 아니 안 갚았다. 갚으라는 채근을 받아도 이 핑계 저 핑계로 날짜만 끌 것이다. 내가 친해지고 싶은 사람에게 다가가는 방식은 두 가지인 듯하다. '짱돌'이거나(연애 시절, 남편은 내게 연애와 권투 시합을 구별하지 못한다고 했었다) 턱없는 긴장으로 막대기처럼 뻣뻣이 굳는다. 두 가지 다 난처한 상황을 만들기는 마찬가지인데 나는 오생근 선생께 대해서는 '짱돌' 버전을 택한 듯하다. 내 슬픈 반생의 역사를 아셨다는 죄로, 2만 원을 빌려주셨다는 죄로, 바다가 보일까요? 라는 황당하고 유치한 말을 들으셨다는 죄로, 간혹 시상식이거나 이러저러한 일로 만나게 되는 자리에서 10년이 넘도록 굳센 악수를 당하고 옆자리에서 사뭇 시시새새대는 객쩍은 내 얘기들을 들으셔야 했다. 오생근 선생의 곤혹스러움을 생각하면 딱한 일이긴 하지만, 적반하장도 유분수라지만, 채권자로서의 빚이라거나 채무자로서의 당당한 권리라는 논법도 때로는 성립되는 법이다.

선생께서 그날 내게 주신 것은 2만 원이 아니라 시효가 무한정한 백지수표라는 것을 아실까.

지난날 우리 집 가정 경제에 적지 않은 부담을 주었던, 1년 거치 20년 상환의 주택 대출 자금처럼 원금은 고스란히 살려두고 높은 이율의 이자만 두고두고 갚겠다는 나의 의지를 선생께서도 어쩌지 못하실 터이니 이런 정황의 소이연에 대해 오생근 선생의 어법을 빌려 비로소 고백해보련다. 아무래도 나는 생근이형에게 매혹당해 있는 '듯하다.' 내가 선택한 특별한 기준에 따르면 참 좋은 사람인 '것처럼 보인다.'　　　　　　　　　　　〔소설가〕

오생근 교수와 UFO

이창복

오생근 교수가 올해 회갑을 맞는다는 것이 영 실감나지 않는다. 다르게 말하면, 회갑에 대한 우리의 전통적 느낌과 내가 생각하는 오생근 교수의 이미지가 서로 맞지 않는다는 말이다. 오생근 교수를 생각하면 먼저 떠오르는 이미지는 넉넉한 외모와 맑은 미소 속에 섬세한 감성을 감추고 있는, 결코 늙지 않을 것 같은 젊은 모습인데, 회갑이라니 뭔가 생소한 느낌이 드는 까닭이다. 그러나 회갑이 한 갑자라는 시간의 길이를 살아온 삶에서 경험하고 성취한 것들을 되돌아보고 그 바탕 위에 보다 원숙하고 여유로운 삶을 새롭게 시작하는 삶의 단계라고 생각하면, 회갑은 축하하고 또 축하받을 만한 일임이 틀림없다. 오생근 교수가 회갑을 맞는 올해에 문학과지성사가 『오생근 깊이 읽기』의 출간을 기획한다 하니 지인의 한 사람으로서 진심으로 축하하며, 더욱이 문학인이 아님에도 이러한 지면의 원고를 청탁받으니 기쁘고 영광스러운 한편 졸문이 책의 격을 떨어뜨리지 않을까 하는 우려를 금할 수 없다.

오생근 교수와의 첫 만남은 매우 우연하게 이루어졌다. 10년 전인 1996년 6월 초의 한 주말에 나는 초면의 서울대 교수들과 함께 서해안 천리포로 1박 2일의 짧은 여행을 할 기회가 있었다. 당시 대학신문사 자문위원으로 있던 같은 과 교수 한 분이 동료 교수들과 천리포

여행을 계획하면서 그곳 지리를 잘 아는 내게 안내를 부탁했기 때문이다. 대학신문사 주간이던 오생근 교수를 비롯하여 모두 7명으로 구성된 우리 일행은 조금 쌀쌀했던 초여름 밤에 모닥불을 둘러싸고 앉아 술과 담소를 나누고, 흥이 나면 동심으로 돌아간 듯 차가운 바닷물에 맨몸으로 뛰어들기도 하면서 흉허물 없이 친해질 수 있었다. 이 1박 2일의 짧은 여행은 오생근 교수와의 첫 만남이자 동시에 나의 서울대학교 교수 생활에서 새로운 장이 열리는 계기가 되었다. 몇 달 후 나는 대학신문사의 자문위원이 되었고, 서울대학교에서 가장 재미있고 친밀한 교수들 모임의 일원이 될 수 있었던 것이다.

나와 오생근 교수의 교우는 이렇게 대학신문을 매개로 하여 시작되었다. 오생근 교수에게 있어서 대학신문이 갖는 의미는 특별하다고 생각되며, 자문위원으로 4년 그리고 주간으로 4년을 합쳐 총 8년에 이르는 대학신문과 함께한 시간의 길이를 고려하면 그것은 어쩌면 당연할 것이다. 그러나 시간의 길이보다 내가 더 중요하게 생각하는 것은 오생근 주간을 중심으로 하여 당시 대학신문사 식구들 사이에 형성됐던 화기애애하고 서로 신뢰하는 분위기였다. 그러한 분위기는 오생근 교수에 대해 주변 사람들이 가졌던 신뢰감에서 비롯한 것이며, 그래서 나는 그를 대학신문 역대 최고의 주간 교수로 꼽는 데 주저하지 않는다. 학생 기자들이 신문 제작의 전 과정을 직접 담당하는 대학신문사에서 주간 교수에 대한 학생 기자들의 믿음은 가장 기본적 요건임에도 불구하고 그러한 믿음을 얻기는 매우 어려운 일이기 때문이다. 대학신문을 학생신문이라고 생각하는 기자들은 끊임없이 일탈을 시도하여 주간 교수와 마찰을 일으키는데, 원칙을 지키면서 이들을 밤새워 설득하고 마침내 믿고 따르게 했던 그 끈기와 포용력은 오생근 교수의 대학신문에 대한 각별한 애정과 아울러 평소 주변 사람들에게 보여준 섬세한 관심과 배려 때문이었다고 믿는다. 후일 나 역시 대학신문사의 주간을 역임하면서 학생 기자들의 신뢰를 얻지 못하여 힘들어할 때에 오생근 교수의 그릇이 얼마나 큰지를 새삼 느끼게 되었다.

오생근 교수의 따뜻하고 섬세한 감성이 주변 사람들을 넘어 이웃집 개와 교감을 나누는 데까지 이르고 있음을 말해주는 일화가 있다. 오교수가 과천에 살 때 동네 이웃의 개가 한 마리 있었는데, 오며 가며 쓰다듬고 또 가끔 먹이도 주고 하면서 서로 정이 들어 오교수가 귀가할 때면 어디에선가 나타나 꼬리를 치고 반기곤 했다. 참이라고 불리던 이 개는 오교수가 동네 가게에 갈 때나 심지어 관악산을 산책할 때에도 뒤를 따르면서 오교수를 마치 자기 주인처럼 여겼는데, 청담동으로 이사하면서 헤어지게 되어 매우 아쉽고 서운했다고 한다. 얼마가 지난 후 개가 보고 싶어 과천의 살던 집 부근에 가보니 개가 보이지 않고 '참이야' 하고 불러도 나타나지 않더라고 안부를 걱정하는 오교수를 보고 내가 "오선생님이 오랫동안 안 보이니까 참이가 오선생님을 찾아 나선 것이 아닐까요?" 하고 농으로 위로를 대신하니, 오교수와 심교수를 나보다 더 좋아하는 집사람이 "오선생님을 오래 보지 못한 참이가 슬퍼서 죽었을 수도 있어요" 하며 한술 더 떴다.

이웃집 개에 대한 정성이 그러한데 하물며 당신의 자식들에 대한 마음이야 어떠랴. 특히 늦게 본 아드님 달지(본명은 '상현'이고, 애칭으로 부르는 아명이 '달지'이다), 여러 면에서 '축소판 오생근'인 달지를 바라보는 오교수의 시선과 표정은 감동적이다. 자상함과 자애로움 그리고 자랑스러움이 고루 섞인 오교수의 흐뭇한 미소 속에서 나는 보통의 한국 아버지에게서는 보기 어려운 따사로운 부정을 느낀다. 그러한 배려와 관심 때문인지 '오생근표 미소'를 완벽하게 구현하는 달지는 초등학교 3학년 때 이미 10권짜리 이문열『삼국지』를 세 번이나 읽는 독서의 저력을 과시했고, 중학교 3학년 때는『반지의 제 왕』에 대한 해박한 지식을 피력함으로써 영문학자이자 톨킨의 열렬 한 애호가인 내 집사람을 놀라게 할 만큼 범상치 않은 모습으로 커가 고 있다.

오생근 교수가 대학신문 주간을 할 당시 부주간과 자문위원으로 함께 활동하던 교수들은 요즘도 꾸준히 만나면서 술잔과 우정을 나 누고 있다. 대학신문 전임 자문위원을 줄여 '대신전자'로 모임의 명 칭을 삼고, 모임을 주주 총회로 칭하면서…… 모두 술과 대화를 좋 아하고, 벗을 위해 쓰는 약간의 시간과 노력을 아까워하지 않는 까닭 에 모임은 언제나 기다려지는 행사였다. 그런데 시간이 흐르면서 대 학신문의 주간이 여러 번 바뀌고 자문위원들도 계속 바뀌어가면서 '대신전자' 주주의 숫자가 너무 많아진 까닭에 모임의 성격을 보다 명확히 새로 규정할 필요성이 제기되었다. 한때 모임의 연락을 맡아 이 문제를 고민하던 나에게 집사람이 새로운 이름을 제안한다. "UFO가 어때요?" "UFO? 미확인 비행 물체처럼 공식적으로 알려 지지 않은 친목 모임이란 의미인가?" 하고 물으니, "아니요, 함께 모 이는 사람들의 공통점이 모두 오생근 선생님을 좋아한다는 점이니까 글자 그대로 United Fans of Oh의 첫 글자를 딴 거예요"라는 대답이 다. 그리고 나서 생각해보니 우리들의 대신전자 모임이 특별히 재미 있고 친밀해질 수 있었던 공통점은 바로 오생근 주간이었다. 나는 아 직도 오생근 교수의 팬임을 인정하지 않을 수 없다.

〔서울대 해양학과 교수〕

우리의 보스 청년 오생근

조상호

젊은 날은 잠시 회상하는 것만으로도 즐겁다. '아! 보병 8연대'의 젊음은 오생근 병장과 잡았던 따뜻하고 큰 손이 울림과 떨림으로 남은 삶을 지배할지는 몰랐다. 그때 우리는 젊었고 「희망의 나라로」나 「아침 이슬」이나 이청준의 『소문의 벽』이나 리영희의 『전환시대의 논리』나 적근산 방책선의 살을 에는 칼바람만큼이나 가진 것 다 뺏겼어도 명징함 자체였다. 오생근은 오늘날의 불문학의 대석학 꿈을 미처 꾸지도 않았고, 장성규는 파리의 주재원을 거쳐 세계적 기업인 스타벅스의 서울 사장을 꿈꾸지도 않았고, 박원철은 미국 변호사를 꿈꾸지도 않았고, 나는 사반세기를 잘나간다는 출판사 사장을 꿈꾸지도 않았던 것 같다. 다만 백두대간의 울울창창한 고지들 틈에서 손수건 한 장 넓이의 파란 하늘을 자유의 가슴에 품었으면 행복했다.

1971년은 박정희의 군부 장기 집권을 완성시킨 이른바 10월 유신의 한 해 전이다. 10월 15일 군의 탱크에 대학이 짓밟힌 위수령으로 제적 학생이 되었다. 김상협 총장의 말씀처럼 "하늘을 쳐다보고 물어봅시다. 차마 이럴 수가 있습니까? 땅을 치고 물어봅시다. 차마 이럴 수가 있습니까? 목을 빼고 통곡해봅시다. 차마 이럴 수가 있습니까?"의 처절한 울분 속에 자유의 제단에 바쳐진 피를 뿌리는 21마리 양의 하나가 되었다. 전국적으로는 180명의 동지들이 함께했다. 역사의 수레바퀴가 태양의 길을 달렸는지 일제 36년의 기나긴 질곡이라는 36년의 세월이 흐르면 그때의 그 대학생은 중년을 넘긴 어른으로 '대한민국 문화예술상'을 받는다. 또 그날이 문화의 날인 10월 셋째 토요일인 10월 15일이다.

도피 생활은 프롬의 자유에서의 도피를 되뇔 만큼 여유롭지만은 않았다. 원주 무심천 주변의 넝마주이 생활은 거지 왕자의 꿈을 꾸게 하기도 했다. 강제 입영한 논산 훈련소에서 고된 훈련의 공허한 허기를 삼립 크림빵으로 때우며 우리가 떠난 대학의 문이 다시 열렸다는 소식을 듣는다. "영구 좌절은 없습니다. 영구 절망도 없습니다. 칠전팔기의 새 전진만이 있습니다. 다 함께 미래의 역사를 굳게 믿고 현재의 곤경을 참고 견디어나가는 용기와 아울러 자존과 자애를……" 이라는 울음을 삼키는 함성을 바람결에 들어야 했다. 지성과 야성을 겸비한 지성인으로 거듭나려던 푸른 꿈의 젊은이는 전혀 준비하지 않았던 군인이 되어야 했다. 어쩌면 이제는 도광양회(韜光養晦) 유소작위(有所作爲)의 장정 길을 나서야 했다.

나라의 땅이 그렇게 넓은 것을 더플백을 메고 방책선 가는 길에서야 알았다. 동지섣달의 강원도 칼바람만 추운 것이 아니었다. 반정부 학생 세력이라 낙인찍고 감시를 게을리 하지 않는 보안부대원의 눈초리와 함께 어디까지 왔는지, 또 한참을 더 가야 하는지도 가늠하기 어려운 막막함이 더한 추위에 떨게 했다. 7사단 8연대 대기병 막사에서 처음으로 따뜻한 위로의 말을 듣는다. "그래, 고생이 많았겠습니다." 이등병에게 존댓말을 하는 사람의 얼굴이 처음 본 오생근 병장이었다. 우리의 관계는 그렇게 시작되었다. 형도 이 첩첩산중에서 사람이 그렇게 그리웠던 모양이다. 동기간의 육친의 정이 듬뿍 밴 모습이 산적의 보스 그대로였다. 그러나 형은 입대 전에 이미 동아일보 신춘문예에서 「이상(李箱)의 상상적 세계」로 입상한 문학평론가였다.

나는 감시를 편하게 하려는 군 정보기관의 편의대로 최전방 선임 소대 선임분대 3번 소총수가 되었다. 철책선 근무라는 것이 어쩌면 모든 커뮤니케이션 수단이 단절된 인위적인 태고의 정적 속에서 자신을 되돌아보게 하는 강제된 로빈슨 크루소였는지도 모른다. 세월이, 아니 6개월이라는 시간이 얼마만큼의 기다림과 기대와 안달인지를 갑자기 깨닫는다든가, 편지를 쓸 때는 내가 아는 지식들이 얼마나 모래 위의 집처럼 내 것이 아닌 허위의 지식들이었는지를 절감하곤 했다. 살아 있음을 확인할 수 있는 유일한 통로가 후방의 연대장실에 근무하던 우리의 보스 오생근 형이었다. 그러나 철책선에서 형을 만나러 연대에 나가는 기회는 쉽지 않았다. 안경을 바꾼다고 나왔다가 잠깐 들르거나, 근무 서다가 친구가 보낸 현대인에게 주는 편지 책을 보다가 걸려 영창살이 하러 가다가 만나볼 수 있는 경우가 고작이었다. 그 짬을 살려 우리는 터진 봇물처럼 이야기를 나눴다. 눈이 무릎까지 빠지는 고지에서 이야기는 끝이 없었다. 연대장실에서 푹 삶은 닭을 그렇게 맛있게 뜯으면서도, 제대해서 이것이 생각난다면 씁쓸하겠다고 하기도 했다. 한번은 결혼한 농촌 사병의 휴가 가는 일이 서무계의 농간으로 꼬이자 대뜸 가죽 장갑을 끼고 야구 방망이로 책상을 박살내며 민초의 애로 사항을 해결했다. 형은 우리의 정의의 보스였다. 그 무렵 눈사람과 같이 찍은 흑백 사진에 늠름한 산적 모습 그대로 남아 잊혀지지 않는다.

1978년 여름에 형의 첫 평론집 발간을 앞두고 충북 진천의 산골에 전우들이 모였다. 형이 항상 대통령감이라던 조희부가 귀농하여 한창 농사일에 재미를 붙이던 때 우리는 보스의 책 제목을 지으려고 머리를 맞댔다. 결국 『삶을 위한 비평』으로 낙착되었다. 형은 그 전해

11월 1천 3백 명이 죽거나 다친 이리역 폭발 사고의 현장을 다녀온 이야기를 조심스럽게 했다. 나는 뉴스로만 지나치며 일상에 빠져 있는데 형은 그 먼 곳 현장까지 가서 행동하는 지성을 실천했구나 싶어 가슴이 뜨끔했다.

군사 독재 체제에서 살아남으려는 몸짓이거나 지성의 우회로로 선택한 것은 아니라 하더라도 이제는 출판사가 직업으로 자리 잡을 무렵이었다. 바로 금서가 되었지만 5백 쪽이 넘는 당시로는 큰 책이었던 『새로운 사회학의 이해』를 자랑스럽게 여기저기 소개했던 형은 항상 가진 것이 없는 나에게 무언가를 도와주고 싶어 했다. 그 결실이 '나남문학선'이었다. 형이 편집인을 맡아 "우리 시대의 모순을 포착하여 문학을 형상화하는 고통스러운 작업을 끈기 있게 계속해온 치열한 정신의 작가들이 나남문학선의 주류를 이루게" 하였다. 이청준에서 시작하여 황동규, 김현을 거쳐 이문구까지 40명의 문학선을 꾸며주었다. 문학에 눈뜨게 해준 형의 애정에 항상 감사한다.

프랑스의 철학자 미셸 푸코를 형이 소개한 것도 큰 의미가 있다. 조악한 번역판이 횡행하는 현실을 두고 볼 수 없어 대학원 박사과정 학생들에게 『성의 역사』 3권을 번역케 했고, 스테디셀러가 된 『감시와 처벌』(감옥의 역사)은 직접 팔을 걷어붙이고 번역하여 3년 만에 출간할 수 있었다. 10년이 지난 뒤에 독자들과의 약속이라며 오역이나 미흡한 부분을 다시 손봐 새로 책 한 권을 다시 내듯이 개정판을 출간한 것은 형의 진실성과 함께 항상 청년의 기상이 식지 않았음을 말해준다. 나도 예순을 바라보면서도 마음이 청년인 보스를 따라가기가 결코 쉽지 않음을 느낀다. 4년 동안 숱한 토론과 땀냄새 속에 완간한 9백 쪽 가까운 대작 『광기의 역사』 표지에는 '이규현 옮김 오생근 감수'라 써 있다. 감수한 선생 이름을 굳이 역자 뒤에 넣은 것도 보기 드문 제자 사랑의 본보기로 형의 무변대한 그릇을 촌탁하기 어렵게 한다.

공중목욕탕에서 등을 밀어주는 내 아들 이야기를 그렇게 부러워하더니 늦둥이, 아니 '희망둥이' 오달지가 벌써 대학생이 되었다고 한다. 작은 청년 오달지가 군대 가는 날에 들려주어야 할 아버지의 청년 정신의 이야기를 아껴두기 위해서라도 여기서 글을 맺어야겠다.

〔나남출판 대표〕

황소처럼, 산소처럼

이인성

새삼 헤아려보니, 오생근 선생님과의 인연도 참 오래되었다. 서울대학교에 입학하여 공릉동에서 교양과정부를 거친 뒤 2학년 전공과정에 진입해 동숭동 문리대 캠퍼스로 첫발을 디뎠을 때, 검붉게 세월을 머금은 벽돌 건물의 동쪽 현관으로 들어서서 왼편 복도를 따라가다 나오는 좁고 우중충한 불문과 사무실의 문을 열면서, 나는 처음 오생근 선생님과 마주쳤었다. 1974년 2월의 어느 날쯤이었던 걸로 짐작되는데, 아무러나 어언 32년 전의 일이다……

그이는 그 무렵 불문과 사무실—그때는 '사무실'이라는 말을 싫어해 모두들 그냥 '과 연구실'이라고 불렀었다—의 터줏대감인 '조교'였다. 그러나 그 첫 만남의 순간부터 그이는 내게 '선생님'이었다. 뭔가를 묻기 위해 말을 건네야 했을 때, 내 입에서는 거의 자동적으로 '선생님'—그때는 '교수님'이란 직명 호칭을 쓰면 뭔가 모자란 학생이었다—이란 호칭이 튀어나왔다. 그러자 동시에 그 방에 앉아 있던 몇몇 선배들이 웃음을 터뜨렸던 걸, 나는 지금도 선명히 기억하고 있다. 그때까지 거기선, 모두들 그이를 '형님'이나 '형'이라고 불렀기 때문이다.

나중에 웃어른들께 배우길, 그렇게 관계를 맺는 경우 나이가 열 살 차이를 넘으면 '선생님'으로 부르고, 그보다 적은 차이면 아직 가깝지 않은 사이에서는 '선배님'이라 하다가 가까워지면 '형님'이라 부르는 게 자연스런 상례라 했다. 그이와 나는 일곱 살 차이인 데다가 함께 축구도 하게 되고 틈틈이 문학을 안주 삼아 술잔도 나누며 꽤 살가운 선후배의 정을 쌓아나갔으니까, 아마도 언젠가 호칭을 변경할 기회가 없지는 않았을 것이다. 그런데도 내 입은 그 후로도 쭉 '선생님'을 고집했다. 그이에 관한 한 내겐 그 호칭이 훨씬 자연스러웠다.

왜 그랬을까? 사실 그 듬직한 풍채와 적은 말수에 낮게 깔리던 목소리하며(그 목소리로 한대수의 「행복의 나라로」를 구성지게 뽑아낼 때는 정말 황홀했다), 겉보기에도 그이의 모든 모습은 멋진 선생님다웠다. 하지만 내 진짜 심리적 문제(?)는, 알면 알수록 그이야말로 내가 바라던 '선생님'의 한 미래형 혹은 이상형이라는 느낌에 있었던 것 같다. 아마도 당시의 대부분의 선생님들이 범접하기 힘든 '권위'의 저편에 존재하고 있었기 때문에, 듬직하면서도 동시에 따뜻하게 다가오던 그이에게 내가 만나고 싶은 '형님-선생님'상(像)을 투영했었는지 모르겠다.

특히 학부 2~3학년 시절, 나는 그이에게서 '형님-선생님'다운 가르침을 많이 받았다. 어줍은 불어 실력 탓에 수없이 번역 문제를 들고 가도 꼼꼼히 해석을 도와주고, 시답지 않은 문학적 질문을 해도 내 수준에 맞춰 적절히 대답해주고, 더 나아가 내 상황과 사는 꼴까지 배려하며 앎을 넓혀주려 하던 그이의 한결같은 태도를 나는 고맙게 간직하고 있다. 한번은, 어느 과목에선가 내가 워낙 '딕테(불어 듣고 받아쓰기)'를 못해 아주 형편없는 학점을 받아야 할 위기에 처했을 때, 담당 선생님에게 나에 대한 변명을 대신해주며 재고를 부탁했던 일도 있었다. 그렇다고 학점이 상향 수정되지는 않았으나, 한 후배를 위한 그런 마음 씀씀이야말로 그이의 인간미를 단적으로 보여주는 예일 것이다.

그런 관계의 체험은 당연히 나에게만 해당하는 것이 아니었다. 실제 선생님이 되어 성심여대에 부임하고 난 후에도, 그이의 정감 어린 활약상은 계속 화젯거리로 들려왔다. 여자대학이어서 그곳 학생들에겐 필경 '형님-선생님'이 아니라 '오라비-선생님'으로서였겠지만, 그 덕분에 그이가 더욱 섬세하고 부드러워져간다는 느낌을 피할 수 없었다. 그러다가 프랑스 유학 후 다시 모교로 자리를 옮긴 다음의 그이의 모습은 급기야 '남편-선생님'으로까지 발전한다. 나도 모교로 가고 난 얼마 후 90년대 초였던가, 과 학생들이 재미 삼아 인기투표 비슷한 걸 했을 때, 그이는 특히 여학생들에게 가장 이상적인 남편상으로 꼽혔다.

남자인 내가 옆에서 봐도 그이는 그렇게 손꼽힐 만했다. 나는 그때 '형님'감으로 지목되었는데, 이 또한 그이에게서 어설프게나마 그 역할을 익힌 탓이리라. 만약 다시 그런 투표를 한다면, 그이는 이번엔 이상적인 '시아버지-선생님'의 지위에 오를 것이라고 나는 확신한다. 늦둥이 아드님의 나이가 아직 어려 실제로 며느리를 맞을 날은 더 기다려야겠지만, 나는 벌써 그이에게서 온화하고 자상한 미래의 시아버지를 본다. 예전에 내가 미래의 '형님-선생님'을 보았듯이 말이다. 그러고 보니까, 그이는 언제나 구체적인 삶에 근거한 행복한 미래의 품을 앞서 드러내 보이며 남을 감싸 안아주는 어떤 문학적 전형처럼 여겨진다.

그런 인간형의 가장 중요한 특징은, 이를테면 정중동(靜中動)이랄까, 움직임이 너무 고요해서 티가 나는 법이 없다는 것이다. 한 예로, 후배나 제자의 취직을 위해 그이가 소리 소문 없이 애쓰던 방식이 늘 그랬다. 다시 개인적 기억을 더듬자면, 내가 지금의 아내인 과 선배와 연애에 빠졌을 때 주변의 오해나 방해가 없도록 여러 관계에 은밀히 신경을 써주던 사람, 내가 문학에 대한 열정을 마구잡이로 드러낼 때면 그게 남들에게 너무 튀어 보이지 않도록 세심히 분위기를 가다듬어주던 사람(그러면서 슬그머니 나를 김현 선생님에게 이끌고 간 사람), 김현 선생님이 돌아가신 후 반(反)-문학적으로 험해진 과 분위기 속에서 어떻게든 문학적으로 숨쉴 틈을 만들어주기 위해 틈틈이 내 연구실 문을 두드리며 웃어주던 사람, 그 모든 사람이 그이였다.

그이를 거울삼아 나를 비춰보면, 나는 언제부턴가 성장을 멈춘 난쟁이나 다름없다. 결국은 선생 노릇을 끝내기로 결심하고 내 연구실의 짐을 싸던 지난 2월, 사물함 한쪽 구석에 처박혀 있던 편지 더미를 발견하고 그것을 뒤적이며 한동안 추억에 잠겼던 일이 있었다. 그 중엔 그이의 편지도 다섯 통이 보관되어 있었는데, 세 통은 그이의 프랑스 유학 중에, 두 통은 나의 프랑스 체류 중에 나눈 편지들이었다. 사신(私信)이긴 하지만, 1980년에 씌어진 다음의 두 대목을 여기 공개하는 것이 그이에게 누가 되지는 않으리라 믿는다.

외국에 나와서 공부한다는 것이, 무엇보다도 자기 자신의 과거와 우리의 현실을 객관적으로 철저히 반성해볼 수 있는 기회를 갖게 한다는 점에서 큰 의미를 지니는 것처럼 생각돼. 〔……〕 나 자신을 돌이켜보면 그동안 안일하게 글 쓴 것이 많이 있어 부끄럽고, 아무래도 글이란 사회적 책임을 고려하면서 신중히 써야 될 것 같은 생각이네. (1980. 2. 7)

어느새 일 년쯤 외국 생활을 하면서 느끼는 것은, 사람을 가난하게 만드는 고생이란 할 필요가 없는 것이기 때문에 (고생이 무슨 필요에 의해서 하는 것은 아니지만) 될 수 있는 한 여유를 갖고 돈 쓸 때 쓰고 놀 때 잘 노는 태도를 잃지 말아야 한다는 것이지. 그렇지 않으면, 신경이 예민해지는 것이 쓸데없이 지나쳐, 좀 못된 사람 되기 쉬운 것이 외국 생활이기도 한 것 같군. (1980. 11. 4)

이 구절들은 내가 앞에서 이야기한 그이의 사람됨이 어떤 정신의 밑바탕으로부터 떠오르는 것인지를 잘 깨닫게 한다. 한마디로 말해, 그이를 움직이는 동력의 원천은 끝없는 자기반성과 타인에 대한 배려이다. 일상 속에서, 우리는 그이가 자주 말하기 자체를 매우 조심하는 모습, 심지어는 말을 더듬거나 삼키는 모습을 목격하게 되는데, 그것은 실상 그이가 얼마나 자기 말을 반성하며 말하고 있는가에 대한 증거나 다름없다. 그러나, 그러다가도 때로 아주 유쾌하게 말을 쏟아놓을 때가 있는데, 가만 들어보면, 그건 대부분 남들을 즐겁게 하기 위해 열심히 준비해온 것들을 적절하게 타이밍을 맞춰 펼쳐 보이는 경우이다.

그런 의미에서, 어찌 보면 그이는 '두 얼굴의 사나이'이다. 그러나 혹여 그 두 얼굴을 이중성이라고 말하는 사람은 그이를 질투하는 사람일 뿐이다. 아는 사람들은 다 아는바, 그이의 진정성은 그 두 얼굴의 하나—됨을 자연스러운 전체로 느끼도록 만들어주는 데 있다. 가령, 그이의 첫 비평집인 『삶을 위한 비평』을 보자. 그이의 전공은 초현실주의지만, 그 책은 구성부터 내용의 각론에 이르기까지, 초현실주의적 관점이 현실주의적 관점과 결코 적대적인 이항 대립이 아니라 한 몸의 양면이라는 것을 끈질기게 증언하고 있다.

생활에서도 비평에서도 공히 느껴지는 그이의 탁월한 균형 감각은 아마도 그런 태도에서 생성된 것이리라. 내 개인적으로는, 그런 감각과 의식이 특히 80년대에 더 큰 현실적 파동으로 확대되지 못했던 부분에 대한 아쉬움이 무척이나 크다. 무슨 이야기냐 하면, 그이가 프랑스 유학에서 돌아와 창간한 계간 『외국문학』의 편집 활동—출판사 사정으로 2년 반 만에 그쳐야만 했던—의 의미가 제대로 받아들여지지 못했던 그 시대의 한계를 지적해두고 싶다는 뜻이다. 모두가 눈앞의 현실적 문제에만 근시안적으로 매달려 있던 그때, 이번엔, 그이가 그 잡지를 통해 짐짓 현실에서 한 걸음 물러난 듯한 학구적(?) 태도를 내세웠었다. 그럼에도 나는 그 계간지의 특집들만큼 은유적으로 당대 현실을 깊이 성찰하게 만든 기획은 지극히 드물었다고 본다. 그것이야말로 한 사회의 심층까지를 함께 들여다보는, 그런 넓고 깊은 전망 아래서 드러낸 참다운 균형 감각의 소산이었으므로.

그 균형 감각은 근본적으로 '못된 사람'이 안 되려는, 사람다운 사람이 되려는 실존 의식과 책임감에 기초해 있다. "돈 쓸 때 쓰고 놀

때 잘 노는 태도를 잃지 말아야 한다"는 전언도 이와 무관치 않다. 그 전언은 근본적으로 남과의 관계를, 남과의 나눔을 전제로 하고 있는 것이다. 여담 삼아 덧붙이건대, 그이는 미식가로 널리 알려져 있으나 그 미식 취향을 혼자만 즐기고 숨기는 적이 없다. 누가 다른 사람들에게 한턱 낼 식당을 추천해달라고 원할 때는, 일부러 다시 한 번 그 식당에 가서 먹어보고 비싼 술값을 줄여주기 위해 술을 몇 병 준비해 가도 되는지까지를 꼼꼼히 확인한 후에야 예약을 주선하는데, 그쯤 되면 그이의 배려에 절로 입이 벌어지지 않을 수 없다.

쓰다 보니 내 자괴감만 자꾸 커진다. 내가 최종적으로 학교를 떠나겠다고 선언했을 때, 그이는 한참을 침묵하다가 불필요한 말꼬리를 달지 않는 솔직한 몇 마디로 나를 수긍하고 격려해주었다(그이는 구차한 수식이나 변명에 대해선 질색인데, 이건 그이 문체의 기본적 특성이기도 하다). 그러나 속으론, 불문학이나 인문학—나아가 대학 전체—이 큰 어려움에 처해 있는 시기에 내가 내린 그 이기적이고 무책임한 태도가 얼마나 안타까웠을까. 그리고 까마득한 후배가 저버린 몫까지 떠안을 수밖에 없다고 스스로 다짐했을 심정은 오죽이나 무거웠을까.

그이다운 담백한 어투로 말하겠다. 그이는 요컨대 언제나 자기 자리를 묵묵히 지키며 가꿔나가는, '진실한'이라는 수식어의 바른 의미를 일깨워주는 우리 시대 지식인의 한 표상이라고. 그이를 생각할 때면, 나는 먼저, 논두렁에 가만히 서서 이미 먹은 먹이를 되새김질하는 황소의 이미지를 떠올린다. 그것은 열심히 습득한 지식을 거듭거듭 반추하며 선하디선한 눈망울을 굴려 제 앞에 펼쳐진 너른 공동체 문화의 논바닥을 어떻게 갈아나갈 것인지 살피며 성찰하는, 듬직하고 믿음직한 지식인의 자태이다. 그런 모습이야말로 많은 사람들이 어느 틈에 잊어버린, 건강하고 아름다운 지식인의 '오래된 미래'가 아니던가.

그이에겐 그 모든 것이 너무나 자연스럽다. 그 자연스러움으로 인해, '오생근'이라는 지식인과 그 존재를 감싸고 있는 삶의 풍경이 구분되지 않는 한 몸으로 느껴질 때가 자주 있다. 마치 어느 인상파 화가의 점묘화를 지그시 들여다보다가 눈을 껌벅이고 다시 보면, 점점이 찍힌 형상들이 물질적 경계를 지우고 섞여 화폭에 온통 색색의 기체만이 번져 있는 것 같은 환각에 휘말리듯이 말이다. 그러면 우리는 색채를 바라보는 것이 아니라 색채를 숨쉬는 지경에 이른다. 내가 받는 그이의 궁극적 존재감은 그런 것이다. 황소처럼 커다랗던 그이가 어느새 기체처럼 가볍게 내 가슴속에 들고 난다. '산소 같은 여자'는 어느 광고 모델일지 모르지만, '산소 같은 남자'는 단연코 오생근 선생님이다.

〔소설가〕

느린 걸음으로 두터운 삶을 살아간다는 것

장경렬

내가 오생근 선생을 처음 본 것은 학부 학생일 때 서울대학교 문리대학 교정에서였다. 당시의 문리대학 교정에 들어서서 본부를 향해 가다가 왼쪽으로 돌아 조금 더 가면, 왼쪽으로 어문학과 과사무실과 교수 연구실이 있는 건물이 있었다. 그 건물 입구 주변의 벤치에 친구와 앉아 이야기를 나누던 중, 친구가 갑자기 나의 시선을 건물 입구 쪽으로 향하게 했다. "저 양반이 바로 오생근씨야. 불문과 조교로 있지." 당시 나와 내 주변의 친구들은 모두가 가난한 대학생이었으나, 그래도 『문지』라든가 『창비』와 같은 잡지를 사서 읽을 만큼의 '사치'를 누릴 줄도 알았다. '사치'를 누리는 과정에 깊은 인상을 받았던 평론가 가운데 한 분의 이름이 '오생근'이었다. 특히 그 무렵 나는 황순원의 소설 세계에 대한 예리하고 명쾌한 그의 비판에 마음을 빼앗긴 상태였기에, 눈을 들어 그를 유심히 바라보았다. 다소 헐렁해 보이는 바바리코트를 걸친 그가, 역도 선수를 연상시키는 육중한 체격의 그가, 무게 중심이 앞으로 약간 쏠린 듯한 자세로 어깨를 좌우로 흔들며 느린 걸음으로 우리 앞을 지나갔다. 그로부터 30년의 세월이 흘렀지만, 나는 아직 오선생을 만날 때마다 그때의 모습을 떠올리곤 한다. 아니, 그때의 모습을 지금도 보고 있다. 오선생께서는 정말로 변함이 없는 분이다. 아니, 변하더라도 변화의 속도가 느려 변화 자체가 쉽게 감지되지 않는 그런 분이다.

정작 오선생과 말을 나누는 사이가 된 것은 1980년대 후반 내가 유학 생활을 마치고 서울대에 부임하고 나서다. 이런저런 자리에서 만나 알고 지내는 사이가 되었다가, 『현대 비평과 이론』이라는 잡지의 편집위원으로 함께 일하면서 만남의 자리가 빈번해지게 되었고, 이를 통해 한결 더 격의 없이 선생과 만날 수 있게 되었다. 하지만 오선생과의 만남이 더할 수 없이 각별하게 된 것은 대학신문사 때문이다. 선생께서 대학신문사 주간으로 계시면서 나를 자문위원으로 위촉함에 따라, 우리는 다른 자문위원들과 함께 몇 년 동안 거의 매주 만나 식사와 술자리를 같이하고, 또 함께 여행을 하기도 했다. 선생께서 주간을 그만둔 후에도 신문사를 빌미로 한 우리의 만남은 '대신전자 모임'이라는 이름으로 현재까지 계속되고 있는데, 대신전자란 '대학신문 전임 자문위원'을 줄인 말이다. 이 모임은 오선생께서 주간이었을 때 자문위원이었던 사람들이 오선생을 모시고 식사와 담소를 즐기기 위한 모임으로, 벌써 8년째 계속되고 있다. 이런 식의 모임은 전에도 후에도 없는 것으로 알고 있는데, 이 모임 자체가 오선생의 친화력을 보여주는 좋은 예가 아닐까 한다.

학문과 문학과 인생의 후배로 나는 누구보다 오선생과 가깝게 지냈기 때문에, 그에 관해 할 수 있는 이야기, 하고 싶은 이야기가 많다. 그렇지만 나는 내가 할 수 있는 어떤 이야기보다 '인간 오생근'을 생생하게 보여주는 이야기들은 따로 있다고 생각하는데, 이 자리에서 몇 가지만 소개하기로 한다. 옛날에는 대학을 졸업하는 학생들이라면 으레 졸업 앨범이라는 것을 만들었는데, 1990년도 초엽 서울대학교 인문대학의 졸업 앨범에서 나는 불문과 학생들의 '교수 평가'를 보고 그들의 혜안(慧眼)에 감탄한 적이 있었다. 대표적인 것만 들자면, 학생들은 불문과 원로 교수이셨던 홍승오 선생을 "시아버지 희망 사항 1위"로, 나의 오랜 친구인 이인성 선생을 "우리 시대 우리 작가, 그리고 우리 사부, 우리 벗"으로 평해놓았다. 오생근 선생에 대한 평가는? "불문과 대장, 남편 희망 사항 1위"였다. 장난기 섞인 학생들의 농담이긴 하나, 어찌 이보다 더 재치 있는 말로 오선생의 매력을 표현할 수 있겠는가.

어쩌면 '불문과 대장'이란 표현은 당시 오선생께서 학과장 일을 맡아 했기 때문에 나온 것인지도 모르겠다. 하지만 나는 여전히 이 표현을 '있는 그대로' 받아들이고 싶다. 오선생의 '대장 기질'과 관련해서 들은 이야기가 있기 때문이다. 이야기는 우연히 오선생과 고등학교 동창으로 한 반에서 공부했던 분을 만나 담소를 즐기던 중에 들은 것이다. 그분과의 이런저런 담소 끝에 화제가 오선생 쪽으로 넘어갔는데, 고등학교 학생 시절의 오선생에 대한 나의 물음에 그분이 대뜸 이렇게 말씀하시는 것이 아닌가. "그 친구, 깡패였어요." "깡패라니요?" 어리둥절해하는 나에게 그분이 웃으면서 말씀하셨다. "아, 우리 반에 깡패가 둘 있었는데, 하나는 오생근이고, 다른 하나는 황석영이었어요. 그런데, 황석영이 그냥 악바리 깡패였다면, 오생근은 반에서 힘없거나 공부 못하는 애들 편에 서서 그 애들을 감싸주는 그런 깡패였어요. 그러니까 임꺽정 같은 의적 깡패였지요. 재미있는 건 깡패 황석영도 그런 오생근은 절대 건드리지 않았다는 거지요. 오생근 앞에서만큼은 꼼짝 못했어요." 고등학교 시절에 '약자의 대장'으로 활약하는 '깡패 오생근'의 모습을 떠올리노라니 문득 내가 학생 시절서부터 보았던 선생 특유의 걸음걸이가 생각났다. 어째 걸음걸이가 무협지에 나오는 협객을 연상시키더라니! 그런 사연이 있었군.

얼마 후 어느 술자리에서 이 같은 오선생의 '깡패 전력'을 화제에 올렸더니, 자리를 함께했던 모 대학 교수 한 분이 오선생과 군대 동기였고 현재 유명 출판사의 사장인 친구에게 들은 것이라고 하며 이런 이야기를 해주었다. 당시 오선생께서는 제대를 앞둔 병장이었다고 한다. 어느 날 오병장은 어려운 집안 형편 때문에 휴가를 나가야 할 사병이 하나 있음을 알게 되었다고 한다. 그런데 무언가 대가를 바라는 선임 하사가 그 사병에게 쉽게 휴가증을 끊어주지 않으려고 했다는 것이다. 이를 보고 '정의의 사자'인 오병장이 어찌 가만히 있을 수 있으랴. 선임 하사를 연병장으로 불러내어 흠씬 손봐주었다는 것이다.

하극상을 무릅쓰고 의를 몸소 실천하려 했던 협객 오생근 병장! 그에
대한 경외감을 출판사 사장은 지금까지 간직하고 있다는 것이다.

　왕년에는 학교와 군대에서 '정의의 사자'로, 요즘은 서울대학교 불
문과에서 '대장'으로 이름을 날리고 있는 오생근 선생께서는 별로 말
이 없는 분이다. 특히 회의 석상에서 그는 대체로 남의 말을 듣기만
한다. 그래서 그런지 그가 어쩌다 말을 시작하면 모두가 긴장하게 마
련이다. 시작부터 느리게, 약간은 더듬는 듯한 어투로, 그러나 확실
하게, 문제점을 차근차근 집어내기 때문이다. 이윽고 그는 누구나 수
긍할 수 있는 해결책이나 대안을 제시하고, 이에 사람들은 모두 고개
를 끄덕이게 마련이다. 하지만 그의 해결책이나 제안이 만족스럽지
않을 때도 있다. 그런 경우에도 누구 하나 곧바로 이의를 제기하지
않는다. 느리게 이어나가는 그의 말투에 감염되어 모든 사람들이 자
기도 모르게 느리게 생각하고 느리게 말하지 않으면 안 될 것이라고
'느리게' 생각하기 때문이 아닌가 싶다. 물론 과묵함과 신중함만이
우리가 볼 수 있는 선생의 전체 모습은 아니다. 모임의 자리에서 준
비했던 재미있는 농담 한마디를 하고는 파안대소할 때를 보라. 왕방
울 같은 눈이 보이지 않을 정도로 가늘어지고 대신 입이 함박만 하게
벌어진다. 가늘어진 눈과 함박만 하게 벌어진 입에서 우리가 보는 것
은 무엇인가. 그것은 물론 선생의 마음을 가득 채우고 있는 다감함과
따뜻함이다.

　어느 날 오선생께서 나에게 전화를 하더니 함께 갈 곳이 있다고 하
였다. 학교에서 나와 택시를 타고 우리 둘이 간 곳은 어느 술집이었
다. 그런데 선생과 으레 다니곤 하던 그런 술집이 아니었다. 마치 내
가 유학 생활로 되돌아간 것 같은 기분을 갖게 하는 그런 특이한 술
집이었다. 말하자면, 내가 유학 생활을 하던 텍사스의 어느 작은 마

을에나 있을 법한 술집, 카우보이 서넛이 목로 저쪽에 앉아 위스키 잔을 기울일 법한 그런 분위기의 술집이었다. 어리둥절해하는 나에게 오선생께서는 예의 그 함박웃음을 눈과 입에 담고 말씀하셨다. "우연히 이 술집에 왔다 왠지 장선생 생각이 나더군. 장선생, 미국에서 이런 술집 많이 가보지 않았어?" 아, 내 마음이 머물고자 하는 곳이 어디인가를 나보다도 더 잘 알고 있는 다감하고 따뜻한 분! 이윽고 나는 감미롭게 떠오르는 고단한 유학 시절의 나날들을 생각하며, 또 마주 앉아 있는 오선생의 따뜻한 배려에 고마움을 느끼며, 술잔을 기울였다. 잔이 한두 번 오갔을 때쯤 오선생께서 예의 느린 말투로 이렇게 말씀하셨다. "지난번에 보니, 장선생 글빚 때문에 마음고생이 심한 것 같더군. 그래서 여유도 갖게 할 겸, 마음도 풀어줄 겸, 여기에 데리고 온 거야. 장선생, 서두르지 말아요. 글도 두터워지고 삶도 두터워지도록 느긋하고 천천히……"

두터운 글과 두터운 삶을 위해 느긋하고 천천히! 급한 성질 때문에 매사에 과(過)와 실(失)이 많은 나 같은 사람에게 이보다 더 소중한 충고가 어디 있으랴. 문득 떠오르는 오선생의 글 한 구절이 있었다. "느리게 걷는 움직임 속에서 깨닫는 것은 직관적이면서도 쉽게 잊혀지지 않는 법이다. 사람들 사이의 사랑과 이해와 신뢰가 오랜 시간 속에서 성숙하고 깊어지듯 느리게 읽는 책에 대한 이해와 인식도 그럴 것이다." 오랜 시간 속에서 느리게 성숙된 깊은 맛의 포도주와도 같은 오선생의 마음을 새삼 느끼면서, 나는 술잔을 천천히 들어올려 느긋하게 한 모금 마시면서 마음속으로 되뇌었다. 오선생과의 만남이 앞으로도 오랜 시간 속에서 더욱더 성숙하고 깊어지기를. 그렇게 해서, 우리 사이의 사랑과 이해와 신뢰도 더욱 성숙하고 깊어지기를.

〔서울대 영문과 교수〕

진품의 아우라

최권행

　오생근 선생님에 대한 내 기억의 처음에는 교양과정부를 마치고 문리대로 진학한 어느 날, '지옥의 계절'이라는 제목과 표지 사진이 그럴싸하여 얇은 랭보 시선집을 가지고 다니던 나를 보고 랭보를 읽느냐고 물어보시던 선생님의 표정이 있다. 사전 찾느라 바쁘던 나는 아마 기어들어가는 목소리로 그렇다고 대답했을 것이다. '삶을 바꾸기'를 열망하다 아프리카에서 병들어 돌아오는 길에 숨을 거두기까지 짧은 생애 몇 해에 불멸의 시들을 쓴 뒤 홀연히 자기 세계를 떠나 낯선 이국과 오지로 떠돌았던 시인에 대해, 선생님은 짧지만 잊혀지지 않는 진지함으로 이야기를 해주셨다. 문학과 삶에 대한 어떤 예감에 마음이 약간 엄숙해진 기억이 난다. 다음 해 봄이었을 것이다. 봄비가 내리고 난 토요일 오전의 인적 없는 교정을 이리저리 거닐고 있던 내게, 저만큼 함께 가는 두 분이 보였다. 하얀 바바리코트에 눈동자가 유난히 까맣게 느껴지던 지금의 사모님, 잔잔한 웃음과 함께 인사를 건네시던 두 분의 모습은 봄꽃들의 바람결 향기와 촉촉해진 대지 위 푸른 나뭇잎들 사이로 또 한 가지 잊혀지지 않는 풍경이 되었다. 그 뒤 30년이 넘는 시간을 가까이에서 혹은 멀리서 선생님을 대하면서 두드러지게 느껴지는 것이 있다면, 한편으로 겉에 잘 드러내시지 않는 진지함의 무게였고, 또 다른 하나는 다른 사람들에게 전염

되는, 행복한 분위기였다. 고통과 그늘이 함께하는 세상을 진중하게 묵묵히 걸어가야 한다는 것, 그리고 그런 삶의 한복판에서도 넉넉하고 윤기 있는 행복함이 가능하다는 것을 배우게 된 것이다. 그 깨우침을 새롭게 하는 것이 바로 문학 공부라는 사실과 함께 말이다.

큰 체구에 휘적휘적 걷는 모습을 보면 선생님은 섬세한 문인보다는 우직한 무인에 가까울 것 같다. 선생님의 선친께서는 유도를 하신 체육인이셨다고 한다. 대학신문사 주간을 4년이나 맡으셨던 선생님을 기리기 위해 학생 기자들이 함께 만들어드린 모조 '대학신문 특별호'는 선생님이 '특별히' 좋아하는 기념품이다. 선생님을 맨 앞에 그리고 다른 부주간 선생님들을 그 뒤에 큰 바위 얼굴로 그려놓은 만평은 과장이 아니라고 느껴졌다. 선생님에게서 느껴지는 넉넉하고 담대한 성품을 담고 있기 때문이다. 선생님은 불편해하는 것, 꺼리거나 그 앞에서 몸을 사리는 것이 별로 없는 분이다. 연구할 때는 심하게 연구하시고 강의할 때는 심하게 강의하시며 마셔야 할 술이 있으면 심하게 술 드시고 해야 할 노래가 있으면 또 심하게 노래하신다. 관심의 폭도 넓어서, 우리는 선생님을 통해 보들레르나 초현실주의, 불어권 제3세계 문학과 벤야민, 푸코 같은 사상가들을 알게 되었다. 그 과정을 통해 우리가 함께 배운 것은, 단순한 호기심을 넘어 어떤 대상에 대해서도 유연하게 그리고 깊이 다가가려는 선생님의 자세였다. 대학원 수업 교재를 받아든 학생들은 그 양 때문에 일단 한숨을 쉬고, 그리고 눈을 질끈 감으며 한 학기를 달려간다. 3시간 넘게 자세 한번 흩뜨리지 않고 수업을 이끌어가시는 선생님과의 공부는 심하게 해야 하는 것인 줄 알기 때문이다. 한 학기가 끝나고 난 날의 종강 파티는, 심한 일 다음에 오는 넉넉하고 유쾌한 시간의 체험이다.

그것은 아마 삶과 문학을 함께 보여주는 선생님의 방식이기도 할 것이다. 이렇게 이야기하고 보니 선생님의 어떤 면은 라블레적 세계에 속하는 것 같기도 하다. 그러나 그 가운데서도 어떤 절제된 품격과 예상 밖의 섬세함을 만나게 되니 고전주의적으로 다스려진 라블레라고 해야 할지?

상투적인 것, 형식적인 것을 꺼리는 선생님은 권위의식과도 상극이다. 동료나 후배, 제자들과의 관계에서도 그렇지만 어디서나 선생님은 상대를 편하게 대해주시는 편이다. 그러면서도 무심하시지 않고 늘 상대에 대한 주의 깊은 배려가 느껴지는데, 선생님에게 변함없는 오랜 관계가 많은 것은 그 때문일 것이다. 그 점에서 보자면 선생님은 '구태의연'한 분이다. 당신의 스승들에 대해 이따금 이야기를 들려주실 때나, 한때 재직하신 성심여대의 제자와 동료들에 대해 이야기하실 때나, 당신과 함께한 사람들에 대한 그 세밀한 기억력도 놀랍지만, 그들을 기억하는 순간의 따뜻한 마음은 이야기를 듣는 사람에게까지 감염이 되는 것이다.

선생님의 연구실 뒤쪽에는 오래된 벚나무가 있어서 꽃이 만개하는 4월이 되면 볼만한 장관을 이룬다. 그 커다란 나무가 제 존재 전체를 뿜어 올리는 동안은 다른 나무들이 덩달아 꽃을 피우고 있다는 느낌이 들기도 한다. 그 나무 곁을 지나던 어느 날, 나는 나무 등걸에 유난히 그늘과 상처가 깊다는 것을 알았다. 사람도 아마 그럴 것이다. 더러더러 듣게 된 선생님 고교 시절의 혼란, 선임병들에게 시달리며 큰 체구 때문에 중화기를 지고 나르던 군대 시절의 어려움, 그러다 폐를 앓게 되었어도 치료 약값을 마련하기조차 쉽지 않던 암담한 상황, 그 뒤로도 세상에서 거쳐야 했던 여러 일들…… 선생님이 이야기해주시기 전에는 알 수 없던 그 상처들을 듣고 있노라면 어떻게 분노를 다스리고 그늘을 빛으로 돌릴 수 있었는지 궁금하다는 생각이 든다. 자신이 선임병이 되고 나서는 군대 안의 터무니없는 관행들과 정반대로 행한 이야기들에는 악순환을 선순환으로 바꾸는 순간의 쉽지 않은 비밀이 들어 있다. 그러니 선생님에게서 느껴지는 행복한 기운이라는 것은 타고난 순진한 낙천성과는 별개의 것이라고 해야 할 것이다. 아마도 선생님을 끊임없이 성찰로 인도하는 문학이, 선생님에 대한 동료와 선배들의 기대가, 그리고 무엇보다 끊임없이 견디면서 삶 자체를 긍정하는 선생님의 마음 자체가 이 행복한 음이온의 원천일지도 모르겠다.

수많은 책과 자료가 꽉 들어차 있으면서도 언제나 정갈하다는 느낌이 드는 선생님의 연구실에서, 이따금 손수 끓여주시는 차를 얻어 마시는 것은 후배들의 즐거움이다. 추운 겨울에는 누군가 선물한 코냑을 이따금 홍차에 타서 주시기도 한다. 나지막한 음악과 함께 기분이 좋고 마음이 풍요로워진다면 그것은 가벼운 취기 때문만은 아닐 것이다. 그늘을 빛으로 만들 수 있는 힘, 오직 사람만이 가진 이 비밀에 담긴 긍정의 힘이 파동처럼 전해오기 때문이리라. 선생님의 책상 위, 호로병 모양의 조그만 등(燈)에서 퍼져 나오는 부드럽고 따뜻한 색감의 빛을 오래 바라보면 그 파동의 실상이 보이는 것 같아 나는 속으로 중얼거린다. 명품과 짝퉁들로 요란한 세상에서 저건 필경 진품(眞品)의 아우라야.　　　　　　　　　　　〔서울대 불문과 교수〕

킹콩과 나무의 추억

방미경

내 기억 속에는 선생님과 더불어 떠오르는 몇 개의 장면이 있다. 그 장면들 속에서 선생님은 심각한 표정으로 침묵하고 계시기도 하고, 아주 다정한 미소를 띠고 계시기도 하다. 꾹 다문 입술과 범상치 않은 눈빛의 다른 한편에 선생님은 그렇게 다감한 표정과 어조를 숨겨놓고 계신다.

첫 장면은 23년 전의 한 강의실. 선생님께서 프랑스에서 학위를 받고 다시 성심여대로 복직하신 첫해였다. 나는 3학년 학생으로 강의실에 앉아 있었다. 손으로 꼽아보니 그때의 선생님이 지금의 나보다 일곱 살이나 더 젊으셨다. 그때 우리는 새로 오신 선생님께 지대한 관심을 가지고 있었다. 얼마 후에는 아예 사모하는 마음에 빠져버린 학생들도 생겨났다. 특히 엠티를 다녀온 이후 아이들은 감정이 더 격앙되었는데, 선생님께서 부르셨다는 김민기의 「친구」는 오래도록 인구에 회자된 바 있다. 나는 불문과가 아니어서 특별히 화기애애했다는 그 엠티에 끼지 못했었고, 그저 아이들이 묘사해주는 선생님의 '분위기'를 전해 들으며 허탈한 심정에 빠져야 했다. 그러면서도 아이들은 선생님의 별명을 그 '분위기'와 어울리지 않는 킹콩으로 붙여놓았다. (키가 크신 다른 여선생님은 킹콘느였다.) 선생님의 특별한 걸음걸이와 큰 체구 때문에 붙여진 별명이었지만, 후일 우리는 그 시절을 돌이켜보며 참으로 크고 넉넉한 마음을 지닌 두 거인을 스승으로 두었다는 이야기들을 되뇌곤 했다.

기억을 불러내다 보니 강의실에서 선생님을 뵙던 날이 그립다. 지금도 그때 읽었던 『적과 흑』이나 『누벨 엘로이즈』, 현대 비평 노트를 펼치면 수업 시간에 받아 적어놓았던 선생님의 설명들이 희미한 육성으로 살아난다. 나는 한 학기에 두 과목씩 선생님 강의를 들었고, 그 강의들이 시와 소설과 비평을 망라한다. 희곡을 뺀 전 장르를 선생님 강의를 통해 입문한 셈이다. 선생님 강의에는 특이한 점이 하나 있었다. 어떤 단어나 적절한 문장이 떠오르지 않으면 꾹 다문 입술과 골똘한 표정으로 몇 분이고 교탁을 내려다보며 침묵하곤 하셨다. 처음에 우리는 그 침묵에 당황하기도 하고 선생님과 같이 골똘히 생각해보려고 무진 애를 써보기도 했던 것 같다. 그러다가 점점 우리 역시 몇 분간의 그런 고요와 여백에 익숙해져갔다. 그건 어떤 강의실에도 없는 풍경이었다. 강의를 듣는 자로서나 강의를 하는 자로서나 나는 교실에서 아직 그렇게 우아한 멈춤과 여백을 경험한 적이 없다. 그 여운은 수업 시간이 끝난 이후에도 오래 남아서 하굣길 내내 무슨 생각을 하게 만들거나 도서관 서가들을 찾아보게 만들었다. 나중에 선생님께 직접 들은 말씀인데, 그 시절은 귀국 직후여서 하루가 멀다 하고 술자리에 불려 나가 다음 날 술이 덜 깬 상태로 수업에 들어오신 적도 있다고 하셨다. 그렇다면 그 여백이 선생님의 작취미성에 기인했던 것일까?

강의실 밖 장면으로 처음 떠오르는 것은 졸업하던 해 프랑스로 유학 떠나기 며칠 전 어느 날 일이다. 같은 날 프랑스로 가게 된 불문과 친구와 함께 강남 어딘가에서 선생님을 뵈었다. 그날 선생님께서 무슨 말씀을 하셨는지는 전혀 기억이 나지 않는다. 다만 그날 선생님이 우리에게 주셨던 선물만이 그때의 감동과 함께 오롯한 기억으로 남아 있다. 한대수의 테이프였다. 유학 시절 선생님께서 즐겨 듣고 위안도 받았던 노래들이라 하셨다. 나는 프랑스에 이례적인 폭설이 내렸던 1986년 2월 창문턱까지 눈이 쌓여 덧문도 열기 힘든 낡고 외진 집에서 한대수의 「물 좀 주소」를 들으며 유학 생활을 시작했다. 그 노래는 내게 위안과 외로움과 갈증을 주곤 했다. 그리고 잊을 수 없는 노래가 되었다.

학부를 마치고 유학 가는 어린 제자들에게 시간을 내어 환송을 해주셨던 선생님. 공부를 마치고 돌아왔을 때에도 선생님은 또 시간을 내어 반겨주셨다. 선생님께서 주선해주셔서 문학과지성사에서 『플로베르』도 낼 수 있었고, 좋아하던 소설가에 대한 글도 발표할 수 있었다. 모자라고 재주 없는 제자를 그렇게 믿어주시고 이끌어주셨다. 이미 서울대학교로 자리를 옮기신 뒤였지만, 그렇게 이런저런 일들로 간간히 뵐 수 있었고, 일이 없어도 만들려고 애를 썼다. 친한 친구를 인사시켜드린다고 찾아갔고, 그 친구와 결혼한다고 찾아갔으며, 그냥 저녁 식사 함께하시자고 찾아갔다. 그렇게 뵙던 날들 중 어떤 하루는 음반 가게로 성큼성큼 걸어 들어가시더니 CD 한 장을 사주셨다. 이병우의 기타 연주곡. 학생들과 어디에 갔다가 들었는데 좋더라고 하셨다. 보통 사람들은 어디 가서 마음에 드는 곡을 들어도 그저 듣는 것으로 그친다. 무슨 곡이냐고 누구를 불러 굳이 묻지 않는 것이다. 혹시 묻더라도 웬만한 사람들은 얼마 지나면 곡명이며 연주가며 스르르 잊어버리기 쉽다. 그런 것을 잊지 않는 드문 사람들 중에 또 아주 드문 소수의 사람들이 어느 날 가게 앞을 지나다가 불쑥 들어가서 음반을 사고 선물을 한다. 선생님의 다정함이 지닌 독특한 개성이 여기에 있다.

선생님은 음식 맛이나 분위기가 좋았던 식당에 지인들을 데려가시는데, 실제로 그 식당이나 술집이 과연 근사하기도 하지만 그곳에 당도하기까지 이어지는 선생님의 세세한 설명이 더 재미있다. 선생님의 설명은 하나의 완결된 히스토리를 이룬다. 보통 이야기는 어떤 기회에 어떤 이들과 그 장소에 가게 되었는가에서 시작하지만, 그 어떤 이들에 대한 묘사나 근황이 다시 삽입되어 또 다른 작은 줄거리를 형성하기 마련이다. 그다음 그 식당 주인에 대한 묘사나 촌평이 이어지는 경우도 있고, 마침내 그 식당의 대표적인 음식의 맛과 멋에 대한 설명으로 이어진다. 그러다가 언젠가 다른 이를 여기 데려왔었는데 그 역시 같은 의견이었다는 추가 평가까지 더해져 음식은 나오기 전부터 정말 맛있다는 확신 속에서 기다려진다.

우리 학교에 초청 강연을 하러 오셨던 날도 그런 즐거운 날이었다. 불문과 선생님들은 이날을 별렀다가 강연이 끝나자 노을이 지는 학교 뒷산을 타고 넘어 산책을 했다. 마종기 시인의 『이슬의 눈』이 나왔던 무렵이었던 것 같다. 선생님과 그 시집에 대해 이야기를 나누며 걸었던 기억이 난다. 그렇게 산을 넘어 당도한 허름한 두부집에서 주문해도 대꾸조차 없는 할머니에게 겨우 두부를 시켜 먹었다. 지금 그 지역은 흔적도 없이 다 사라지고 번듯한 길과 건물들로 변신해 있다. 두부를 드시다가 문득 선생님께서 이태원에 있는 독일 식당으로 가자 하셨다. 만장일치. 모두 일어나 즉시 그곳으로 향했다. 가는 길에 그 식당에 얽힌 이야기를 세세히 재미나게 해주셨다. 지금 생각해보면 특강이 끝나고 초빙된 교수와 초빙한 교수들이 해 지는 어스름한 뒷산을 넘어가는 것도 평범치는 않고, 그때 갔던 두부집도 꼭 괴기소설에나 나옴직한 오두막같이 비현실적이다. 게다가 이제 헤어져 귀가해야 마땅할 시간에 하나같이 신나하며 한 시간도 넘는 거리의 이태원으로 달려갔던 것은 더 특이한 일이다. 선생님과 함께 있으면 사람들은 유쾌해지고, 헤어지기 아쉬워하며 그 시간을 즐기는 것 같다. 젊은 시절 처음 부임해 몇 년 재직하셨던 학교의 옛 동료와 제자들에게 언제나 마음으로부터 함께하는 '한 식구'라는 느낌이 들게 하는 분이다.

내 기억에 담긴 좋은 장면 또 하나. 신임 교수 시절 초여름 밤이었다. 주말에 학교에서 선생님의 전화를 받았다. 아니 토요일 밤에도 아직 연구실에서 공부하고 있나? 하셨다. 초등학생이 혼자 교실을 지키며 공부하다가 선생님께 칭찬받을 때 느낄 법한 기쁨과 자랑스러움이 일었다. 나이 먹어서도 이런 느낌을 갖게 해주시는 존재가 스승일 것이다. 선생님은 그 시간에 어디 좋은 곳에 계시는데 그곳을 내가 보는 것이 좋겠으니 곧 달려올 수 있겠냐 하셨다. 바로 달려가 나 역시 사랑하게 된 곳이 과천의 찻집 〈봄〉이었다. 아담한 잔디 마당 한쪽에 놓인 탁자에 선생님과 사모님, 어린 아들, 또 어떤 제자 부부가 포도주를 앞에 놓고 담소하고 있었다. 프랑스의 어느 시골에서 보내는 여름밤 같았다. 갑자기 한가롭고 고요하고 아무 걱정이 없는 것 같았다. 그날 〈봄〉에서 맡은 향기는 초여름 싱싱한 풀 냄새와 나무 냄새, 그 자연의 냄새와 어우러진 평화의 향기였다. 해가 더해갈수록 부디 그런 은은한 향기를 더해가는 큰 나무로, 위안과 평화를 주는 넉넉한 그늘을 드리운 나무로 항상 푸르시기를 기원한다.

〔가톨릭대 불문과 교수〕

넉넉한 울림통

유호식

시간이 가도 한결같은 사람이 있다. 처음 알게 되었던 시점부터 지금까지 모습이나 성격이 변함없고 행동도 일관되어서 우리에게 편안하고 든든한 느낌을 줄 뿐만 아니라 모든 것을 다 껴안는 부드러운 성품까지 갖춰서 시간이 지날수록 인간적인 훈훈함을 더해가는 사람이 있다. 그러한 훈훈함은 감동적인 작품을 읽었을 때 오랫동안 간직하게 되는 깊은 여운과도 유사하다. 내가 알고 있는 오생근 선생님도 그러하다. 선생님의 둥글둥글한 얼굴과 체구는 물론이고, 상체를 약간 흔들면서 걸어가시거나 몸을 틀어서 계단을 내려가시는 모습과 노래방에서 누구보다도 열창하고 춤까지 곁들이시는 신명에 이르기까지, 학생들을 초대하시고는 과천에서 가락시장까지 회를 사러 다녀오실 정도로 학생들에 대한 굳건한 애정과 세상의 이치를 꿰뚫는 날카로운 유머까지도 예나 지금이나 한결같으시다.

선생님의 지도학생들은 선생님의 한결같음을 아마 각기 다른 방식으로 경험했을 것이다. 내가 석사 지도학생으로서 선생님을 찾아뵙고 인사를 드렸을 때, 선생님께서는 어떤 작가에 관심이 있는지, 어떤 책들을 주로 읽었는지를 꼼꼼하게 물으시고 일주일 후에 찾아오라고 하셨다. 그러고는 나로서는 처음 들어보는 작가인 레리스의 『성년』이라는 텍스트를 빌려주시면서 "읽고 난 후에 이야기하기로 하지" 하고 말씀하셨다. 그 자서전은 형식이나 내용에 있어 그동안 읽어왔던 텍스트와는 완전히 다른 작품이었다. 당시에는 참고할 만한 서적도 별로 없었고, 구할 방도도 마땅치 않아서 선생님께서 빌려주신 몇 권의 참고 서적과 텍스트만을 반복적으로 읽을 수밖에 없었다. 하지만 텍스트를 읽으면 읽을수록 혼란스러워서 선생님께 뭐라고 일목요연하게 말씀드릴 것이 아무것도 없었다. 아무것도 이해하지 못했다고 말씀드릴 수도 없고 섣불리 논문을 쓸 수도 없어서 그야말로 전전긍긍할 수밖에 없었다. 선생님께서는 내가 무슨 공부를 어떻게 하고 있나 궁금해하셨지만, 별다른 진전을 보이지 않는 나에게 질책 한마디 하지 않고 믿고 기다려주셨다.

그 기다림에는 학생들을 전폭적으로 지지해줌으로써 스스로 긍정적으로 생각하고 자신의 장점을 알아갈 수 있도록 도와주는 깊은 뜻이 담겨 있었다. 그것은 벤 허가 원형 경기장에서 메살라와 마지막 대결을 펼칠 때, 벤 허는 칭찬하고 웃으며 마치 연인과 이야기하듯이 말을 몰지만 메살라는 말을 때리고 질책하는 장면을 떠올리게 한다. 벤 허를 만나기 전까지 메살라가 승승장구했다는 사실에서 알 수 있듯이 단기적으로 보면 채찍으로 순응시키는 것이 웃음으로 말을 모는 것보다 시간이 덜 걸리고 쉬울 것 같다. 그러나 궁극적인 승리는 채찍이 아니라 격려와 칭찬을 통해서 이루어진다. 그것은 말들이 전적으로 믿고 따를 때까지 기다림으로써 능력을 최대한 발휘할 수 있도록 하는 것이다. 내가 석사논문 초고를 보여드렸을 때, 선생님께서는 논문 여백 가득히 붉은색 펜으로 수정해주셨다. 선생님께서는 문장 하나하나를 고치고 논리를 잡아주셨고 목차의 제목을 잡을 때에는 시내에 나가는 길에 틈을 내시어 사당역의 한 카페에서 거의 한 시간이나 내 의견을 들어주셨다. 선생님 입장에서 보면 나는 지도학생들 중의 한 명일 뿐이었을 테지만 나는 내가 선생님의 유일한 학생인 것처럼 최선의 격려와 가르침을 받았다는 느낌을 아직도 간직하고 있다. 20년이 지난 지금, 학생들을 지도하면서 좀더 많은 것을 가르치려는 욕심에 학생들을 질책하고 있는 나 자신을 발견하고는 문득 선생님의 모습을 생각하게 된다. 학생의 논문에 대해 충고를 하시되 비판에 앞서 논문의 긍정적인 부분을 강조하시며, 장점을 더 부각시켜 논문의 완성도를 높이도록 해주시던 선생님을 떠올리며 나도 학생들의 장점을 읽어줌으로써 개인을 더욱 성장시킬 수 있는 선생이 되고자 다짐하게 된다.

선생님에게서 우러나오는 이러한 편안함과 넉넉한 느낌을, 노래방이 처음으로 유행하기 시작했던 1990년도경에, 누군가가 정확하게 표현한 적이 있다. 스승의 날을 맞아 우리는 선생님을 모시고 방배동 골목에서 식사를 하고 노래방에 갔었다. 선생님께서는 「제비」를 열창하셨는데, 후배 중 한 명이 선생님께서 노래를 잘하신다고 하자, "워낙 울림통이 넉넉하시잖아……" 하고 누군가가 중얼거렸다. 넉넉한 울림통 속에서 우리는 각자가 가졌던 다양한 고민에 대한 적절한 반향을 발견할 수 있었으리라. 그러한 넉넉함은 선생님께서 안식년을 맞이하여 미국에 가셨을 때 근황을 전하며 보내주셨던 우편엽서에서도 드러난다. 그 엽서에는 고흐의 구두 그림이 그려져 있었다. 고흐의 다른 구두 그림들처럼 그 구두들은 둘둘 말아 버려질 천 위에 눌리고 뒤집어진 채, 마치 놀란 가슴을 풀어헤치고 찡그리며 어설프게 입을 벌리고 있는 것만 같았다. 그러나 그 구두들을 자세히 들여다보면 조금도 누추하지 않고 오히려 스스로를 지켜나가는 강인함을 느끼게 된다. 언젠가 선생님께 국문학에 등장하는 여주인공들 중에서 어떤 인물을 제일 좋아하시느냐고 여쭌 적이 있었다. 선생님께서는 황석영의 「한씨 연대기」에 나오는 한씨의 여동생 한영숙과 같은 인물을 좋아한다고 답하셨다. 한영덕이 역사의 순박한 피해자에 불과하다면, 한영숙은 비록 소설의 부수적인 인물에 불과하지만, 절망적인 상황 속에서도 결코 희망을 잃지 않고 해결책을 모색하는, 내적으로 강인한 여성상을 구현하고 있다. 선생님께서는 제자들이 그렇게 성장하기를 원하셨다. 고흐의 구두 그림이 그려진 엽서와 한영숙이라는 인물을 통해, 우리는 누추하고 고단한 우리의 처지를 부드럽게 감싸 안아 새롭게 출발할 수 있는 끈기와 힘을 주고자 하셨던 선생님의 넉넉한 품을 환기하게 된다. 우리가 선생님에게서 프랑스어를 해독하는 능력과 문학사적 지식만을 전수받았다고 하는 것은 완전히 거짓에 가깝다. 선생님에게서 받은 것은 구겨진 마음 하나하나를 들여다보고 이해하려고 노력하시는, 처음 뵈었을 때부터 지금까지 계속되고 있는 과분한 사랑이다. 〔서울대 불문과 교수〕

오르페우스의 시선

오르페우스는 아폴로 신으로부터 부여받은 리라의 명인이며 예술가였다. 고요한 숲 속에서 그가 리라를 연주하면 잠자던 나무와 바위와 들짐승은 깨어나, 때로는 환희의 격정 속에 휘말려들기도 하고 때로는 음울한 슬픔 속에 잠기기도 했다고 한다.

오르페우스에게는 사랑하는 젊고 착한 아내 에우리디케가 있었는데, 어느 날 그녀는 불행하게도 독사에게 물려, 돌아올 수 없는 죽음의 세계로 떠나버리고 만다. 그녀를 잃고 슬픔과 절망의 나날을 보내던 오르페우스는 어느 날 문득 리라를 갖고 아내를 찾으러 죽음의 신 하데스가 지배하는 망령의 세계를 향해 떠난다. 죽음의 세계로 뻗은 험난한 길목을 리라를 켜면서 지나, 그는 드디어 하데스 신 앞에 서게 된다. 그는 신 앞에서 리라를 연주한다. 그의 리라가 어둡고 무서운 죽음의 세계를 평온히 가라앉은 밤의 세계로 물들이게 되자, 하데스 신은 감동한다. 감동의 대가로 하데스 신은 오르페우스에게 특별히 아내를 돌려보내주기로 약속한다. 그 약속에는 하나의 조건이 붙는다. 즉 지상의 세계로 완전히 돌아갈 때까지는 뒤를 따라가는 아내의 모습을 결코 돌아봐서는 안 된다는 것이다. 오르페우스는 기쁨에 벅차 떠났지만 돌아가는 길에 그의 기쁨은 의심과 불안의 감정과 뒤섞여 착잡해진다. 그래도 그는 감정의 동요를 억제하고 죽음의 신이 말한 규율을 지키려 한다. 드디어 어둠을 벗어나 대지와 빛의 세계의 경계 지역쯤에 도달했을 때, 그는 참았던 욕망을 풀고 뒤를 돌아보고야 만다. 그 순간 아직 어둠을 벗어나지 못한 에우리디케는 가벼운 비명을 남기고 다시금 먼 죽음의 나락으로 떨어져버리고 만다.

오르페우스는 왜 보고 싶은 욕망을 끝내 억제하지 못했을까? 그는 왜 하데스 신이 내건 조건을 위반함으로써 모든 희생을 치르고 얻을 수 있었던 욕망의 대상을 상실해버리고 말았을까? 결국 오르페우스의 돌아본 시선이 의미하는 것은 무엇인가? 오르페우스의 신화가 제기하는 삶의 의미는 위와 같은 의문 속에서 새롭게 생각하고 검토해볼 수 있는 주제이다.

우선 오르페우스의 신화가 보여주는 일차적인 의미는 일상의 세계와 모험의 세계의 관계를 보여준다고 할 수 있다. 아내의 죽음이 있기 전에 오르페우스의 삶이란 다른 사람들과 마찬가지의 일상적 삶이다. 그는 음악을 연주하며 다른 사람들에게 기쁨을 주는 것으로 만족하고 아내와 행복하게 살며 주위 사회와 화해의 분위기를 유지하며 지냈을 것이다. 그처럼 평온하고 행복한 삶에서는 삶의 근본적인 의미가 문제 될 수 없다. 일상생활 속에서 삶의 근본적인 물음이란 은폐되기 마련이다. 그러다가 아내가 독사에게 물려 죽는 사건이 발생한다. 그처럼 뜻하지 않은 사건에 부닥치게 될 때 중요한 것은 그 사건에 어떻게 반응하며 극복해나가는가의 문제일 것이다. 오르페우스에게는 그 사건이 근본적인 변모의 계기가 된다. 그는 자기가 겪게 된 불행한 운명에 체념하지 않고 아내를 되찾겠다는 불가능에 가까운 집념으로 주어진 운명에 도전한다. 그러므로 아내를 되찾으려는 욕망은 일상적인 삶 속에서 파묻혀 있는 진실을 추구하려는 욕망과 일치한다고 볼 수 있으며, 잠자던 의식이 눈뜬 의식으로 변모하는 계기라고 말할 수 있다. 진실을 찾으려는 눈뜬 의식의 인간에게는 그때부터 어두운 고난의 도정이 열린다. 다시 말해서 모험의 세계가 시작되는 것이다. 그러나 오르페우스의 신화를 간단히 이해하려는 사람에게는 이 신화가 일상적 삶보다 진실을 추구하는 모험의 삶이 더 가치 있음을 보여준다고 말할지 모른다. 그러나 그것은 어디까지나 하나의 해석일 뿐이며 이 신화의 전체적인 의미를 결정짓는 해석으로 보이지 않는다. 그 하나의 해석만이 가능하기 위해서는 오르페우스가 고난 끝에 아내를 되찾는다는 결말로 구성되었어야 할 것으로 생각된다. 오르페우스의 신화에서 무엇보다 중요한 문제는 바라보려는 욕망의 문제일 것이다.

진실을 찾으려는 욕망, 그것을 바라보려는 욕망이라고 한다면, 그 욕망에 사로잡힌 인간은 오르페우스의 운명처럼 결국 수많은 시련이 예상되는 비극적 운명을 겪는다. 그의 내부에서 열정처럼 솟구치는 욕망이 사라지지 않는 한, 그는 영원히 대상을 소유할 수 없기 때문이다. 진실의 욕망이 있는 한, 완전한 충족의 순간은 존재하지 않는 법이다. 그런 욕망과 욕망에 따르는 시련을 알면서도 인간은 왜 끊임없이 보려고 하는 것일까? 보려는 욕망은 우선 보아서는 안 된다는 규범 때문에 솟구친다. 규범을 떠나서 욕망이 쉽사리 실현된다면 그것은 더 이상 욕망일 수가 없기 때문이다. 욕망이란 장애물을 갖기 때문에 욕망이다. 그러므로 진정한 욕망이란 일상적인 규범과 억압의 그늘 밑에서 강렬하게 싹트는 법이다. 오르페우스의 경험처럼, 위험을 무릅쓰고 사랑하는 아내를 보려는 욕망, 그것은 저급한 호기심이나 남의 비밀을 훔쳐보려는 값싼 시선의 유희가 아니다. 그것은 한 개인이 자기의 모든 것을 걸고 자기의 한계를 초월하려는 진실을 향한 능동적 의지임을 잊어서는 안 된다.

눈에 보이는 세계, 일상적인 시간의 흐름과 공간의 먼지 속에 덮인 사물화된 세계, 상투적인 현실의 세계, 이 현실의 세계에 만족하는 인간에게 진정한 시선의 욕망이란 잠자고 있게 마련이다. 그런 사람에게 욕망이 있다면, 그것은 천박한 이기적 욕망일 뿐이다. 그는 일상적 규범의 세계 속에 안주하고, 그의 꿈 많은 어린 시절, 피어올랐을지도 모르는 순수한 욕망을 일찍부터 잠재운다. 그에게는 확실하게 눈에 보이는 대상만을 추구하는 현실의 욕망만 있을 뿐이다. 그에게는 이제 미지의 세계란 존재하지 않고 신비에 대한 의문도 눈뜨지 않는다. 그의 삶과 미래는 확실하게 정해져 있기 때문에 그는 현실의 깊은 곳을 보지 않고, 진정한 삶에 대해 문제의식을 갖지도 않는다. 속물처럼 사는 사람은 진정한 삶의 현재를 사는 인간이 아니다. 그의 영혼은 견고한 껍질 속에 굳어 있고, 그의 사고방식은 편견이라는 굴레를 쓰고 그의 다른 이름은 바로 속물이다. 그의 얼굴은 게으른 기름때가 묻어 있고 그의 시선은 물질적 욕망에 눈이 멀어 있다. 그는 주어진 일차적 현실의 허울을 바라보는 데 만족하기 때문에 현실 속에 감춰져 있는 진실의 의미를 보지 못한다. 그는 어둠의 세계 속에 안주해 지내면서 또한 세속적인 행복이 진행되는 빛의 세계 속에 살기도 한다. 그러나 그는 빛과 어둠이 공존하는 세계 속에서 살지는 않는다. 오르페우스가 뒤를 따라오는 아내를 마침내 돌아본 지역, 그곳은 빛과 어둠이 충돌하고 용해되는 지역임을 상기하자. 빛은 어둠의 다른 측면이므로, 어둠의 세계 속에서 하데스 신이 내린 규범이 있듯이 빛의 세계 속에서도 지상의 규범이 있는 법이다. 빛과 어둠의 경계 지역, 그곳은 두 세계 안이면서 동시에 두 세계 밖의 지역이다. 그곳은 바로 모험과 갈등의 실존적 현장이다. 그곳에 서 있는 인간은 어느 한쪽의 세계 속에 속해 있으면서도 동시에 그 어느 쪽에도 소속되어 있지 않다는 점으로 국외자이며 자유인이다. 그러므로 규범을 위반한 오르페우스의 용기, 그것은 바로 자유의 표현이다. 참다운 자유인이란 규범 속에 살면서 동시에 규범을 벗어날 줄 아는 인간임을 우리는 잘 알고 있다. 그 누가 규범을 위반한 오르페우스의 순수한 열정을 조급한 욕망이라고 비웃겠는가? 보려는 욕망은 순수한 열정이며 그것은 조급한 열정의 호흡을 동반하는 것이다. 그러나 그 조급한 행위는 오랜 모험과 인내와 기다림 속에서 표현된 것이라는 사실을 잊어서는 안 된다. 조급한 열정이 결여된 인내란 결국 체념이고, 순종이며, 습관일 뿐이다. 그것은 또한 수동적인 기다림이며 죽음이다. 능동적인 기다림이란 어느 정도 조급한 열정으로 지탱되는 정신적 태도가 아닐까? 그러므로 언젠가 그 열정의 소유자가 사랑과 진실을 위해 일상적인 규범을 깨뜨리고 자기의 전 존재를 던지듯이 행동할 때, 그는 비로소 진정한 자유인이 되는 것이라고 우리는 확신한다.

보려는 욕망과 열정에 사로잡힌 인간은 끊임없이 다시 태어나는 인간이다. 그의 영혼은, 발레리의 표현을 빌려 말할 때, '언제나 다시 시작하는 바다'이다. 그는 새로운 삶을 위해서 낡은 과거를 배반할 줄 알며, 자기의 과오를 인정할 권리를 갖는다. 그는 책의 진실보다는 대지의 진실을 신뢰하며, 그의 정신에 부딪치고 저항해오는 모든 것을 사랑하고 길들여가는 의지를 소유한다. 그는 타인과 세계와의 진정한 관계를 맺으려는 인간이기 때문이다. 바라보기 위해서는 바라보려는 열정이 있어야 한다는 말처럼, 중요한 것은 열정에 사로잡힌 정신적 태도에 있는 것이지 오르페우스의 시선이 야기한 욕망의 불행한 결과에 있는 것이 아니라는 것을 명심하자.

이런 점에서 오르페우스의 시선, 그것은 바로 살아 있는 시선이며 우리의 영혼 속에서 영원히 고갈되지 말아야 할 욕망의 샘이다.

〔1976〕

가을 단상

　가을이 오고 있다.

　도시의 혼잡한 거리 위로, 단조로운 회색의 건물 위로, 여름의 소음과 매연에 시달린 가로수 나뭇잎 사이로 가을은 비스듬히 내리쬐는 맑고 약간은 쓸쓸한 햇살에 실려 온다. 그러나 가을은 오래 머물지 않을 것이다. 그것은 어느 날 문득 우리들의 빈 가슴 속으로 불어오는 바람과 함께 다가와 우리의 정신과 마음을 느닷없이 뒤흔들어놓고, 미처 그것의 정체를 붙잡을 여유를 남기지 않은 채 떠나버린다.

　낟가리가 쌓인 시골의 어느 들판, 산빛을 물들인 한 무더기의 찬란한 단풍, 길가에 서서 수수한 표정으로 바람에 흔들리는 코스모스들, 투명한 푸른빛의 하늘, 이 모든 가을의 풍경은 섬세하게 자기를 돌이켜보며 침묵과 성찰의 시간을 가져보지 않은 사람에게는 진정한 모습을 드러내지 않는다. 풍경을 보기 위해서는 무엇보다 보려는 마음이 있어야 한다고 어느 프랑스 시인이 말했듯이, 가을의 풍경은 가을을 맞이하는 사람의 진정한 기다림과 깊이 있는 의식이 없이는 결코 포착되지 않는다. 가을은 가을이 암시하는 삶의 다양하고 심층적인 의미를 생각하지 못하는 사람에게는 계절의 한 변화일 뿐이다.

　모든 아름다운 것들이 대체로 그렇듯이 가을은 단순하면서도 복합적인 의미를 보여주기 때문에 더욱 아름답다. 그것은 풍요와 공허를, 삶으로의 여행과 죽음으로의 몰락을, 창조와 파괴를, 빛과 어둠을, 만남과 헤어짐을, 기쁨과 슬픔을 동시에 보여준다. 그것은 우리로 하여금 하늘을 향해 상승하려는 인간적 의지를 일깨우면서 또한 우리의 내면으로 돌아와 자기만의 시간 속에서 자기를 겸허하게 돌아보게 한다.

그것은 땀 흘려 일한 자의 참된 소유와 수확의 의미를 깨닫게 해주면서 또한 덧없는 삶의 허망함과 지난날의 안타까운 회한을 되살린다. 그 모든 대립되고 모순된 삶의 복합적인 측면을 전체적으로 보고 이해하려는 정신이야말로 가을의 한복판에서 살아 있고 깨어 있는 의식일 것이다. 도시의 가을은 어느 날 비 내린 후의 서늘해진 바람결에 묻어온다. 그 바람이 유혹하는 대로 한적한 들길을 거닐어보라. 자기가 좋아하는 시집 한 권쯤 손에 들고, 서툰 휘파람을 불면서 목적지를 정하지 않고 거닐어도 좋을 것이다.

그러나 까닭 없이 슬퍼지는 감상에 젖어서는 안 된다. 가을의 어느 날, 산책길에서, 혹은 도시의 한 카페에서 시를 읽는 마음은 감상에 빠지기 위해서가 아니며, 일상의 흐름을 초월하여 진정한 자유의 정신 곁으로 가기 위해서라는 것을 잊어서는 안 된다. 시를 읽는 마음으로 현실을 부정하고 긍정하면서, 현실을 경멸하고 사랑하면서, 눈을 크게 뜨고 우리의 삶을 전체적으로 바라보도록 노력하자. 그것이 참된 의미에서 가을을 맞이하는 어느 젊음의 밀실, 혹은 젊은 성채의 주인이 따뜻한 불을 밝히고 존재의 깊은 곳으로 내려갈 수 있는 힘이 되기 때문이다. 그러므로 가을에 떠나는 여행은 바로 진정한 자기 자신과 만날 수 있는 내면으로의 긴 여행이어야 할 것이다.　〔1978〕

정원의 혹과 죽음
─김현 선생의 삶과 죽음에 대하여

1

"문학은 멋진 말의 수사도 아니고, 즉각적 반응을 유발하는 힘 있는 구호도 아닙니다. 그것은 그 자체가 하나의 더운 상징이 되어 거기에 대한 뜨거운 반응을 유발하는 하나의 사건입니다. 수사는 역겨움을 불러일으키고, 구호는 시들게 마련이지만, 뜨거운 상징은 비슷한 정황이 되풀이될 때마다 새로운 반응을 불러일으킵니다. 그 반응은 한결같은 것이 아니고 거의 매번 다릅니다. 저는 바로 그것이 문학의 힘이라고 생각합니다. 문학이 인간의 모든 문제를 다 해결해줄 수 있는 것은 아닙니다만, 문학은 그 어떤 예술보다도 더 뜨겁게 인간의 모든 문제를 되돌아보게 합니다."

아마도 그의 마지막 글이 되었을, 팔봉비평문학상 수상 소감에서 병상에 누워 있었던 김현 선생은 이렇게 그의 문학관을 압축하여 표현하였다. 그 수상 소감이 일간지에 발표된 지 바로 한 달 후인 지난 6월 27일 새벽, 그는 별로 길지 않았던 투병 생활 끝에 세상을 떠나고 말았다. 문학비평가와 불문학자로서 그가 떠맡아 수행하던 역할과 일구어낸 작업을 생각해보면 그의 예기치 않던 죽음이 주위의 여러 사람들에게 불러일으킨 충격과 슬픔, 허탈과 손실의 깊은 파장은 당연한 것이었다.

그 자신도 인정하고 자부심을 표현한 것처럼, 그는 모국어로 교육

받고 자라 글을 쓰게 된 첫 세대이자, 대학 1학년 때 4·19를 겪게 된 그 세대의 한 사람으로서, 글을 쓰고, 사유하고, 분석하고 해석하는 작업을 지속하였다. 논리적이면서도 서정적이고, 번역 투의 느낌을 주면서도 윤기 있게 정리된, 그의 명쾌한 문체는 한 시인으로부터 '김현체'라는 명명을 얻을 만큼 독특한 체취를 보여주었다. 그는 이처럼 독특한 그의 비평 문체 속에 한국 문학의 시인이나 작가에 대한 남다른 열정을 표현했을 뿐 아니라 프랑스 문학이나 서구의 사상과 지식에 대해서 깊은 인식을 담아 보였다. 인간과 삶에 대한 관심에서 문학을 시작하였던 것처럼, 인간에 대한 모든 지식이 그의 관심의 대상을 이루었다고 말해도 지나침이 없을 것이다. 그는 문학의 가치와 의미를 중시하고 문학적 참여의 몫을 그 나름으로 평가한 비평가였지만, 그의 지적 관심은 문학에 한정되어 있지 않았고, 또한 문학의 영역을 어떤 제한된 틀 속에 가두어 이해하려 하지도 않았다.

김현 선생의 독서량과 독서 범위는 가히 초인적이었다. 그의 박학함은 산만하거나 우연적인 것이 아니었고, 인간과 삶에 대한 인식과 그것의 표현인 문학의 문제와 논리적인 맥락으로 연결되었다. 그의 문학에 대한 관심의 발단은 인간과 인간의 진정한 만남은 어떻게 가능한가, 인간이란 무엇인가, 삶이란 과연 살 만한 가치가 있는 것인가, 어떤 삶을 살아야 하는가, 등의 문제들로 요약된다. 대학 2학년 때인 1962년부터 비평 활동을 시작한 그는, 활동 초기에 프랑스의 상징주의 시와 초현실주의와 실존주의 문학에 대한 탐구와 병행하여, 한국 문학에 대한 새로운 비평적 시각을 보이려 했다. 그의 시인론에서는 시인의 상상 세계와 시 표현, 시적 언어와 리듬 등의 문제가 중점적인 비평의 주제를 이루고, 작가론은 작가의 현실 인식과 세계관의 의미와 양상을 주목한 것이다.

그는 사회의 규범을 벗어난 문학인의 작업, 혹은 사회에 맞서서 문학으로 응전하였던 문학인의 창조적 표현에 의미를 부여하기 위해 섬세한 비평적 관찰을 시도하게 된다. 『존재와 언어』 『상상력과 인간』 『사회와 윤리』 『책읽기의 괴로움』 『문학과 유토피아』 『분석과 해석』 등 그의 평론집에서 일관된 비평적 관점은 대상을 섬세하게 이해하고 분석하면서도 그 대상이 한국 문학의 전체적 위상 속에 어떻게 자리매김될 수 있는지를 관련지으려는 것이었다. 그의 비평문에서 자주 발견되는 '문학은 삶에 대한 반성적 행위'라거나 '글쓰기는 세계의 무의미성과 싸우는 의미있는 작업'이라는 말은 그의 비평적 토대를 이루는 한 주장이다.

이러한 입장은 그의 문학적 인식이 바로 우리의 삶과 현실을 어떻게 인식하는가, 혹은 가치관이 흔들리고 전도된 이 혼탁한 시대에 어떻게 살아가야 하는가의 문제와 본질적으로 연결된 것임을 보여준다. 그는 자신의 비평 체계 속에 갇혀서 작품을 재단하는 억압적 비평가가 아니라 자신의 체계를 감추고 공감적인 시선으로 대상을 이해하려 하면서 대상의 숨은 의미와 가치를 포착하려 했던 날카로우면서도 따뜻한 비평가이다. 그에게 문학과 인간에 대한 이해와 탐구가 별개의 것이 아니었듯이, 문학 비평의 관점과 서구적 지성의 수용은 줄곧 병행되었다. 그는 프랑스 문학이나 서구적 지성의 사상과 지적 작업에 대해 그 누구보다도 폭넓고 정확한 지식을 갖고 있었다. 프로이트, 융, 사르트르, 바슐라르에서 지라르와 미셸 푸코에 이르기까지 무의식의 인간, 실존적 인간, 상상력의 인간, 권력의 인간 등의 다양하고 총체적인 인간 탐구는 그의 독특한 비평적 시각에 의해 때로는 부분적으로 때로는 전체적으로 인식되고 정리되었다.

『바슐라르 연구』 『프랑스 비평사』 『제네바 학파 연구』 『르네 지라르 혹은 폭력의 구조』『시칠리아의 암소: 미셸 푸코 연구』 등의 저서들은 심리주의에서 역사주의로 변화한 연구의 성과들이다. 가령 '르네 지라르'에 대한 연구만 하더라도, 그것은 80년대 초에 전개된 폭력과 억압적 상황에 대한 인식의 문제와 관련하여 한국인의 역사적 삶을 탐구하려 한 독창적인 작업이었고, 그가 타계하기 전까지 몰두한 푸코 연구는 현대 사회와 현대인의 모습에 대한 역사적 근거를 밝히기 위한 노고의 결실이었다. 그는 연구의 대상이 누구이건 간에 그 대상에 대한 개념적이고 해설적인 차원의 이해를 뛰어넘어, 대상의 특징적인 면을 부각시키면서, 우리의 현실적 문제와 관련지우는 주체적이고 개성적인 비평가의 시각을 발휘하였다. 이처럼 그의 외국 문학 혹은 사상에 대한 독창적 연구는 그의 비평적 인식과 불가분의 관계 속에서 이루어진다. 그의 비평이 한국 문학과 한국의 현실에 대한 분석과 설명의 시도로써 이루어진 것이라면, 외국 문학과 사상의 연구는 다른 문화와의 접촉을 통해 한국 문학과 현실을 새로이 인식 혹은 변형하려는 의지를 반영하는 것이다. 이러한 두 작업의 내적 동력이 긴장 관계를 유지하면서 상호적인 자극과 확산을 이룩하게 된 것이 그의 지적 작업에 대한 온당한 평가로 정리될 수 있다.

　김현 선생은 다른 사람들에게는 따뜻하고 관대한 모습을 보이면서도 자신에게는 엄격했던 분이다. 그는 "인간은 꿈꾸는 존재이다" "인간은 행복하게 살기 위해서 태어났다" "인간은 필요의 산물이 아니라, 즐거움의 산물이다"라는 초현실주의와 바슐라르적인 인간관을 지니면서 이 세상의 삶은 그것 자체로 즐겁고 행복해야 한다는 것을, 그리고 삶을 부정하는 것은 결국 더 깊이 삶을 긍정하기 위해서라는 것을 편하고 넉넉한 모습으로 우리에게 보여주었다.

　그는 억압적이고 독선적인 주장과 논리를 거부하였고, 진정하지 않은 모든 모습을 경멸하였다. 그러면서도 자기 나름의 절제와 함께, 원칙을 지키는 데는 철저하였다. 독실한 기독교 집안에서 태어나 자랐으면서도 삶을 긍정하는 순수의 자유로움과 꿈을 꿀 수 있는 삶의 세계를 긍정하기 위해, 기독교의 정신을 넘어선 자유로운 삶을 보여주던 그의 태도는 지속적으로 그의 삶과 문학에 대한 열정을 충전시킨 원동력이 된다. 그리하여 행복하게 살 수 있는 삶은 결코 쉽게 주어지는 것이 아니라 모든 비인간적 억압의 정체에 대한 투철한 자세의 정신적 긴장과 싸움을 통해서 얻을 수 있는 것임을 그의 삶과 죽음이 우리에게 가르쳐준다.

2

　나는 대학 시절에 김현 선생과 한 2년쯤 나란히 책상을 옆에 두고 공부하는 행운을 얻었다. 당시 불문과 조교였던 그가 조교 일을 보좌하는 학생으로 나에게 그 자리를 마련해준 것이다. 어느 날 밤 조교실에서 혼자 있다가, 문득 그의 책상 위에 놓인, 그가 번역한 글을 읽게 되었다. 「정원의 혹」이라는 그 글을 읽으면서 나는 큰 감동을 받았고, 내 마음속에서 그 감동의 여운은 오랫동안 지워지지 않았다. 콩트인지 에세이인지 그 장르의 성격이 분명하지 않았던 그 글은 디노 푸자티라는 이탈리아의 현대 작가가 쓴 것이었다. 그것의 서두는 이렇게 시작한다.
　"별이 총총히 뜨는 밤이면 나는 언제나 정원에서 산책하길 좋아한다. 산책할 정원이 있다고 해서 여러분들은 나를 큰 부자라고 생각하지 말기를 바란다. 내가 산책할 수 있는 정원이라면 여러분 누구라도 갖고 있을 것이기 때문이다." 이러한 서두로 이어지는 그 글의 내용은 어느 날 밤 산책을 하던 중 편편하던 땅에서 솟아올라 있었던 큰 혹에 걸려 하마터면 크게 넘어질 뻔했다는 것이다. 그 글의 화자는 정원사를 불러 정원을 어떻게 손질을 했기에 이런 혹이 생겨났느냐고 질책을 하는데, 그 정원사는 "주인님과 가까웠던 이웃의 어른이 세상을 떠나시지 않았느냐"고 오히려 반문한다. 그래서 이 혹이 무덤이냐고 되묻자, 정원사는 모호하게 대답한다. 그날 밤의 사건은 그것으로 그치지 않고, 세월과 함께 빈도수가 높아져가면서 그의 정원은 여러 가지 형태의 크고 작은 혹들로 가득 차게 된다. 정원의 주인은 정원사를 부르고 그때마다 정원사는 어떤 사람의 죽음이나, 혹은 가까웠던 사람과의 이별을 그 혹이 생긴 원인이라고 말하는 것이다. 오랜 세월이 지나 그 정원의 주인이 노인이 되어 산책하기도 힘든 나이가 되었을 때, 그 정원은 편편한 땅이라곤 한 구석도 없이 온통 여러 가지의 혹들로 가득 차, 큰 것은 작은 산을 이룰 정도가 되기도 한다. 그 글은 노인이 이렇게 독백하는 것으로 끝난다. "언젠가 나도 이 세상을 떠나게 되리라. 그때 그 어느 누군가의 정원에선가 큰 혹이 될지 작은 혹이 될지 모르지만 혹이 솟아오르리라. 그러면 그 정원의 주인은 기억하리라. 디노 푸자티라는 한 초라한 사람이 이 세상을 살다가 떠나게 되었다는 것을."

사람이란 살아가면서 만남의 기쁨만큼이나 헤어짐의 고통을 겪는다. 이런 점에서 삶이란 김승옥의 소설 제목인 '생명 연습'이기보다 '이별 연습'이라고 말하고 싶다. 젊음과 노년 혹은 미성숙한 사람과 성숙한 사람을, 나는 이별의 아픔을 어떻게 극복하는가의 태도로 구분하고 싶다. 젊은이는 작은 이별이라도 큰 상처를 받고 많이 괴로워한다. 나이가 든다는 것은 결국 괴로움을 반복하면서 그것에 적응하는 것을 의미하고, 그런 상처가 많아진다는 것은 결국 우리들 마음의 정원이 그렇게 주름이 지고 울퉁불퉁해진다는 것을 뜻한다. 물론 생물학적으로 나이가 든다고 해서 누구나 주름지고 굴곡 있는 정원을 갖게 되지는 않을 것이다. 사람은 자기의 체험만큼 혹은 내면의 크기만큼 남과 다른 정원을 갖기 마련이기 때문이다. 분명한 것은 많이 사랑하고 열심히 살고, 주위의 소중한 사람들에게 정을 베풀던 사람의 정원은 그만큼 평평한 땅이 될 수 없다는 것이다. 우리의 현실에서 나무가 많고 풍성한 느낌을 주는 정원을 보게 되면 그 안에서 쉬고 싶다고 생각하듯이, 우리는 그런 마음의 정원을 갖는 사람에 대해서는 편안한 느낌으로 의지하는 감정을 갖기 마련이다. 그러니까 외면적인 육체의 노화된 모습과는 상관없이, 깊고 그윽한 혹은 울퉁불퉁한 정원의 소유자는 그것이 반드시 인간적인 관계에 기인하는 것은 아니라 하더라도 그만큼 삶을 풍부하게 살았다는 의미로 해석될 수 있다.

김현 선생은 48세의 비교적 젊고 한창 일할 나이에 타계하였다. 그러나 그는 일찍부터 깊고 넓은 정원을 간직하고 있는 사람으로 생각된다. 그는 나이가 들면서 정신이 경직되어가는 사람들과는 달리 늘 유연하고 자유로운 정신을 견지하였다. 그런 까닭에 정신이 어느 수준에서 그 성장을 멈추고 변화하지 않는 사람에 대해서는 비판과 질책의 눈길을 보내기도 했다. 언제나 부지런히 책을 읽고 열심히 글을 쓰고 생각하며 남에게 많은 것을 베풀고 살았던 그는 삶의 무의미성과 싸우고 자유로운 삶과 억압이 없는 사회를 꿈꾸며, 늘 긴장된 정신을 유지했던 사람으로 평가될 수 있을 것이다.

선생의 삶의 깊이와 두께는 우리의 주변에서 그 예를 찾기가 힘들 정도로 깊고 두터웠다. 그는 많은 제자들을 기르고 깊은 영향을 주었으며 그런 점에서는 그 누구보다 행복한 사람이었다. 많은 제자들이 증언하듯이 그는 학생들을 꾸짖어서 가르치는 스승이 아니라 그들을 받아들이고 편하게 이야기를 나눔으로써 그들 스스로가 헝클어지고 끊어진 생각의 실마리를 찾아 이어가게 함으로써 깨우치게 만드는 스승이었다. 그것은 가르치는 요령을 그렇게 터득했다는 것이 아니라 그 자신의 훌륭한 삶의 태도와 넉넉한 인간관계의 분위기로 제자들에게 그런 영향을 미쳤다는 것이다. 그리하여 그의 떠남은 주위의 많은 동료와 제자들에게 그 육신이 지상에 머물 때와 다름없이 아니 오히려 그 이상으로 참되고 가치 있는 삶의 의미를 새롭게 일깨워준 셈이다. 그런 점에서 그는 많은 사람들의 정원에 여러 가지 커다란 혹을 남겨놓고 떠난 사람이다.

「정원의 혹」이라는 글과 더불어 나는 자신을 돌이켜보게 된다. 내 정원은 지금 어떤 모양일까? 나는 누군가의 정원에서 어떤 혹으로 떠오를 것인가? 이런 연상을 하게 되면 이제 우리는 어떻게 사는가 보다 어떻게 늙어가야 하는가 하는 문제가 훨씬 중요하게 생각된다. 무엇보다 자신이 해야 하는 일과 할 수 있는 일을 구분하여, 욕망을 정리하는 태도가 필요할 것이다. 이런 생각이 앙상한 나뭇가지에 찬 바람이 불고 겨울 빛이 완연한 지금, 무의식적으로라도 메마른 나의 정원을 가꾸어보려는 노력이기를 바란다. 〔1990〕

슬픔이 우리를 깨어나게 한다

고등학교 시절, 우리가 배운 국어 교과서의 글 중에서 가장 인상

깊게 기억되는 글 중의 하나가 아마도 「우리를 슬프게 하는 것들」일 것이다. 교과서에 담겨 있는 글들이 대체로 그렇듯이, '교과서적'이라는 표현에 어울리게 교훈적이거나 도덕적인 내용에다가 건조하고 딱딱한 문체로 씌어진 글들이 많았던 것에 비해, 그것은 두드러지게 아름답고 서정적인 글이었다. 지금도 그 글이 여전히 국어 교과서에 수록되어 있는지, 요즈음 학생들에게는 어떤 느낌을 주는지 알 수는 없지만, 그 무렵의 가난하고 어두웠던 우리들, 삶에 대한 막연한 동경과 불안, 서투른 반항과 울분을 제대로 표현하지 못했던 사춘기의 우리들에게 그 글은 하나의 출구이자 희망의 빛이었던 것처럼 기억된다. 더욱이 학교라는 제도의 굴레와 관습에 잘 적응하지 못하여 여러 가지 일탈 행동을 하거나 때로는 치기만만하여 어른이 다 된 듯한 행동으로 객기를 부리던 학생들이었다 하더라도 「우리를 슬프게 하는 것들」의 몇 구절을 외우고 있었을 만큼, 그 글은 10대의 걷잡을 수 없는 충동적 마음을 진정시키는 역할을 하기도 했다.

물론 그 내용에는 우리들이 쉽게 공감하는 부분도 있었겠지만 무슨 뜻인지 모르면서 이해하고 있다고 생각하는 부분도 적지 않았을 것이다. 가령, "옛 친구를 만났을 때, 학창 시절의 친구 집을 방문했을 때, 그것도 이제는 그가 존경받을 만한 고관대작, 혹은 부유한 기업주의 몸이 되어 몽롱하고 우울한 언어를 조정하는 한낱 시인밖에 될 수 없었던 우리를 보고 손을 내밀기는 하되, 이미 알아보려 하지 않는 듯한 태도를 취할 때"와 같은 구절은 그 당시 한 교실에서 똑같은 제복을 입고 있었던 우리들의 얼마든지 달라질 수 있는 미래의 한 장면을 상상해서 쉽게 이해할 수 있는 내용이었겠지만, "화려하고 성대한 가면무도회에서 돌아왔을 때, 대의원 제씨의 강연집을 읽을 때, 부드러운 아침 공기가 가늘고 소리 없는 비를 희롱할 때, 사랑하는 이가 배우와 인사할 때"와 같은 구절은 이국적인 분위기와 정서, 낯선 체험의 표현 때문에 쉽게 포착되지 않는 내용을 담고 있는 것 같으면서도, 어딘가 쓸쓸한 기분이 전염되어 무엇인지 알 것 같은 느낌이기도 했다. 어린 나이였기 때문에 삶의 체험이 많지 않았고, 아는 범위도 넓지 않았지만, 그런데도 그 여러 가지 낯선 슬픔의 징후들을 충분히 알 것 같다고 생각한 것은 그만큼 우리의 감수성이 예민하고 순정했기 때문일 것이다.

그 당시 우리는 이별의 체험도 별로 없었고, 세월의 변화와 늙는다는 것, 자아의 상실이나 세속적인 성공이라는 것, 간단히 인생이라는 것을 전혀 알지 못하면서도 알고 있다고 믿었는데, 그것은 무지한 젊음의 과오였다기보다 그 무엇이라도 충분히, 그 모든 것을 공감할 수 있을 것 같은 생각이 들었기 때문이다. 그것은 우리의 마음이 그만큼 열려 있었다는 증거일 것이다. 그리하여 "울고 있는 아이의 모습은 우리를 슬프게 한다. 정원의 한 모퉁이에서 발견된 작은 새의 시체 위에 초추의 양광이 비출 때"와 같은 첫 구절은 너무나 친근하고 명료하게 기억되어 해마다 가을이 되면, 문득 느껴지는 초가을의 따사로운 햇빛을 바라보면서 바로 그 "초추의 양광"을 떠올리게 된 것이 나 혼자만의 경험은 아니었을 것이다. 나중에 언젠가 다른 번역본을 보니 "초추의 양광"은 "초가을의 따뜻한 햇살"로 바뀌어 있었지만, 한 현상에 대한 첫번째 기억이 강한 탓에 해마다 가을이 되면 "초추의 양광"이 먼저 떠오르는 것도 어쩔 수 없었다. 또한 우리들의 혼돈스럽고 격정적이었던 젊은 날의 20대와 30대를 보내면서, 가을비는 쓸쓸히 내리는데 사랑하는 이의 소식은 끊어져 거의 일주일이나 혼자 지내게 되는 때라거나 끊임없이 담배 피우며 번민하던 날들의 밤이 얼마나 견디기 힘든 것인가를 알게 되었을 때도, 문득문득, 안톤

슈나크의 슬픔의 이미지들을 어렵지 않게 연상할 수 있었다.

어디 그뿐이랴. 도시화와 산업화의 급류 속에서 자신이 살던 집뿐만 아니라 온 동네가 흔적도 없이 사라진 변화를 마주하면서 "어린 시절 살던 조그만 마을을 다시 찾았을 때, 그곳에는 이미 아무도 당신을 알아보는 이 없고, 일찍이 뛰놀던 놀이터에는 거만한 붉은 주택이 들어서 있는 데다, 당신이 살던 집에서는 낯선 이의 얼굴이 내다보고, 왕자처럼 경이롭던 아카시아 숲도 이미 베어 없어지고 말았을 때" 우리의 마음이 슬퍼진다는 표현은 대도시의 현대인이라면 누구나 겪게 되는 낭만적이면서도 슬픔의 정곡을 찌른 것 같은 느낌이 들기도 했다. 그 슬픔이란 아주 현실적인 것도 아니고, 아주 비현실적인 것도 아닌, 모호하지만 그러면서도 섬세하고 깊이 있게 포착되는 삶의 측면을 말하고 있었기 때문에 너무나 절망적이거나 직설적인 사건을 표현할 때는 어울리는 것이 아니라는 생각도 하게 되었다. 가령 "초행의 낯선 어느 시골 주막에서의 하룻밤, 시냇물이 졸졸 흐르는 소리, 곁방 문이 열리고 소곤거리는 음성과 함께 낡아빠진 헌 시계가 새벽 한 시를 둔탁하게 치는 소리가 들릴 때"와 같은 것은 차라리 고즈넉하게 느끼는 감미로운 행복감이거나, 혹은 행복한 슬픔이라고 말할 수 있었다. 여하간 상투적인 형식의 고정관념을 벗어나 슬픔을 느끼는 삶의 단면들이 많은 것도 좋지만 무엇보다 그것을 느끼는 마음이 더욱더 좋을 것이라고 생각된다.

어느 젊은 시인이 『슬픔이 나를 깨운다』는 제목의 시집을 낸 바도 있지만, 슬픔을 느끼는 마음이야말로 세속적이고 폭력적인 현실 안에서 우리의 정신이 둔탁해지고 감수성이 무디어지는 것을 막는 장치일 수 있다. 아무리 사소한 일에서도 혹은 특별한 이유 없이도 문득 발견하게 되는 슬픔의 순간이야말로 사춘기적인 감성의 반영이 아니라 삶과 진실을 순진하게 대면하는 순간이라고 말해도 지나침이 없다. 그것이 사춘기 때의 추억일지라도, 그 추억의 샘은 현실을 살게 하는 힘으로 작용할 수 있다. 『의사 지바고』를 쓴 파스테르나크는 사춘기 때의 추억이 얼마나 소중한지를 말하기 위해 "사람들은 사춘기가 지나서 몇십 년을 더 살아도 연료를 받으러 격납고로 자꾸만 돌아가는 연습용 비행기처럼 그때의 추억으로 되돌아가게 된다"고 말한 바 있는데, 우리가 연료를 받으러 가야 할 격납고란 바로 슬픔을 느끼는 마음일 것이다. 그것은 과거로 돌아가고자 하는 감상적이고 낭만적 취향의 욕구가 아니라 현재의 시간 속에서 깨어 있으며 살려는 의지이기 때문이다.   〔1992〕

문학 교류의 성과와 전망 : 아프리카 탐방
— 인류의 고향, 아프리카의 예술과 문학

아프리카는 우리에게 어떤 대륙일까? 아직은 문명과 산업화로 오염되지 않은 원시적 자연의 숨결과 야성의 동물이 가득한 땅일까? 아니면 굶주림과 질병, 부족 간의 갈등과 전쟁의 참상이 끊임없이 계속되는 불황의 땅일까? 어스름한 새벽을 연상케 하는 희망의 세계일까? 아니면 황혼의 빛과 같은 안타까운 연민의 세계일까? 지난날 유럽의 열강들에 의해 식민지의 땅으로 전락했던 어두운 과거의 후유증으로부터 오늘의 아프리카가 완전히 벗어나 있는 것은 아니지만,

우리는 아프리카 대륙을 떠올릴 때 불행의 역사를 먼저 생각하기보다 강렬한 햇빛의 대초원, 사막과 밀림의 자연을 연상하고 온갖 야생 동물과 원주민의 모습을 그려본다. 그것이 우리가 가진 지리학적 상상력의 습관 때문인지 아니면 유년 시절의 꿈과 동경의 이미지가 강렬한 기억으로 남아 있기 때문인지 모르지만, 아프리카는 잃어버린 고향이나 어린 시절의 모성과 연결되어 떠오른다. 누군가가 말했듯이, 아프리카는 인류가 마지막으로 간직하고 싶은 마음의 고향일 것이다. 그리하여 우리는 세네갈의 시인이자 대통령이기도 했던 상고르가 젊은 날 프랑스 유학 시절에 아프리카를 그리워하며 부른 노래를 공감할 수 있다.

알몸의 여인이여
검은 피부의 여인이여
탄력적인 살결로 무르익은 열매, 검은색 포도주의 어두운 황홀
내 입에 정열 불어넣는 입
순결한 지평의 대초원
뜨거운 애무의 바람으로 침묵하는 대초원
조각처럼 새겨진 탐탐의 북소리　　　　　　　　—「검은 여인」

이러한 아프리카의 이미지와 함께 시인이 "머나먼 촌락 안개 속에서 울리는 아프리카의 깊은 고동 소리에 귀 기울이자"고 했을 때, 아프리카는 집단 무의식의 원형처럼 어느새 우리의 깊은 내면과 근원적 정서를 뒤흔든다. 상고르가 그리워하는 아프리카의 모습은 우리들 누구나 공감할 수 있는 모성적인 고향의 부드러움과 풍요로움의 세계이기 때문이다.

아프리카의 대명사이기도 한 자연은 사실 동질성보다 이질성이 많
다. 광대하고 무더운 사막이 있는가 하면, 들짐승이 떼 지어 사는 대
초원이 있고, 고온 다습한 정글이 있다. 또한 열대 지방 특유의 기후
가 있는가 하면, 남아프리카공화국처럼 사계절의 변화가 뚜렷한 온
대 지방의 기후도 있다. 이러한 자연 환경과 기후의 다양성에도 불구
하고 전통적인 아프리카 사회의 풍속과 삶, 문화와 예술의 공통점은
개인주의적이 아니라 공동체적이며, 내세주의적이 아니라 현세주의
적이라는 것이다. 아프리카 흑인의 예술은 건축·조각·춤·음악·시
등, 다양한 표현이 있지만 그것들은 독립적으로 존재하지 않고 동시
적이거나 연결된 형태로 이루어진다. 또한 그것은 일상생활의 삶과
분리되어 있지 않다. 그런 점에서 아프리카에는 '예술을 위한 예술'
이 존재하지 않는다. 모든 예술은 사회적이고 참여적이며, 생활 속에
서 기능하고 있는 것이다. 가족이나 마을의 행사와 모임에서 시가 낭
송되거나 시의 리듬을 담은 이야기가 있고, 합창의 노래가 따르고 춤
이 곁들여지는 일은 아주 흔하다. 아이의 탄생을 축하하는 의식에서
각종의 성인식과 장례식에 이르기까지, 혹은 풍성한 수확이나 사냥
을 기원하는 의식 등 여러 행사에서 이러한 문화적 표현들은 집단적
으로 이루어진다. 물론 전문적인 역할의 시인이나 화가, 조각가 들이
있기도 하지만 일반적으로 시와 예술의 표현 행위는 만인에 의한 것
이고 만인을 위한 것이라고 말해도 틀림이 없다. 그만큼 민중적이고
집단적이다. 노래나 이야기의 내용, 그림과 조각의 대상은 같은 것이
반복될 수 있다. 그러나 동일한 대상을 같은 내용으로 표현하는 것이
라도 그것은 상황이나 사람에 따라 얼마든지 다르게 표현된다. 그 역
할을 담당하는 사람은 자신의 개성과 삶, 자신이 속한 집단의 역사와
애환을 개성적으로 표현할 수 있기 때문이다. 작품이란 결코 영원히

변함없는 것이 아니며, 시인 역시 영원히 살아남는 작품을 쓰려고 애 쓰지 않는 것이다.

아프리카적 예술 양식의 기본 특징은, 상고르가 말한 것처럼 이미 지와 리듬이다. 그 이미지는 유추적인 이미지이고, 초현실적인 이미 지이다. 아프리카인은 직선을 싫어하고 사물을 정확하게 지시하는 말이나 논리보다 암시하는 것을 더 좋아한다. 그들은 사물의 이름보 다 사물의 의미와 상징을 더 가깝게 이해하므로, 코끼리는 힘, 거미 는 신중함, 뿔은 달, 달은 풍요로움으로 인식된다. 아프리카인의 언 어는 정확하고 논리적인 이성의 언어라기보다 암시성과 이미지가 더 많은 초현실주의적 언어라고 말할 수 있다. 유추적이고 초현실주의 적인 이미지의 언어로 아프리카인은 생명력의 다양한 세계를 표현한 다. 물론 그 언어의 이미지는 리듬화가 되지 않으면 그 효과를 만들 어내지 못한다. 리듬은 이미지와 공존하는 것이기 때문이다.

리듬이란 무엇인가? 그것은 존재하는 것에 형태를 부여하는 내적 역동성이자 생명력의 순수한 표현이기도 하다. 시에서의 리듬은 필 수적이다. 그러나 리듬은 시뿐 아니라 음악이나 조각, 회화 등, 그 어 느 장르에서도 본질적인 요소로 나타난다. 가령 그림이나 조각에서 리듬은 선과 색, 형상, 기하학적 형태 등 여러 가지 반복을 통해서 나 타날 수 있다. 아프리카인의 춤이 율동적 리듬의 특징으로 이루어진 점을 연상해도 좋다. 그 리듬은 육체적이거나 외형적인 형태로 표현 되더라도 보이지 않는 정신적 세계의 심층적 리듬과 맞닿아 있다. 아 프리카인이 춤출 때 다리나 하체가 관능적인 떨림으로 심하게 요동 칠 때라도, 그들의 머리나 눈빛은 영원의 세계나 심층적 정신의 세계 를 지향하는 것이라고 이해할 수 있다. 리듬이야말로 존재의 뿌리에 서 인간을 사로잡는 힘이자, 정신의 세계를 빛나게 하는 수단이다.

그 리듬이 어떤 형태로 표현되건 아프리카인의 표현 양식에서 리듬
의 흐름을 감지할 수 있다면, 이미 당신은 아프리카적 문화와 예술의
핵심을 파악하고 있는 경지에 들어선 셈이다. 그 리듬은 인종이나 지
역의 차이를 떠나서 모든 인류가 공감하는 마음의 고향을 찾아 나서
게 되는 '여행에의 초대'이기도 할 것이다.   〔1996〕

대산문학상 수상 소감

　'글은 사람이 산 만큼 나오게 되어 있다'는 말을 저는 믿는 편입니
다. 다시 말해서 시인은 자신의 삶을 얼마나 깊이 있게 살고, 얼마나
진정한 욕망의 꿈을 꾸었는가에 따라 좋은 시를 쓸 수 있다는 것이
고, 소설가는 자신의 시대를 얼마나 치열하게 살고 또 그것을 어떻게
문학적 의식으로 전환시켰는가에 따라 훌륭한 소설을 쓸 수 있다는
것입니다. 물론 이 말은, 문학이 삶을 반영한다거나 삶을 모방한다는
것을 의미하지 않습니다. 삶과 문학은 일치되는 경우보다 어긋나고
배반되는 경우가 더 많을 것입니다. 이스마일 카다레가 말했듯이, 삶
의 논리와 문학의 논리는 다르고, 그 다른 점에서 문학의 높은 가치
를 찾을 수 있을 것입니다. 그러나 아무리 삶과 문학의 논리가 다르
더라도, 작가가 자신에게 주어진 삶을 깊이 있고 치열하게, 전폭적으
로 책임지며 살지 않고는 훌륭한 문학이 나올 수 없다는 것은 분명해
보입니다. 그러한 삶이 무엇인지 단정하기는 어렵습니다. 그것은 획

일적으로 규정할 수도 없으며, 도덕적인 잣대로 정의할 수도 없는 것입니다. 그러나 자신의 삶에 정직하고, 이 세상과의 연대를 기억하는 사람의 문학은 그렇지 않은 경우에 비해 우리들에게 더 큰 감동을 줄 것입니다. 그러한 문학적 감동의 정체를 밝히고 그 진원지를 찾아내는 일이 바로 비평의 몫이라고 생각합니다.

물론 비평가 역시 자기가 산 만큼 글을 쓰는 사람입니다. 대상을 잘 보기 위해서는 무엇보다 보고 싶은 마음이 있어야 하는 것처럼, 비평가에게는 작품을 읽고 싶다는 욕구가 그가 갖춰야 할 첫째의 덕목이 될 것입니다. 그러나 자신의 삶에도 충실하면서 이러한 태도를 계속 견지하는 것은 쉬운 일은 아닙니다. 만약 그럴 수 있다고 하더라도 문학 작품을 부지런히 읽는 것만으로 비평가의 임무가 끝나는 것은 아닙니다. 작품을 해석하고 어느 갈피에 놓여 있을지 모를 의미를 찾아내기 위해서는 비평가 자신의 인식과 삶의 깊이도 전제되어야 할 것입니다. 그러나 끊임없이 생각하고 깨어 있어야 할 정신의 긴장은 곧잘 느슨해지고 감각의 촉수는 둔탁하고 무뎌지기도 합니다. 그래서 게으르거나 성급해지는 비평가의 태도를 경고하는 일이 필요하게 됩니다. 그러한 비판으로부터 자유롭지 못한 비평가로서 저는 스스로 자책의 마음을 갖고 있지만, 어쩔 수 없이 게을러지고, 또 그 게으름을 감추기 위해 성급히 책을 읽거나 미진한 글을 쓰기도 했습니다.

수상의 기쁨을 말해야 할 이 자리에서 반성문을 쓰는 식이 되었지만, 이 시점에서 제가 서 있는 위치를 점검해보고 좀더 나은 방향을 모색하는 계기가 마련된 것은 다행스러운 일일지도 모릅니다. 무엇보다도 이런 자리를 마련해주신 심사위원 선생님들께 감사드리며, 글을 쓸 때마다 첫째 독자가 되어주며 늘 조언을 아끼지 않았던 아내에게도 고마움을 전합니다.　　　　　　　　　　　　　　　　　〔2000〕

부드럽고, 따뜻하고, 넉넉한

"나도 알고 보면 부드러운 남자"라는 말이 유행한 적이 있었다. 이것은 자신의 외모와 내면 사이의 괴리가 크거나, 크다고 생각하는 사람들이 자기를 소개하는 자리에서 애용하는 말이겠지만, 누가 보아도 곧 부드러운 사람이라 인정할 수 있는 사람이 아니라면, 누구라도 그렇게 자기를 표현하고 싶은 심정이 될 것이다. 가령 '부드러운'이라는 형용사와 반대되거나 거리가 있는 표현을 '무뚝뚝한' '강퍅한' '딱딱한' '날카로운' '차가운' '무표정한' 등등의 형용사로 그 범위를 넓게 생각해본다면, 대부분의 한국 남자들은 부드러운 표정보다 그렇지 않은 표정에 더 익숙해 있을 것처럼 보인다. 그것은 우리가 부드럽지 않은 사람이어서가 아니라, 문화적으로건 사회적으로건 내면의 부드러움을 외면과 일치하여 표현할 기회와 관습을 그만큼 갖지 못하면서 살아왔기 때문이다. 김주연 선생의 인간적인 모습을 쓰는 이 자리에서 '알고 보면 부드러운 남자'라는 말을 화두로 삼은 까닭은 그의 인상이 무뚝뚝하거나 차갑기 때문이 아니라 그에 대한 어떤 인상을 갖더라도 그는 인상과 내면 사이의 거리가 큰 사람 중의 하나일 것으로 생각되었기 때문이다. 다시 말해서 그는 겉으로 보기보다 혹은 누구보다 부드럽고, 따뜻하고, 호방하고, 넉넉한 사람이라는 것을 말하고 싶었기 때문이다.

내가 김주연 선생을 처음 본 때가 언제였을까? 1967년인지 1968년인지 서울대 문리대가 동숭동에 있었던 시절의 어느 초여름날 오후, 창밖에는 잎이 파란 느티나무와 아담한 연못이 보이던 불문과 연구실에서였다. 김현 선생이 불문과 조교로 근무하던 그 시절, 나는 조교의 일을 도와주는 비공식적인 T. A.와 같은 학생으로서, 연구실에 책상을 하나 얻어 쓰고 지냈다. 그날 그는 신문사에서 일찍 퇴근한 듯, 회색빛 양복 상의를 벗어서 어깨에 걸치고는 흰 와이셔츠 차림으로 친구인 김현 선생을 찾아왔다. 김현 선생이 그 자리에 있었는지 없었는지는 분명히 기억되지 않는다. 그러나 무엇보다 뚜렷이 기억되는 것은 그의 날카롭고 이지적인 인상과 유난히 맑고 큰 목소리의 울림이었다. 아마도 태도가 분명하고, 빈틈없어 보이는 모습도 덧붙일 수 있을지 모르겠다. 그러나 이러한 첫인상은, 나중에 내가 후배 평론가로 김종철과 함께 '문지'에 가담하면서 다른 선배들과 더불어 그와 가깝게 지내는 시간이 쌓여갈수록, 그에게서 발견되는 다른 새로운 모습 때문에 변모하거나 수정을 겪게 되었다. 그는 빈틈없고 치밀한 성격처럼 보이는 외모와는 다르게, 따뜻하고 인간적인 내면의 소유자였을 뿐 아니라, 사실은 빈틈도 많고, 어쩌면 스스로 손해보는 일도 마다하지 않는 사람이라는 것을 나는 나중에 알게 되었다. 그가 예상하지 않았던 어떤 자리에서도 난처한 표정을 짓지 않고, 당황해하지 않으면서 그만큼 여유 있고 자신에 찬 모습을 보이는 사람이기 때문에, 그 모습 속에 겸손함과 따뜻함, 타인에 대한 배려가 자리 잡고 있다는 것을 알게 된 것도 나중이었다.

언젠가 그가 자신의 6·25 체험을 쓴 글을 읽고 깜짝 놀란 적이 있었다. 그것은 김원일의 『마당깊은 집』을 해설하는 글이었는데, 그는 그 소설이 연상시키는 6·25 시절을 언급하다가 열 살에서 열한 살 즈음의 기억을 떠올리며 자기는 신문팔이를 하며 지냈을 뿐 아니라 신문팔이 때문에 학교조차 결석하기도 하여 급우들이 동정 사업에 나섰던 일이 있었음을 고백(?)한 것이다. 6·25를 겪은 세대라면 어느 누구나 피난살이 시절에 두렵고, 가난하고, 굶주렸던 고생의 체험을 하게 마련이겠지만, 그런 경험을 했다 하더라도 고생의 흔적이 보이는 사람이 있고, 보이지 않는 사람이 있는 법이다. 그러나 김주연 선생은 유복한 집안에서 물질적인 결핍이나 고생을 모르고 자란 사람처럼 보인다. 그러한 사람이 신문팔이를 하면서 지냈을 뿐 아니라 때로는 허기에 지쳐 밥통을 들고 구걸까지 나서야 했던 시간들이 있었다고 말한다면, 그대로 믿을 사람이 없을 것이다. 그만큼 그는 그늘이 없어 보인다. 그가 다른 어느 글에서인가 어린 시절부터 자기는 낙천적 성격이어서, 아무리 고통스럽고 불행한 일을 당하더라도 곧 그 일이 잘 해결될 수 있으리라는 막연한 믿음이 있었다고 말한 적이 있는데, 나는 그의 밝은 표정이 그러한 낙천적 성격에 기인하는 것이 아닐까 생각해보기도 한다. 또한 그러한 막연한 믿음이 1980년대의 어느 시절부터 기독교인의 믿음으로 구체화된 원동력이 되었을 것이라는 짐작도 해본다.

일찍부터 김주연 선생을 잘 아는 술친구들은 그의 술 마시는 주기에는 늘 우기와 건기가 교체된다고 말한다. 다시 말해서 그는 계속 술을 마시다가 어느 날부터는 갑자기(물론 이유는 늘 있는 것이지만) 술을 끊고 지낸다는 것이다. 그렇게 술을 마시지 않고 지내는 시간은 한 달일 수도 있고, 1년일 수도 있으며, 그 이상이 될 수도 있을 것이다. 물론 술친구들은 당연히 술 마시는 그의 모습을 좋아하고, 술자리에서 그가 즉흥적으로 만들어내는 번뜩이는 재치와 놀라운 유머를 좋아하고 호방한 그의 기상과, 술기운이 올라 발동이 걸리게 되면 들을 수 있는 그의 맑고 큰 노랫가락도 좋아한다. 특히 "내가 전에 말했잖아요. 당신을 사랑한다고"로 시작하는 그의 애창곡인 어느 노래에서 "터질 거예요 내 가슴"이라는 가사에 이르러 마치 그 혼자 간직하고 참았던 어떤 열정과 사연을 터뜨려버리는 듯한 느낌을 받게 되었을 때는 각별히 감동하기도 한다. 그러한 그가 요즈음에는 건기에 접어들어 있다. 지난해 가을부터 그가 겪게 된 개인적인 문제가 완전히 해결되지 않았다거나, 매일같이 자동차를 갖고 다녀야 할 일이 있기 때문이라고 그는 핑계를 대지만, 그의 술친구들은 그렇게 술을 마시지 않는 이유가 병과 같은 신체적인 문제 때문이 아니라는 것만으로 일단 안심을 한다. 물론 신체적인 문제가 아니라는 점이 더 우려할 만한 일이라고 해석할 수도 있겠지만, 그렇지는 않을 것이라고 자위를 하며, 이어서 찾아올 '우기'를 희망하는 것이다.

여하간 그들은 하루빨리 그리고 안심할 수 있을 정도로 그가 다시 술 마시는 자리로 돌아와 예전처럼 붉은 얼굴 표정과 재미있는 말과 큰 소리로 웃는 유쾌한 모습이 되기를 기다린다. 성과 속을 아우르고, 삶의 구체성과 영원의 초월성을 동시에 바라보는 그의 균형 잡힌 시각과 삶의 태도를 그들은 믿고, 그러한 믿음 때문에 그가 세속적인 술자리를 결코 저버리지 않을 것이라고 확신하는 것이다.

〔『김주연 깊이 읽기』, 2000〕

사람과 세상을 더 많이 알려는 열정
──나의 친구 김인환

미셸 투르니에가 사랑과 우정의 차이를 설명한 바에 의하면, 사랑의 감정은 두 사람 사이에서 공유되는 것이 아닐 수 있는데, 우정은 대체로 공유되는 감정이다. 또한 사랑에는 존경이나 신뢰감이 전제가 되지 않는 반면에, 우정에는 믿음과 존중의 마음이 따른다는 것이다. 첫째 차이가 분명하게 이해되지 않는다면, 짝사랑이란 말은 있어도 한쪽만의 일방적인 우정을 뜻하는 말은 없다는 사실을 떠올려보자. 또한 둘째 차이가 잘 이해되지 않는다면, 사랑이 사람을 눈멀게 하는 반면에 우정의 관계는 어느 정도 이성적이라는 점을 구분해 보면 될 것이다. 가령 사랑에 빠진 사람에게 그의 여인이 사악하고 이기적이고 비열한 성격의 소유자라는 사실을 아무리 일깨우려 해도 그런 충고가 그의 사랑을 가로막을 힘은 없어 보인다. 물론 도덕적으로 훌륭한 사람이 훌륭한 연인이 된다는 보장은 없다. 그러나 우정은 다르다. 우연히 친구가 되었더라도, '그'의 인생관이 '나'와 다르고, '그'의 태도에서 신뢰할 수 없는 점을 발견하여 마음속으로 '그'를 경멸하게 된다면, '그'와 '나'의 우정은 더 지속될 수 없을 것이다. '그'를 믿고 '그'의 장점을 계속 발견하고, '그'가 '나'의 친구라는 것에 자부심을 가질 때, 우정의 농도는 사랑의 열정과는 달리 시간의 흐름 속에서 약화되지 않고, 오히려 더 두텁고 깊어지고 튼실해지는 법이다.

김인환은 나에게 바로 그러한 친구이다. 그는 놀라운 기억력과 폭넓은 박람강기의 관심, 세상과 인간을 이해하려는 지칠 줄 모르는 열정을 갖고 있는 사람이다. 나는 그처럼 자기 전공 분야를 떠나서 많이 알려 하고, 많은 지식을 소유한 사람을 잘 알지 못한다. 자신의 전공 분야에 대해서 깊이 있게 많은 것을 알고 있는 학자들은 많이 있다. 그러나 전공 분야의 벽이 분명하지 않은 인문학의 분야에서도, 그렇게 다방면에 걸친 폭넓은 관심을 계속 기울이는 사람은 흔하지 않다. 내 기억으로는 돌아가신 김현 선생이 그런 분이었다. 그는 엄청나게 많은 책을 빠른 속도로 읽었을 뿐 아니라 그 책의 핵심을 정리하고 자기의 머리 속에 지식의 지형학을 그렸던 사람이다. 그러나 그는 그렇게 많은 책을 읽고, 글을 쓰면서도 서재나 연구실에 갇혀서 지낸 사람이 아니라 삶과 사람에 대한 관심이 많아 많은 사람들을 사귀고, 그들에게 정을 주고, 또한 자기가 좋아하는 사람들끼리 친밀해지기를 바라면서 서로 몰랐던 사람들을 알게 한 사람이기도 했다. 내가 인환을 알게 된 것도 바로 그러한 김현 선생의 소개를 통해서였다.

김현 선생이 김인환을 알게 된 것은 70년대 초 계간 『문학과지성』이 창간된 다음이었다. 내 기억이 정확하다면, 김인환이 『문학과지성』 3호에 실린 김붕구 교수의 「사르트르의 인간관」을 읽고 사르트르를 비판한 김교수의 논리에 담긴 뿌리 깊은 반공 의식의 문제점을 지적한 짧은 글을 독자의 편지라는 형식으로 편집자에게 보낸 다음부터이다. 이 글은 『문학과지성』 4호에 실리게 되지만, 그 편지가 인연이 되어 김현 선생은 김인환에게 한번 만나보고 싶다는 말을 전하게 된다. 내가 아는 김현 선생은 좋은 글과 나쁜 글을 누구보다 잘 가려내는 눈 밝은 비평가였을 뿐 아니라 글을 통해서 글쓴이의 사람됨은 물론 앞으로의 가능성까지를 내다보기도 잘했던 통찰력의 소유자였기에, 김인환의 사람됨과 능력과 가능성 모두를 그 짧은 글 속에서 단번에 알아본 것이다. 그 당시 나는 대학원을 휴학하고 전방에서 군복무를 하고 있었다. 김현 선생은 그를 처음 만난 자리에서 그와 비슷한 나이였던 나에 대해 이야기했다는 것이고, 우리가 나중에 만나면 좋은 친구가 될 것이라는 생각에서 그와 내가 만날 자리를 마련해주겠다고 했다는 것이다. 그 후 내가 휴가를 나왔을 때인지, 제대 후였는지는 분명하지 않지만, 결국 김현 선생의 소개로 그를 만나게 되었다. 그에 대한 첫인상은 눈빛이 유난히 맑고 날카로우면서 선이 굵고 솔직하고 관대한 사람처럼 보였다는 것이다. 그와 몇 마디도 나누지 않아서 나는 그에게 호감과 함께 의기가 투합되는 것을 느낀 후 지금까지 한순간의 오해나 갈등도 느끼지 않은 채 30년 가까이 그를 만났고, 그와 두터운 우정을 쌓아온 셈이다. 대학 시절에 그는 소설을 썼다는데, 신춘문예에 서너 번 응모했다 떨어진 후 소설쓰기를 포기했다는 것이다. 김현 선생은 그에게 비평가가 되기를 권유했고, 그 권유로 인환은 그다음 해『현대문학』을 통해 등단하게 된다. 나중에는 불발로 끝난 생각이지만, 김현 선생은 잡지 편집위원의 역할이란 대체로 5년이면 끝나는 것이니 자기 세대는 그 정도만 활동하고 그 이후에는 나와 김종철과 김인환이『문학과지성』을 맡아주었으면 좋겠다는 것을 나에게 자주 이야기하였다. 김현 선생은 김인환의 비평적 안목과 '능력'을 누구보다 신뢰한 사람이었다. 김현 선생이 김윤식 선생과 공저로 쓴『한국문학사』가 문단에 큰 파문을 일으키며 여기저기 많은 지면에 서평이 실렸을 때, 그 많은 서평 중에서『한국문학사』의 의미를 제일 정확하게 포착한 글은 김인환의 서평이라고 나에게 이야기했던 것이 기억난다.

　나는 인환을 만날 때마다 그의 지식의 폭이 대단히 넓은 것에 대해 감탄하기도 하지만, 그 많은 지식의 내용을 적절한 대화의 흐름 속에서 알맞고 빈틈없이 꺼내어 연결하는 솜씨에 대해서도 놀라움을 느낀 적이 많다. 그는 재치 있는 말을 해서 좌중을 웃기는 사람이 아니라, 사리에 맞고 진지한 말의 열정을 통해서 주위의 분위기를 즐겁게 만들고, 대화의 차원을 올려놓는 사람이다. 또한 그는 사람들과 만난 자리에서 그 자리의 분위기를 앞장서 주도해가는 사람이라기보다 그 분위기에 어울리는 말을 잘하는 사람이다. 학생들에게 "공부를 잘하면 할수록 친구들과 넓고 깊게 사귈 줄 알게 되어야 실학"을 할 수 있음을 강조하고, "실학을 공부한 대학생은 이 세상의 어떤 사람하고라도 어울려 살 수 있을 것"임을 가르치기 좋아하는 그의 모습은 바로 그 자신을 보여주는 말이다. 이처럼 그는 책상물림 같지 않게 처음 만난 어느 누구와도 마음을 터놓고 이야기하고 남의 말에 귀 기울이는 진솔한 모습을 보인다. 물론 책과는 담을 쌓고 지내는 사람을 만난 자리에서 눈치 없이 책 이야기를 하지는 않는다. 그런 사람들과는 세상 돌아가는 이야기, 그들과 연결될 수 있는 아는 사람의 이야기 등을 정확하고 풍부한 기억의 실타래에서 끄집어내어 자연스럽게 펼치며 그들을 편안하게 만들어준다. 그러나 책과 지식을 이야기할 수 있는 자리가 마련되면, 그의 입은 바빠진다. 그의 입에서 거침없이 튀어나오는 그 많은 사상가와 철학자들의 이름들은 종횡무진이다. 언젠가 나는 그가 서인석 신부의 『성서와 언어과학』을 이야기할 때 이 친구가 언제 그런 책까지 읽었는가 하며 놀란 적이 있다. 또한 어느 자리에선가, 최민순 신부가 번역한 후안 델 라 크루스의 『어두운 밤』을 읽은 후 기독교 서적을 불교의 주석으로 읽고, 불교 서적을 성서의 주석으로 읽는 버릇이 생겼다고 하는 말을 듣고는 그다운 독서법이라고 생각한 적도 있다. 그는 이처럼 서로 다르고 이질적인 책들을 엉뚱하게 교체적인 시각으로 읽을 뿐 아니라 상식적인 판단으로는 연결되지 않을 것 같은 방법을 독창적으로 생각해내면서 가령 『주역』 같은 책은 시로 읽어야 한다고 말하기도 한다. 그의 독창적인 논리는 무엇보다 상이한 책들을 체계 없는 다독의 습관으로 읽어낸 사람에게서 나올 수 있는 것이 아니다. 그의 독서 범위가 아무리 동서고금을 넘나들고 분야의 제한과 경계가 없이 펼쳐진 것이라도, 그의 논리는 그 책들의 지식을 끊임없이 연결하고 그것들의 전후 맥락을 고심하면서 짚어본 사람에게서만 가능한 일가견의 논리이다. 덧붙여 말할 수 있는 것은 그의 지식에 대한 엄청난 욕구는 무엇보다 사람과 세상을 더 잘 이해하고 더 많이 알려는 열정에 의해서 형성된 것이라는 점이다.

그의 이러한 열정은 대화가 붉게 무르익는 술자리에서 더 진면목을 발휘한다. 한때, 건강상의 이유로 그가 술을 끊고 지낸 적이 있었는데, 술 없이 그를 만난 자리는 너무나 삭막하여 나중에 잘 기억되지도 않을 정도이다. 집이나 연구실을 떠난 자리에서 그에게 잘 어울리는 모습은 역시 술자리다. 그가 학생처장을 지냈을 때, 학교 근처의 술집들을 찾아다니며 학생들과 『자본론』에 대해서 밤을 새워 논쟁했다는 일화는 유명하다. 그만큼 학생들을 좋아하고, 사람들을 좋아하는 그를 나는 조지훈·정한숙 선생의 면모를 잇는 고대 국문과 교수의 한 전형으로 생각한다. 그를 자주 만나고 싶은 생각 때문에, 내가 먼저 관여하게 되었던 『외국문학』『사회비평』『현대 비평과 이론』 등의 편집위원으로 그를 끌어들이면서 편집 회의 한다는 구실로 1980년대 중반부터 지금까지 자주 만나왔지만, 그와 만난 시간들은 언제나 즐겁고, 빛나고, 풍성했다. 그는 어느 사안이나 문제에 대해 자기 견해가 분명히 있는 사람이지만, 그것을 주장하고 관철하기 위해 한 번도 무리한 방법을 쓴 적이 없다. 자기의 이야기를 하면서도 남의 이야기에 귀를 기울이는 사람, 올곧고 유연한 사람, 남의 단점을 감싸면서 그의 장점을 살려 그를 배려하는 사람, 나는 이러한 그의 많은 미덕을 발견하고, 그에 대한 우정과 믿음을 더욱 두텁게 갖는다.　〔2001〕

이웃집 개의 죽음

　김병언의 「개를 소재로 한 세 가지 슬픈 사건」이란 단편소설이 있다. 이 소설에서 가장 인상적이었던 개의 이야기는 마치 사랑과 증오, 애정과 폭력이 같은 감정의 뿌리에 있는 것임을 보여주는 듯한 첫번째 이야기다. 이 사건을 이야기하는 화자는 어린 시절 성격이 내성적이고, 자의식이 많아 친구가 없었는데, 집에서 기르던 개가 친구 역할을 했다는 것이다. 그에게 친구가 없었던 데에는 그의 내성적인 성격 탓도 있었겠지만, 직업 군인이었던 아버지가 자주 전출을 하게 되고, 그때마다 이사하고 전학하는 일을 되풀이한 탓도 있었을 것이다. 여하간 그는 누구보다 개와 함께 보내는 시간이 많았고, 개에게 정을 쏟다 보니 개와 동일시하는 감정까지 갖게 되었다 한다.

　소년이 중학교 2학년이었을 때, 그의 아버지가 다른 지방으로 전출을 하게 되면서 또 전학을 하게 되었는데, 그는 등교한 첫날 같은 반의 불량 학생들에게 온갖 위협과 시달림을 받는다. 그날 밤 악몽을 꾸고, 다음 날 아침 학교 가기가 죽기보다 싫었던 소년은 어쩔 수 없이 집의 문을 나서서 걸어가는데, 이상한 느낌이 들어 돌아다보니 개가 따라오더라는 것이다. 그 당시 그 개는 나이가 많이 들어 듬성듬성 털이 빠지고, 눈에는 볼썽사나운 눈곱이 끼어 있어 그야말로 비루먹은 개 꼴의 모습이었다. 소년은 개를 쫓는 시늉을 하고, 다시 걷다가 돌아보면 그 개는 따라오고, 그런 일이 반복되다가 학교까지 가게 되었다는 것이다. 그는 교문에서 곧장 교실에 들어가 자리에 앉았는데, 다른 학생들이 갑자기 소란스러운 움직임을 보여 돌아보니 그 개가 교실까지 따라 들어온 것이다. 아이들은 웬 똥개가 재수 없게 교실까지 들어왔다고 발길질을 하는데도 그 개는 나가려 하지 않다가 소년과 눈이 마주치자 그쪽으로 달려온다. 아이들은 그에게 "너네 집 개냐"고 묻는다. 그는 아니라고 강력히 부인한다. 그러다가 어느 순간 광기의 적개심이 발동하여 교실의 한쪽에 놓인 큰 몽둥이 자루를 집어들고 개의 몸이 부서지도록 매질을 한다. 그 개는 죽어가는 비명 소리를 여러 번 지르다가 마침내 교실을 나가 종적을 감춘다. 반의 아이들은 새로 전학 온 소년의 잔인한 행위를 목격하고, 그를 무서운 아이로 생각하여 더는 괴롭히려 하지 않았다는 것이다. 훗날, 그는 그때 자기가 왜 그렇게 행동했는지를 자문하기보다 왜 그 개가 학교까지 자기를 따라왔는지를 곰곰이 생각한 끝에, 그 개가 학교 가기를 싫어한 자기의 심정을 헤아려 어떤 식으로건 마지막 봉사를 하려고 한 것이 아니었을까 추측해보기도 한다.

내가 이렇게 개에 관한 소설을 이야기하게 된 까닭은, 얼마 전 오랫동안 살던 과천의 집에서 서울의 아파트로 이사하게 되었는데, 이 과정에서 이웃집 개가 죽었다는 소식을 들었기 때문이다. 우리 집 개도 아닌 이웃집 개가 무슨 이야깃거리가 되겠냐고 생각할 사람도 있을 것이다. 그러나 그 이웃집 개와 나는 여러 가지 얽혀 있는 사연이 많다. 그 집 주인인 K교수가 '참이'라고 불리는 그 개를 강아지일 때부터 개 줄로 묶어두지를 않고 키워, 그 개는 늘 동네를 활보하고 다녔다. K교수의 가족이 반년이나 일 년쯤 외국에 나가 있을 때에도 그 개는 자기 집에서 동네 사람들의 도움으로 이럭저럭 생계를 꾸려갔다. 나도 가끔 그 개에게 먹을 것을 가져다준 적이 있었다. 내가 동네에서 산보하고 다니기를 좋아한 탓에 산보 길에 나서면 개가 나를 따라오는 때가 자주 있었다. 어떤 날 아침 구세군사관학교 운동장에 가

서 조깅을 하는데, 나를 기다리던 녀석이 다른 개와 짝짓기를 하게
되어, 그 일이 무사히 끝날 때까지 내가 보호하듯 기다려주는 역할을
한 적도 있었다.

'참이'는 내가 아침에 산보 나갈 시간이 되어서도 나가지 않으면,
우리 집 문 앞에 서 산보 가자고 짖어대기도 했다. 그렇게 녀석이 나
를 따라다니다 보니까 불편한 것은 산보 길의 방향을 마음대로 바꿀
수가 없다는 점이다. 특히 아침에는 약수터에를 갈 수가 없었고, 밤
에는 큰길 건너편에 있는 중심가로 갈 수가 없었다. 개가 작은 편이
아니었기 때문에 사람들은 귀여워하기보다 싫어했다. 더구나 그 개
가 나이가 들면서 영리해 보이거나 늠름해 보이는 모습보다 눈치를
많이 보고, 어두운 표정의 초라한 모습을 보이니까 사람들은 더 싫어
했던 것 같다. 혼자서 돌아다니다가 그 개는 자기보다 큰 개에 물리
거나, 사람들의 학대를 받으면서 옆구리에 상처가 나고, 다리를 절룩
거리는 일도 자주 있었는데, 그런 일을 겪으면서, 개는 완전히 주눅
든 모습이 되었다. 그러한 모양의 개가 나를 따라오는 것은 여간 부
담스러운 일이 아니었다. 그래서 어떤 날 밤에는 문소리를 내지 않고
아주 조용한 걸음으로 나와 한참 걸었는데, 문득 개가 소리도 없이
나를 따라오는 것을 보고는 소름이 끼칠 정도로 놀란 적도 있었다.
또 한번은 동네 상가의 비디오 대여점에 가다가, 그 개가 따라오기에
돌아가라고 쫓아 보냈는데, 비디오 대여점에 들어가서 비디오의 제
목을 한참 둘러보고 있을 때, 대여점 주인이 개가 들어왔다고 놀라기
에 나도 깜짝 놀란 일이 있었다. 그 주인의 말에 의하면 그 개가 나를
쳐다보는 눈길이 그렇게 처량할 수 없다는 것이다.

우리가 이사할 날이 가까워오자 '참이'는 유난히 풀이 죽은 모습
이었다. 이사한 지 일주일이 지났을 때, 그 개의 집주인인 K교수가

나에게 전화를 했다. 이틀 전에 개가 죽었다는 것이다. K교수의 말
에 의하면 우리가 이사한 다음 날부터 개가 상심한 듯 밥을 통 먹지
않더니 사흘째가 되어서는 하루 종일 모습을 보이지 않았다는 것이
다. 그래서 저녁때 개를 찾아 돌아다니다가 관악산 기슭의 어느 나
무 밑에 누워 있는 것을 발견하여 개를 안고 집에 데리고 왔는데, 다
음 날 아침에 죽었다는 것이다. 나는 그 전화를 받고 한동안 착잡한
생각에 빠지게 되었다. 물론 나는 우리 집이 이사를 했기 때문에 개
가 슬픔에 빠져 죽게 된 것이라기보다 개가 죽을 때가 되어서 죽게
된 것이 우연히 우리 집이 이사할 무렵이었다고 생각한다. 그러나
그 개가 지난겨울에 왜 그렇게 슬프고, 외로운 눈빛으로 비디오 가
게이건 약국이건 자기가 따라올 수 없는 곳까지 나를 따라다닌 것일
까, 그것은 혹시 자신의 죽음을 예감했기 때문이 아니었을까 하고
생각해본다. 여하간 그 개의 눈빛은 나의 기억에서 쉽게 사라질 것
같이 보이지 않는다.   〔2002〕

문학은 무슨 소용이 있는가

'문학은 무슨 소용이 있는가' 하는 질문은 '문학이란 무엇인가' 하
는 질문처럼 오랫동안 되풀이되어온 물음이다. 이 물음은 문학이 무
엇을 할 수 있겠느냐는 자조적인 물음과 함께 문학의 의미를 반성하
고 문학의 역할을 되짚어보는 방법일 수 있다. 물론 문학은 무슨 소

용이 있는가 하고 물었을 때 문학에 종사하는 사람이건 아니건 문학이 소용없는 것이라고 간단히 대답할 사람은 아무도 없을지 모른다. 그 이유는 인간이 본능적이고 물질적인 욕망으로만 살아갈 수 없는 존재로서 정신적이고 문화적인 것 혹은 예술과 문학의 필요성을 인정하는 최소한의 기본적인 양식을, 어느 정도 교양을 갖춘 사람이라면, 누구나 갖고 있을 것이기 때문이다..그러나 우리의 삶에서 아무리 문학의 비중과 역할이 당연시되더라도 오늘날 이 문제를 다시 생각해보는 것은 인문학의 위기나 문학의 위기가 비슷한 위상에서 논의되는 현실에서 무엇보다 필요한 일처럼 보인다.

　김현은 『한국 문학의 위상』에서 문학은 무엇을 할 수 있느냐는 질문을 "존재론적인 차원에서는 무지와의 싸움을, 의미론적인 차원에서는 인간의 꿈이 갖고 있는 불가능성과의 싸움"을 문학의 중요한 역할로 정의하는 것으로 풀어나갔다. "문학은 배고픈 거지를 구하지 못한다. 그러나 문학은 그 배고픈 거지가 있다는 것을 추문으로 만들고, 그래서 인간을 억누르는 억압의 정체를 뚜렷하게 보여준다. 그것은 인간의 자기기만을 날카롭게 고발한다." 김현은 이러한 결론을 이끌어내기 위해 문학은 써먹을 수 없는 것 또는 소용없는 것이라고 하는 말에서 출발하여 소용없는 것이기 때문에 억압하지 않고, 억압하지 않는 문학은 억압하는 것의 정체를 보여준다는 식의 논리를 전개하였다. 문학은 그렇다면 인간을 억압하지 않는 것일까? 문득 드는 생각이지만, 가령 말라르메의 시나 누보로망이 유희로서의 독서가 아니라 탐구로서의 독서 혹은 정밀한 분석 작업으로서의 독서를 요구할 때 그것은 또 다른 의미의 억압은 아닐까? 이 경우 아무리 문학이 억압적이라도 그것은 억압을 드러내는 억압이므로 김현의 억압하지 않는 문학의 논리는 타당성을 지니는 것이지만, 일단, 억압의 문제를 떠나서, 문학의 효용성이나 유익함의 문제를 생각해보자.

19세기 프랑스의 보들레르와 플로베르는 시와 소설에서 각각 뛰어난 업적을 남긴 시인이며 작가이지만, 그들은 당대 사회에서 유익한 삶을 살려고 하지 않았을 뿐 아니라 동시대의 독자들에게 재미있거나 공감을 주는 문학에 동의하지 않았다. 물론 그들은 삶의 교훈을 주는 유익한 문학을 하려고 하지도 않았다. 그들은 글쓰기에 따라서 자신의 독자가 될 수도 있는 동시대의 부르주아들을 혐오하고 그들의 생활 방식이나 물질적 가치관을 거부하였다. 남들에게 쓸모없는 존재임을 뼈저리게 의식하면서도 자신의 문학만이 가장 진실하고 가치 있는 것이라는 믿음 때문에 그들은 쓸모없는 존재로서의 삶을 견딜 수 있었고, 문학이 없었다면 아마도 그들은 죽음의 충동으로 삶을 포기하였을지 모른다. 세속적인 영광과 행복을 거부함으로써, 말하자면 자신들의 삶을 희생함으로써 그들은 문학을 성취하였지만, 그들의 문학성은 동시대의 독자들에게 쉽게 수용되는 대중문학이나 모럴리스트적인 문학의 내용과는 거리가 먼 것이었다. 그러나 그들의 문학에 담긴 현대적 삶의 내면 풍경이나 진실에 대한 통찰은 그들의 시대를 넘어서 많은 독자들의 공감적 인식으로 확산되었다. 그들의 사회와 시대를 초월하여 보편적인 문학성에 공감하는 후대의 사람들은 자신들의 공허한 삶과 시대에 절망하면서도 희망을 가질 수 있었다. 문학이 아무리 쓸모없는 것이라도 그것이 세속적 삶을 경멸하고 진실한 삶을 깨닫는 데 도움을 준다면, 그것처럼 가치 있는 일도 없을 것이다. 보들레르의 「창문들」이라는 산문시에서처럼 문학이 "내가 살 수 있도록 도와주고 내가 존재하며 내가 어떤 사람인지를 깨닫게 도와주기만 한다면," 이러한 문학의 효용성은 그야말로 절대적이라고 말할 수 있을 것이다. 어느 시대에나 문학의 필요성과 당위성이 언급될 수 있는 것은 바로 이러한 효용성 때문이라고 말할 수 있다. 그러나 지금의 이 시대, 즉 컴퓨터 문화가 일상생활의 일부를 이룰 만큼 보편화되고, 영상 매체가 인쇄 매체를 압도하여 문학의 인기가 퇴조하는 시대에서 문학의 효용성을 다시 생각해본다면 우리는 어떻게 대답할 수 있을까?

김병익은 아날로그에서 디지털로, 문자 중심에서 이미지 중심으로 변화하는 21세기를 전망하면서 "문학은 틀림없이 문화 산업의 한 종사자로 내려앉고 예술은 대중의 소비품으로 밀려나며 작가와 예술가는 인기와 소득으로 자신의 자리를 확인하고, 세계를 총체적으로 이해하고 그 진상을 밝힐 인문주의 정신은 자본-과학 복합체의 거대한 무게에 눌려 소수의 불평으로 처리될 것"(『21세기를 받아들이기 위하여』, p. 84)을 우려하였다. 그는 21세기의 문학의 역할과 운명에 대해서 이렇게 회의적인 시각을 보이지만 동시에 "삶의 의미와 세계의 허위에 대한 각성"을 보여주는 문학의 진정성에 대한 희망을 덧붙이기도 한다. 그러나 그의 희망에도 불구하고 문학에 대한 그의 전망은 비관적인 방향에 기울어 있는 것처럼 보인다. 또한 유재천은 「영상 시대와 독서」(『한국현대문학관 소식』 20호, 2003년 3월)에서 오늘날 영상 시대의 젊은이들이 책을 멀리하고 영상 매체에 몰입하게 됨으로써 "사유하는 능력은 떨어지고 감각적인 능력만 발달하는 현상"을 이렇게 진단하고 있다. "텔레비전이나 영화와 같은 영상 매체는 보는 동안 생각할 여유 없이 그냥 감각적으로 느끼고 받아들이게 만든다. 분석하고 범주화할 틈이 없다. 시각과 청각을 통해 받아들이면 그만이다. 따라서 영상 매체는 논리적으로 사고하는 습성과는 거리가 먼 자극에 반응하는 메커니즘에 사람들이 길들게 만든다." 이런 점에서 그는 인쇄 매체가 논리적으로 사고하는 능력을 계발해주어 사색적이고 관념적인 인간형을 만드는 반면, 영상 매체는 생각하기에 앞서 행동부터 하는 관능형의 인간을 만들게 되는 현상을 비판하고 있는 것이다. 정치학자 이정복은 「우리는 왜 책을 읽지 않는가?」(『서평문화』 제51집, 2003년 가을)에서 우리 사회에 급속히 확산된 인터넷 문화의 부정적 현상에 주목하고, 청소년들이 컴퓨터 앞에서 마우스를 클릭하는 생활에 탐닉함으로써 책을 읽지 않는 것이 얼마나 나쁜지를 이렇게 설명한다. "마우스 클릭은 흑백의 세계이기 때문이다. 컴퓨터 프로그램을 잘못 클릭하면 더 이상 진행되지 않고 맞게 클릭하면 곧바로 진행된다. 맞는 클릭은 하나밖에 없는 것이고 이에 대해서는 논쟁이 필요 없다. 이 세계에서 인간은 컴퓨터 프로그램의 명령에 따라 수동적으로 움직이는 인간으로 전락할 위험성이 있다." 이런 점 때문에 그는 감수성이 강한 젊은이들이 컴퓨터 프로그램에 익숙해짐으로써 현실과 세계의 문제를 복잡하게 이해하고 고민하기보다 단순화하여 받아들이고, 마우스 클릭을 통해 보고 싶은 내용만을 보려는 경향을 심각하게 진단한다.

그러나 나는 문학의 이러한 비관적 조건들이야말로 역으로 문학의 필요성과 효용성이 그 어느 때보다 절실하다는 것을 일깨우는 상황임을 강조하고 싶다. 다시 말해서 컴퓨터와 영상 매체가 젊은이들의 사고력을 퇴화시키고 문학을 소비적인 대중문화의 흐름으로 몰아가는 비관적 상황일수록 문학의 힘과 역할은 더욱더 소중하게 인식되고 강조되어야 한다는 것이다. 그 이유는 대략 세 가지 점으로 정리될 수 있다.

첫째, 문학은 생각하는 힘을 길러준다는 것이다. 문학의 이러한 역할은 인쇄 매체가 읽는 사람으로 하여금 단순히 논리적으로 사고하는 능력을 계발해준다는 의미를 넘어서서 한 편의 시나 소설이 우리의 삶을 돌아보게 하고, 의미있는 삶을 생각하게 만든다는 점에서 비롯된다. 무엇보다 문학은 기본적으로 반성적 사유를 촉발하는 형태이기 때문이다. 한 편의 시는 진부하고 관습적인 논리를 넘어서 초월적인 세계를 꿈꾸게 하고 불가능한 세계를 가시화함으로써 인간의 이성적 한계를 극복할 수 있게 한다. 교양 있는 사람들은 현실의 세계에서 이성적 논리가 실현되기를 바라고 그러한 원칙에서 살아가는 것이 올바른 삶이라고 생각하지만, 현실의 한계 속에서 이성적 논리와 원칙이 경직된 것처럼 느껴질 때 그 논리의 틀을 깨뜨리고 정신의 자유를 누리고 싶은 욕망을 갖기도 한다. 시는 무엇보다, 이러한 이성적 사유의 한계를 넘어서는 언어의 이미지로 우리의 생각을 자유롭게 만드는 계기가 될 수 있다. 또한 한 편의 소설은 삶과 현실의 이야기를 통해서 독자로 하여금 '우리가 사는 시대는 어떤 시대인가?' '이 시대에 나는 어떻게 살아가야 할 것인가?' 하는 물음을 촉발하고 그 물음에 맞는 답을 찾게 한다. 작가는 이런 문제에서 답을 가르쳐 주는 사람이 아니라 삶의 이야기를 통해 독자가 그 답을 찾도록 도와주는 사람일 것이다. 결국 독자는 작품을 읽으면서 계속 생각해야 하기 때문에 컴퓨터 화면의 지시에 따르듯이 작가의 견해를 수동적으로 받아들일 수 없는 것이다.

둘째, 문학은 타자와의 대화를 가능하게 한다. 컴퓨터 문명이 일상화된 환경에서 자란 사람들은 대체로 외부와 단절되고 고립된 방에서 기계를 상대로 많은 시간을 보내는 자족적 생활을 즐기게 된다. 그들은 TV와 비디오와 컴퓨터를 통해서 세상과 소통하고, 그러한 삶의 방식이 현실적 삶의 방식이나 별로 다를 바가 없다고 생각하는 것이다. 그들은 타인과의 소통도 온라인의 사이버 접촉으로 만족할 수 있다. 어떤 사람은 온라인의 사이버 접촉으로 개인 간의 소통과 교류

가 활발해지는 현상을 긍정적으로 이해하기도 하지만 온라인의 소통
방식이란 근본적으로 비슷한 사람들 사이에서 혹은 동호인들 사이에
서 교환되는 소통 방식일 뿐 한 개인과 다른 타자의 만남을 가능하게
하는 방법은 아니다. 온라인의 소통 방식에 익숙해지면 사람들은 타
자와의 만남을 오히려 회피하게 된다. 그러나 문학의 세계는 독자로
하여금 타자와의 만남을 자유롭게 하고 그러한 타자의 모습이 독자
의 내면 속에 있다는 자기 인식을 일깨워주고 타자에 대한 열린 태도
를 갖게 한다. 물론 타자의 모습은 우리에게 편안하고 친밀한 존재가
아니라 불편하고 이질적인 존재이다. 현대 소설은 바로 그러한 타자
들의 다성적인 목소리가 풍부하고 다양하게 출현하는 장르이다. 바
흐친이 도스토예프스키의 소설에 대한 설명에서 밝힌 것처럼, 작가
와 작중 인물의 대화적 성격은 전자가 후자에 대해 전지전능한 권력
을 행사하지 않는다는 것을 의미한다. 대화적 성격의 다성적 문학에
서 작중 인물은 작가로부터 독립된 자율적 존재이다. 또한 작가는 작
중 인물에 대해 이야기를 하는 사람이 아니라 작중 인물과 함께 이야
기를 나누는 사람이다. 우리는 다성적 소설에서 타자와 대화하기를
경험할 뿐 아니라 대화의 방식을 배우기도 한다. 작가와 작중인물의
대화적 관계는 바로 소설과 독자의 대화적 관계로 연결되고, 문학의
독자는 그런 작중 인물을 통해서 '나'와 '나 아닌 존재,' 자아와 타자
사이의 상호 관계를 이해하고, 양자 사이의 대화성과 통합성을 발견
할 수 있는 것이다. 송기원의 「울보 유생이」라는 단편에서 보이는 다
음과 같은 구절은 이러한 논리의 적절한 예이다. "대저 문학을 한다
는 것은 무엇인가. 내가 살아낸 삶의 고통과 쓰라림과 막막함을 바탕
으로 하여 다른 사람의 고통과 쓰라림과 막막함으로까지 그 외연을
넓혀가는 일이 아닌가. 그리하여 결론은 나와 다른 사람이 다 함께

동류 의식을 갖는 일이 아닌가"(『사람의 향기』, p. 49).

셋째, 문학은 영상 매체의 허구적 이미지가 진실이 아니라는 것을 일깨워준다는 것이다. 문학은 플라톤의 '동굴의 우화'에서 볼 수 있는 사물의 그림자나 바닥에 투영된 이미지를 보게 하지 않고 이미지의 실체를 보게 하기 때문이다. 문학의 목표는 이미지나 그림자를 실재처럼 착각하게 만드는 보이지 않는 존재의 정체성을 포착하는 것이다. 오늘날처럼 텔레비전이나 인터넷에서 밤낮으로 방출하는 시각적 이미지가 홍수를 이루는 사회에서 대중은 그러한 이미지들의 포로가 되어 있다. 그들은 이미지들의 진위를 주체적으로 파악하는 능력을 갖지 못하고 수동적으로 이미지들이 기호를 소비하게 마련이다. 사실상 텔레비전의 뉴스조차 사건과 문제의 본질을 보여주기보다 본질을 감추고 왜곡하는 경우가 얼마나 많은가. 이렇게 화면에 떠오르는 무수한 이미지들은 '진짜 현실'을 보여주지 않고 '가짜 현실'을 보여주고 때로는 그 '가짜 현실'을 '진짜 현실'처럼 착각하게 함으로써, 사람들로 하여금 '진짜 현실'과 '가짜 현실'을 혼동하게 만드는 것이다. 더구나 기호의 시대라고 부를 만큼 기호들이 넘쳐흐르는 현대 사회에서 사람들은 아무리 정신 차리고 기호를 해독하려 해도 기표와 기의가 일치하지 않는 것을 발견하거나 기호가 무엇을 가리키는지 알 수 없는 것이 오늘의 현실이다. 이렇게 기호의 혼란과 이미지의 가짜 현실이 지배하는 세계에서 인간의 의식이 함몰되지 않고 저항할 수 있는 유일한 방법은 끊임없이 이미지의 허구성을 의식하고 이미지의 실체와 진실을 찾으려는 일이다. 문학은 바로 이러한 작업을 수행할 수 있는 첫째 자리에 있는 예술 장르일 것이다. 문학만이 그러한 역할을 수행할 수 있는 것처럼 생각되기 때문이다. 물론 영상 매체의 시대에서 문학과 영상 매체의 싸움은 다윗과 골리앗의 대립처럼, 맞설 수 없는 상대의 싸움일 것이다. 그러나 "인간은 가장 나약한 갈대에 지나지 않을지 모르나 인간은 생각하는 갈대다"라는 파스칼의 말처럼, 문학은 무엇보다 생각하는 갈대의 힘으로써 기본적인 존재의 의미를 찾아야 한다. 문학의 이런 작으면서 큰 기본적 야심을 포기한다면 그야말로 문학은 아무짝에도 소용없는 존재가 될 것이기 때문이다.　　　　　　　　　　　　〔『동서문학』, 2003년 겨울호〕

불문학자 김붕구 선생님의 삶과 문학

선생님을 생각하면 1960년대 후반과 1970년대 전반 동숭동 서울 대학교 시절의 고색창연한 동부연구실 건물과 분수 가까운 곳으로 나 있는 그 건물의 중앙문을 들어설 때 오른쪽으로 길게 뻗어 있는 복도의 끝 방, 선생님의 연구실이 먼저 떠오른다. 천장이 높고 조명 등이 밝지 않았을 뿐 아니라 그을린 흔적의 벽과 짙은 밤색 책장, 빛 바랜 책들 때문에 창이 여러 개 있어도 대체로 어두운 느낌을 주던 그 연구실에서 선생님은 '연구실 귀신'처럼 늘 책상 앞에 앉아, 책을 읽거나 글을 쓰곤 하셨다. 선생님은 명절이건, 일요일이건, 정초건, 연말이건 상관하지 않으시고, 거의 매일같이 연구실에 출근하셨다. 학자가 아무리 연구에 깊이 몰두하더라도, 자신의 집을 하숙방처럼 여기고, 연구실을 집처럼 생각하며 지내기란 쉽지 않은 법이다. 따로 기거할 방이 없거나 가정적인 문제가 있는 사람이라면 모르겠지만,

동숭동 학교 근처에서 훌륭하신 사모님과 원만한 가정을 둔 선생님의 처지를 생각하면, 그 어느 제자가 나중에 교수가 되어 자신의 연구실을 지키려고 감히 그런 흉내를 낼 수 있을 것인가! 시대가 바뀌고 생활 방식도 달라진 요즈음 세상에서 어떤 교수가 선생님처럼 그렇게 지낸다면, 아무리 연구의 의욕이 높고 그럴 사정이 있더라도 그는 당장 집에서 쫓겨나고 말 것이다.

선생님은 스스로를 "못나고 못된 가장"이라고 하시면서도 그 동부 연구실을 집이나 가족보다 더 아끼는 분신처럼 여기셨다. 그곳이 구식 건물이라 복도는 땅굴처럼 어둡고 실내도 침침하지만, 그래도 연구실에 들어서면 조용하고 마음이 가라앉아 이 세상 어느 곳보다도 마음 편하고 아늑하다는 말씀을 하셨다. 선풍기도 제대로 없던 한여름에는 가끔 부채질을 하면서 러닝셔츠 바람으로 책상 앞에 앉아 계시기도 했고, 한겨울에는 스팀이 들어오지 않아 조개탄을 땔 때는 난로에 의존하면서도, 엉성한 창틈으로 스며드는 추위나 냉기가 늘 가시지 않았던 연구실의 기온에도 선생님은 아랑곳하지 않으셨다. 그러한 선생님의 한결같은 연구자의 모습은 제자들에게 학문하는 자세의 올곧음과 결연함을 일깨워주었다.

저녁때는 대체로 적지 않은 양의 술을 드시고, 선생님의 중요한 연구 대상이었던 보들레르의 산문 「취하십시오」에서처럼 "가증스러운 시간의 무게를 느끼지 않기 위해" 술에 취하고, 그 취기 속에서 세속적이고 이해타산적인 현실을 잠시나마 잊고 떠나려 하셨다. 그러나 다음 날 아침에는 쓰린 속을 위장약으로 달래면서도 어김없이 연구실에 나타나 작업에 몰두함으로써 선생님은 어떤 원칙을 지키면서 일과 놀이를 구분하고, 학문적인 자세에는 엄격한 학자 정신의 본보기를 보여주셨다. 서울대학교가 관악산으로 이사한다고 했을 때, 선생님은 무엇보다 동숭동 연구실과 그 연구실을 중심으로 형성된 삶의 리듬이 깨어지는 것을 염려하셨다. 관악산의 새로운 캠퍼스가 아무리 웅활하고 쾌적하거나 건물이 현대적이고 편리해질 수 있다 하더라도 왠지 그곳이 낯설고 살벌하게 느껴진다고 말씀하셨던 것은 바로 동숭동 연구실에 대한 애정의 다른 표현일 뿐이었다. 결국 관악산으로 이사한 다음에는 그 현실을 받아들이면서 선생님은 곧 그 관악산 캠퍼스와 사귀고 정을 트는 일에 남다른 노력을 기울이셨다. 사람과 사람 사이 혹은 사람과 사물 사이의 참된 관계란 오래 사귀면서 정이 들고 서로 길들여져야 한다는 선생님의 지론처럼 관악산과 새로운 연구실은 1970년대 중반부터 선생님의 생활 속에 새롭게 길들여지는 공간이 되었다. 선생님이 좋아하신 불문학 작가 가운데 생텍쥐페리는 『어린 왕자』에서 바로 그러한 '길들여지는' 관계를 강조한 작가였다.

선생님은 주변의 인간관계에서 그처럼 '길들이는' 정성과 세심함을 보인 분이셨는데, 그것은 겉으로 보이는 선생님의 엄정하고 대범한 풍모와는 다른 모습이었다. 평소에 별로 말씀이 없으셨고 다른 교수들과의 대화에서도 일상적이고 세속적인 화제에는 별로 관심을 보이지 않았을 뿐 아니라, 대중적인 편견이나 유행에는 초탈해 있는 듯이 보였다. 그만큼 고고하면서도 강직하고 무뚝뚝해 보이는 선생님이셨지만 선생님 특유의 인간적 풍모와 애정의 표현은 남다른 바가 있었다. 워낙 좋고 싫음이 분명하고, 객관적 이성보다 주관적 열정이 강하면서 가치 판단에는 엄격하신 분이셨지만, 일단 좋아하는 대상에 대해서 기울이는 애정이나 '길들이는' 정성은 남성적이고 넉넉하면서 지속적이었다. 필자가 선생님의 제자로서 입은 은혜의 낱낱을 돌이켜보면, 그것은 자상하거나 꼼꼼한 배려와는 달리 크고 넓은 것이었다. 선생님의 제자에 대한 애정은 표면적이거나 직설적인 것이 아니라 훈훈한 마음의 속 깊은 표현이었고, 또한 배우는 사람 스스로 느끼고 깨닫게 만드는 가르침과 같았다.

선생님은 1922년 황해도 옹진에서 태어나서 해주에서 중학교를 다녔고 일본에 잠시 유학하였다가 8·15 해방과 더불어 귀국하여 해주중학교에서 첫 교편을 잡던 중, 월남하여 서울대에 편입하였다. 처음에는 국문학과에 들어갔다가 곧 불문학의 크고 넓은 세계에 매료되어 전공을 바꾸셨다고 한다. 일본 유학 때에는 넉넉하지 못한 학자금으로 고생을 하였고, 혈혈단신으로 서울에 내려와 서울대학교에 편입하여 야간에 노동을 하는 고학생으로 온갖 역경 속에서 공부를 하셨다고 한다.

오직 불문학에 대한 열정만으로 건강을 돌보지 않고 공부에 몰두하여 그때 얻은 만성 위장병, 위산과다, 위궤양은 선생님의 오랜 지병이 되어 1960년대 말 강의실에서 위장 출혈로 쓰러져 위의 반 이상을 절단하는 수술을 받기도 하셨다.

선생님은 체구가 마르고 강단이 있어 보이긴 했지만, 해주중학교 교사 시절만 하더라도 '로댕의 발자크 상을 연상시키는 황소 같은 체구' 때문에 그때의 교장 선생님에게서 '발자크'라는 별명을 얻을 정도였다고 한다. 그런데 "서울대 1년을 연명하고 보니 발자크는 간데 없고 빼빼 마른 프루스트가 살아남게 되었다"는 것이다. 그 후 전쟁의 소용돌이 속에서 삼팔선을 두세 번이나 넘나드는 고초를 겪고 극심한 체험을 하면서도 문학에 대한 열정은 오히려 더 증폭되었다는 것인데, 그만큼 문학은 선생님께 가난과 불행 같은 모든 악조건을 이겨낼 수 있는 정신적 힘이 되었을 뿐 아니라, 삶을 더 깊이 있게 아는 방법이기도 했을 것이다.

1953년부터 문리대 강사를 거쳐 1957년에 전임 강사로 부임하면서 1960년대를 맞이하는 동안 선생님은 앙드레 지드, 카뮈, 생텍쥐페리, 프루스트 등 현대 불문학의 중요한 작가들에 대한 정열적인 연구에 몰두하게 된다. 그 당시 선생님이 쓰신 불문학 에세이나 논문 들은 선생님의 개성적인 시각과 체험이 여과된 글들로서, 농축되어 있고 독특하고 능숙하게 구사된 우리말 문체 때문에 불문학 전공자는 물론 일반 문학도들에게도 많은 감동을 주었다고 한다. 그 당시 선생님의 글을 모은 『불문학 산고』(1957)와 『새 불문학 산고: 현실과 문학의 비원』(1962)은 불문학에 대한 흥미로운 인식을 보여주었고, 막연히 문학을 공부하고 싶어 하던 나와 같은 풋내기 문학청년들에게는 그 어떤 외국 문학보다 불문학을 전공하고 싶은 생각을 불러일으킨 책이기도 했다. 특히 『불문학 산고』는 프루스트, 말로, 생텍쥐페리, 쥘리앵 그린 등의 작가 세계를 독특한 관점에서 삶과 문학의 핵심을 꿰뚫는 논리로 서술함으로써 어떤 방대한 논문과도 비교될 수 없는 가치를 지닌 것처럼 보인다.

선생님의 학문적 태도에 대해서는 오랜 친구인 영문학과 황찬호 선생님이 『불문학 산고』에 쓴 다음과 같은 발문을 통해 잘 표현되어 있다.

"적어도 내 소견으로 문학을 살고 있다고 서슴지 않고 내세울 수 있는 친구가 있다. 바로 김붕구 형이다. 남다른 파란곡절과 유달리 모진 고비를 겪어가면서, 그래도 중학교 때는 통소를 끼고 다니며 시만 쓰고 있다가 대학에서는 처음에 국문학을 파고들더니 암만해도 무슨 갈증을 느꼈던지, 불문학으로 옮겨가고 말았다. 지드에 미치더니 말로, 랭보, 사르트르, 카뮈…… 하나하나 미쳐 들어갔다. 사나운 독수리같이 그 심장을 쪼아 피를 보지 않고는 물러서지 않는 가혹하

리만한 생세리테(성실성). 형은 문학을 산보하고 있는 것이 아니다. 실은 강박관념obsession에 끌려 미쳐 있다."

이처럼 문학을 '살고' 불문학에 '미쳐 있는' 열정으로 선생님이 본격적으로 학문적 업적을 이룩한 것은 1970년대에 접어들어 사르트르와 생텍쥐페리, 이광수와 심훈을 그들의 인간관·대지관·사회관·대사회관·외계관 등의 여러 가지 측면에서 입체적으로 조명한 『작가와 사회』(1973)와 시인의 생애와 시세계의 특징을 치밀하게 조명한 『보들레르: 평전·미학과 시세계』(1977)이다. 대상에 대한 평가가 정확하고 분명했던 선생님의 성향 때문에 『작가와 사회』에서 사르트르를 냉정히 객관화하기보다 주관적인 시각에서 편향된 관점으로 비판했던 것과는 달리, 생텍쥐페리와 보들레르에 대해서는 거의 동일시에 가까운 애정과 공감을 나타내었다.

"아름다운 풍경 앞에서 말을 잃고 감동해보지 못한 사람이 정말 그 아름다움의 진수를 제대로 알 수 있으며 하물며 그것을 표현할 수 있는지는 퍽 의심스럽다"는 평소의 견해처럼, 선생님의 작가와 문학 연구는 그만큼 대상에 대한 공감과 감동적 체험의 과정을 거친 결과로 보인다. 자연과학자가 자연 현상을 냉정히 객관화하여 보는 것과는 달리 대상에 대한 주관적 평가와 이해를 벗어날 수 없는 것이 인문학적 인식이라면, 선생님의 프랑스 문학 연구는 연구자의 독특하고 개성적인 풍모와 세계가 반영된 작업의 소산이다. 보들레르에 대한 연구는 그런 점에서 단연 탁월한 업적이다. 또한 지드, 카뮈, 말로, 루소 등 불문학사에서 중요하게 평가되는 많은 현대 작가들의 원서를 개성적인 문체로 정확하게 번역함으로써, 선생님은 불문학을 널리 전파한 외국 문학자로서뿐 아니라 번역자가 갖춰야 할 능력과 책임감 있는 정신을 일깨워준 분으로서도 귀감이 될 만하다.

선생님의 삶과 문학을 압축해서 말한다면, 밤에는 술에 취하고 낮에는 불문학에 취한 것이니, 선생님의 삶이야말로 권태를 느낄 겨를이 없이 충만되고 빈틈없이 취한 삶이라 할 수 있다. 그 취한 삶의 토양에서 우람한 나무가 자라 잎이 많고 열매가 풍성하며 쉴 그늘이 '넉넉한' 모양을 일군 것이다. 〔2004〕

산으로 가는 마음

소설가 최일남씨는 「사랑하는 나의 완산아」라는 수필에서 어린 시절, 고향집 뒤쪽에 산이 있어서 자주 올라가 놀았고, 나중에 서울에 정착한 뒤에도 계속 주말 등산을 즐겨왔다면서 산에 대한 체험을 이렇게 이야기한다. "내가 산에 가서 보고 기대고 풀고의 응석을 떠는 동안, 산은 아낌없이 드러내고 안아주고 받아주고를 아무 내색도 없이 해온 셈"이어서 "나를 키운 건 8할이 산이었다"는 것이다.

최일남씨와 성장 배경이 같지 않더라도, 한국인은 대체로 산에 대해 그와 비슷한 친밀감을 갖고, 산을 통해 고향의 이미지를 떠올리게 된다. 나처럼 서울에서 태어나 6·25 때 부산에서 피난, 국민학교에 입학해 몇 년을 보내다가 서울에 올라온 사람에게 고향은 없는 것처럼 느껴진다. 그러나 서울로 다시 올라와 방학 때마다 경기도 광주의 외가에서 지내면서 '시골 체험'을 하고, 그때 시골집에서 바라보이던 이름 모를 큰 산의 형상은 그 시골집과 함께 고향처럼 기억된다. 그

산은 어린 시절의 나에게 신성하면서도 자비로운 느낌을 주고, 엄숙하면서도 푸근하고 관대한 어떤 아우라에 감싸여 있는 형상으로 떠오른다. 이런 까닭에 고향의 기억이 없는 나에게는 어린 시절 방학 때 시골집에서 보던 그런 산의 모습이 충분히 고향을 대신할 수 있었다. 물론 고향을 분명히 갖고 있는 사람이라도 고향을 떠올릴 때, 그것이 언제나 행복하게 기억되지는 않을 것이다. 고향은 대체로 '가고 싶은 곳'이면서 여러 가지 부정적이고 불합리한 요소 때문에 떠나야 할 곳으로 인식되는 경우가 많다. 그러나 산의 기억을 마음의 고향으로 두고 있는 사람에게 고향은 의지할 수 있는 든든함으로 안도감을 주어, 그곳이야말로 진정한 고향이랄 수 있는 것이다.

평소에 가깝게 지내던 사람들과 가끔 지방 여행을 하면 반드시 절 구경을 하게 되는데, 그때 생각한 것은 아름다운 산마다 그윽한 절이 있고 절의 위치와 모양도 산의 형상과 조화를 잘 이뤄 만들어졌다는 것이다. 절이 경치 좋은 산속에 있고 그 산에 어울리게 세워졌다는 이런 단순한 고정관념은 최근에 김봉렬의 『가보고 싶은 곳, 머물고 싶은 곳』을 읽으면서 수정되었다. 이 책에 의하면, 불교가 들어오기 이전, 우리의 선조들의 고유한 신앙 중에 대표적인 것이 산악 숭배 신앙이었으며, "불교가 한반도 전역에 퍼지면서 중요한 산에는 당연히 명찰들이 건립"되었는데, 이렇게 된 까닭은 "그 장소들이 지형적으로 매우 중요했기" 때문이기도 하지만, 무엇보다 산에 대한 "기존의 민간 신앙을 껴안으면서 민중들에게 뿌리내리기 위한 방편"이었다는 것이다. 국토의 7할이 산으로 덮여 있는 나라의 사람들에게 오래전부터 이처럼 산을 숭배하는 신앙심이 있었다는 것은 당연한 일일지 모른다.

일찍이 공자는 "지혜로운 사람은 물을 즐기고, 어진 사람은 산을 즐긴다"고 하였는데, 이 말이 물의 변화하는 특성에서 지혜를 넓히고, 산의 변함없고 믿음직스러운 모양을 보고 덕성을 쌓아가는 바람직한 인간상을 역설한 것으로 본다면, 산을 가깝게 둔 우리의 국토는 그야말로 환경 자체가 자기 수련의 현장이랄 수 있다. 우리나라의 많은 학교 교가가 대체로 무슨 산의 정기를 받고 태어난 곳이든가, 산을 등지거나 산을 바라보고 세워진 곳이라면서 산과 학교의 지리적 관계를 강조하는 것으로 시작하고 있는데, 이것은 학교의 위치가 산과 가까워서이기도 하겠지만, 작사자가 공자의 말처럼 산의 기상을 통해 덕성을 배울 수 있다는, 즉 산의 교육적 기능을 염두에 두었기 때문이 아닐까 생각된다. 사실상 우리나라 정규 학교의 전신이랄 수 있는 유명한 서원이 산속에 자리 잡고 있었다는 것도, 그 서원의 학문적인 역할이 강조되건 교육적인 기능이 중시되건 공부하는 사람으로서는 시끄럽고 세속적인 삶과 거리를 둔 순수한 마음가짐을 가질 때, 산의 아우라를 통해 사색과 학문이 깊어질 수 있기 때문일 것이다.

최일남씨는 앞에서 인용한 글에서 서양 사람들에게 산이 등반 climb의 대상이라면, 우리에게 산은 "오르내린다기보다 들어가고 나오는 대상"으로 이해될 수 있다고 덧붙인다. 사실상 우리는 '등산한다' '산을 오른다'는 말보다 '산에 간다'는 말을 더 자주 쓴다. 아무리 높은 산이라도 산에 가는 일이 일상의 장소를 드나들듯이 그만큼 친숙하게 느껴지기 때문일 것이다. 풍수학자 조용헌은 최근 한 칼럼에서 우리나라의 산을 흙으로 덮인 육산(肉山)과 바위가 많은 골산(骨山)으로 나누어, 대표적인 육산이 지리산이고 골산은 설악산으로 꼽으면서 "사는 것이 외롭다고 느낄 때는 지리산의 품에 안기고, 기운이 빠져 몸이 처질 때는 설악산의 바위 맛을 보아야 한다"고 쓴 바 있다. 우리나라 사람들이 산을 찾는 이유가 무엇이건, 산을 찾는 사람의 무의식적이고 내면적 동기에는 고향을 찾고 자아를 확인하며, 가열한 삶의 의지를 다짐해보려는 욕망이 숨어 있는 것이 아닐까? 고향이 있건 없건 간에, 현대인은 누구나 고향을 상실하고 '뿌리 뽑힌' 삶을 살아가는 존재라고 말할 수 있다. 전통과의 단절, 급격한 도시화와 산업화, 혹은 난개발의 부작용 때문에 사람들의 정신과 마음은 정처 없이 바람에 휩쓸리고, 우리의 국토 안에서 고향의 형태와 정취가 그대로 남아 있는 곳은 어디에서도 찾을 길이 없다. 이런 점에서 공연히 고향을 찾기보다 우리 모두의 마음의 고향이랄 수 있는 산을 향한 마음으로 나를 다스림이 낫지 않을까.

　산에 가는 마음은 여행을 떠나는 마음과 같다. 누군가 여행의 참된 목표는 낯선 풍경을 만나면서 그 풍경을 통해 잊고 있었던 자기와 만나기 위해서라고 말한 바 있는데, 그처럼 산에 가는 것은 자아를 발견하고 자아를 확인하기 위해서라고 말할 수 있다. 우리는 걷는 동안, 편안하게 걷건 힘들게 걷건 간에 자신에 대하여 혹은 자신과 타인들의 관계에 대하여 생각하고 질문해보게 된다. 걷다가 생각하거나 생각하면서 걷다 보면, 잊었던 기억이 되살아나기도 하고, 도시의 현실에서 시간에 쫓기며 살았던 일이 아득해지기도 한다. 걷다 보면 삶의 불안과 괴로웠던 마음도 사라져버린다. 전통적으로 에스키모 사람들에게는 분노를 해소하는 방법으로, 화가 난 사람이 자연의 풍경을 바라보며 직선으로 걸어감으로써 자신의 몸에서 나쁜 감정을 몰아내면서 화가 풀린 지점을 지팡이로 표시해두면 분노의 강도나 지속된 시간을 알 수 있다는 것이다. 이것은 자연 속에서 걷는 일이 인간의 분노와 고뇌를 치료하는 최상의 방법임을 가르쳐준다. 우리는 그러한 분노 때문이 아니더라도 편안한 집을 떠나 습관적으로 산에 간다. 시인 김광규씨는 「크낙산의 마음」이란 시에서 "다시 태어날 수 없어/마음이 무거운 날은/편안한 집을 떠나/산으로 간다"로 시작하여, "산에서 살고 싶은 마음 남겨둔 채" "크낙산에서 돌아온 날은/이름 없는 작은 산이 되어" "다시 태어난다"로 끝을 맺고 있다. 현재의 삶을 부정하고 새로운 삶의 의지를 부각한 이 시에서 가장 흥미로운 부분은 산에서 돌아온 날 "이름 없는 작은 산이 되어" "다시 태어난다"는 구절이다. 이 시가 가르쳐주듯이 우리에게 산에 갔다 오는 일은 일상의 현실을 잠시 떠났다가 돌아오는 일이지만, 산에 가서 느낀 체험은 아무리 사소한 것이라도 새로운 탄생과 변신의 계기가 될 수 있는 것이다.

산에서 걷는 동안 우리는 세계를 향해 자신을 열어놓으면서 자연과 일체감을 느끼고 존재에 대한 긍정을 회복한다. 이런 경험을 통해 우리는 자신을 새롭게 발견하고 세계와 새로운 관계를 맺을 수 있다. 생활의 현실로 돌아와 일상의 빠른 시간 속에서 지내다 보면 우리의 그 '작은 산'은 형체가 마모되고 작아지면서 나중에는 흔적도 없이 사라지겠지만, 다시금 '작은 산'으로 자아의 성을 쌓는 연습을 포기하지 말아야 할 것이다. 그렇지만 우리들 마음속에 최소한의 그 '작은 산'이 자리 잡을 수 없을 만큼, 우리나라의 산들을 평화롭게 두지 않고 끊임없이 괴롭히는 저 개발과 훼손의 광풍은 우리를 한없이 슬프게 한다. 〔2005〕

정확한 불어와 절제의 자유

이휘영 선생님은 1985년 2월 정년 퇴임을 앞두고 퇴임 소감을 묻는 대학신문 기자에게 두 가지를 말씀하셨다. 하나는, 아폴리네르의 「미라보 다리」에 나오는 "세월은 흘러가도 나는 머물고 있네"라는 시 구절을 인용하면서, 당신의 마음은 젊은 시절이나 마찬가지인 것 같은데 어느새 정년이 되어 대학을 떠나게 되었으니, 세월의 흐름이 그만큼 빠르게 생각되었다는 것이고, 다른 하나는 "앞으로 시간이 허락하는 한 『불한사전』을 개정하는 일이나 새로운 불한사전을 편찬하고 싶다"는 것이었다. 이렇게 선생님이 기자와의 인터뷰에서 사전 편찬에 대한 변함없는 의욕을 언급하기 전에 「미라보 다리」의 한 구절을 인용하신 것이 나에게는 오랫동안 잊혀지지 않고 있다. 늘 사전 편찬 일로 바쁜 선생님이 시를 인용하시면서 당신의 심정을 피력한 것은 일반적인 정년 퇴임 교수들의 평범한 인터뷰 내용과 비교해봐도 퍽 인상적이었기 때문이다. 이러한 선생님의 문학적인 면은, 불어에 대한 정확한 이해와 정확한 번역을 강조하는 보통 때의 모습과는 다른 면모처럼 보이기도 했다.

훗날 제자와 후학들이 선생님의 묘소 앞에 추모비를 세우면서 "선생의 학문은 넓고 깊어 불어불문학에 있어서 선생의 손길이 미치지 않는 곳이 없다. 선생의 학문이 목표한 것은 정확성이며 그것은 후학의 귀감이 되었다"는 글로 선생님의 학문과 학문적 태도를 요약해 추모비에 새겨 넣었는데, 나는 선생님의 불어 교육 방침 역시 '정확성'이었다고 생각한다. 선생님이 불문학을 전공하는 학생들에게 늘 정확성을 강조한 것은 그들 중에서 누가 교수가 되거나 번역 전문가가 나올 경우, 그들의 정확하지 못한 번역이나 불성실한 번역은 개인의 과오로 그치지 않고 문화적 폐해와 사회적 파장이 클 것을 무엇보다 우려했기 때문이다. 선생님은 잘못된 번역에 대해서는 그 번역자가 누구이건 비판하거나 분개하였다. 그리하여 어떤 제자는 자신이 번역한 글을 출판하기 전에 오역을 꼼꼼히 지적하고 고쳐주는 선생님이 "나는 자네가 이런 것도 모를 줄 몰랐네"라고 말씀하신 것을, "그 한마디 말은 천근의 철퇴가 되어 내 머리를 후려쳤고, 그다음 날은 스승의 얼굴을 뵙기가 어려웠다"고 표현하면서 그것이 번역에 대한 무거운 책임감을 갖게 된 계기였음을 말한다(김현 교수, 『이휘영 교수 화갑기념 논문집』). 선생님은 이렇게 정확한 불어 번역을 강조하고, 그런 목적과 방법에 적합한 불어 훈련에 학생들이 익숙해지도록 했다.

내 경우를 돌아보면, 1학년 때 수강한 선생님의 '불문학 연습' 시간에 선생님이 불어 텍스트 '받아쓰기dictée' 연습을 많이 시키셨던 것이 떠오른다. 그 시간에는 특별한 교재가 없어서 선생님은 매 시간 준비해 오신 불문을 학생들에게 받아쓰도록 하셨다. 아마도 '받아쓰기' 훈련이 학생들에게 불어 구문을 정확히 이해하고 공부시키는 가장 효과적인 방법이라고 생각하셨던 것 같다. 그런데 요즈음처럼 온갖 시청각 매체 속에서 성장한 학생들이라면 문자와 발음과의 괴리가 크게 보이지 않겠지만, 그 당시 변변한 녹음기나 녹음 테이프도 없이 오직 책을 통해서만 외국어를 배운 대부분의 학생들에게는 불어 받아쓰기 수업이 가장 힘든 시간이었다. 아무리 선생님이, "너무 높지도 낮지도, 너무 빠르지도 느리지도, 너무 열띠지도 차지도 않은, 어느 면으로나, 이를테면 고전적인 절도를 지닌 말소리"(곽광수 교수)로 아름답고 조화로운 불어 텍스트를 읽어주셨다 하더라도 대부분의 학생들은 그것을 여유 있게 감상할 틈이 없이 선생님의 불어를 곤혹스럽게 들어야 했다. 선생님은 시간마다 늘 학생 한 명을 대표적으로 호명해서 앞으로 나와 칠판에 쓰도록 했다. 호명당한 학생이 여학생일 경우는 받아쓰기의 과오가 별로 많지 않았지만, 나를 포함한 남학생들이나 복학생들은 앞에 불려 나갔을 경우 등 뒤로 쏟아지는 다른 학생들의 시선을 의식하면서 쓰게 되니까 당황한 나머지 뒤에 앉아 있을 때보다 더 많은 부분에서 잘못 받아썼다. 선생님은 학생이 칠판에 써놓은 것을 꼼꼼히 점검하면서 틀린 것을 고쳐주셨는데, 틀린 부분이 많았던 학생은 자기 자리에 앉아서 열등생처럼 민망한 표정을 지을 수밖에 없었다. 나도 그런 학생 중의 하나였다. 그때 떠오른 생각에는, 불문학과 수업에서 이런 식의 평가는 공부 잘하고 못하는 평가와는 다른 것일 터인데, 받아쓰기를 많이 틀렸다고 공연히 열등생처럼 취급되는 것에는 뭔가 부당하고 억울하다는 느낌이 있었다. 가령 그 수업에 교재가 있어서 교수가 학생들에게 어떤 시간에 어떤 부분을 공부하게 될 테니까 그 부분을 예습해 오도록 했다면 학생 편에서 예습의 불충실함이 '받아쓰기'를 잘못한 결과로 나타났다고 볼 수 있겠지만, 그 당시는 예습할 책도 없었으니 학생들의 과오는 별로 개선되지도 않은 채 되풀이될 수밖에 없을 것이라고 판단했다. 그러나 그것은 나의 모자란 생각이었다. 나중에 문득 떠오른 생각이지만, 우리는 하기 싫은 받아쓰기 연습을 통해서 불어의 청취력을 높일 수 있었고 정확한 불어 문장을 완성해보는 훈련을 할 수 있었다. 또한 받아쓰기를 통해서 선생님은 학생들에게 프랑스 작가들의 문장과 같은 훌륭한 글쓰기의 범례에 익숙해지도록 하는 한편, 불어 구문의 특징과 불문법을 가르치면서 "정확하지 않은 것은 불어가 아니다"라는 경구를 명심하도록 한 것도 내가 나중에 철이 들어서 깨달은 점이다.

선생님의 강의가 특히 인상적이었던 것은 3학년 때의 '불문학 개론' 수업이었다. 불문학을 넓고 깊게 이해하게 했던 이 수업에서 선생님은 고전주의 시대부터 19세기까지 불문학사에서 중요하게 평가되는 작품들을 발췌하여 교재를 만드셨다. 선생님은 1학년 수업에서처럼 학생들에게 받아쓰기를 시키지 않으셨고 학생들에게 돌아가면서 발표를 시키셨다. 그때 나는 18세기 혁명기의 비극적 시인 앙드레 셰니에의 시 「젊은 타랑틴 여인La jeune Tarentine」을 맡았다. 마침 준비할 시간도 넉넉했고 참고할 자료도 많았기에, 앞에 나가서 작품을 번역하는 데 급급해하기보다 선생님이 눈뜨게 해주셨던 일종의 문체론적 분석을 시도해보았더니 발표가 끝나자 선생님이 크게 칭찬해주신 적이 있다. 선생님은 대체로 학생들의 발표가 끝나면 발표한 텍스트에서 중요한 부분을 다시 읽고 그것의 문학적 의미와 문체의 중요성을 설명해주셨다. 선생님의 강의하는 모습은 이미 김화영 교수가 잘 묘사했듯이, "학생들이 나란히 앉아 있던 교실의 통로를 천천히 앞뒤로 거닐며 오른쪽 손에 있는 책을 약간 멀리 펼쳐들고, 왼쪽 손으로는 오른쪽 어깨를 툭툭 치면서 소리 내어 읽으시고 결코 다변이라 할 수 없는 입술은 약간씩 시간을 지체하면서 정확한 단어를 찾아내곤 했고, 감동을 표현하기 전에는 허리를 약간 구부리고 주저하는 듯하다가 절제된 목소리가 상쾌하게 파열하면서 순간 허리가 탁 펴지는 것" 같은 느낌을 주었다. 이처럼 절제된 목소리와 조용한 웃음으로 점철된 선생님의 강의는 자유로우면서도 늘 진지한 분위기로 학생들을 긴장시키는 흐름이 있었다.

선생님의 강의가 배우의 연기와 같다는 느낌이 들 때도 있었다. 실제로 선생님은 불어 연극에도 관심과 열정이 많아 때로는 연극을 지휘하는 연출가의 역할을, 때로는 훌륭한 연기 솜씨를 보인 배우의 역할을 하셨기에 교실에서 강의하는 선생님의 표정과 몸짓과 어조는 어색함이나 경직성의 기미가 전혀 없었으며 그만큼 편안하고 자연스러운 느낌을 주었다. 선생님은 노련한 배우이자 연출가답게 강의실에서 혼자서 강의하는 역할에 머물지 않고 강의를 듣는 학생들이 강의실의 연극에 동참하는 느낌이 들도록 어느 정도 대화적인 분위기를 연출하셨다. 그러한 분위기 때문에 학생들은 어떤 식으로로건 자신이 그러한 연극적 강의에 참가하면서 나름대로 중요한 역할을 하고 있다는 생각을 하기도 했다. 선생님은 강의 중에 자주 학생들에게 의견을 묻거나 '불문학 개론' 교재에 실린 작품을 읽은 감상을 표현하도록 하셨다. 학생들에게 건네는 그러한 물음 중에 여러 번 되풀이하셨던 것이 작품의 문학성에 대한 견해였다. 문학을 전공하는 학생이라면 문학을 모르는 비전공 학생들과는 달리 적어도 자신이 전공하는 분야의 작품에 대해서는 어떤 식으로로건 의견이나 감정을 말할 수 있어야 하고, 작품이 좋으면 좋은 대로 나쁘면 나쁜 대로 그 이유를 설명하는 비평가의 시각을 갖춰야 한다는 것이 선생님의 지론이었다. 그럴 때면 불문학의 원문 번역도 제대로 못했을 뿐 아니라 작품의 문학적 가치를 판단하기도 어려웠기 때문에, 학생들은 선생님의 질문과 요구가 자신들이 감당할 수 있는 수준을 훨씬 넘어선다고 생각하여 조용히 있거나 간단한 대답마저 망설일 수밖에 없었다. 그러나 선생님의 계속된 물음에 마지못해 즉흥적인 답변을 하면, 그것이 아무리 사소하고 보잘것없는 견해라 하더라도 선생님은 그것을 발판으로 문학을 이해하고 평가하는 비평적 안목을 길러주려고 애쓰셨다. 지금 돌이켜보면, 그런 교육 방법은 문학비평가의 기본적인 시각을 갖추게 하는 훈련이었을 뿐 아니라 학생들에게 프랑스 문학에 대해 지나치게 겁먹거나 주눅 들지 않고 주체적으로 반응하게 만드는 일종의 '감성 교육'이 아니었을까 하는 생각이 든다.

선생님은 불문학을 프랑스의 비평가나 문학 연구자의 관점에 의존하지 않으면서 주체적으로 연구하거나 감상할 줄 아는 연구자였다. 물론 이 말은 논문을 쓸 때, 프랑스의 전문가들이 쓴 참고 서적을 필요로 하지 않았다는 뜻이 아니라 작품을 이해하고 평가하는 데 있어서 주관적인 시각에서 문제의식을 갖고 논문을 썼다는 의미이다. 이 것은 선생님이 이념적으로 주체 의식이 많았다기보다 오랜 내공으로 불어에 대한 감각이 남다르게 뛰어났으며, 불어 문장 구조에 대한 통찰력과 이해력을 깊이 갖추었고 프랑스 문학에 대한 당신 나름의 접근 방법이 있었기 때문일 것이다. 그렇기 때문에 선생님이 불어로 쓴 논문을 보면 고전적인 글쓰기에 익숙한 어떤 프랑스인 학자가 쓴 논문처럼 느껴진다. 그러한 면모는 다음과 같은 두 가지 예로써 설명될 수 있다.

첫째, 선생님의 시 강의는 시의 이미지나 의미의 중요성을 강조하기보다 산문적 표현과는 다른 시의 리듬과 시적 표현의 특성을 찾으려 하는 것이었다. 어느 시간엔가 선생님은 현대시에서 언어의 의미보다 언어 자체가 더 중요시되는 경향을 언급하면서, 사르트르가 말한 것처럼 "시에 플로랑스라고 하면 도회지인 플로랑스를 생각하는 동시에, 여자 이름인 플로랑스도 생각해야 하고, 꽃 이름인 플로랑스도 생각해야 하고 심지어는 플로랑스란 이름의 유명한 여배우까지도 연상해야 한다"고 하면서 시의 내용이나 주제보다 언어의 형태적 측면을 중시해야 한다는 것을 강조하였다. 시를 눈으로 읽으면서 동시에 낭송을 듣는 듯이 청각적으로 인식하는 능력은 프랑스 시를 전공하는 교수의 입장에서도 참으로 갖추기 어려운 것인데, 선생님은 그런 남다른 불어 감각의 능력을 보이셨던 것이다.

둘째, 선생님의 불문학 연구는 일반적인 주제 연구보다 문체론적 연구가 돋보이는 것이었는데, 그런 연구의 대표적인 예가 「Narration에 나타나는 Passé composé와 Passé simple의 혼용」과 「Après que+subjonctif의 문제」와 같은 논문일 것이다. 첫째 논문은 1974년 공쿠르 상을 수상한 파스칼 레네Pascal Lainé의 소설 『레이스 짜는 여자La Dentellière』에서 구어체인 복합 과거와 문어체인 단순 과거가 파격적으로 혼용되어 있는 사실에 주목하여 그 이유를 규명하기 위한 의도에서 착수하게 되었음을 서두에서 밝힌다. 이 논문에서 선생님은 다른 작품들의 예를 검토하면서 과거의 사실을 서술하는 작중 인물의 심리적인 측면에서 그것의 원인과 법칙을 명쾌히 설명하였다. 또한 둘째 논문은 로베르 팽제Robert Pinget의 소설에서 작가가 왜 après que 다음에 직설법 대과거를 쓰지 않고 접속법 대과거를 쓰는가에 관한 것이다. 선생님은 이 논문을 쓰면서 팽제뿐 아니라 사르트르, 뷔토르, 뒤라스 등 많은 현대 작가들에게서 이런 예를 발견할 수 있었으며, 문법적으로 잘못된 이런 구문이 왜 그리고 언제부터 사용된 것인지를 다각적으로 고찰하였다. 이처럼 작은 것에서 넓은 것으로 추론을 확산하는 연구 방법은 논리의 비약이나 허점을 전혀 보이지 않는 긴장과 밀도를 견지하고 있다.

이렇게 논문에서 약간의 빈틈도 보이지 않는 선생님이지만 제자들과의 대화에서만큼은 언제나 인간적인 틈을 보이면서 제자들에 대한 각별한 관심을 표현하셨다. 선생님은 아무리 바쁜 일이 있어도 찾아오는 제자들에게 바쁘다는 내색을 하지 않고 늘 반겨 맞이했을 뿐 아니라, 학생들에게 문제가 있으면 무엇이건 개의치 않고 관심 있게 들으면서 조언을 해주셨다. 선생님은 아무리 나이 어린 학생이라도 자네 생각은 어떤가 하면서 완곡하게 문제의 해결 방안을 찾도록 하였다. 선생님은 누구를 대하건 "자유로운 주체로서의 인간"을 대하는 태도를 보이셨는데, 그것은 학생들에 대해서도 마찬가지였다.

나는 선생님이 강의실에서 불어와 불문학을 가르치고 강의실 밖에서 제자들과 대화를 나누면서 가장 중요하게 생각한 프랑스의 정신과 가치가 있다면 그것은 무엇이었을까 생각을 해본다. 이럴 때 나는 주저하지 않고 그것은 자유의 문제였을 것이라고 말하고 싶다. 선생님의 회갑기념문집 『거부와 애착』을 통해서도 확인되는 것이지만, 자유의 문제는 프랑스의 작가들에게서 비중 있게 다루어지는 주제일 뿐 아니라 삶의 태도나 사물을 바라보는 시각에서도 중요하게 언급되어 있다. 선생님은 그 책의 첫 장인, 「현대 불란서 문학과 자유」에서 자유의 두 가지 면, 즉 '무엇을 하는(혹은 하지 않는) 자유'와 '무엇으로부터의 자유'를 구분하고, 후자의 경우 "진정한 자유는 자기로부터 자유"임을 역설하면서 이러한 자유의 실현이 바로 현대 프랑스 문학에서 사르트르나 카뮈 같은 작가가 추구하는 문제라고 명쾌히 설명하셨다. 특히 사르트르에게서 인간은 '현존하는 나'로부터 '실존하는 나'로 비약하는 존재의 문제가 그의 문학과 철학의 핵심이라는 것을 밝힌 대목은 매우 시사적이다. 또한 자유의 주제를 관련시켜 볼 수 있는 「독서와 방학」이란 수필에서 선생님은 '해방적 독서'와 '노예적 독서'를 구분하면서 직업 때문에 의무적으로 책을 읽는 독서가 아닌 자유로운 독서, 즉 읽는 사람의 개성이 한정된 세계 속에서 굳어져가지 않고 정신의 해방을 이룩할 수 있는 독서의 가치를 강조하면서, 독서를 통한 정신의 자유가 얼마나 중요한 것인지를 보여주셨다.

자유의 문제가 중심축이라고 할 수 있는 「몽테뉴와 카뮈」에서도 선생님은 몽테뉴와 카뮈 모두 인간 조건의 인식으로부터 이끌어낸 핵심적 교훈이 '절도mesure'였음을 지적한다. 다시 말해서 두 작가 모두 인간의 한계를 의식함으로써 '절도'를 인간 행동의 규범으로 삼게 된 측면을 강조하기 위해 '절도 있는 자유'를 언급한 것이다. 이것은 선생님의 자유에 대한 견해를 그대로 반영한 것으로 보인다. 선생님은 절도의 능력과 결합된 자유에 더 큰 가치를 부여하고, 절도나 절제의 능력이 없으면 그것은 자유를 넘어선 방종과 다름없는 것으로 보았다. 선생님의 자유관은 그러므로 인간이 얼마나 절제할 수 있는가 하는 것이다. 이런 점에서 다음과 같은 선생님의 글은 언제 읽어도 깨우쳐주는 바가 많다는 생각을 하게 된다.

모든 것으로부터 초연한 듯한 그 모습, 나는 나무가 좋다. 화창한 날이면 햇살을 받으며 웃음 짓고, 비 오는 날이면 의연한 표정으로 우뚝 서 있는 나무, 땅속에 뿌리 박혀 움직이기조차 못 하니 부자유스러워 보이지만, 사실은 나무야말로 자유로운 존재 같아 보인다. 나무와 더불어 말없는 대화 속에 나는 얼마나 많은 나날을 보냈던가! 가을에 접어들면서 묵묵히 제 몸에서 잎사귀를 하나씩 둘씩 떨어뜨리는 것을 보면서, 나는 나무들을 어루만져주었다. 이제는 겨울, 나무를 보러 마당에도 자주 나가지 못한다. 기나긴 겨울을 나무들처럼 참으면서 봄을 기다려야지. (「짐승과 나무」)

사색적이면서 서정적인 호흡이 느껴지는 이 글에서 무엇보다 주목되는 것은 나무는 부자유스러워 보이지만 "나무야말로 자유로운 존재"로 보인다는 대목이다. 선생님은 하늘을 나는 새나 네 발로 걷는

짐승을 자유로운 존재로 비유하지 않고, 땅속에 뿌리를 내리고 움직이지 못하는 나무를 자유로운 존재로 표현한 것이다. 이 인용문의 첫 문장에서 보이는 "모든 것으로부터 초연한 듯한 그 모습"과 끝 문장에서의 "기나긴 겨울을 나무들처럼 참으면서 봄을 기다"리는 나무의 모습, 즉 나무의 초연한 모습과 주어진 운명을 묵묵히 참고 견디는 인내의 모습에서 선생님은 자유의 참된 의미를 읽으신 것이다. 실제로 「인간과 나무L'Homme et l'arbre」라는 제목의 생텍쥐페리에 관한 불어 논문에서도 선생님은 자아 혹은 개인의 좁은 한계를 극복하려는 작가의 노력을 "자신을 가두는 벽에 부딪치며 태양을 향해 솟구쳐 오르는" 나무에 비유하였는데, 이러한 나무의 모습이 바로 '절도 있는 자유'의 실현일 것이다. 이렇게 선생님은 프랑스 문학, 특히 실존주의 문학에서 자유와 인간의 문제를 관련시켜 삶의 본질을 성찰하였지만, 일상생활에서도 늘 자유의 절제, 또는 절도의 자유를 깊이 인식하고, 그러한 자유를 실현하는 삶이 가치 있는 삶이라는 것을 몸소 보여주셨다. 이런 점에서 선생님의 프랑스 문학을 통한 프랑스적 정신의 핵심은, 아니 프랑스 문학에서 가장 가치 있는 덕목으로 받아들인 작가 정신은 나무의 모습처럼 인내하고 절제하면서 자아의 벽을 깨뜨리고 삶의 유한성을 극복하려는 개방적이고 초월적 의지가 아니었을까 생각해본다.   〔2006〕

1946년   7월 20일 서울 중구 신당동 407-13에서 부친 오유영씨와 모친 석창숙씨의 2남 2녀 중 장남으로 태어남.

1958년   서울 방산국민학교 졸업.

1961년   경복중학교 졸업.

1964년   경복고등학교 졸업.

1969년   서울대학교 문리대학 불문학과 재학 중 대학신문사 '대학문학상'에 「최인훈 소설에 나타난 창의 이미지」로 평론 부문에 당선.

1970년   동아일보 신춘문예에 「동물의 이미지를 통해 본 이상의 상상적 세계」로 당선. 서울대학교 문리대학 불문학과 졸업 및 같은 과 대학원 입학. 5월에 육군에 입대.

1973년   육군 병장으로 제대 후 서울대학교 문리대학 불문학과 조교로 근무 시작.

1974년   서울대학교 문리대학 국문과를 졸업하고 동아일보 기자로 근무하던 심정섭과 결혼.

1975년   「엘뤼아르 시에 나타난 '눈'과 '시선'의 이미지」로 석사학위 취득. 이화여대, 숙명여대, 성심여대 시간강사.

1976년   성심여대 불문학과 전임강사. 딸 정하 출생.

1977년   『문학과지성』 동인으로 참여.

1978년   첫번째 평론집『삶을 위한 비평』출간.

1979년   프랑스 파리 10대학 대학원 유학.

1983년   「앙드레 브르통의 초현실주의 소설 3부작의 형태와 의미 연
         구」로 박사학위 취득. 성심여대 불문과 조교수로 복직.

1984년   서울대학교 인문대학 불문학과 조교수로 취임.

1984년   계간『외국문학』창간 편집위원으로 참여.

1989년   아들 상현 출생.

1993년   두번째 평론집『현실의 논리와 비평』출간.

1994년   위의 평론집으로 제7회 동서문학상 평론 부문 수상. 미셸 푸
         코의『감시와 처벌』(나남) 번역.『현대 비평과 이론』편집위
         원으로 참여.

1995년   대학신문사 주간으로 취임하여 이후 4년간 근무함.

1996년   「숨결과 웃음의 시학」(정현종론)으로 제41회 현대문학상 평
         론 부문 수상.

1999년   대학신문사 주간 퇴임 후 미국 하버드 대학 불문학과 방문 교
         수로 1년간 지냄.

2000년   『그리움으로 짓는 문학의 집』출간. 이 평론집으로 제8회 대
         산문학상 평론 부문 수상.

2001년   한국불어불문학회 부회장 역임.

2003년   『문학의 숲에서 느리게 걷기』출간. 미셸 푸코의『광기의 역
         사』(나남)를 공역, 감수.

2004년   서울대학교 불어문화권연구소 소장으로 취임.